●武威市资助优秀出版物

明驼千里

姜清基　著

成都时代出版社
CHENGDU TIMES PRESS

图书在版编目（CIP）数据

明驼千里 / 姜清基著. -- 成都：成都时代出版社，
2024. 12. -- ISBN 978-7-5464-3564-0

Ⅰ.I247.5

中国国家版本馆 CIP 数据核字第 20245P4V82 号

明驼千里
MINGTUO QIANLI

姜清基 / 著

出 品 人　达　海
责任编辑　周　慧
责任校对　胡小丽
责任印制　黄　鑫　曾译乐
装帧设计　川石品牌

出版发行　成都时代出版社
电　　话　(028) 86742352
　　　　　(028) 86615250
印　　刷　济南精致印务有限公司
规　　格　145mm×210mm
印　　张　11
字　　数　300 千
版　　次　2024 年 12 月第 1 版
印　　次　2024 年 12 月第 1 次印刷
书　　号　ISBN 978-7-5464-3564-0
定　　价　68.00 元

一

一个少年的成长，往往始于一场出走。

在王兆瑞十四岁那年秋天，嫂子给他下了一碗长寿面。

"兆娃子，不是嫂子赶你，只是这家里的光景一日不如一日，现在你也是个半大小伙子了，是该出去闯闯，讨自己的营生了。"

"嫂子，我懂。"王兆瑞有些难为情，把头埋进碗里，闷头大口吸溜。

自父母去后，他便由哥嫂拉扯长大，哥嫂从未在吃穿方面短缺过他，但寄人篱下之感仍时时在心底泛起。

"吃完放着，我一会儿回来收拾。"嫂子说完便出了门。

王兆瑞有些想哭，他麻利地把碗筷收拾干净后，匆匆用布袋子装了几件换洗衣服，再把钥匙藏在门口水缸底的缝隙里，行李往肩上一搭，逃窜般出了门。

他脚踏暗黄的土地，头顶绚烂的朝霞，眼前是连绵起伏的沙漠，不知道要去哪，只是一路向北。好在少年意气，有对未来的憧憬期望，有初生牛犊不怕虎的闯劲儿，脚下生风，步伐轻快起来。

就这么一路向北，再向北，王兆瑞来到漠北县红柳村，这里的人世世代代以养驼、驯驼为生，得天独厚的条件使得各大商号在这里落地开了分号，开辟商道，以驼运搭建起蒙古族人和汉族人经济往来的桥梁。

许是命里带的缘分，王兆瑞在漠北落脚的第一天，就看到了刘家大院招收学徒的告示。他也不管告示上选拔的日子还未到，便按图索骥主动找上门来毛遂自荐，他深信，世上没有什么东西是求来的、等来的，就算有天下掉馅儿饼的好事，他王兆瑞也要第一个跑到能接着馅儿饼的地儿。

"老爷，有个新来的伙计。"管家刘福前来报告。

"这不还没到选拔的日子嘛!"刘老爷闻言抬了下眉梢，本想把人打发走，但心想这么早来应聘，必有蹊跷，便让刘福把人领来。

"人呢? 刚刚还在这来着。"刘福在前院里左看看右看看就是不见人，一会儿，刘老爷也出来了，说："到后院看看。"

他们刚到后院，刘老爷说："不用找了，在那呢!"管家顺着刘老爷手指的方向往前瞧去。

只见一个穿着薄薄毡袄，精瘦干练的少年蹲在羊圈里，刘老爷走近一看，不到几分钟的工夫，少年就把羊圈清理干净了，羊粪堆成一堆，地面露出新茬。少年蹲在地上神情专注地修整歪歪斜斜的栅栏，连来人了都没注意。管家清嗓子咳嗽两声，少年才抬起头看向来人，连忙站起身。

刘老爷对这后生来了兴趣，不禁走近了些打量。只见那少年黑黝黝的皮肤在阳光下透得发亮，脑袋上短簇簇硬刷刷的头发毛楂楂地立着，腰杆子直板板地挺着，好像怕稍有松懈，气势便矮人一分。

"你叫什么名字?"刘老爷缓缓开口。

"回老爷话，我叫王兆瑞，漠北六坝湖的，出来谋生计!"少年声音洪亮，不卑不亢。

"嚯! 这大嗓门子，这精气神，这体格，跟侯图南那小子有得一拼!"刘老爷乐呵呵地笑着拍了拍王兆瑞结实的臂膀。

许是少年人的意气和骄傲，王兆瑞心想这个人是谁，何等模样。要论经验，这一路走来，他替哥嫂伺候牲畜，遛马、放羊、剪羊毛、饮牲口、收拾棚圈，哪一样不是干得利落精细? 要论勇气，他也曾在群狼环侍、九死一生的绝境下逃出生天。这人能得到刘老爷的赏识，究竟是怎样一个人呢。

刘老爷满意地点点头继续问道："以前伺候过骆驼吗？"

"会一点。"王兆瑞不想撒谎，如实向刘老爷坦白自己在此方面经验稍微欠缺。但见到刘老爷面上浮现出一丝犹豫神色后，立马斩钉截铁地表明心志，"不会的我可以学，老爷，我学东西可快了！"

"哈哈哈，你这孩子虽坦白直率，但也心思活络，是个可造之才！"刘老爷毫不吝啬地给出自己的夸赞。"对将来有啥想法没？"

"我想有朝一日，拥有自己的骆驼，做个领队人，带领驼队走古城！"这并非为谋生而糊弄主顾的大放厥词，而是王兆瑞真真切切的梦想。某次和他哥去商行买卖牲畜时，他就曾切身实地见识过领驼人的风光，那位领驼人大哥与主顾磋商时游刃有余的姿态，和商行掌柜交涉时机敏练达的模样，和驼工安排任务时说一不二的信服力，让只会使蛮劲卖力气的王兆瑞看呆了，他突然有一种前所未有的强烈的冲动，想当一个领驼人，渴望能拥有那位领驼人大哥的言谈举止、气度风范，还有那在体面人面前随意挥洒的风光。这颗种子在他心里种下，发芽，长大，驱使他来到这被誉为"沙乡驼国"的地方。

"好样的，小伙子！"这番豪言壮语让刘老爷更确信他就是自己心中的理想人选，于是让管家带他下去歇脚，待用过午饭后，再领他去东小湖沙窝驼场见老马。老马名叫马义舟，是驼队的"领房子"，也就是驼队的首领，负责掌管驼队的一切事务。

"老马，给你领过来个新人！"这还没等进院门，管家就扯着嗓门招呼，言语间带着些兴奋的意味。这让王兆瑞很是自得，仿佛自己也成了什么重要人物似的。

院子里，老马正端着烟杆巴巴地抽着烟，似乎已经意识到有人来，但只是不咸不淡地看了眼，朝管家点了点头。等二人走近了，才上下打量着王兆瑞。王兆瑞也不怵，眼神坚毅而明亮，也在打量对方。只见眼前人五十上下的年纪，头顶毡帽，身穿羊毛短皮袄，黑色的棉裤扎在毡靴筒里，显得整个人很敦实。虽然看上去不苟言笑，有些严厉，但莫名给人一种可靠的安心感。

"老爷那边怎么说？"老马抽着烟缓缓开口。

刘福搓着手哈气答道："叫你看着安排，在驼队里做点杂事。这不，还是老规矩，到了驼队，就全听你马爷的。"

"哼，我说刘福啊，你一会老马，一会马爷，我到底是谁啊？"老马一本正经的脸上冷不丁冒出句揶揄的玩笑，竟有种神奇的反差。

"哎哟，咱们俩这么些年啥时候讲究过这个，叫老马那是亲切，叫马爷那是尊敬，我对你是什么心思，你心里门儿清。"管家乐呵乐呵地应答着。

原以为这话能让老马笑一笑，但老马仍是那副面无表情的模样，王兆瑞觉着老马那张脸就像用铁皮敲出来的盘子，黝黑、梆硬，赛个铁面人。

正想得出神，老马不知何时来到他面前："你先跟着曹五爷做些杂活儿，锻炼锻炼。陈羊，你带他转转。"老马抬手招呼了个人。

王兆瑞回头一看，是个四十岁左右的中年男子，浓眉大眼，高高的鼻梁，脸上带着明朗的笑意。"你就是王兆瑞吧，我叫陈羊，曹五爷出去办事了，你就先跟着我吧。"

陈羊领着他到驼夫们吃住的地方转悠了一圈后，又带他和驼队里的大家伙儿打了个招呼。王兆瑞好奇而专注地打量着一路上遇到的人。

"找谁呢？我看你盯着人家出神老半天了。"陈羊瞧着这小孩儿眼珠子咕噜噜转悠，像是在找人的模样，不禁调侃道。

"陈叔，侯图南侯哥是哪个呀？"眼见着小心思被人看出，他也不打算藏着掖着，直截了当地问道。

"他不在，那小子和驼队到湖南安化收茶叶去了。怎么，你俩认识？"陈羊好奇道。

王兆瑞摇摇头笑着解释："我就是听说他挺厉害的，想见识见识。"

陈羊闻言来了兴趣："侯图南那小子，年纪小小，能耐挺大，能通过云彩的形状知道老天爷是要刮风下雨还是艳阳高照，更神的是，那小子睡着了还能从马的嘶鸣声、牛羊的撒欢声辨别出是哪个牲口，是饿得慌要叫，还是病了疼要叫，得了什么病，要喂点什么药，他都能说个八九不离十，可灵了！"

陈羊越说越兴奋，渐渐止不住话头："这不，这会儿跟着驼队南下收茶叶去了，等过个十天半个月人回来了，你就能见识到了！"

"想当初，我还是他半个师傅呢！"陈羊说着说着，拐个七弯八绕，竟夸到自个儿身上了，颇有种伯乐相马相中千里良驹的骄傲自得。

王兆瑞听得出神，或许连他自己都没有意识到自己眼里满溢的歆羡。那该是种什么样的感觉，被大伙儿交口称赞，让师傅引以为傲，那是从小寄人篱下的他从未有过却渴求的体验。他突然感觉嘴巴干燥，眼睛发热，心跳加速，胸腔里仿佛有些按捺不住的东西要冲出来了，眼前浮现出侯图南骑着马风光无限走在驼队面前的模样，仿佛看到了未来的自己。莫非我将来能像他那样？他暗自思量着，不，我定会比他做得更好。没错，我有这个本事，东家都夸我是个好后生，说我勇敢，乐观豁达，有使不完的牛劲儿，是侍弄牲畜的一把好手，在这也定能干出番事业来。于是，一种自信油然而生，夹杂着强烈的使命感，让他心里五味杂陈。

"陈叔，骆驼呢，我们去看看骆驼吧！"心里隐隐浮现的紧迫感催促着他。

陈羊把他带到沙梁的另一边。大群骆驼映入眼帘，一峰峰骆驼，在大漠黄沙中慢慢移动着身影，像小舟在大海里航行，乘着风，迎着浪。王兆瑞看得愣神，他从未见过如此大规模的骆驼群。

"咱们刘家驼场共有八千多峰骆驼，这还只是其中一小部分。"陈羊领着王兆瑞走到驼群里，铲了一铲白花花的东西撒到栅栏外的石槽里，一只褐色的双峰骆驼垂下头来，王兆瑞凑近一看才发现是盐巴。趁着骆驼舔食的工夫，他情不自禁地摸了摸它头上浓密的毛发，触手蓬松而柔软，让他的心不禁柔软下来。这骆驼竟也不躲，只是抬眸看了他一眼，又垂下头去嚼巴着嘴里的东西，温顺而亲人。

待这头骆驼把盐巴舔食干净后，陈羊将一根绳子盘绕起来，然后抓住一头甩出去，绳子就套在了骆驼的脖子上。他拉扯绳子，走到骆驼的跟前，顺势给骆驼系上缰绳。只见他抖动几下缰绳，嘴里说"嘈——嘈"，那骆驼就跪卧在地，陈羊扬起下巴示意王兆瑞摸摸它的背部。驼背柔软而厚实，让人有种背靠大山一样雄壮又踏实的感觉。

二人在驼场待到傍晚，直到太阳落山才打道回府。

二

第二天，陈羊便领着王兆瑞去见了曹五爷。王兆瑞本以为又是个体格雄健的漠北汉子，不承想却看见了个书生模样穿着黑色长襟的人。这曹五爷本是村里的秀才，屡试不第，心灰意冷下找人算了一卦，只见那道士意味不明地指着刘家驼场的方向，再问却不肯多说，只说是天机不可泄露。就这样阴差阳错，曹五爷在此落地扎根给刘家饲养了大半辈子骆驼。

王兆瑞看着迎上前来的曹五爷，不知不觉想起了村里的私塾先生。那时的他也到了进学堂的年纪，可哥嫂家里光景过得艰难，哪还有钱供他读书。加之他又是个早熟懂事的性子，自然也不愿让兄长为难。当别人家的小孩在温暖的学堂里撑着胳膊打瞌睡时，他却冒着凛冽的寒风趴在窗台外听得如痴如醉。他至今还记得，当学生骂他是偷学文化的小偷，往他身上扔石块赶他走时，是教书先生牵着他的手带他第一次进入了学堂。因此，温文尔雅、风度翩翩的曹五爷让王兆瑞生出了九分的好感。曹五爷瞧着这孩子干净利落，眼里闪着希望的光芒，也感到十分欣慰，于是第二天便带着王兆瑞到了马王庙。

漠北虽然是天然驼场，却没有驼庙和驼神，骆驼的神明就由马王替代了。同时马王庙也是办理"驼证"的地方，有了驼证驼队才能出行营运。一大早，曹五爷便和王兆瑞来到西山草原的马王庙。

刚进入马王庙，悬挂于正殿上的大匾额就映入眼帘。"马王殿"三个楷体大字在晨光的照耀下显得格外神圣庄严，正殿左右两根柱子上镌刻着一副对联：

"房驷腾辉周凤驾，骅骝献瑞冀空群。"

还未等王兆瑞问起这楹联的意思，曹五爷便解释道："联中所说的房驷，是二十八宿之一。天上房驷腾辉，预示人间万马奔腾。这周凤驾说的是周穆王平凉得八匹良骏的典故，周穆王认为这是上天赐给他，让他周游天下的神马，于是便驾着八骏云游四方。骅骝是古代良马的名字，骅骝献瑞即宝马吉祥。冀空群意思是所有宝马都来献瑞，使冀方马群中再无良马。"

等走到庙里才发现，马王庙供奉的马王是一位身着戎装的青年武将。不过模样有些古怪，生了四只臂膀，居高临下站在供台上凝视着前来祈福的百姓，神情不怒自威。

"五爷，这马王爷怎么额上还长了只眼睛？"王兆瑞被那第三只眼睛盯得有些发寒，浑身起了层鸡皮疙瘩。

"那第三只眼，是玉帝赐予马王的神眼，是为了让马王替自己监察人间善恶之事，因此看起来更为犀利警觉。所谓人在做，天在看，举头三尺有神明。孩子，你若把神明放在心中，神明自会佑你平安。"曹五爷说完便和王兆瑞将祭品摆放整齐，燃起香烛，敬畏地跪拜在地。王兆瑞虽不信神佛，但也被那虔诚肃穆的氛围所感染，不自觉地随着五爷跪在蒲团上祈福。三拜之后，曹五爷手持祭祀用具，轻声念着祷词，祈求马王保佑驼队平安归来。

"后来漠北人把汉朝时的金日（mì）磾（dī）奉为马王爷。"曹五爷说。

"金日磾？"王兆瑞好奇地重复了一遍。

"是的，金日磾，他是匈奴休屠王磾太子，汉武帝因获休屠王祭天金人故赐其姓为金。汉武帝时期，骠骑将军霍去病两次出兵攻击匈奴，大获全胜。在河西的匈奴四万余人降汉，休屠王被杀，年仅十四岁的休屠王太子金日磾及其家人沦为官奴，被送到黄门署养马。金日磾养马养得好，还孝敬母亲，做事小心谨慎，从不越轨行事，深受武帝信任，成为亲近侍臣。后来升迁为侍中、驸马都尉、光禄大夫，还是汉武帝的托孤重臣。"

王兆瑞听得津津有味，心想这金日磾是怎样的一位传奇人物。

祭祀过后，王兆瑞就这么在刘家驼场扎下根来，随着曹五爷一起学着伺候骆驼，搭垛子、调教骆驼、给骆驼扎鼻棍、给骆驼治疗疾病，学着成为一个优秀的"驼把式"。

还未等南下的驼队归来，就又有驼队要"起场"了。"起场"是当地人对驼队出行通俗的一种称法。为图吉利，驼队每年起场前，都会演上七天"酬神戏"。

酬神戏，由驼庄和牙纪（促进双方成交，从中获得报酬的中间人）出钱，八月十五驼桥开市后，按存场骆驼数摊钱行会。按照老辈人的说法，这是守护神的规矩，这样做最能够讨得神仙爷开心，神仙开心了，驼队上路就会处处逢缘，走南闯北吉祥如意。酬神戏，通常包括献祭、摆宴、演戏，以敬这个守护神和其他神灵。

戏还未开场，王兆瑞便随着曹五爷占了个靠前的好位子。戏台前的案几上排满了鲜花、烛台与香炉，花团锦簇、炉香缭绕，颇有一番意趣。

"黄昏林下路，鼓笛赛神归。"戏腔一开，八方来听。"五爷，快看，戏开场了！"王兆瑞激动地指着戏台上的方向。

"你别急，这正戏开演之前，还要演'八仙祝寿''跳加冠'与'打财神'三个短戏，祝福男女老少健康长寿、升官发财。"从未见过酬神戏的王兆瑞就连短戏也看得目不转睛。

短戏演罢，正戏才缓缓拉开帷幕，因着是给驼队出行唱的，曲目选唱了漠北小曲戏——《张连卖布》。

> 有一日天鼓响鱼龙变化，
> 三两场赢了钱咱把家发。
> 先把那渭南县当铺买下，
> 西安府开盐店咱的东家。

兰州城水烟行招牌高挂，
西口外金刚钻咱用车拉。
穿皮袄套褐衫骑驴压马，
烧黄酒猪羊肉要啥有啥。

在张连口中，漠北商业繁盛。来往的旅蒙商人主要为漠北人，运来货物以砖茶、生烟、粗洋布、褡裢布、绸缎等为大宗，运回货物为老羊皮、羊毛、羔皮、马皮、狐皮、鹿茸、羚羊角等。

旅蒙商人可以专为各旗王公、扎萨克采办物品；由乌里雅苏台至归绥之间，漠北的富商牲畜成群，仅骆驼就数以万计，牛马羊则不计其数。听得王兆瑞眼界大开。王兆瑞在布商张连口中，看到了漠北商人的雄浑富有，心生向往。

兰州城水烟行招牌高挂，
西口外金刚钻咱用车拉。
穿皮袄套褐衫骑驴压马，
烧黄酒猪羊肉要啥有啥。

几句戏腔借张连之口将漠北商业的繁华、漠北商人的财力雄厚娓娓道来。王兆瑞如饮美酒般，一点一点品尝，一点点入味，听着听着就醉了，因为他也喜欢那样。安稳的日子不是说不好，而是现在的王兆瑞更想要的，是广阔的天地，是无限的可能性。那些尚未实现的梦激荡着少年的心神，让他对驼队的前行充满着无限的期待。

三

晴空排鹤，金风送爽。

眼下，正值中秋。明代徐有贞词云："阴晴圆缺都休说，且喜人间好时节。"对驼队来说，秋天便是名副其实的"人间好时节"。只见偌大的驼场内，驼夫们腿脚不停，忙碌穿梭，骆驼已经养得膘肥体壮，蓄势待发。

"五爷，五爷!"王掌柜一边倒茶，一边抬头喊道。

"哎——掌柜的，有事您吩咐。"曹五爷应道。

"选一千峰左右十年上下的、壮实的骟驼，准备编队。"王掌柜说道。

"正想让您去瞧瞧，刚养完膘，个个都是壮如牛!前两天刚让底下几个拉连子挨个给灌了大黄、黄连，跑长道不落膘。"曹五爷满脸得意。

"如此甚好，甚好!你办事我向来放心!"王掌柜笑着把茶水放于桌上。曹五爷刚要转身，又被叫住："慢着，胡吼乱叫的不要，喷吐肚粪的不要。去吧。"

"嗨，您呐——就把心放肚子里，等着起场吧!"曹五爷说完便转身去挑骆驼了。

曹五爷和底下的驼夫们看骆驼可谓"慧眼如炬"，从早到晚，优中选优，最终一天时间内精挑细选出骆驼一千一百一十六峰。傍晚，曹五爷粗略用了晚膳，便又去寻王掌柜说话。

"掌柜，骆驼挑好了。依您看，何时去请道长那里问个时日?"曹五爷问道。

"越快越好，我看，就明日吧。你且歇息歇息，这事儿，就交给马义舟去办吧。我记得去年请道长择日，也是他吧？"王掌柜问道。

"是呀，您记性真好。马义舟沉稳干练，待人接物有礼有节，是个合适的人选。"曹五爷答道。

第二天拂晓，马义舟早早来到西山道观，却见山门紧闭，不见道士踪影。马义舟心想："莫非道长还卧床未起？我晚些时候再来看看罢。"正欲转身离去，只见一青衣白须道士缓缓从东侧走来。

"马居士。"道士走到跟前，将拂尘搭在臂弯，看着马义舟说道。

"啊，道长。道长好眼力，许久未见，竟还认得出我来。"马义舟应道。道士微笑点头。

"方才，我见贵观大门紧闭，还以为道长不在。"马义舟继续说道。

"近日我同师兄弟们在东观静修，适才远远看见一个人影四处探寻，料想是你又来替驼队起场择日，便过来看看。"道士回答。

"原来这样，多谢道长。既然如此，我便开门见山——道长以为，何日起场为佳？"

"日中则移，月满则亏。三日后便是中秋佳节，虽适合家人团聚，但届时满月，驼队最好还是不要月圆日前后出发。"道士说道。

"那何时出发？还望道长明示。"马义舟急忙问道。

"反者道之动，弱者道之用。天下万物生于有，有生于无。大成若缺，其用不弊。大盈若冲，其用不穷。不如——月末出发吧。两水夹明镜，双桥落彩虹——又以双日为佳，故取八月三十日。"

马义舟听得云里雾里："道长大智慧，那就依道长所言，八月三十。我先回去传达，改日再来添送香火。告辞，道长留步。"

二人说罢，马义舟便折返回去。

秋风萧瑟天气凉，草木摇落露为霜，群燕辞归鹄南翔。

光影飞快，转眼间，便到了起场的日子。

曹五爷忙前忙后，指挥着一百多个驼把式，正将骆驼组成"连子"。按惯例，七峰骆驼为一连子，一连子配一驼把式，十个把式配一"头爷"。一支驼队一般有十连子，骆驼七十到一百不等。日前选出的千余峰骆驼，不出一个时辰，便组成了十个驼队，成为"大帮"，诗意点的叫法，又称"大帮响铃"。

每支驼队中，为首的骆驼都会带一只大铜铃，状如木桶，内有木芯，随着骆驼的步伐，发出"咚嗒、咚嗒"的声音。末尾一峰骆驼，脖子上戴一个小铜铃，铁质铃锤，大小铜铃在驼队行进时发出清脆的声响，回荡在荒凉广袤的戈壁上。一来，防止骆驼丢失，铃声渐小或消失，便要检查队伍。二来，铜铃的节奏，也仿佛给骆驼打着拍子，使其步调一致，有利于驼队按时走完一天的路程。驼队组好后，拉连子们便开始给骆驼挂上铃铛。

"领牲——"王掌柜高声喊道。

只见四个精壮的汉子，牵来一头肥硕的羯羊，曹五爷在一边上香化表，张把式端来一盆水，慢慢把水浇在羊背上、耳朵上，浇上水的羊迅速全身抖动，被认为是通神了，神同意了，羊也同意了。"领了。"曹五爷高兴地说，"杀了黄焖，再杀一只，今天让大伙吃好。"

至于物品装卸，每个连子的货物都由牵引者自己完成，好的驼把式能在很短的时间内完成一连子货物的装卸。驼队这次是要到兰州装茶，装上后分成几路运往乌鲁木齐、呼和浩特、北京、天津等地。去兰州的骆驼基本上是轻装上阵，只有一小部分顺带把漠北的盐驮到兰州。

另一边，锅头和水头正忙着准备随行物品。

在大家伙儿的忙碌下，驼队所需锅灶、帐篷、被褥、器械已全部装载完毕。驮盐的和装日用品的队伍，正赶往兰海子边集中。

当天下午，大帮驼队已汇集到了兰海子边上。哪里有海子，哪里就有灵性。兰海子就像这大漠的眼睛，静谧而有诗意，慈爱而包容地注视着这片大地上的生灵。

兰海子边上，掌柜的和把式们领着众驼夫进行祭祀驼神的仪式。锅头将后半截羊肉切碎煮熟，放在大盘中，端到贴有红纸符神的柱子前，敬献骆驼神。

"驼神保佑！护我驼队此行平安顺利！敬上！"王掌柜跪立帐前，双手将酒碗举过头顶说道。他随后将酒洒在面前地上。众把式也跟着在后面一起做了相同的动作。

敬献完毕，王掌柜起身吩咐："两个羊应该够吃了，让大家吃好，酒适量。"随后转身对把式们说道："诸位弟兄，今日启程，行途漫漫，多有不易。还望诸位能爱惜骆驼，遇事听从安排。预祝各位一路顺风！"

随后，王掌柜与把式们一起到兰海子旁的房子里吃饭。

众人一边用大黑瓷碗喝酒，一边大口吃着黄焖羊肉，桌上大盆大盆的漠北连锅子拉面冒着热气，屋内一片欢腾，好不热闹。

酒过三巡，把式们在屋外燃起熊熊大火。头爷带领浩浩荡荡的驼队绕着火堆转圈。这是起场时必做的一件事，据说，火能祛晦。几圈过后，把式们又一起喝了一碗，大伙觉得浑身热血沸腾，此时不知是谁带头唱起了那首粗犷的《起场歌》：

驼铃声响，驼队起场！
天当被，地当床；有力量，敢担当。
烈日沙漠都不怕，豺狼虎豹没俺强！
驼神驼神你看啊，俺们今日要起场！
起场，起场，浩浩荡荡；
起场，起场，一路通畅！

西北大汉们用雄浑有力的嗓音唱出高昂的曲调，滚烫的汗水，从汉子们饱满的额头和黝黑的肩背流淌下来。天边多情的夕阳不舍地缱绻在五彩缤纷的云霞之中，余晖照耀着汉子们的脸庞，映衬出他们刚毅的面容。

高歌的人群中，还有这支驼队领房子——柴兆华。驼队远行，领房子是整个驼队的统帅和灵魂，必须是具有多年驼道生活的经验，同时又机警坚定的人才能担此重任。十人挑把式，万人挑领房。驼队上路，向什么方向走，一日走多少里，在哪里扎房子休息，遭遇盗匪或者猛兽如何应付，去哪里寻找水供人喝、畜饮，等等，领房人都得烂熟于心。领房人的本事多是在驼道上跌爬滚打练出来的。

柴领房尤擅使穗子，一种带绳的飞镖。虽平日很少使用，但舞起来红樱如鬏、如龙似蛇、穿裆绕背，宛如活物。

掌柜的给把式们敬酒壮行，把式们豪爽地一饮而尽。大火还在燃烧，只听柴领房子大喝一声："上路了嘿！"把式们晃了晃缰绳，一声"吁——驾！"骆驼如一座座山峰挺起，抬起厚实的驼蹄，踩在沙丘上，大步向前。

秋风起，驼铃响。从这天起，漠北"大帮响铃"便伴随着"丁零""丁零"的驼铃声，越过戈壁，穿过峡谷，回荡在旷野中，陪伴驼夫和骆驼开赴远方。

四

一大早，听见有人喊："几个小伙子，出来干活了。"

王兆瑞看着五爷走来，拎着他那熏黑的牛皮水壶，里头晃荡着小半壶子水，他是驼队人最标准的打扮，穿着皮袄皮裤、皮鞋。驼把式终年在沙漠戈壁上奔走，踏霜蹈雪，不分春夏秋冬，都穿皮质的衣服。

驼队的日常，和王兆瑞想象中的一样，新鲜有趣。最让王兆瑞喜欢的是空闲时候五爷教他打算盘。

五爷的算盘，远没有身上的水壶背得久，那把算盘是绛红色的，虽说没见五爷打过几次，但上面的算珠被打磨得闪闪发亮，老远处瞅见，感觉都透露出一股儿灵气。

听五爷打算盘，是一件很享受的事，他的手指长长细细的，快速灵巧地拨动算珠，犹如蝶舞翩飞，算珠碰撞的声音清脆丁零，犹如小桥流水，王兆瑞不知怎么去形容，只知道听着这声音，他耳根子很舒适。

五爷总说，王兆瑞是他教过的学得最快的学徒，当然，王兆瑞并没有这么觉得。

在王兆瑞心中，珠算，不过就是几个运算的对应法则，记住指法和口诀，基本上也就没什么问题。只不过王兆瑞打算盘的时候，总是一时快，一时慢，没有五爷打得那么好听。

王兆瑞毕竟出身于穷苦人家，从小就有那股子勤奋劲儿。每天活计忙完后，别的驼夫在谝闲传的时候，王兆瑞都在练习打算盘。他知道，若不能把算盘掌握熟练，这辈子注定要受制于人，听伙计的，听账房的，听客商的，自己心里没有一盘账，让人骗了都不知道。

曹五爷除了教王兆瑞算账写字外，还会时不时教他一些蒙古语，或者一些小部落的语言。王兆瑞学得很快，而且他很喜欢和别人攀谈，领房子常常让王兆瑞去和一些当地人交涉。久而久之，往来通商的外地人都知道刘家驼场来了个聪明机灵的"小滑头"，操着一口生硬的蒙古语，却是打交道做买卖的一把好手。王兆瑞心里也颇为自得，生命的价值得到了发挥，辛勤汗水换来的才能得以施展，自己正一步一个脚印朝着梦想的方向前行，斗志盎然，干劲满满，因而也愈发求知若渴。

每每得闲时，王兆瑞总要跑到驼场去，羡慕地看着把式们训驼，有时候还帮着驼夫们收拾帐篷、清理驼粪。起先他还只是将驼粪铲作一堆，直到看见大家把驼粪晒干装进袋子里，问了才知道驼粪的妙用，不仅可以做燃料，还可做熏方。曹五爷将新挽具套在骆驼身上前，就要用驼粪把这些牛羊皮制成的皮革擦一遍，盖住皮革的膻味，以免骆驼闻不惯而不听使唤。王兆瑞没想到简单的捡驼粪就有这么多的门道，对骆驼愈发上心。有时候还趁着驼夫们饲喂骆驼，轻抚着骆驼的长颈和头顶的绒毛，不自觉间想起曹五爷平日里对他念叨的话："骆驼有许多优秀的品格：它吃苦耐劳，干活踏实，只需要少量的食物和水，从不过高索取什么。它善于负重，有耐饥渴的能力，从不怕风沙。骆驼天生就是走沙漠的，它的眼睫毛是双重的，当风起沙扬的时候，双重的眼睫毛像卫士似的，将沙挡住，不使它吹进眼里。"他因而对眼前这温顺的生灵愈发怜爱。

"五爷，我什么时候能有自己的骆驼呀？"王兆瑞心痒痒的，终于忍不住问道。

曹五爷看他喜欢得紧的模样，便把马知闲马四爷茶号的《廛市初级》送给他："这也是刘家驼场收徒的教本，你闲暇时诵读学习，一个月后我来考察，等你通过了我就带你训驼。"

王兆瑞闻言两眼放光，视若珍宝般接过书，迫不及待地学习起来。因为还不太认识字，王兆瑞每遇着个人便要缠着问个不停。为者常成，行者常至，老天不会辜负努力的人，自然也不会辜负勤学苦读的王兆瑞。一个月后，王兆瑞顺利通过了考核，成为曹五爷此次训驼的助手。

王兆瑞在接受曹五爷这份神圣的安排之前，他们在神驼山进行了庄严的仪式。这场仪式要提前请道士选定一个吉日，在儿驼庙向驼神进献羊肉。漠北人把支撑帐篷的立杆叫作柱子，柱子上都贴有红纸符神，那熟羊肉便是供在这里。仪式结束，负责驯驼的人便将这羊肉分吃了，算是驼神赐福。

祭神过后，曹五爷带着王兆瑞到了驼场，套住一峰体型较小的骆驼，一边拿着鼻棍子穿过鼻腔，一边给王兆瑞解释道："骆驼卧下一堵墙、站起来一座山，如果一峰骆驼没能在两岁时抓紧时间穿鼻棍，那基本就是浪费了。三岁是调教的黄金时期，再往上长大，一般不是种驼的公驼都要去势。穿上鼻棍子后，骆驼就乖顺多了。"

骆驼嗅觉灵敏，能闻到数里之外的水源；听力称奇，能听到数里之外的同类发出的声音；加之其眼睛呈凸出状态，就像我们用的鱼眼镜头，两眼一睁，很少有死角，生人很难接触。曹五爷拉着缰绳对骆驼说"嘈——，嘈——"，骆驼跪卧下来，一拉缰绳，触动鼻棍子，骆驼就起身，反复多次，一峰骆驼算是驯好了。

也有难驯的骆驼，有的在人骑乘时，它会大呼小叫、左闪右躲，这就要求驯驼人必须勇敢机灵，体格强壮有耐力。有的虽学会了将两条前腿先跪下，但后面依然高高地撅着，始终不肯卧倒。这时驼夫就会牵来操练熟练的骆驼，给这些难以学会的骆驼做示范，骆驼仿佛真的看懂了似的，一会儿就学会了起卧。

一来调教了骆驼，二来也让骆驼和人增进了感情。几天下来，骆驼见到人不躲闪了，完全臣服于人类，因为这是它的宿命。

"你看的，现在越犟的骆驼，以后越能派上用场。"曹五爷告诉王兆瑞，"在这沙漠里，风吹冰打，要的是铁打的身躯，铜铸的心志，就算是山崩了，也要不变颜色。"

"骆驼看起来一样，也有行的、不行的。"王兆瑞说。

"走得远了，才能看出骆驼的差别。但漠北的骆驼都是好样的，没有怂的。我们漠北就是沙漠大、骆驼多。一方水土养一方人，我去过一次南方，他们没地方养驼，但漫山遍野都是茶树，那也是叫人羡慕的。"曹五爷自豪地说。

"要是我们这也能种出茶叶就好了，就不用跑远路了。"王兆瑞漫不经心地接话。

"亏你还是来学做生意的，要是那样，大家就什么都不缺了，还有什么生意可做？就是你有的我没有，我有的你没有，这才要做生意嘛。过些日子老爷还要招几个年轻人，到时候，你们几个小伙子一起好好学学。"

说话间，太阳快要下山了，王兆瑞转身向西边望去，血红的太阳映照着一眼望不到边的芦苇荡，一束束盛开的芦花，汇成一片银色的世界，绵延起伏，簇拥着涌向天际。漫天飞舞的花絮，更像纷纷扬扬的雪花，飘到哪里哪里就蒙上一层薄薄的轻纱。美丽的夕阳投下万道金光，染得苇海红彤彤的，像是无数层层上蹿的火苗在燃烧，他们也该回家了。

驼队，在西北的地位是极高的。在漠北一直流传着这么一句话，驼铃清响，便会搅活一方土地，这也是王兆瑞到刘家驼场当学徒的原因。

现在的王兆瑞已经可以算清楚小数额的账目，五爷又给他加了一门课，做账。想要学会做账，除了会算，还得会写。王兆瑞没读过书，只是跟着上学的娃娃东学一个字，西学一个字。当王兆瑞用手指把自己的名字歪歪扭扭地写在沙粒上时，五爷皱着眉头摇了摇头。

往后的日子，王兆瑞每次练字的时候，五爷都会拿着根木质细鞭，写不好，王兆瑞的手上便会多上一道红痕。有段日子，王兆瑞被打怕了，耍脾气不去练字，就连货都不去卸了，直接被五爷美美收拾了一顿。

王兆瑞已经记不清五爷具体骂了什么，这是五爷第一次对王兆瑞破口大骂，也是最后一次。

王兆瑞是个自尊心很强的人，写出来的字越发有章法，看着倒像模像样的。一天夜里，五爷把王兆瑞叫了过去，他拿起挂在腰间的水壶，轻轻地在嘴边抿了口清甜的水。打量了王兆瑞几眼后，递给他一支狼毫毛笔。"以后，你就用这个记账。"

今天受到五爷的肯定和"重用"，王兆瑞躺在炕上睡不着，看着屋外皎洁的月光，不由想起那天离家出走的情景。天蒙蒙亮，青草上还带着晨曦的露珠，阳光透过云层射穿过来时，露珠上映出五彩的光。不知现在哥哥嫂子怎么样了？依稀中，他又想到了自己的父亲，而那个印象中总是沉默寡言的父亲，在晨光下吧嗒吧嗒抽着旱烟，抽一口，便看一眼自己的二儿子。看着儿子，就好像手中的旱烟一样，抽一口，就少一口。更具体的，王兆瑞已经想不起来了，只有每次啃干巴巴的干粮的时候，才会怀念起家里的那一碗热汤。夜渐渐深了，王兆瑞沉沉睡去，梦里，是对美好生活的憧憬期盼，和那一缕萦绕不去的淡淡的乡愁。

五

重阳节的第二天，漠北县一年一度的"驼羊会"如约而至。

一大早，陈羊骑上刘家最擅长行走的红驼，带着王兆瑞一伙五人来到了苏武山。正午未到，苏武山上却早已人山人海。陈羊一行人先是到"苏公祠"焚香、膜拜，然后就赶着畜群到蒙泉上饮水。蒙泉四周长满了苦蒿和芨芨之类的野草，在微风的吹拂下，颠颠晃晃，撩人心醉。

"陈叔，咱们驼场附近不是有水泡子吗？为啥大老远把牲畜赶到这来？"王兆瑞环视周围，见着蒙泉边上取水的人摩肩接踵，便好奇地问道。

陈羊找了个人少的地方，安置好牲畜后答道："这儿的水可灵了，可以降服旱魔，传说当年苏武就经常在这里牧羊，放牧的人得到蒙泉的水，牲畜无病无灾。"

王兆瑞闻言灵机一动，蹲在泉边，用双手掬了一捧水往嘴里灌，被陈羊见着直笑话他喝了牲畜的口水。他也不窘，用手背擦着嘴边的水笑着说："喝了神水，保我无病无灾，健康自在！"逗得陈羊直乐呵大笑，也随他去了。

眼前的一切对王兆瑞来说完全是一个新奇的游乐场，他兴奋得耳热心跳，见着人们将牲畜慢慢赶着绕着土墩打转，就一溜烟跑过去围观。走近发现这土墩大约有八米高，方方正正，四面还有土窗。土墩下方摆着人们祭祀用的物品，像是在举行某种仪式。

"这土墩叫野鸽子墩。传说是上天被苏武的思国之情打动所降下的，为的就是让苏武登上土墩，眺望遥远的故国。"陈羊指着墩子东面的台阶解释道，"后来有几只鸽子在这里安了家，所以大家都叫它野鸽子墩。随着鸽子越来越多，人们就以为这野鸽子墩是神灵庇佑的地方，都把牲畜赶到这来，沾点神灵的光，祈愿畜群兴旺发达。"

王兆瑞站在野鸽子墩边登高望远，放眼望去，穿着各色新衣裳的男男女女犹如新开的野花，生机勃勃，扎满了山野，成群的骆驼和牛羊绕蒙泉而过，场面蔚为壮观。

祭祀完毕后，陈羊领着王兆瑞他们下山，一路走着，哗啦啦的水声越来越真，听得人惬意舒爽。泉水悬挂在山崖间，像一条晶莹剔透的白色丝绦，奔流直下，冲击在崖底的石块上，泠泠作响，溅起的小水珠洒在人脸上，颇有一番野趣。

不一会儿，一行人便到了山下，王兆瑞朝后头望去，只见人们驱赶着驼羊竞相登山，气势浩荡，连绵数十里，王兆瑞不禁惊叹道："好多人啊！这整个县的人都来了吧！都快把这山给爬塌咯！"

这庙会虽名为驼羊会，但并非仅有驼羊的交易，而是一种文化搭台经济唱戏的大会。山上的人摩肩接踵，人们拜谒苏武庙，饮用蒙泉水，凭栏把樽，好不惬意。山下百乐相辅，声色喧阗。卖布的，卖盐的，买马的，杂耍的，游走的，应有尽有。驼羊牲畜，蚁集山上山下，叫卖声、说笑声此起彼伏。百乐杂技，各显其能；车马辐辏，琳琅成市，好不热闹。

王兆瑞揣着出门前曹五爷给他的一块银圆，兴奋不已，左瞧瞧，右看看，直往人堆里扎。商品琳琅满目叫他挑花了眼，看中这个又舍不得那个，一时之间竟不知该买什么好。正当他踌躇不决在各个摊位前流连辗转时，突然眼前一亮，一只拳头般大小的驼铜铃铛在太阳下熠熠闪光，他情不自禁轻轻拨动了一下悬挂着的驼铃，一阵清脆的驼铃声穿透人群的喧嚣，传进他的耳膜，直达他的心里。王兆瑞对这东西爱得紧，也不问价，便将一枚攥得湿润的银圆放到摊主眼前。摊主拿起银圆放在嘴边"扑"地吹了一下，笑着又把银圆抛起一尺来高，操着山西口音亮着嗓子喊道："成交了，一只驼铃。"王兆瑞双手将驼铃接过，捧在手心里好奇地打量，看够了才把它揣怀里，宝贝得不行，生怕被人磕着碰着。

得了心爱的宝物，王兆瑞心满意足地想和陈羊炫耀一番，在人群中寻找陈羊的身影。他远远地便看见陈羊身边站着个从未见过的人，那人身形魁梧，竟比本就高大的陈羊还高了半个头，乍一看如门神般威武雄壮。那人和陈羊有说有笑，关系很是相熟的样子，说到激动处还手舞足蹈地比画起来，逗得陈羊哈哈大笑，玩笑般踹了他一脚，却被那人一个侧身躲过，反倒把陈羊绊了个趔趄，眼见着人就要摔倒，那人又反应迅速地把人扶好，言语姿态间显露出几分少年人的心性。

"在那傻愣着干吗？快过来！"陈羊见着王兆瑞在不远处呆呆站着，便挥手招呼他。

王兆瑞走近后那人刚好转身，二人打了个照面，一张与魁梧身材不相符的青涩脸庞映入眼帘，一双浓眉大眼目光如炬，饱满的印堂闪闪发亮，显得人愈发精神饱满，古铜色的皮肤下流淌着蓬勃奔涌的生命力，是那种如春笋般不断拔节向上的、独属于少年人的、鲜活而强劲的力量。

"这是我徒弟侯图南，你之前不是一直想见他来着！"陈羊打趣道，又把王兆瑞往自己身前推了推，给二人相互介绍，"哦，图南，这是小湖驼场的伙计，叫王兆瑞，比你晚来几个月。"

王兆瑞往侯图南跟前儿一站，在心里暗自估摸着和眼前人个头差了多少，要吃多少碗饭才能赶上。

二人相互行了礼，就算是认识了。

"赛驼会估摸着要止午过后，我先带骆驼去休息，图南，你带着王兆瑞四处转悠转悠。"陈羊也想借此机会让二人熟络起来，便主动提议道。

二人穿过熙熙攘攘的人流，侯图南主动说起自己随驼队在湖南安化收茶的所见所闻，说起那里不同于北方的温润潮湿、阴雨连绵，说起那漫山遍野一望无际的茶山，说起那吴侬软语的口音和辛辣爽口的饮食，说起一路上的风土人情、奇闻逸事，王兆瑞听得津津有味，心向往之。

这两个少年人的心思就像阳光下的脸，喜怒形于色，每一个眼神、每一个毛孔都清晰可见，一个渴望共鸣并乐于分享，一个渴望游历四方增长见识。侯图南是个坦率慷慨的性子，从不藏着掖着，不论是经验还是见识，这种分享不是为了炫耀，他也从未想过炫耀，而是真挚地想把自己心底的喜悦传达出去。或许是因为同龄人之间惺惺相惜，侯图南的这份真诚被王兆瑞稳稳接住，王兆瑞本就对他倾慕已久，现在自然也乐于同他交心。

"图南哥，你的骆驼呢？是什么样的啊？跑得快不快？"王兆瑞好奇地问道。

"等下午赛驼会你就见到了！"侯图南露出一丝狡黠的笑，打算先卖个关子，脸上浮现出一副胸有成竹的模样。

王兆瑞心里不禁纳闷，这还没比试呢，怎么就胜券在握了呢？他不知道的是，这是侯图南身上与生俱来的自信，是流淌在他骨血里的乐观。这种天赐的自信乐观，驱使他如一名英勇的骑士般，全力以赴地在人生之路上拼搏闯荡，在命运的纠葛中绝处逢生。人生之不如意十有八九，因此才更显希望之难能可贵，而一直心怀希望的人，就好比寒冷冬夜中熊熊燃烧不尽的篝火，散发着光热，吸引着在寒夜中饥寒交迫的人们，让那些在黑暗中踽踽独行的人们得以相聚，抱团取暖，重拾希望，熬过寒冬。侯图南正是这样一个能带给人希望、能让人安心的人，这也正是一个合格的领房子所必备的品质。可有时候，这种自信的光芒过于耀眼，在他人眼里就变成了自傲的轻蔑，一下子就激起了王兆瑞心中的胜负欲。

"图南哥，不如我们比试比试！"王兆瑞两眼发光，跃跃欲试。年少轻狂的他渴望和眼前这个优秀的同龄人来一场不相上下的比拼，渴望拥有一场独属于自己的胜利来证明自己的能力。

"好啊，比什么？"侯图南爽快地答应了。

"就比卖货吧，我俩在庙会集市上挑两件同样的东西，定同样的价格，看谁能帮摊主把东西更快地卖出去，就算谁赢，怎么样！"王兆瑞知道比赛驼肯定技不如人，因此选了个自己擅长的，虽有些不地道，可他实在太想赢一次了。

王兆瑞仔仔细细地在货摊上挑了条品质上乘的狐皮，侯图南不知从何处也挑来同样的狐皮，只不过相比他手里这条品相稍差些。比赛开始后，王兆瑞采取人海战术的策略，选了个人来人往的拐角处大声吆喝叫卖，每遇着一个路过的人就要招呼一声，热切询问，殷勤介绍，心想着只要问的人够多，总能遇着需要这东西的主顾。

侯图南却一副悠闲自在的样子，先是找了个地方窝着，也不知用了什么办法，不一会儿便将皮草收拾得油光水滑，打眼一看就是上乘的货色，然后拿着狐皮炫耀地走在人群中。遇着主顾问价，便驻足说出自己的价格，遇到贬货压价的顾客，他也不急于出手，而是四处转悠，仿佛不是人挑货，而是替货挑人。同行看了他做买卖的方式直摇头，问他咋不怕货砸手里卖不出去，他了然一笑回道："好店不愁客，好货不愁卖。"反倒引得路人驻足。见时机已到，侯图南唱起漠北小曲《小放牛》，唱词间还夹杂了自己买狐皮的吆喝，嬉笑风趣，引得围观的人越来越多，大家冲着这股热闹劲儿，脑子一热，竞相叫价，价高者得，最后侯图南顺利将狐皮出手。买到的人心满意足，没买到的人扼腕叹息，转而问旁边的摊主，有没有和刚才那条类似的，掀起一小股狐皮的购买狂潮。

王兆瑞隐在人群中看完了这场别开生面的好戏，直拍大腿惊叹：真是精彩纷呈！虽然不想承认，但不得不承认，侯图南确实是一个天生的商人，精明和朴拙两种相去甚远的特质在他身上得到了奇异的融合，形成一种让人情不自禁想要信服的感染力。

"小伙子，你这皮草卖不卖啊！"没抢购到狐皮的主顾见到王兆瑞手里的皮草，主动询问道。

"卖！当然卖！"王兆瑞见着侯图南就要离开，也趁势赶紧将皮草出手甩卖。虽然心里知道自己输得彻头彻尾，但强烈的自尊心和敏感让他像一只鸵鸟般自欺欺人地把头埋在沙子里，不肯直面失败，因而只是悄悄尾随。

侯图南七拐八绕来到了一棵树下的阴凉处，把刚刚卖狐皮所得的银两全部塞到了一位坐在树下纳凉的老奶奶手里，夸耀着她的皮草是如何的受欢迎，听得老人乐呵地笑得合不拢嘴。随后侯图南扶着颤颤巍巍的老人把她送下山去。

刚刚王兆瑞还为自己选的狐皮远比侯图南手里那条质量好而沾沾自喜，自以为胜算又多了几分，却完全没想到侯图南的考虑，直到见到眼前这一幕才倍感羞愧。这场比试，他输得心服口服，也更加期待侯图南在赛驼会上的表现。

这边的集市正热闹，那边的赛驼会马上就要拉开帷幕了。

陈羊牵着一头红驼往候场区走去，在路上被人叫住。

"这不是陈师傅吗？"

陈羊循声看去，原来是马家驼队的领房子田开文，只见他满面红光，骑着一头乏瘦的骆驼。

"田领房也来赛驼啊？"

"是啊，好几年没来了，今儿个也来凑凑热闹。"

"你这骆驼都乏成这样子还来比赛啊！"

"唵——你可别小看它啊，我这可是秦爷（秦琼）的马——有里膘无外膘啊，哈哈哈。"

"哦？我倒要看看怎么个有里膘无外膘。"陈羊应和着，转头又看见对面过来一人："刘麻儿，那边赛驼啥时开始啊？"

"快了，就要开始了。陈掌柜的，您也来比赛啊！那有看头了。"

"嗯，东家叫我来代表刘家赛驼的。"

"刘老爷今儿个来了没？"

"没有。"

陈羊对田开文说："走，到那边的赛驼场上看看。"

赛驼场上一字排开的参赛选手，骑在骆驼上严阵以待。主持台上几个绅士模样的人交头接耳，另一些人紧张地准备着。"田领房，我们到那边领号排队。"陈羊招呼田领房说，"我们可能到后面了。"

"是啊，六组呢，三十峰骆驼。"田领房大声说。他们领了号，陈羊在第四组，田领房在第二组。时间还早，他们拴好骆驼，到赛场上看比赛。

长长的跑道上，一个个精明强健的赛驼健儿骑在骆驼上，手里拉着驼绳，一声令下，短鞭齐挥，如小舟雾里，似流星空中，窜下去，追上来，直跑到赛场的终点。胜利者在驼背上欣喜若狂，自豪地向周围的观众频频招手致意，而数以千计的围观者则鼓掌呐喊，为胜利者庆功。

陈羊笑道："现在生活好些了，漠北骆驼越养越多，这次选了最好的跑驼，一定要在驼羊会上夺个冠军。"话语中充满了期待。

人墙背后，侯图南的妹妹凡双和她的小伙伴云天着急地乱钻乱窜，凡双催云天："快，云天，到那边走。"

终于找到了，在大人们的胳膊弯儿里，凡双和云天猫着腰探出头来。凡双看见她哥了，大声喊："哥，哥，我是凡双，我在这里。"

侯图南回过头看见妹子，点一下头，又转过身去。这时，主持台上有人拿着纸喇叭宣布："第二组比赛就要开始了。田开文、李良国、吴有大……"

点到名字的骑手让骆驼向前跨出一步，只见田领房骑着一峰癯清羸瘦，好像重病在身的骆驼走到了起跑线后面。不过这骆驼的装饰很吸引观众，从头到尾都饰以红、绿、黄、蓝、粉各色彩绸，驼背驼蹬上也缀有彩穗或矶珠，并搭上织有龙凤、花鸟图案的小卧毯，驼头装饰着各色羽毛，看来田领房是有备而来的。

"这么瘦的骆驼也来参加比赛？"

"这个骆驼我看不行。"

"哎，不能小瞧……"现场观众为田开文捏一把汗，开始议论纷纷。

只听主持锣声令下，五个选手骑着各自的骆驼，从起点蜂拥而出，一个个跃驼扬鞭，奋勇争先。强健的骆驼、矫健的骑手、壮观的场面，让围观的人们热血沸腾。田开文骑在骆驼上顺势抖动着缰绳，他乏瘦的骆驼四蹄若翅，奔跑得像飞一样，如流星般从观众面前飞驰而过，第一个到达终点。田开文和他的骆驼被人们团团围住，有人向田开文祝贺，有人仔细地端详这峰特别的骆驼。

这边，云天问小凡双："你哥在第几组？"

"第十五号，就在这一组。这组好吗？"

"没有好不好。我敢保证，我哥准是冠军。那边骑白骆驼的就是我哥。"

主持人还在点着选手名字："李万年、侯图南……"

听到了侯图南的名字，凡双和云天相视而笑。只见第三组选手们骑在各自的精壮骟驼上，五峰骆驼列阵如堵，侯图南的白骆驼在骆驼中特别抢眼。

"锵——锵——锵"三声锣响，五峰骆驼一齐冲上跑道，它们争先恐后，癫狂竞奔，凡双和云天这边狂喊："哥，加油，哥，加油……"

顿时，呐喊声响成一片，赛场上沙尘蔽日，热闹非常。侯图南的白骆驼第一个跑到终点。侯图南跳下骆驼，有人给他披红，有人在他骑驼的额上挂上一个大红绣球。凡双和云天从人群里钻出来，飞也似的跑到图南哥跟前——

凡双高兴地说："哥，你真行。"

侯图南高兴地把凡双抱住。云天拍着手一蹦一跳："图南哥，您的骆驼跑得真快，您就像凡双故事里的英雄一样。"

凡双斜了一眼："我哥本来就是英雄嘛！"

这下侯图南的白骆驼可出了风头，跑得最快，速度比其他几组的第一名都要快。这只白骆驼全身洁白，没有一根杂毛，白得像雪域冰峰，浑身像白天鹅的羽绒，驼峰像两座皑皑冰峦，腿像四根白玉柱，长颈像皎洁的钩月，唯有两只眼睛乌黑发亮，镶嵌在冗长的睫毛中间，忽闪忽闪泛着白光。它站在红骆驼中间分外醒目，真是一峰漂亮出色的白骆驼。

主持台那边喊起来："现在，请漠北县县长郑文清先生给获奖选手颁奖。"

凡双赶紧指着台上："哥，颁奖了，快去领奖呀！"

侯图南一边走一边扭头："你们俩等着我，我领了奖就来。"

主持台上，郑县长又把一匹红绸挂在侯图南脖子上；六块砖茶用红绸带扎着，一名穿着时尚的女孩用大条盘将砖茶端到侯图南面前，侯图南把茶叶捧过头顶，转了一圈向四周的观众示意……

漠北人把赛驼会上跑第一名的骆驼叫作"千里明驼"。明驼是善走的骆驼，据说这种骆驼肚子上有一坨毛，黑夜里能发光，日行千里。花木兰就以"明驼"为坐驾，《木兰诗》中有花木兰"愿驰明驼千里足，送儿还故乡"的句子。

为了热闹，也为了找到真正的"千里明驼"，漠北每年都要举办赛驼会。

"千里明驼产生了。"县事为他挂上绶带，突然锣鼓喧天，歌舞队过来了，驼羊会成了欢乐的天堂。

七天的驼羊会就这样每天都上演着精彩的好戏，世庶官员与民同乐，男女老少欢聚一堂。那些在苏武庙前祭祀祈福、在赛驼会上欢呼雀跃的场景，将成为漠北人心中永不泯灭的精神记忆，世世代代，恒远流传。

六

安化的春天是茶的世界，尤其是清明、谷雨时节，一望无际的绿海中，总有淡淡的云雾，云雾之间有一群采茶女，她们有的四五十岁，有的只有十几岁，在灰蒙蒙的天空下，劳作在绿海之中。这些人穿着粗布的衣裳，有的还戴着青布的花巾儿，扎着裤腿，裹着竹箨的草鞋。她们清脆的声音在山林中荡漾，明亮的眸子一丝不苟地盯着茶树，那是生存的源泉。如果有人从这里经过，一定会看见这些女子脑后垂着的又黑又亮的长辫。

这是她们最光亮的年节，也是最辛苦的年节。每日里出发的时候，头顶只有依稀的曙色，山上的其他生灵都还在沉睡。这时，她们那"摘茶去，摘茶去"的声音，就像天然的闹铃，唤醒这老山崭新的一天。她们的青春就在这崭新——陈旧——再崭新——再陈旧的一天天里消磨着，勤劳着，但也卑微着，每日除了同伴，与她们做伴的只有腰间的布袋和背上的大竹篮，竹篮里还有一张"丁"字形的木凳。在城里，那些富人家的女儿此时的光景或许是熟睡，或许在做"女红"，抑或是同女伴们闲游，而她们饥饿时只能啃着怀里的米粿。

直到正午时分，会有一个中年男人，或许是阿桂叔，也有可能是德明叔，挑着一根扁担上山，扁担的一头是老式的秤，以及用竹筒盛着的清水；另一头用布袋子装着一些吃食，这便是姑娘们的正餐。吃饭的工夫，还有一件顶重要的事，那就是上午每个人劳动的成果，这时都要上秤、入袋、登记重量及名字。阿桂叔或是德明叔收起东西就走了，但她们的工作还在继续，直到傍晚，夕阳西下，天边逐渐黯淡，远处的青山只剩下模糊的影子。村庄的屋顶上，炊烟正在呼唤归去，而她们还要翻山越岭。雇主往往会为这些人提供膳宿，但采茶到底不是什么肥差，每日忙到向晚，采茶七八斤，得钱一角五六分而已。

　　向梅在这群姑娘中比较特别，她十六七岁的样子，年纪小，人也俊俏，就是不怎么说话。她好像很懂得"光阴似箭，日月如梭"的道理，每日上山后就立马工作。别人在说笑，有的在唱歌，有的多少要嬉闹一下子，毕竟都还是阳光年岁的女孩子。况且，春天终究是养人的，总能让人生起慵懒的情绪。但她无动于衷，既不闲谈，更不歌唱，就如同她的生命是借来的，着急还，每天就是不动声色地采着茶，用今天的话说，像一台轰鸣的机器，不知道停息。

　　向梅还没有被太阳晒得多么黑，山泉水养出的皮肤白里透红，在光芒下还能透些亮。她梳着两条辫子，细细的眉毛下一双眼长期顺着向下看，头也不爱抬。她的鼻子高棱棱，同伴们都夸过，但她不过莞尔一笑。除此之外，她就好像没怎么再笑过了，那两片红唇总是闭着，急匆匆地做事，好像参加什么竞赛。她的衣服看起来应该要比别人红艳，但那红艳已成为历史，这显然是从某个姐姐那里继承来的，早已发白，不知经过了多少年岁，慢慢地就会补上几块补丁。补丁这种东西，有的时候要用巧，比如被磨破的一个洞，如果绣上一朵梅花，终会化腐朽为神奇，但向梅的衣服没那么讲究，毕竟她是个很忙碌的人。

　　她果真不是个爱玩的人吗？那恐怕也未必，别人在嬉闹、谈笑、歌唱的时候，她的耳朵在倾听。人们说过的每一句话、唱的每一首歌，她都记在心里，但她自己总不吭声。

　　"你叫什么名字？"第一次来时，姐妹们总要问的。

　　"我叫向梅。"

　　"你多大了？"

　　"十六岁。"

她就是这样，也不是不理人家，只是人家问一句，她就答一句，余下再没有别的了。别人和她说了一些别的话，她一般只是草草点头，或是一声"嗯"便了结。大家终于发现她是个闷葫芦，都不再和她说话了，但也没人讨厌她，因为她的确很可人，静静地在那里做事，也不惹人烦。

这天应是这个季度最后一天采茶了，因为这份工基本完结。每年都是如此，有茶旺盛的时节，就有衰落的时节。别人都有些期待，似乎忙活了这么久，总要轻松一下了，但向梅的脸上却留有淡淡的忧色。

"向梅啊向梅，你还没干够吗？这一阵子，你可每天都采得最多呢，也该歇歇了。"

向梅抬起头来，看了一眼劝她的姐妹："我不干，就挣不够钱了。"

大家多少是能够感觉到的，向梅十分缺钱，但问到细节，她又不肯说，别人也不好再提。向梅总是那样独来独往，就像云中的仙子，她从来没在东家提供的地方住过，她自己有家。她的家，别人虽没去过，但还是听说过的，那同时也是账房先生的家。

大家正忙活着，忽然听见一阵犬吠，接着就有姑娘在哭，原来是香岚。人人都知道，再厉害的人也有害怕的东西，李元霸打遍天下无敌手，偏偏惧怕雷声，而十四岁的香岚便最是怕狗。那东西一朝她来，她就浑身汗毛倒竖，篮子当时就掉在了地上。今天那狗也不知怎么了，看见她都这样了，偏偏就变本加厉地狂吠起来。香岚退一步，那东西就进一步，茶叶倾在地上，被脚踩得蔫了，怕是没人收了。

"这谁家的畜生，跑到这里来撒野！"大家嚷着，就去驱赶那黑犬，有的气不过，捡起石头就砸。黑犬被石头砸中，发出尖锐的惨叫，负着痛跑掉了。

这时，还有人为香岚不服："别让我知道你是哪家的畜生，不然我就要去打门！"

香岚已经止住了哭声，抽噎着弯腰捡那些茶叶，满脸的心疼。其他人有的仍在骂狗，有的来安慰她，有的帮着她一起捡，她一瞬间成了大家的宝贝。

"这可怎么办哟，这些茶叶，他们还收不收啊！"

"这都被踩烂了，肯定不能要啊。"不知谁说了这么一句话，马上被一个白眼止住，那说话的人也意识到自己伤了人心，顿时愧疚起来。

突然，有一双手伸过来，把那刚刚扶正的篮子拖了过去，大把大把的新鲜茶叶往里倾倒。向梅做这些事的时候，仍是一言不发，任凭周围一片惊诧的目光。

香岚不好意思起来了："梅姐，不行，我不能要你的。"

她的"梅姐"一把拦住她："怕什么，我多的是。"

她的话虽然不多，但十分坚定，好像不容置疑，大家没有一个敢拦着的。中午，德明叔来收茶叶时，那些坏茶被德明叔自己买下了，他只当是香岚不小心，谁也没提黑犬的事。有人看了一眼向梅，她依旧该干吗干吗，于是大家也没提她把自己的劳动成果让给别人的事。

终究是年轻的孩子们，再大的阴云也很快就散了，茶山里不一会儿就充盈起快活的空气。向梅今天破天荒地拉起了香岚的手，说是她们两个年纪小的要献唱一首，没人听过这两人唱歌，大家顿时就来了劲。

只听见两个姑娘扯开嗓子唱了起来：

> 三月采茶茶发芽，
> 娣娣采茶上山岩。
> 头上梳着盘龙髻，
> 脚底穿着绣花鞋。
> 咱的茶它有茶号咧，
> 江湖上人叫它女儿茶。

你既吃了女儿茶，

可还记得那天上的霞诶——

在塔防乡胡老爷的庄上，向怀山正打开那记得满满的账册，封皮上是他今年开春写的"春茶总登"四个墨字，胡老爷还夸，凭这四个字，就该卖十两银子，然而夸归夸，十两银子的事终成罢论。账册头一页写着"同治壬戌年三月十二日谷雨后三日，开山采茶"，后头秀气地添上两个字——"利市"。"收汪郎冲茶草七斤半""收学堂弯茶草两斤""收背后山茶草两斤"……这些都要一一登记翔实。他写着写着，竟忘了时间，终于看不清了，才意识到天已经黑了。把账册与胡老爷交割了，今日就算完满，便告辞回家。

向怀山初来安化时，是不屑于做这些事的，虽说秀才不是官，但在民间也算是有功名的体面人，应该开馆教学，再不济哪怕沦落街头变卖字画，也还算是没丢下文人旧业。这种经济之事，他昔时最为鄙夷，然而有人牵强附会，从他的诗中找到了"反动妄语"，把他排挤到了这里。真是祸不单行，妻子又重病，正是用钱之际，哪里还有得选？

向怀山回到家时，女儿向梅已经把药抓回来了，正在烹制。她听见有人推门，并不回头，只是拿嘴招呼："爹爹，饭菜在灶上温着，快些吃吧。哥哥也快回来了。"

"诶，好，好。"

父亲一边吃饭，一边就着微弱的火光，看女儿熬药，妻子在房中微微呻吟。他凝视着火光中那年轻的面庞，内心有些愧意，她原本应是嬉戏的年纪呢。父亲张了张嘴，欲言又止，但终究还是发出了声："梅儿。"

女儿仍然没有搭话，回答的方式就是原先忙碌的双手停下了，表示自己在细听。

"最近挣得些钱，明儿给你裁块布，做套新衣裳吧。"

女儿犹豫了半晌，最终说了一个字："好。"但转而就后悔起来，又补充了一句，"一般的料子就好，不要那绸子的，反而不耐磨。"

父亲本来想说"你也该漂亮漂亮了"，但最终只是点了点头。他轻轻地叹了口气，不敢太响，防止妻子听见又要担忧。她常常挂在嘴边的话就是："让我走了罢了，这病生生地是折磨人，白白费钱而已。"

"一切都会好的。"不知道谁说了这么一句。

转眼到了十月，向梅已经换上了厚衣服，她虽然仍是拮据，但比以前好了。母亲终究没能熬过那个春天，化作春泥护花去了。她还是要忙碌，虽然不采茶，总有些事情要做，有的时候，几乎就是当个男孩子来用。

夜，清冷，月光隐在云雾里，这是南方常有的事。南方月也含蓄，不像北方，光洁的空中悬着一轮，亮堂堂，明晃晃，没有一丝杂色，没有一毫遮掩。忽地，驼铃响了起来，这不是南方的生物，他们来了。

驼队的到来，他们的茶，也就有了更好的去处，这让他们都欣喜得很。

只不过这对向梅来说，好似也没什么变化，除了采茶给的钱多了两个铜板——这笔钱对向梅也算是一笔欣喜的收入。

因为这笔格外的收入，向梅今日干活干得更利索了些，只不过今日的气氛倒和平时有些不一样，时不时就有人过来和向梅打个招呼，说几句话。

向梅说的话也比平时多了些，也不知是谁说了个好笑的事情，顿时一片欢声笑语，就连一向不苟言笑的向梅也被逗得身子发颤，双眼笑得都眯了起来。

众人这才发现，向梅笑起来的时候，才像个十六岁的花季少女，看得顺眼不少，平日里的向梅，活得过于老沉了些。

许是因为这个打趣，向梅的话匣子也打开了来，一群散发着鲜活气息的少女，在阳光下熠熠生辉。

侯图南跟着驼队经过此地时，便听见了这一片银铃笑声，驼队里的多是单身汉子，一个个凑上头去看，但又不敢太过上前，只能遥遥地看上几眼，更放肆的，也就朝着那边轻佻地笑上几声。然后便会收到少女们的怒目以瞪，他们也就不好意思地摸摸鼻子，这事也就这么过去了。

驼队前往塔防乡胡老爷的庄上收茶，老马他们同胡老爷验了茶凭，匆匆忙忙就要开始把那些茶装上驮架。同胡老爷寒暄那是老马他们的事，讨价还价，商业互捧，迎来送往。侯图南在边上一边忙着，一边分神想着茶山上那银铃般的笑声，忽然，他听见一个清脆的声音："爹爹，给你账册。"

他吃了一惊，扭头一看，那女子的倩影掩映在灯火阑珊处，就算隔得远看不真切，他也觉得惊诧，心里所思所想之人竟奇迹般出现在眼前。侯图南赶紧收了心思，细细地把货物安放好，拍了拍骆驼的背，骆驼竟有如心灵感应般朝他眨了眨眼，似乎在鼓动他上前去搭话，难道这是天赐的缘分？

"师傅，我看看那边还有没有要帮忙的。"他眼瞅着眼前这点活差不多了，便想着到账房先生那里去看看。

师傅瞥了一眼那边，早把他的心思猜得透透的了，笑着说："去吧，去吧，干活可以，可别把自己装进去了，要知道，你可是到处跑路的命。"

这话听着真叫人泄气，但已然管不了那么多了。他一步一步地靠近过去，像是一个找活干的长工要引起老爷的注意。他快靠近时，竟然产生了退却的想法！怎么呢？要是别人问你干啥的，你怎么跟人说呢？

他踟蹰着，偏偏看见那女子朝他走来了，越发近了，然后用那清脆的声音问："你作甚？"

他支支吾吾的，半天也没想明白自己要干什么："没，没什么。"

"今年茶叶挺多的，我们那么多人忙了好久，比去年忙多了。"人家女孩子倒挺大方，然而他不知道，向梅平时没有这么多话，甚至不会主动跟人说话。

他也不知道说什么好，只得道："好，好，忙点好，忙点踏实。"

"怎么，你们也很忙吗？"

侯图南点点头："基本是白天歇，夜里走，骆驼很金贵的，比人还金贵。"

女孩子笑了："怎么可能比人金贵？"

侯图南也解释不清楚，干脆不说话了。这时，听见有人在喊，原来是账房先生向怀山在喊自己的女儿。侯图南心里有点慌乱。

"我要忙了，你也要忙了，再辛苦一阵，就能休息了。"女孩说完这话就要走。

侯图南想着，无论如何再多留她一会儿吧，忽然想起了什么，从兜里掏出几枚扁桃仁："哎，你尝尝，味道——很不错的。"

向梅看了看他手上的干果，又看了看父亲的方向："下回吧，下回，你也可以尝尝竹笋。"

她这就走了，侯图南看了看手里的那几枚无精打采的干果，直接一口包了。他用力嚼着，然后咽下，甚至来不及品尝扁桃仁的风味，脑海里却牢牢记住了那女孩的模样。

第二天，清脆的驼铃声打破了傍晚的静谧，随着晚风传送到向梅的耳畔，不知为何她想起了昨晚在胡老爷庄上和她搭话的少年，他是个驼夫吗？

"梅儿，你快些去驼队选块布，等会儿晚了，好的都没得了。"父亲拉回了向梅的遐想。

向梅放篮了的手顿了顿："要不别做了吧，衣服够穿了。"她摸了摸身上的衣服，虽说料子旧了些，颜色也都快被洗掉了，但还能穿不是？

父亲看着向梅，眼中有些许愧疚，他无力地垂下头，叹了口气："你快点去吧，晚了就赶不及了。"说完后，就安静地择菜，什么话都不说了。

面对父亲的突然沉默，向梅有点手足无措，这时的她就像个犯了错，但不知道怎么办的无助孩子。

良久后，她才下定决心："我去看，咱们俩都做一身！"

父亲抬起头来刚欲阻止："你不用这……"

但还没等他把话说完，向梅就已经夺门而出，徒留一室清净。父亲无奈地摇摇头，同时又暗暗恨自己，为何连给女儿买件衣服都如此困难，想着想着心里隐隐作痛……

夕阳的余晖染红了天角，天与地浑然相融，熠熠生辉，黄昏下，晕染着金色的夕阳余晖，向梅踏着夕阳余晖，朝着驼队的方向前去。

"图南，这批货就交给你啦！"领房子拍了拍图南的肩膀，赞赏地看着侯图南。

一路上，侯图南的表现让他出乎意料，异常优秀，别的他不敢说，至少侯图南是他遇见的那么多学徒里面最有灵气的一个了。

学得快也就罢了，关键人家还勤奋好学，细心沉着，逻辑缜密，真的是驼把式的好料子！

侯图南应下了，看管着眼前这些所剩无多的布匹，其中有一匹是浅蓝色，上面印着一些暗纹，在夕阳的照耀下，隐约可见银色的流光，脑海里情不自禁浮现出那女孩穿着浅蓝色衣裙的娴静模样。

"小子，这匹布可以给我吗？"一位中年女人挽着高发髻，身着艳红色的宽大袖袍，说着这话的时候，还上下打量了下侯图南。

明艳张扬的红色晃到了侯图南的眼，他顺着女人的目光，看到了那匹浅蓝色的布匹，下意识地将那匹布收了起来。

他笑着露出了几颗亮白的牙齿："不好意思，这个已经有人预订了。"

中年女人的嘴里说了什么，应当是方言，侯图南虽然没听懂，但估计也不是什么好话，不过图南还是笑着说："我看这匹也不错，你要不要看看？"最后，中年女人还是买走了图南给她推荐的那匹。

这时，在一旁看了很久的向梅走上前去，看着侯图南问道："刚刚那匹布，没有人预订吧？"

侯图南诧异地看向眼前的女子，昨晚上他还辗转反侧，十分惋惜未问得那女子的姓名，没想到二人又在此相遇重逢。昨晚灯火阑珊处，侯图南只见那女子倩影亭亭玉立，现人站在面前，他也难免惊叹，这世上竟还有这样天仙一般的人，一身破旧的衣裙也难以掩盖她天生丽质的姣好面容。

侯图南笑着反问道："你从哪里知道的？"

"我从你的神情里能看出来。"向梅从容不迫地解释道。

侯图南笑了笑，对眼前的女子多了几分欣赏，他再次拿出那匹布："我和你有缘，这算是我送你的。"

向梅直接笑了，那笑容并不浓烈，淡淡的，在晚霞的辉映下，却显得分外动人，夕阳的余晖洒在她的发丝上，整个人都好像在发光。

侯图南被那笑晃得眼前生花，忽然有种被当头一击的眩晕感，许久未动过的心，在这一刻，犹如在热水中沸腾，"怦——怦——怦"地跳得好快。

"无功不受禄。"她将手里的铜板尽数倒到摆上几匹布的桌子上，接过那匹布后，便转身离去了。

其实这是他与她的第四次相见，第一次的时候，便是她把箩筐里的茶倒给了别人，那时候侯图南去讨水喝，正巧就看到这么一幕，那时阳光正烈，但侯图南觉得这个女子的灵魂，比这太阳还要更炽烈。

第二次相见，则是那次跟着驼队，一群采茶女嬉笑打闹，她显得如此娴静，只是微微点头，轻言细语，侯图南又觉得这女子应当是家庭教养得极好。

第三次相见，便是昨晚，她在灯火阑珊处和他第一次搭话，声音温润如玉，吴侬软语，如同山间清冽的甘泉。

第四次相见，则是今日，他看着桌子上的一些铜板，眼底不自觉地挂上了温柔的笑意。回过神来才发现自己又忘了问那女子的姓名，心生懊恼。但转念一想，下次吧，如果下次还能相遇，他定要牢牢抓住这天赐的缘分。

回到家的向梅，和父亲打了声招呼，便进屋里去，准备开始做衣服了。缝制衣服，还是她那去世的母亲教给她的，她那母亲绣花绣得极好。

"梅儿，先别忙活了，把饭吃了！"

今晚上的菜色很简单，但是比之前要好上太多，父亲下厨很少，但是每次下厨，油盐都会放得很重，总是会被母亲说事，说父亲不懂得节俭。

向梅吃着饭菜，油盐恰好，倒是有几分母亲的影子，她看着白净如玉的稀粥，不由想到白日里那个卖布的少年郎，嘴角泄了些笑意。

少女怀春的表情，当父亲的又怎会看不出来，不过看着估摸着也只是个苗头，他的女儿一向是个知礼的，年轻人的感情来得快去得快，且再观察观察吧。

吃过饭后，向梅连夜裁成了衣服，拼凑了些旧碎布做打底，给父亲做的是一身长袍，那是读书人才会穿的。

自己的则是一件外裙，她爱不释手地摸着这个丝滑的布料，她也许久未穿过如此好的料子了。

原先，她是打算这衣服过年的时候穿，却不承想，父亲让她明儿个就穿上新衣裳，她倒是没怎么推辞，因着她欢喜得很。

穿上新衣裳的向梅，整个人更显气质了，一路上，时不时有人看向她，采茶的时候，也被一群小姐妹围着夸赞。

这日的向梅，采茶慢了不少，因为怕把这新衣裳弄坏了，总是小心翼翼的，但一天结束后，她采的茶也并不比别人少多少。

回去的路上，向梅又看到了那个俊朗的少年郎，他的肤色是古铜色的，全身上下也就那双牙齿亮白了些。

少年郎看着向梅，笑着赞道："我就知道，你穿这衣服肯定好看！"

今日里，向梅被无数人夸赞了，但是被他说道这些话时，脸上不由得染上两片红霞，比那天边的火烧云还要鲜艳。

正当向梅羞得想要快速回家时，少年郎再度喊住了她："你是哪家的姑娘，叫什么名字？"

向梅不好意思地垂下头，看着自己的鞋尖："你问这个作甚？"

那少年郎，也正是侯图南，笑得露出了亮白的牙齿，连绵的晚霞下，他的眼底是无边的诚恳。

"我想——我想娶你！"

他掷地有声，铿锵有力，向梅被他这一句话震得下意识就说了出来："向家，向梅。"

"好，你等我！"

他站在原地，那背影飞奔着远去了，一会儿，有一只手在向他挥动。他呢，好像也挥了挥手，也好像没动，记不清了。

七

　　一句"我想娶你"如那春天的滚滚惊雷，一声炸响，震颤着向梅的心弦，搅得她心里天翻地覆，乱了心神，连那少年的名字都没顾得上问，便逃也似的回了家。向梅匆匆进了房间关上门，大口喘着气，一下一下轻抚着心口，那模样好似一只侥幸逃脱、劫后余生的兔子，怯怯地安抚着自己小鹿乱撞般不安分的心。那少年究竟是她命定的劫，还是命里的缘？她还尚未得知，也不知道伴着那滚滚惊雷而来的，是一场旷日持久的春雨，滋润着催生着莫名的情愫，叫她的爱恋来得猝不及防。

　　"小梅，哥回来了，今晚吃什么？"吱呀一声响，向竹进了家门。

　　"还没来得及做呢，哥，你先歇着等会儿。"向梅恍然间才回过神来，暗暗嗔怪着自己没见过世面，别人说一句要娶你，就把你的心搅乱了！

　　向梅收了收思绪，换上了那件打满补丁的粗布衣裳，挽起袖子准备晚饭，她一如既往地到院子里的水缸旁舀水洗菜，不知为何却一反常态愣怔地盯着水中自己的面容出神。虽常被人夸赞白净水灵、模样俊俏，但向梅也从未为此自傲过，毕竟模样是爹娘给的，又不是自己挣的，有什么好自得的，可此时她莫名在意起来，细细地端详着水中自己的面容，又想到那个少年，他是因为我生得好看才要娶我的吗？还是有其他的缘由？他喜欢我什么呢？万一他要是个以貌取人的浅薄之人怎么办？向梅隐隐地兴奋着、雀跃着，又隐隐担忧着所遇非良人。

　　"想啥呢，这么入迷？"向竹看着盯着水缸瞧了许久的小妹，玩性大发地逗弄般把水珠甩到向梅脸上。

"哥!"向梅嗔怪地斜睨了他一眼。

"我来做饭吧,看你那心不在焉的样子,我都害怕你把厨房给烧喽!"向竹一边接过她手里洗净择好了的菜,一边打趣道。

"让哥猜猜,是不是……有喜欢的人了?"向竹一脸高深莫测地看着妹妹,似乎要从她脸上看出些端倪。

"哪有!你可别乱说!"话虽如此,那仓皇否认的言辞却半点掩饰不住少女怀春的心思,那涨红的脸,那支支吾吾的解释,那心不在焉的模样,让她仿佛变成了个透明人,被向竹一眼看穿。

兄妹俩相差不到四岁,妹妹是个早慧的性子,敏感多情。哥哥明面上看着大大咧咧,实则细致入微,再加上二人年纪相差不大,多年相处的默契让向竹一猜便知。

"是哪家的小子?叫什么?说来听听。"向竹好奇心作祟,忍不住进一步探究追问。

向梅恍然间才意识到,自己竟对那少年一无所知,莫名感到一阵失落,嘟嘟囔囔答道:"八字还没一撇呢!"

晚饭做好后,向怀山才到家。饭桌上,向竹刚提起话茬想让父亲替妹妹相看相看,不想被向梅一个眼色制止,只好作罢。

入夜后,向梅闭着眼躺在床上,在黑暗的虚空中用手指一遍又一遍地描摹着那少年郎俊朗的模样,浓眉大眼,目光如炬,齿如含贝,笑如春风,古铜色的皮肤,魁梧高大的身形,还有那雄浑有力的声线,有形的,无形的,与他有关的一切都想记在心上。又想到那句"我想娶你",向梅心中泛起一丝丝带着酸涩感的甜味,生出隐隐约约的期待,盼等着少年上门提亲的那天。

第一大,向梅将裁衣服剩下的新布料翻找出来,拿出针线,打算绣个香囊,纤纤柔荑在淡蓝色的布料上穿梭,如同一只雪白色的蝴蝶上下飞舞,不到一会儿工夫,一只平绣的鸳鸯振翅欲飞,灵动可爱。向梅看着香囊上的图样心想着,他大抵是明白我的心意的吧。就这样,向梅坐在院里的草席上,绵绵的情愫从心里流淌出来，被她一针一线细细地缝进香囊里。她时不时朝着门口的方向张望，生怕自己一时不察错过了命里的缘分。

第二天，向梅在饭桌上主动提及婚嫁之事，打算先探探父亲的口风，生怕少年会被父亲责怪为难。"爹爹，你说我要是远嫁了，你会舍得我吗？"向梅吃着饭，闲聊般漫不经心地提了一嘴。向怀山闻言，夹菜的动作一顿，严肃道："你想远嫁？那你舍得丢下爹爹和哥哥吗？"向梅闻言愣怔了半晌，没作声，只是闷闷地吃饭。

第三天，向梅坐在门槛上怔怔地看着来路的方向，少了几分兴奋雀跃，平添了几分犹豫忧愁，暗暗责怪父亲为何如此质问，这和让她选择是把左手砍掉还是把右手砍掉有什么区别，难不成非得在二者之间分出个孰轻孰重？难不成就没有两全的选择吗？想到这，向梅觉出一丝烦闷来，可又不知如何是好，只能抬头看天，任由思绪神游天外。

第四天，第五天，一个星期，一个月，三个月过去。向梅的憧憬期待在日复一日的盼等中一点点被消磨，最终消失殆尽，再也泛不起半点波澜。他让她等得太久了，久到向梅以为那句"我想娶你"不过是当时风太大自己听岔了，久到向梅以为二人的相遇只是自己做的一场美梦，久到情愫变成怨怼，最后渐渐被失望掩埋。曾经以为两难的选择，被命运自作主张替她写明了答案，本以为是命里的缘分，现在看来不过是水中月、镜中花，匆匆过客罢了。

命运的红线，有时候就是这么猝不及防又处处有迹可循。

在一切归于平静后，两个相爱的人又相逢了，他们再次相遇在那条回家的路上，那个少年亲口说"我想娶你"的地方，一切仿佛轮回般回到了三个月前。

向梅愣怔地站在原地，不可置信地看着眼前的少年，忍不住大胆猜想，他是来找我的吗？直到少年走到自己跟前，她才回过神来。他眼里满溢而出的热望，她看得真真切切，倘若是真的，那为何又失约让自己苦等？若真的是有事不能前来，那为何连封信都没有？若是只言片语都吝于解释，那句"想娶你"的话到底又有几分真心？向梅望向那双真挚的眸子，想找个答案，她想不明白。

"对，对不起……"日思夜想的人儿就在自己眼前，侯图南想说些什么，可千言万语堵在心口，最终化作了无力的歉意。

向梅就这么怔怔地看着他，等着他的解释，心想着无论什么缘由，只要他说了，我就相信！可最终，还是没等来半个字。向梅自嘲地笑了笑，眼里泛起泪光，决然转身而去。

侯图南突然感觉心里揪疼，他低下头，眉头紧皱，一股不安的感觉瞬间荡漾开来，心底有个无形的声音催促着他要做些什么！要做些什么呢？

霎时，一股热流涌上心头，侯图南望着向梅逐渐变小的背影，使出浑身力气大喊着："向梅，我叫侯图南，王侯的侯，图画的图，南方的南。"他一声一声地重复着，铿锵有力的声音一字一句地在山间里回响，仿佛要把自己的名字深深地刻进向梅的心里。向梅脚步一顿，回望着那个声嘶力竭呐喊着的少年，突然有些恨他，恨他轻易将承诺宣之于口让自己当了真，恨他不告而别又贪心不足想让自己记住名字，这天底下怎么会有这样无赖的人！

缘起缘灭缘终尽，花开花落花归尘，向梅渐渐释然，把自己投入日复一日无穷无尽的劳作中。仲夏时分，又是一年采茶的好时节，向梅每日早早地出工，晚晚地回家，狠着心把每一份力气都挥洒在茶田里，耗尽了才肯罢休，这样或许就分不出多余的精力挂念心里的那个人。那个人却不肯释然，一有时间便马不停蹄地赶到茶山中，寻着个不远不近的距离呆坐着，静静地看着向梅。等到天色渐晚快要收茶的时候，就自告奋勇替采茶女们把采好的茶扛到山上，弄得姑娘们都纷纷打趣他，说自己沾了向梅的光。他也不解释，只是默默地干活。向梅本就不想承他的意，可耐不住侯图南像头倔强的小牛般，赶也赶不走。等到下了工回家了，侯图南便走在向梅身后，隔着段不远不近的距离，也不搭话，就这么默默地护送她回家，被质问到究竟想干啥，侯图南也只是说，不图啥，就是想在最后的这一点日子里陪陪她，图个安心，留个念想。向梅看着他那双澄澈干净的眸子，被那双眼睛望着，再大的气也撒不出来，感觉像是一拳打在了棉花上，只能任他去了。

这天傍晚，向梅一如既往给东家交了茶后收拾东西准备回家，习惯性往身后一瞥，却没看到那个熟悉的身影，正纳闷着又转念嗔怪自己自作多情，人家又不是时时得空护你回家！

就在这时候，侯图南观了观天色预感到风雨欲来，便招呼着驼夫们把晾晒的茶叶赶紧收起来，以免受潮变了质。等忙完一切，侯图南一刻也等不及了，揣着些吃食到兜里，拿上雨衣，步履匆匆往茶山的方向赶去，在心里祈愿着向梅现在已经安然回到了家中。

可事不如人愿，乌云越来越暗，越来越低，转眼间电闪雷鸣，几个冰雹大小的雨点砸了下来，如同鞭子般发出啪啪的声音，砸在身上打得人生疼。向梅走在茶山的小径上，在雨夜交加的山间小径中一步一个脚印，摸索着前行的路。雨越下越大，脚下的路越来越泥泞，向梅走得越来越吃力，雨珠狠狠地打在她眼皮上，让她睁不开眼睛，雨水顺着眼窝流下，模糊了她的视线。寒冷、失温、饥饿、疲累抽走了她身上最后一丝力气，让她如同提线木偶般被风雨冲刷摆弄，肆意玩弄。一声惊雷吓得她心神一颤，脚底打滑，滚落到路边的灌木丛中。霎时，一阵前所未有的孤独感向她袭来，击得她溃不成军，仿佛被全世界抛弃在身后。向梅躺在草丛中，脸上泪水雨水交织，脚上脱了臼肿起一大块，她绝望地闭上了眼。

"向梅！向梅！你在哪？听得到我说话吗？"突然间，一个雄浑有力的声音伴着嘈杂的雷雨声传来，传到向梅耳畔，一声声，一句句，真真切切呼唤着她，牵挂着她。

"我在这——"她挣扎地动了动，垂死挣扎般挤出最后一丝力气回应着侯图南。

不稍一会，向梅感受到自己整个人被宽大的雨衣罩住，身体贴在了一个厚实滚烫的背上，心却如同归巢的鸟儿般安定下来，卸了最后一丝防备和力气，昏昏沉沉地睡了过去。

侯图南就这么背着向梅，耳边听着心上人传来规律的呼吸声，背上感受着心上人胸腔的阵阵起伏，借着夜色的遮掩，自顾自地吐露着心声。

"向梅啊向梅，你可把我吓坏了！这一路过来，我心心念念地想要找着你，想着要是你孤零零的一个人被困在山林中该有多害怕，可我又不想找到你，找不到就意味着你已经安安全全回到家了。"

"你说咱俩是不是命定的缘分，月老在天上给咱俩牵了条红线，砍都砍不断，这不我又找到你了！"

"不怕你笑话，我第一次见你就喜欢，心脏怦怦跳个不停，快要跑出来了都，脑子稀里糊涂地跟放了烟花似的。没能来赴约是因为生了场大病，一病昏睡了三天三夜。唉，你怨我我也不怪你。"

"要是我生在南方，生在安化，生在你们村，你爹是不是就肯把你许给我了！可真要是这样，我还会是侯图南吗？你还会喜欢上我吗？"

"没有哪个爹希望自己的女儿远嫁，我也不想横刀夺爱，娶走了你爹唯一的掌上明珠。可是，直到刚刚我才知道，我无法想象没有你的日子，这话听着肉麻，可你别不信，虽说我们不过才见过几面，但我感觉像认识了很久一样，那叫什么来着，一见如故！"

"向梅，有你在身边，我才能心安。"

侯图南将肉麻的话絮絮叨叨地倾泻而出，听得月亮都羞得躲进云层中，不肯再露面。之前三个月，是他短短十八年来少有的优柔寡断的时刻，一边是一见钟情的向梅，一边是痛失亡妻再不愿与亲人分离的向怀山，这叫他如何抉择？更何况自己是一年到头到处跑路的人，婚后二人定然是聚少离多，又叫他如何忍心让向梅独守空房，数着漫漫长夜盼等着他？他不愿那么自私，可心里又割舍不下，所以才像个无赖般想让向梅记着他，念着他，想着他。这些话，只能憋着，藏着，化作委屈，化成不舍，趁着夜深人静的时候说给月亮听。

可侯图南不知道的是，背后的人不知何时醒了过来，早已听了个七七八八。向梅的热泪顺着脸颊流淌在侯图南的背上，隐于夜色之中。雨停后，月光倾洒，如轻纱般轻柔地笼罩在二人身上，二人乘着月色回到了向家。

向梅醒来时，已然是第二天中午，她如梦初醒般睁开眼睛。

"我估摸着你应该快醒了。"侯图南恰好端着药从门口进来。

"谢谢你。我……"向梅道谢后，又想说些什么，可千言万语在心口难开。

"没事，我知道你的意思，你放心，我不会挟恩以报。"侯图南粲然一笑，把药放在桌上后便起身离开。

"若我偏要你挟恩以报呢？"向梅嗔怨他是个榆木脑袋，她进一步，他便要退一步。

侯图南闻言，一刻也等不及，直接找上向怀山，双手抱拳，单膝跪地于向怀山面前："向先生，向梅是我命中注定之人，我侯图南今生今世非向梅不娶，还望您能成全！"

"爹爹，我愿意！"还未等向怀山开口，向梅腿脚不便行走，只好在厢房内大声呼喊着应答，生怕侯图南被父亲为难，惹得向竹直笑话她："你就这么迫不及待想把自己给嫁出去？"

向怀山走进向梅的房间，从抽屉中拿出侯图南这三个月寄来的信放到她床头，长吁短叹感慨着："留不住啊，女大不中留啊！"

向怀山本以为借着向梅的口吻，在信里冷言冷语几句，就能断了二人的姻缘，可谁承想，拿刀能砍断柴火，却砍不断二人的缘分，反倒阴差阳错让二人的羁绊越来越深，真应了那句话，万般皆是命，半点不由人。事到如今，也只能听之任之，随她去了。

三日后，侯图南随着驼队出发，将在安化收好的茶叶运往泾阳制成茶砖，待事情办妥后再回到安化迎娶向梅。临行前，向梅将绣好的荷包交给侯图南，看着心上人远行的背影逐渐变小，消失在群山之中，心情蓬松得像花儿一样绽放，因为她知道，这次，她的少年郎再也不会失约。

八

　　制茶必须在春秋季节，夏季太热，冬季太冷，都不能加工出优质茶叶，为赶上春季制茶，驼队不可能在这里停留太久，很快就要回去了。侯图南临走的时候反复回头望，望着向梅挥手告别的倩影，直到驼队消失于山回路转之间，只能看见火柴盒大小般坐落在群山之中的房屋，才恋恋不舍地回头，他心里空落落的，还未走出二里地，就害了相思病。

　　驼铃"丁零零"地响着，一低一高，高低起伏，满载着货物的骆驼干劲十足，向着制茶的陕西泾阳走去。侯图南跟在领房子后面，随着骆驼前进。他看见驼架上的货物，想起向梅说她今年也参与采茶了，而且采了很多。"很多"到底是多少？侯图南不由在脑海里绘制向梅的样子，她那天在采茶时笑得那么灿烂，像是阳光洒在绿叶上的露珠一样美丽动人。

　　侯图南的思念悠远绵长，身子回到了漠北，心却落在安化，就连刘老爷也能从他神情中窥见情窦初开的心思。

　　"小子，你还没说下媳妇吧？"

　　"啊？"侯图南没想到刘老爷会问这事，"还没呢。"

　　"看上哪家姑娘没有，要有，咱们就去提亲，你说呢？"

　　"唔——"

　　刘老爷摇了摇头："我可不喜欢这样的，男子汉大丈夫，有就是有，没有就是没有，大胆说出来。"

　　侯图南吸了一口气，轻声说了句："胡家账房的女儿。"

　　"什么？胡家张房的女儿？哪个胡家？怎么又张房了？你别

含糊，要说就说清楚，不愿说就算了。"

侯图南心里直跺脚，心说你都这么问了，我能不说吗？他干脆拿出一副爱谁谁的样子："茶庄胡老爷家账房先生的女儿。"

刘老爷有点不相信自己的耳朵："谁？"

侯图南有些急了，觉得刘老爷八成是有意的："就是安化茶庄，胡老爷家账房先生的女儿。"

刘老爷正色道："好小子，你才见过人家几次？你知道人家叫什么吗？"

"向梅，向家村的向梅。"念及向梅的名字，眼前瞬时浮现出向梅的模样，侯图南情不自禁笑着答道。

刘老爷瞧着他一脸春心荡漾的模样，严肃道："小子，你是说真的，没跟我闹着玩吧？你要是敢闹着玩，我可揍你！"

"真的！"侯图南大喊一声，颇有一种死猪不怕开水烫的气势。这一喊让刘老爷吃了一惊，老马他们也不得不往这边看一眼。

"好，好小子，别人跟我说我还不大信，原来真有这事。我问你，你跟人家说什么了吗？许人家什么事了吗？"

侯图南仔细回忆了半天，回答："我说要请她吃扁桃仁。"

刘老爷忍不住抬手照着侯图南脑门上来了一下。侯图南忙不迭一边躲闪，一边笑着答道："我还说了，要娶她！"

刘老爷恨铁不成钢地骂道："你个夯货，有你这么跟人说话的吗？你都要娶人家了，就请人家吃扁桃仁？你那扁桃仁是灵丹还是妙药啊，吃了能长生不老？能叫人家跟了你？"

侯图南嘴里没一句话能回，只能低着头，好像犯了什么错似的立在那里。刘老爷没好气地说了声："快去看看你师傅去，你个夯客！"

侯图南便离开了，隐隐听见背后刘老爷和老马在商议："给他准备些东西，叫他去胡家庄上问问……"

不久之后，侯图南就被陈羊从牧场揪了出去，被要求洗澡换衣，带上一份礼物，随朗征叔又去了南方。

向梅依旧一如既往，在茶田里采茶，一如既往不怎么爱说话。侯图南突然出现在了茶地里，肩上搭着一个包袱。他穿着纯白的对襟短衫，黑裤子的裤腿扎得结实，一双白底黑布鞋崭新，挺直了站在地里，只是笑。有采茶的女孩子看见他，便指给同伴，相互间窃窃私语起来，便引起了向梅的察觉。

向梅看见他了，一下愣住，手里的新茶差点掉了。那些伶俐的女娃们一下子觉出其中有事，便一齐起哄，把个向梅窘得不知所措。她只好摘下布袋，放下竹篮，快步跑过去，拉着他的袖子就走。侯图南不知怎么回事，像峰骆驼一样随着缰绳的方向快行，嘴里想说话，但又不知怎么开口。

终于，他们到了一个没人的地方，但耳边那起哄声还是很响。向梅松了手，低着头，一言不发。侯图南觉得傻站着终究不是个事，便放下包袱，从里面拿出一副手套来，递到女孩手上。

"你们这里冬天冷吗？这是我自己织的。"

向梅瞧了瞧那花手套忍俊不禁笑出声来，手套样子很板正，就是这花色太杂了，红的绿的黄的杂糅在一起。可看着侯图南殷切地看着她的模样，又不忍伤了他的心，笑着把手套收下答谢道："谢谢，我很喜欢！"这是她的真心话，虽然很丑，但因为是他做的，所以她很喜欢。

"哦，还有，这是我们老爷让我送来的。"侯图南从包袱里拽出一个精致的盒子，"老爷说，不管你肯不肯嫁给我，这个都送给你。"

向梅犹豫着要不要接，那青年已经直接塞给她了。她看盒子上有四个字：合盛福砖，知道是茶叶。虽说二人心意相通，也早已定下，但要是直接收下了，会不会有些不太矜持，这真叫她为难。

"还是先回家吧！"向梅提议道，"你送我的这些东西，我也腾不出手来拿，不如一并送家去。"

"送家去？送谁家去？"

"嗯？"

侯图南忽然反应过来，狠狠地拍了一下脑袋："嗨，我真笨!"他便抓过那两件礼物，装回包袱里，一溜烟地跑了。没过多一会，他又来了，向梅没有回去采茶，仍在那里等着。远处起哄的声音已经停息，几个妮子在搞大合唱。

"你跑得可真够快的，看来平时没少跑啊。"向梅笑道。

"啊，对，平时总是要跑的，驼队要去很多地方。"侯图南口直心快，忽然又后悔起来，怕姑娘觉得他太忙会没空陪她，"不过，半年在外，半年在家，总还是会安定的。"

向梅觉得没什么话说了，便坐在石头上，低头看蚂蚁搬家。

"你，你怎么说？"

"什么怎么说？"

侯图南觉得如鲠在喉，急得脸红如柿，支支吾吾半天，还是没说出来。他站在那里，觉得浑身不自在，干脆坐下来，望着她："你知道我要说什么。"

向梅说："骆驼咬人吗？"

"啊？"

"我说骆驼咬人吗？"

"不，不咬的，骆驼，骆驼是很温顺的。"

"对生人也一样吗？"

"一样的。"

"天冷怎么办？"

"天冷？天冷有牧场，有毡帐，里面很暖和，可以喝茶。"

"打架吗？"

"打架？谁打架？打谁？"

向梅沉默了一会儿，发现似乎自己也说不清，干脆不问了。两人又沉默了，场面有些尴尬，向梅便又开了口："有米饭吃吗？"

"这个有的，虽然面吃得多，但是也有米饭。"侯图南不知道女孩为什么问这些，只能有问必答，如实回答。

向梅点了点头，便离开了，侯图南想说什么，却更不知如何开口了。走出了几步，她忽然回头说："你过一阵子再来吧。"

侯图南挠了挠头，望着向梅远去的背影，有些丈二和尚摸不着头脑。

"你个夯客，那就是人家同意了，不然叫你过一阵子再来做什么？要是没同意，你就不用再来了。"朗征叔对他说。

不久，双方合了八字，把庚帖写在纸剪成的红叶上，与女方交换了，便开始进油煎饼了。再后来，刘家送去食粮两石四斗，分糜、谷、麦、豆，各色六斗，衣料数件，黑头羊一只，得回礼六斗六元。侯图南没了父母，婚事是刘老爷帮着办的，按照当地的风气，以典雅简朴为要。向梅的母亲已经去世，她自己梳起头发，系上缨。

就这样，侯图南在二十岁上娶了十八岁的南方姑娘向梅，正是一八三七年。按照向怀山的要求，一切虽然从简，但必要的礼节不能少，也是经过了请期、迎亲、送亲、成礼。

结婚那天，还是用轿子把新娘从邻村抬过来，新娘下轿后，由伴娘扶着跨过火盆，"撒帐先生"一边用五谷杂粮、栗子、红枣、花生与彩色纸屑相拌而成的"礼花"向新娘身上撒去，一边说："一撒金，二撒银，三撒新娘有福人，四撒新娘喜盈盈，五撒新娘过花影。"侯图南和向梅在众人的簇拥下进入大门。

两人吃罢交宾斋，饮过齐眉酒，便要拜灶神，漠北人认为灶神是"天上耳目臣，人间福禄神"，小觑不得，也是向灶王爷报告增添了一个人。按照当地的习俗，傍晚要"闹新房"，掌灯的看酒，说出一串赞词来，两新人答谢，送针扎、荷包、散油果、喜糖。在当地，赞词的种类很多，诗歌、文辞、绕口令、裱天棚、拔花儿、抓鲫鱼等，均属常见。

这掌灯说唱起来：

正月里喂牲口，
二月里动了身，
三月里走新城，

新城呀，新城！

巴郎的鼓儿，

咴布隆咚咚，

杨柳叶儿青。

妹妹（哥哥）呀是我心上的人！

巴郎的鼓儿，

咴布隆咚咚，

杨柳叶儿青。

哥哥（妹妹）呀，

咱俩海枯石烂不变心！

这便是有名的《走新城》。向梅听了这北方的调门，与南方大相径庭，但也颇有趣味。她脸色酡红，觉得这词儿唱得也忒直了，心里却暗暗地笑。

"合卺"之后，向梅静静地坐在床边，有种恍然如梦的眩晕感。俗话说嫁鸡随鸡，嫁狗随狗，嫁给侯图南便跟着他从安化来到了漠北，毫无疑问这是她有生以来最大的"豪赌"，她义无反顾地押上了全部的身家，青春年华，过往岁月，未来生活，一切的一切，结果如何，她还尚未得知。

"吱呀"一声响，把向梅神游的思绪拉回当下。随后木门拉开一条细缝，本应在前厅招待客人的侯图南蹑手蹑脚走到向梅面前，掀起她的红盖头。

"饿坏了吧，来，吃点儿。"侯图南把堆成小山的菜肴端到新婚妻子面前，给她递了双筷子。

这本是不合礼数的，可礼数哪有妻子的饱暖重要？他怕向梅一人在房里，渴了，饿了，无聊了，寂寞了，被冷落了，于是一刻也等不及了，偷偷溜进婚房。

向梅看着眼前人傻笑着望着自己的模样，心下已经了然，这场豪赌，她绝不会输，当下不会，未来也不会，她相信自己的眼光。

九

　　转眼，王兆瑞到刘家驼场三年了。三年的时间说长不长，足够他扎扎实实学了一身本领，驯驼，算账，经商，样样精通，他已然不是当年那个连自己名字都不会写的毛头小子了。三年的时间说短也不短，他持之以恒不断精进技能，虽说进一寸有一寸的欢喜，可他深知"纸上得来终觉浅，绝知此事要躬行"的道理，要走过戈壁、沙漠，越过沼泽、冰川，要直面过穷凶极恶的悍匪、贪婪狡诈的野狼，才能成为一个真正合格的驼把式。因此当得知可以跟陈羊和侯图南他们走新疆的消息后，他激动得绕着刘家驼场疯跑了好几圈，之后更是一夜没合眼。他等这天已经等得太久了。

　　临行前，曹五爷特意照着王兆瑞的身量给他做了件长皮袄。皮袄是每个驼夫必备的衣物，塞外风大，平时有毛一面朝里穿，可以御寒；遇着雨雪天气，再把有毛的一面往外一翻，雨水雪水随着毛尖流到地上，如同南方人雨天穿的蓑衣。漠北人的皮袄都是这样的皮袄——皮板外露的样式，人们叫它白板子皮袄。

　　驼队起场那天，王兆瑞穿上曹五爷做的白板子皮袄，棕色的腰带紧紧地扎在结实的腰板上，整个人精神抖擞，容光焕发，他笑着对送别的曹五爷挥手告别，心里泛不起一丝离愁别绪，反而浑身热气腾腾的，有种莫名的兴奋和期待。当初在驼队里听老马、陈羊他们绘声绘色地讲述带领驼队远走新疆、蒙古时险象环生的经历时，王兆瑞也曾想过有朝一日能跟随驼队走遍大江南北，现下梦想成真，让他有种被冲昏头脑的眩晕感，梦游一般随着驼队启程出发。

对于第一次远行的人来说，沿途的一切就像那万花筒般新奇。夕阳西下，余霞成绮，构成一轴绝美的山水画，悠悠驼铃在无边无际的荒凉中随风摇曳，留下一串生命的音符。此情此景之下，茫茫戈壁竟多出了几分奇异的绚烂瑰丽。

因为未曾跟随驼队走过长途，王兆瑞被陈羊安排在队伍中间的位置，以免跟不上队伍。王兆瑞也乐得在这个被人照顾的位置，方便他仔细观察驼队的动向，从中习得有用的技能经验，更快地成长。

驼队中，一名骑着高头大马的驼夫，策马扬鞭跑到队伍前方，不久后又掉头回来。王兆瑞听曹五爷说过，这是驼队里的"骑马先生"，骑马先生恰如漠北县"跑旱船"社火中的"水盗"，负责巡查驼队可能发生的一切意外。骑马先生常在驼队殿后，当需要探路时，则策马扬鞭冲出十几里地，在沿途做好路标后返回。

夜里，茫茫戈壁上升起一轮皎洁的明月。

驼夫们天未亮就出发，一路攒着劲走着，行至皓月当空的夜里，多少都有些疲累困倦。突然间，一声秦腔划破黑夜的安宁静谧，如同晨钟暮鼓，震颤着众人的耳膜，让昏昏欲睡的人儿一下子醒了神。三句过后，驼夫们心有灵犀般不约而同地合唱下去，雄厚有力的歌声在夜空中回荡，慷慨激昂，苍劲雄壮，唱出了西北大地千年的风情神韵，唱出了黄土地上劳动人民的万千悲喜。"丁零丁零"的驼铃声响变成铿锵和谐的最好伴奏，与人声相映成趣。唱得好的，歌声如同烈酒般沁人心脾，唱得跑调的，像喊牛吓狼般震天动地，莫管好坏，在不在调上，唱到动情之处，必把歌唱透了才肯停歇。几曲高歌过后，大家的睡意早被一扫而空，人也觉着轻灵活跃起来。

行至深夜，先行的领房子陈羊已在选定的宿营地生起一堆篝火，在茫茫夜色里，远远就可以看见温暖的火光。

五更时分，驼队来到营地，骆驼被一连子一连子地牵过来，由驼工们动手卸货，两三百斤的砖茶垛子便从卧着的骆驼背上卸了下来，码成整齐的货巷。卸完货后，大家就地休息等着开饭。这时最忙的要数锅头和水头了，他们一个忙着弄水，一个忙着煮饭。这顿饭是要吃拉面的，因为拉面实在、管饱，吃饱了才能走得动路。开饭后，大家伙都聚到帐篷围成几圈大快朵颐起来，饭是"宽瓣子拉面"，驼夫们就着掠过水的"沙葱"吃，经过一天的劳累奔波后，再简单朴素的饭菜也如珍馐佳肴般美味无穷。吃过饭再休息一会儿，此时，帐篷里充满烟火味和生活气息，茶壶冒着蒸气，有的再也顶不住睡意的侵袭，在热闹喧嚣中沉沉睡去，不到一会儿工夫就鼾声如雷。有的三五成群围在一起，玩起了"掀牛九"，有的说说笑笑，喝着茶，抽着烟，聊着天，讲讲故事，谈谈"走天下"的见闻。鸡毛蒜皮的牢骚感慨，据理力争的争辩抬杠，真心实意地劝说安慰，你一言我一语，仿佛有说不尽的话，身处险象丛生的旅途，大家可谓同生共死的兄弟，哪有什么东西还能藏着掖着？能说的不能说的都一吐为快，彼此交心。

等到歇息的时候，驼夫们一个个铺开羊皮袄、毛毡、栽毛褥子，盖了被子倒在帐篷的地上呼呼入睡。王兆瑞摸着疼痛欲裂的屁股小心翼翼地躺下，闭上眼睛回味起白日里第一次走戈壁荒漠的滋味，干疼冒烟的嗓子，皲裂破皮的嘴唇，灌了铅般沉重的双腿，散了架般无力的肢干，生理上的痛苦明晃晃地向王兆瑞昭示着成为一个优秀的驼夫所面临的困苦，更何况这一路风平浪静还未遇着什么突发情况，这还远远算不上挑战。

奔波行路的疲倦让大家一觉睡到大中午，醒后，驼夫们陆陆续续将自己的骆驼牵到草地上放牧，吃完便到井边饮水。王兆瑞把水用柳条漏斗汲上来，再倒在木槽里，骆驼喝得很乖，王兆瑞坐在一旁静静地看着，心里有种莫名的平静。

吃完午饭后便开始做行前准备，大家分头牵回骆驼，搭好垛子，然后自前而后串成连子，再把收好的帐篷连同营地的其他用品放到骆驼背上。正午过后，驼队启程，荒漠上又响起了阵阵驼铃声。弯弯曲曲的、长长的行列向荒寂的、历经风霜雨雪的大漠深处走去。

在荒漠深处，阳光洒在沙砾上，辉映出金黄色的光，与天际边万道霞光交相辉映，这是沙漠独有的神秘和瑰丽。风扬起一片片细沙，飘散在空中，形成了一种梦幻般的景象。

驼队缓缓前行，穿越着无边无际的沙漠，每一个行人都沉浸在这片广袤而又神秘的土地之中。他们的眼神中透露着对未知的好奇与敬畏，每一个脚步都似乎在述说着一段关于荒漠的故事。

夜幕降临，星河璀璨，穹顶笼罩下，让人有种置身于九天银河的梦幻感，仿佛自己也变成了瀚海星河中的一颗繁星，寄蜉蝣于天地，渺沧海之一粟，在这片孤独而神秘的土地上，人们似乎能感应到大漠的呼吸，也愈发觉察到自身的渺小。驼队继续向前，一步一步地踏上这片未知的领地，每一个行人都在心中祈祷着能平安抵达。

"摘铃！"陈羊发号施令让驼夫们摘掉前后驼铃。一个完整齐全的驼队，头驼必挂一桶状铁铃，红穗木质铃锤的驼铎，声音沉浑厚重；尾驼则挂一碗状铜铃，内置条状铁质铃锤，俗称"咋铃子"，声音清脆嘹亮，响彻整个荒原。驼铎与咋铃子声音一低一高，形成强烈对比，声声不息，遥相呼应，驼夫以此来判断夜行时驼队是否完整无缺。

清脆悦耳的驼铃声是驼夫心中最温柔的回声，但在路过一些强寇出没频繁的地区时，为了掩人耳目，驼队会将头驼和尾驼身上挂着的铃子取下来，驼夫会放轻自己的脚步，避免打草惊蛇，直到通过危险地带。

正当驼夫们以为危机解除长舒一口气时，转瞬之间，狂风大作，黄沙弥漫。不知道是不是沙漠没听到人们心中虔诚的祈祷，抑或是听到了还是打算为第一次踏足这里的人降下重重考验。

飓风面前，人力实在过于渺小。大风之下，精瘦黝黑的王兆瑞难以抵挡疾风的力量，连连后退跟跄几步就要摔倒在地，突然间，一双有力的大手从背后扶住了他，王兆瑞回头一看，是侯图南。

"图南哥！图南哥！"他激动地叫起来。

"抓紧驼绳，守好骆驼和货物！"侯图南大声回应着叮嘱他。

王兆瑞闻言后，紧紧地拽住骆驼的驼绳，他单薄的身子，靠着小面积的摩擦，紧紧攀附着地面与骆驼。

陈羊扬起右手，队伍瞬间安静。只见他从怀中取出一个银质号角，号角声一响，驼队便整齐划一地停下了脚步。在沙漠中，领房子的号角就是不容抗拒的规矩，是在绝境中化险为夷的生存法则，号声一响，队伍须闻令而动，令出即随，随即四人从驼队中出列，从腰间掏出一面蓝色三角旗，高高地举起来，迎风一招。王兆瑞随着大家按照以往训练的队形，井然有序地往四处散去，以旗子为中心点，分为东西南北四个方向，然后让骆驼卧倒，就地围成一个圆形状的骆驼城圈，人躲到里面。

驼队和风暴就这样在戈壁滩上对峙着，一方张牙舞爪、耀武扬威地宣示着自己强大的力量和不容挑战的权威，一方默默承受着狂风的强压，按兵不动。

一阵强风过后，风势渐小，侯图南朝着东方的那面旗子走去，取下驼背上的牛皮帐篷，将桩子深深地扎入地下。风势凶猛，如若桩扎得稍浅，整个帐篷都会被风刮走，在沙砾雾影中，找都找不到。侯图南木桩打得快而稳，每根木桩都深深地扎根在地上，并还无师自通地学会了物设下横闩，领房子从旁边走过，看到侯图南扎的帐篷，满意地点了点头。

风力显然变小了，侯图南还是把帐篷扎得极低，并设下气孔风洞。等到帐篷扎起来的时候，侯图南的手脚都冷得僵硬。众人抖去风沙，缩进帐篷里，稍作休息。

王兆瑞嘴干得厉害，用舌头舔了下嘴唇，反倒舔了一嘴的沙子，他皱着眉把嘴里的沙子吐出来，刚想喝口水润润嗓子，正好，黝黑的牛皮水壶出现在他的眼前，王兆瑞抬眼一看，侯图南拿着水壶，用眼神示意他快喝。

"图南哥，谢啦！"王兆瑞接过水壶咕噜一口喝下肚。

王兆瑞发觉侯图南看着自己腰间挂着的算盘愣神，于是把算盘解下递给他。绛红色的算珠锃亮发光，一看就是经常使用的模样。

侯图南拿着算盘，学着五爷的样子拨弄算珠，姿态行云流水，只是让人看着都觉得赏心悦目。

王兆瑞不免连连惊叹，两眼放光地看着侯图南："图南哥，你这算盘打得太妙了！"

侯图南含蓄地笑着答道："算不上厉害，比起曹五爷差得远了。"面对他人的夸赞，侯图南总是习惯性自谦。走的地方多了，也见过不少能人异士，知道人外有人天外有天，但也有足够的自信，再大的困难和挑战都能迎刃而解。

二人在小小的帐篷中相互依偎着，谈天说地，心愈发贴近。等风沙渐渐平息后，侯图南拿出铁条围成的火炬子生起火来，接着又把身上的光板羊皮袄脱了下来，用作做饭的案板。不稍一会，腾腾热气在帐篷中缭绕升起，香喷喷的饭菜香勾得人味蕾大开，王兆瑞吃得津津有味，侯图南趁着炉膛里的烈火，架上黄铜茶炊，熬制驼夫的茶饮。

沙漠风暴平息后，劫后余生的愉悦在空气中不断膨胀，大家围坐在一起，颇有种同甘共苦的亲热。闲下来的人爱唱戏的唱戏，不唱戏的人就尽情聊天，从天南地北说到海角天涯，一天的劳顿在这一茶一饭、一言一笑中烟消云散。

茶余饭后，驼夫们掏出自己的羊骨头烟棒子，大口大口吸烟。王兆瑞看见旁人抽烟棒子，心念一动也想凑上去试一试，不想一口烟入肺呛得他不住地咳嗽。还没等他缓过劲儿来，有些不嫌事大的还凑上来把自己的烟棒子往他跟前递，弄得他面露难色连连摆手，惹得旁边年长一些的驼夫阵阵发笑。侯图南笑着看着，轻拍王兆瑞的后背，让他舒缓些。

"图南，试试？"有人让他试试，侯图南笑着摇摇头，对于这些能让人上瘾的东西，他一向是敬谢不敏。

王兆瑞和侯图南跟随着驼队一路前行，整日沐浴在阳光下的帅小伙儿变成了个行走的铜人，模样也愈发帅气硬朗。行至小青山，王兆瑞看见一个大"鄂博"，鄂博是漠北人对"敖包"的称呼。这个鄂博里面是土堆，外层由石头包裹着，鄂博上绕着绳子，绳子上挂着各色布块。漠北驼户自古有祭祀鄂博的风俗，不论红白喜丧之事，还是道家佛家念经祈福，都要事先到鄂博上祭祀一番。祭祀之外驼们还会建自己的鄂博，红柳村有多少驼户，就有多少鄂博，如王家鄂博、马家鄂博、姜家鄂博、侯家鄂博等，而且这些大姓除原居地有鄂博外，家支迁往哪里，就在哪里建立起新鄂博。

陈羊让驼队停下，几个年龄大的把式往鄂博上垒上一块石头，祈愿添子添孙、添福添寿。陈羊拿出酒壶，摆上供品，深深地鞠躬三次，神情肃穆而虔诚。小小的土石堆，寄予了人们虔诚的信仰与美好的祈愿。因为人在做、天在看，举头三尺有神明，因而做事不可随心所欲，逾距而行；因为神会聆听人的祈愿和忏悔，因而人始终心怀希望，在生活的苦海中持之以恒默默前行。

越过戈壁之后，又是一片苍茫无际的沙漠，沙漠中的沙丘时而高耸入云，时而连绵起伏，宛如一座座金色的巨龙蜿蜒而行。

不知走了多久，久到让人怀疑这是一条没有尽头的路，久到让人意识恍惚以为陷入了无尽的轮回，久到恨不得让自己也变成这无边无际瀚海里的一粒沙随风飘荡。王兆瑞牵着骆驼的缰绳，虽举步维艰，却不肯落后一步，行走成了当下唯一的使命。

"出瀚了！"一个驼夫大叫起来。

"是啊，出瀚了！"另一个驼夫也很兴奋。

这一路，经过了小红淖、大红淖、节红壕、帐房山，没有骆驼吃的草，也没有驼夫喝的水，一旦入瀚，一切补给都要靠自身携带。长途赶路，越歇越想歇，停留得越久，危险就越大，驼夫们必须打起十二分的精神面对沙漠里可能出现的一切危险。

前方就是石板子井，石板子井就是胜利的符号，只要看见这地方，就意味着可以支起帐篷，睡个美美的觉了。吃饱喝足，养起精神，到了新疆也能体面些，做起生意来，自然多了份底气。新疆这时候在大家眼里成了经历九九八十一难之后终于抵达的西天，充斥着脑海中所想象的一切美好，驼队抵达后也可以光明正大地响着驼铃，浩浩荡荡地开进城去。库尔勒的人们视驼队为福音，早就做好了准备与他们互通有无。不过，成熟的商路都是有代理人的，在整个巴音郭楞，乃至整个新疆，没人不知道董志璋的。其总部位于奇台的"永和泉"商号，经营着茶叶、绸缎等生意。刘老爷的驼队所运输的货物，就是永和泉在南疆的重要货源之一。

陈羊自然是轻车熟路地找到了董志璋在本地的分号，与掌柜的对接好，交付了货物，这单生意算是完成了大部分。之后陈羊便根据驼夫们一路上的表现，给大家发赏钱。

王兆瑞和侯图南连赏钱都没来得及领，就走出了人群，二人强撑着身心的疲累，寻了个阴凉处，径直躺下，胸腔波动起伏，大口喘息。正午的阳光透过草丛的缝隙映照在二人脸上，古铜色的皮肤在阳光下熠熠生辉。怀着相同远大志向的二人相视而笑，一切尽在不言中。此次驼队的行程已经结束，两个青年人生的巨幅画卷正徐徐展开。

十

又是一年秋来时。这一年，向梅生了个大胖小子，取名叫欢儿，侯图南也壮实了不少。当初黑亮的皮肤在风吹日晒之下渐渐变成了古铜色，为了让自己看起来更成熟些，侯图南还蓄起了胡须。陈羊看着他不复以往稚嫩的模样，常开玩笑说他也像那十八罗汉一般，就要修成正果了。话虽如此，他在驼队干的还是"拉连子"的活，未曾带领驼队出行。虽胸怀远志，但侯图南也心知天下大事必做于细，古今事业必成于实，因而也能够沉心静气扎扎实实学技能，倒也学会了不少东西。比如说做鞍屉，这是每次"卸垛子"后必要的检查，但凡有磨损的，一定要及时缝补。每家驼队都有色调一致的鞍屉，远远望去便好区分。侯图南不仅有把子力气，还有一双巧手，有时向梅忙时，他得闲便帮着做些缝补的活计儿，拿到集市上去被交口夸赞手艺好得不得了，乐得平日里寡言少语的向梅打趣他，说是承了他的情，赚了个美名。跟着驼队在外边跑时，侯图南也一边放牧，一边用羊骨棒织毛活儿，做成袜子或手套之类的小手工制品出售，一来打发时间，二来也能贴补家用。

"这次是要跑趟新疆古城子，运砖茶。"陈羊在水泡子边找上正在饮骆驼的侯图南。

"好。"侯图南以为只是一次例行的起场，漫不经心点头应声示意自己知道了，却没注意陈羊嘴角隐藏着一丝笑意。

"刘老爷说这次让你当领房子。"

闻言，侯图南愣了半晌，他愣愣地看向陈羊，似乎没反应过来听到了什么，回过神后眼里溢出难言的激动和喜悦。陈羊看着他嘴角掩饰不住的笑意，拍了拍他的肩膀勉励道："你小子，我就知道你能行。这趟回来，你可是刘家驼场最年轻的领房子了，年少有为啊！"

"师傅，你就别打趣我了！"侯图南笑着应声，胸腔中鼓起一股即将直面挑战的勇气和激动，暗自下定决心要将事情办漂亮。

"合盛茶砖？"

"对，上次跑泾阳，还记得吧？"

侯图南当然记得，那是他头一次看见西北首富马知闲的队伍，那叫一个声势浩荡、气势磅礴。合盛茶砖就是马家驼队所产。但他倒也不熊，心里想的是古书里的楚霸王："彼可取而代也。"

他倒是很感谢刘老爷，府上附近住着一个致仕的田举人，常常能教给驼夫们一些知识。只是大伙日夜地忙，总想歇歇，觉得那书上的东西既古老又不实用，离自己十万八千里，便不是很在意。侯图南倒是对一些故事有些兴趣，喜欢听三国故事。

"关中的气候正是一绝，那里的水也少有，这制茶的本事，像是老天送给的。"侯图南喃喃道，"一方水土养一方人吧，那泾阳的水只适合制茶，要论喝，也算不得甜的。"

二人简单聊了几句后，陈羊便往前面去，找上砖头王和花头交代此次起场的事宜。砖头王这人有些厨艺，便在驼队里当了个锅头，但平时好练些武艺，尤其那头，硬如板砖，加之姓王，便得了"砖头王"这个绰号。花头是驼队的"骑马先生"，负责保障驼队前后成员的联系畅通，以及探路、寻找水源、联络客栈等事务。只因这人很早就有了一头花白的头发，落下这么个称呼。

侯图南也牵着骆驼打道回府，紧赶着想把这好消息说给向梅。向梅知道了也只是淡淡地笑了笑，侯图南敏锐地注意到妻子那笑容里和眉眼间隐藏着一丝郁色，于是主动提议到泉边去走走。月下，向梅和侯图南两人在泉边散步，手拉着手，已不像当初那样忸怩了。两人只这么走一圈就够了，也没什么要说的，该说的话早已说尽。

向梅想问问驼队能不能带女人，可问了又能如何呢？还要跟着他去到那山高水远的新疆不成？向梅想了又想还是没开口。

事实上，驼队是不能带女人的，那是九死一生的营生，带着女人更不方便。只有一种情况下驼队会驮着女人，那就是这些女人都是货物。这种情况在刘家驼队是绝不可能有的，驼队不带烟土，不带女人，永远只做正经生意，这是他们的底线。

临行前，向梅对侯图南旁敲侧击，恨不得把他的心牢牢拴在自己身上。"你到了新疆，可不要把心思放野了。"

侯图南点了一下她额头："你放心好了。"

"我发现你这阵子不像当初那么憨了，变滑头了。"

"橘生淮南则为橘，生于淮北则为枳，我一结婚就变滑头了，到底是谁的原因？"

向梅白了他一眼："油嘴滑舌。"

他们忽听见远远的喊声传来，张眼望去，陈羊双臂交叉挽在胸前笑着打趣道："你两个腻歪够了没？我跟我老婆也没像你们这样难舍难分的！"

"我走了，向梅。"侯图南三步一回头，挥手告别。

"去吧。"向梅看着侯图南那恋恋不舍的模样哑然失笑，望着丈夫的背影逐渐变小，消失在遥远的天际。

人们出远门，总爱过了团圆节，再挥泪告别亲人，告别家乡，殊不知深秋时节的草原收起了夏季时的柔美。猎猎西风席卷过枯黄的草浪，如黄河的波涛般一波一波肆虐地扫过不屈的草滩，秋气肃杀，带来茫茫无际的苍凉。每一个驼夫都步履铿锵，为了生活前往遥远的地方。

经过两个多月的长途跋涉，驼队终于抵达此行的目的地——新疆古城。要是以往，侯图南早就扬鞭跃马一溜烟冲进人头攒动的集市中。可这会儿，他只是面色凝重地吩咐驼夫们卸货，先行查看一下货物情况，再做进一步打算。驼夫们也如霜打了的茄子般，头顶上笼罩着层散不去的阴云，只是沉默着干活。

"一个个丧眉搭眼的做什么！"侯图南眼见着大家伙儿没一点精气神的样子不忍开口道。

起初驼队起场时，一个个还是精气神十足的模样，眼睛里亮晶晶的，对瑰丽神秘的草原风光充满好奇，犹如探索一场甜美的发财梦，感觉目标就在前面，到了，就快到了！可谁也未承想，就在即将抵达的前一天晚上，一场突如其来的瓢泼大雨将所有人的梦浇了个粉碎，将飘乎乎浮在云端的人儿一下子拽到地底，扎扎实实摔了个疼。

"侯头，有大半布匹和绸缎受潮了。"王兆瑞将货物受损的情况大概估量了一下，驼夫们闻言不住叹气，神色愈发凝重。

"那三块金宝黑砖呢？"侯图南关切地问道。

"在这，没受潮，我好好护着呢！"王兆瑞将捆扎成包的三块茶砖从袋子里掏出来递给侯图南。

"大家伙儿别泄气，先随我去找货主说一下情况，或许这事儿还有转机。"驼夫们闻言眼里又亮起希望的光，三下五除二把货物拾掇好装在驼背上，随着侯图南找上主顾。

"侯把式，快请进，贵客远道而来，有失远迎啊！"还未进门，巴雅尔就派了一众家仆在门口盼等着，等侯图南一到立刻把人迎进蒙古包中，笑着给他倒上热腾腾的酥油茶。

"巴尔雅老爷，我这次辜负您的信任了。"侯图南顾不上细酌慢饮，只想着如何把眼前的事儿给解决了，将杯中茶水一饮而尽，然后起身深深鞠了个躬表示歉意。

"昨晚上下了场大雨，布匹绸缎受潮了不少，您先随我去看看情况。"

巴尔雅闻言脸色一变，二人一齐来到蒙古包外。驼夫们已经将货物卸下来放在毯子上，码得齐齐整整，让受潮的布匹绸缎看起来更美观些，心想着这样或许能多几分挽留主顾的可能。巴尔雅亲自和家仆查看货损情况，脸上最后一丝笑意也消失殆尽，他蹙起眉来，面色凝重，边翻看货物边不住叹气。驼夫们愣怔着站在一旁，一个个如同做错事受罚的孩童般神情窘迫，纵使心里万分忐忑，也只能巴巴地等着主顾下最后的判决，看得侯图南有点心疼。

"巴尔雅老爷……"侯图南欲言又止，深吸了口气开口道。可还未等他把话说全，巴尔雅一个手势就将他的话堵回了嗓子眼里。

"侯把式，这次的货物损失情况太严重，恕我不能接收！"说完便大步离去走进蒙古包中，侯图南拔腿尾随而上。情况虽已然如此，但他还是想替自己、替队伍里的大家伙儿再争取争取。

"我们可以降低价格，只要一切都有得商量。您再考虑考虑，这回是天不遂人愿，下了场暴雨坏了咱们的生意。您放心，等下回我们驼队带来更好的料子，我侯图南肯定头一个奔您家里边儿去。"

侯图南恳切地看着端坐着喝茶不发一言的巴尔雅，言辞诚恳，将底线一再退让。不同以往，这次驼队里头大部分是些二十出头、头顶青茬的好后生，他们有着初生牛犊不怕虎的闯劲儿，怀揣着对远方的期望，做着一步一个脚印走出财富之路的美梦，侯图南不想看着那些如璀璨星辰般怀着热望的眼睛暗淡下来。

"我知道你们一路上历经艰险十分不容易。可我这布匹绸缎是入冬后用来给王公贵族制衣进贡的布料，可你这叫我如何拿得出手啊！"巴尔雅是侯图南的老主顾了，也知晓他是个坦率正直的性子，可这次若不是有难言的苦衷，又怎叫他忍心看着眼前这个魁梧雄壮得顶天立地的硬汉卑躬屈节的模样。

话已至此，侯图南也不欲让交易伙伴难做，行了个礼便辞别而去。

"侯头，咋样了？"年轻的驼夫们眼见着侯图南从蒙古包出来，一下子跑上前去将他围作一团。

"王兆瑞，你带着大家伙儿先回宿营地休息，我去外边寻寻看，还有没有其他办法。"侯图南不欲多说，只是安慰地拍了拍王兆瑞的肩膀，接着是一番良久的沉默，沮丧明晃晃地挂在驼夫的脸上。

侯图南将大小事项安排妥当后，便跃身上马往集市赶去。他牵着马在热闹喧嚣的集市上徘徊，不甘心就这么竹篮打水一场空，思索着对策。侯图南就这么失了魂般走着，连眼前来了人都没注意，抬眼一看，竟是曾相识的同行赵本海。

"侯把式，刚喊了你几声了，都没见你反应。"赵本海走到侯图南跟前，看着他眉头紧蹙的样子发问道，"你这是遇着啥事了？一脸愁容的样儿。"

侯图南把情况大致给他说了下，问他有没有主意。

只见赵本海精明的眼眸滴溜溜转悠了几圈，缓缓开口道："这样，你把货物甩给我，我出这个数。"赵本海把手伸进侯图南袖子捏手指头报价。

这一下子砍掉一半的价格，叫他如何能接受？侯图南震惊地看着赵本海久久没说话。

"我也是看在咱们是同行的分上替你排忧解难，这天要下雨娘要嫁人，拦也拦不住啊，赔血本甩货也是没办法的事儿。"眼见着侯图南面露难色心焦如焚的样儿，他又暗暗添了把干柴让他心火烧得更旺些，"你要有本事，你就耗着吧，一个驼队每天耗钱如流水，你不给人们找点活儿，就等着闹事儿吧。"说完赵本海头也不回地走了，心里头却暗想着侯图南迟早会找上门来。

侯图南琢磨着赵本海话里话外的意思，突然灵机一动，找活儿？或许可以让驼夫们到集市上卖布匹，没错，零售单价还更高些呢！可是，大家伙儿语言不通、风俗不通，更别说经验不足，怕是到时候甩货不成又惹出些事端来，不行，还是得找个本地人代理，打开销路。想到这，侯图南身体里凭空生出一股绝处逢生的力量，胸腔中鼓动的雄心和责任一下子刷亮，让他一刻也等不及便策马扬鞭回到宿营地将消息告诉大家伙儿。

第二天，侯图南便早早到集市上寻找专门出售布匹绸缎的蒙古族商人，情况却不尽如人意，不是见着他急着出手趁火打劫把价格压得太低，就是嗤之以鼻压根看不上残次品的质量，本以为天无绝人之路，没想到又撞着一堵南墙碰了一鼻子灰，侯图南只好打道回府。

一人一马踽踽独行在回宿营地的路上，斜阳将侯图南的影子拉得很长，西风呼啸，平添了几分清寂肃杀的萧索，难道就没有办法了吗？侯图南望着天在心里默默祈祷着，希望天上的神明能降下神启。

这时候，迎面走来个骑着马赶着牛群的蒙古族牧民，侯图南立马勒紧马头走到路旁让牛群先过。多年伺候牲畜的习惯让他不自觉地观察着经过的牛群状态。侯图南盯着地上的一摊牛粪观察半晌后，调转马头赶上走远了的牧民。

"这位大哥，你的牛群中有病牛，不过病症还在早期，不是很严重。"侯图南说完便走进牛群中，指出具体是哪几头牛生了病。

牧民大哥神色惊喜，指着其中一头病牛道："兄弟，你还真是神了，今早上这头畜生恹恹的不肯吃草，我还估摸着是不是生病了。"

牧民大哥乐呵呵地笑着，目光炽热，把手搭上侯图南的肩膀，蛮横地拉着他到家里坐坐，"多一位朋友多一条路，神佛降下缘分，让我们在今天相识，你可不要拂了我的好意！"话已至此，哪还有让人拒绝的余地。

酒足饭饱后，牧民大哥拉着侯图南的手互诉衷肠，他才得知牧民大哥名叫苏日格，祖辈逐水草而居，以放牧为生。为感谢朋友的热情款待，侯图南想着把畜场里的牛群都照看一遍。只见他扬鞭策马冲击牛群，将畜场搅得尘土飞扬，声浪滚滚，嘶鸣不断。不过几分钟的工夫，侯图南就从尘雾中冲出来，十拿九稳地报出牛群的总数字，病牛多少，该用什么药，潜在发病的牛有多少，要采取什么样的防御措施。虽只是寥寥数语，可他脸上泰然自若的神情让人不由自主地信服，苏日格激动得死活不肯放他离开，非要拉着他喝个天昏地暗，直到侯图南坦言自己不胜酒力才放过他。

"苏日格大哥，你有没有认识做布匹生意的好兄弟？"侯图南心里记挂着事儿，处处寻着转圜的机遇，不肯放过一丝一毫的可能。

"你这算是问对人了！我最好的兄弟阿扎泰是这城中数一数二的布匹商人！"苏日格自信坦言道。

侯图南"蹭"地站起身来单膝跪地先行了个谢礼，吓得苏日格连忙将他扶起身。他将情况一五一十地告知了苏日格，苏日格也顾不上天色已晚，二话不说带着侯图南骑马出门径直奔向阿扎泰的家商定计策。

有了苏日格的引荐，事情竟像大坝泄洪般冲破了重重关隘，渠道变得畅通，事情一帆风顺起来。第二天，阿扎泰到宿营地查看了布匹绸缎受潮的情况。他也不像那些趁火打劫的商人借势压价，而是坦然承认这批布匹的质量上乘，颜色、花纹还是市场紧俏的东西，只要打开销路肯定能出手。阿扎泰又将布匹展开仔细翻看着，惊奇地发现里边还有未湿透、完好无损的地方。

在商言商，利在情中，情也在利中。侯图南不愿借着人情多占朋友的便宜，主动让利提出完好的布匹一个价，湿掉的部分可以半价，阿扎泰一口爽快应下。侯图南从中拿出两匹良好的作为酬谢，阿扎泰也不客气地高兴收下，还主动提及要替侯图南另外再多找些商家，尽快把湿掉的货物甩卖出去。

莫非这就是冥冥之中自有的安排？这时候侯图南真真切切确信了定是神佛听到了他的祈祷，为他降下命中注定的缘分，送来雪中送炭的朋友。想到这，他激动得一下子抱住阿扎泰，两颗心隔着胸腔同频震动，似乎有根无形的线让他们心思相连，灵犀相通，无言中传递着诉说不尽的情意。

不过多时，飞扬的尘土中传来雷鸣般令人震颤的马蹄声，阿扎泰带着其他布匹商人打马归来。在驼夫眼中，就好似从天而降的奇兵救他们于水火之中，让那些苦不堪言一步步丈量遥远与苦难的日子有了甜蜜蜜的回报。王兆瑞顿时眼热，用蒙语深情恳切地倾诉着远道而来的艰辛，天不遂人愿降下大雨打湿货物的困境以及只能赔本甩卖却求告无门的经历。阿扎泰也在一旁旁敲侧击敲边鼓。商人们闻言一哄而上纷纷竞相出价，过不了多久，所有货物便抢售一空。回头一算总账，竟比批发商家还高了些许，不仅不赔反倒盈余。

侯图南把赠送的那两匹布匹算在自己账上，还把盈余的钱拿出部分请大家伙儿大吃一顿。待酒足饭饱把心安安稳稳地放到肚里后，几个半大小伙子竟抱着侯图南一把鼻涕一把泪地哭起来。侯图南也明白这事儿就像块挪移不动的大石头，沉甸甸地压得他们喘不过气来，现在风波过去也任由大家伙儿发泄着，不责怪，只是拍着他们的后背安慰。

解决完这摊子麻烦事后，第二天侯图南和驼队便马不停蹄赶往朔勒番老爷毡帐中，此行所带的三块金宝黑砖，其中有两块就是朔勒番老爷所预订。待将茶砖亲手交到主顾手中，主顾将货物清点核验完毕后，侯图南脑子里紧绷着的弦才彻底松下来。

回程路上，粗犷嘹亮的号子声不知何时响起，伴随着骆驼的阵阵嘶鸣，唱得人心情像绽开的花儿一样蓬松起来。草原上，万丈霞光为这些可爱的人儿照亮回程的路，歌声响彻云霄，在空中荡漾，久久回旋。

十一

一波未平一波又起。

这天，侯图南把剩下的一块金宝黑砖精细地用牛皮纸包了几层揣进兜里，正打算骑马去寻访驼队的故人，不想刚刚出门就被一群士兵手持钢刀围住，而另外一群士兵闯进屋里翻箱倒柜。

不一会儿，领头的兵从屋内搜出块金宝黑砖，轻蔑地看了眼侯图南，开口道："侯把式，走吧，我们朔勒番老爷有请！"虽言语恭敬，可姿态强硬得让人不敢拒绝，亮闪闪泛着光的刀刃已经明着告诉他胆敢反抗的下场。

侯图南就这么被请到了朔勒番老爷的毡帐中。

"侯把式，你们老掌柜没跟你说过做生意的规矩吗？"朔勒番面若冰霜，冷冷质问着。

侯图南定了定心神，眼睛直直地望向朔勒番老爷，深呼吸后平心静气开口："朔勒番老爷，是您派人把我请到这来，还未向我告知事情原委，就对我劈头盖脸一顿质问，这难道就是蒙古贵族的待客之道吗？"

朔勒番被说得一顿语塞，惊诧于眼前这人泰山压顶而不惊的沉着镇定，又反应过来自己才是占理的一方，冷哼一笑开口道："侯把式真是好定力，到这份上还能装得跟没事人一样。你可还记得前天早上你给我送来了两份上等的金宝黑砖，可你猜怎么着？当晚我这两份好茶就全部失窃了，我一查才发现其中一块回到了你的驼架上，另一块竟然出现在了吐耶拜家的书架上，你说，这算怎么回事？"

侯图南这才了然是暗中被人摆了一道，至于幕后指使者是谁？又是如何做到的？他还没有头绪。侯图南眯缝着眼思索着，还是决定先安抚好朔勒番老爷的情绪，好给自己查清事情真相争取时间。

"老爷明鉴，我侯图南以性命担保，这定是有人暗中蓄意陷害！"侯图南波澜不惊，缓缓开口。

"陷害？谁陷害你们？你们初来乍到，有谁会和你们结仇？这要是你们一踏进我们新疆古城子就与人结仇，受人陷害，那你们今后的生意又如何开展呢？又如何取信于我们蒙古人呢？"朔勒番不依不饶继续质问道。

话虽不好听，但还是给了侯图南一丝启发。初来乍到大概率不会与蒙古人结仇，那就是汉人，究竟会是谁呢？侯图南百思不得其解，直到听见朔勒番老爷咳嗽提醒才回过神来。

"这件事，我们确实有顾虑不周的地方，但偷盗之事，确实并非我们所为。老爷您想想，我们交易完成钱货两讫，我又何苦冒险折返回来偷走货物呢？退一万步说，就算我贪婪奸诈，又怎会傻到把赃物明晃晃地放在自家驼架上，这不就是把把柄送到您手上任您拿捏嘛！再说了，我们驼队历经千难万险才到了这，为的就是开辟一条稳定的商道，和蒙古同胞们互通有无，要是做出这种背信弃义的事，伤害了大家的感情，以后这唐不拉哪还有我们的立身之地？就算您不计前嫌，我也没脸再和大家伙儿做生意了。"侯图南一番话说得是情真意切，以理服人，让朔勒番不禁高看了他几分。

现如今的新疆古城了不比从前，各个老爷家的皮料、香料、草药以及大批牲畜都试图销往内地，而内地的驼队也在暗自争取着自己的势力范围，没准，这侯图南真的是让人给算计了。

话虽如此，但失窃一事终究要有个着落，朔勒番老爷斟酌开口道："侯把式，依你看这事儿总得给我个说法，不能因为一句捕风捉影的陷害就让我平白无故蒙受损失。你打算如何了结此事？"

侯图南从怀中掏出银票来："老爷，这是当初卖茶时您付给我的银票，现在尽数归还，您给我三天时间，三天后我定会给您一个满意的答复，到时候您再将银票交还于我。请您相信我，我们远道而来就是来交朋友做生意的，而不是冒死来结梁子找不痛快的。"

"好，既然你这么说了，这钱我暂且收下，三天之后，只要你能还我一个真相，我不仅如数奉还这银票，还要设宴款待你，交下你这个朋友。"

"多谢。"侯图南行礼辞别。

朔勒番老爷大手一挥，让手下放行。侯图南一出毡帐，萧瑟的冷风夹杂着沙砾刮得他脸生疼，他脸色铁青，心事重重地向自己驼队的宿营地走去。

"侯头，你回来了！"王兆瑞见着侯图南走进营地，急匆匆放下手中的碗筷迎上来，其他驼夫也跟着凑了过来关切地问候："怎么样？""没事吧！"

侯图南摇摇头宽慰地笑笑："有点事，不过不打紧，头一次来，没事儿才不正常呢。我们不惹事，但我们也不怕事，万事开头难嘛，过去就好了！"

锅头二虎盛了碗面端到侯图南跟前："甭管有事没事，饭还要照常吃，觉还要照睡，天一亮，路自然就通透了。"

翻滚的热气扑鼻而来，在寒凉的秋夜里形成一团白雾，使得驼夫们的脸在雾气中变得扑朔迷离。

侯图南接过面条吸溜一大口，热气腾腾的面汤穿肠而过，暖到骨子里，也让他恢复了点精气神。吃完后侯图南把自小跟着自己的手下聚到一起，简单交代了事情的大致情况。

"咱们头一回和人家做生意就遇到这档子事儿，人家不信任咱也是自然，所以，为了让朔勒番放下戒备，我把钱还回去了。"

驼夫李稳子急了："你全还回去了？侯头，那里边可不止我们的钱，万一……"

侯图南举手止住他的话头："所以，我们必须在三天内查清真相，否则我们这趟就白来了!"

水头赵康说："侯头，你有什么主意？兄弟们替你办。"

侯图南点点头，继续问道："今早上，除了扁头和三柱子，还有谁靠近过那头被查出来有金宝黑砖的骆驼。"

大家伙儿思索片刻后，王兆瑞坦然承认："我，是我给那骆驼卸垛子的，我们从朔勒番老爷家出来后，还跑了几家，都是我在跟着，我敢保证那时候绝对没有黑砖。"

听到这话，大家伙心里咯噔一下，赵康看了眼正给骆驼喂食的扁头和三柱子，率先开口道："侯头，你不会是怀疑……"

侯图南赶紧把食指竖在唇前，让大家不要声张："你们该干啥干啥去，我再去看看那骆驼。"

说完侯图南便起身往棚圈走去，扁头和三柱子刚喂完食往外走，他们和他打招呼，他点点头漫不经心地问道："你俩在我这干得还习惯吧？"

"习惯，习惯，在哪都是干嘛!"扁头应答着。

三柱子也附和道："是啊，只要有口饭吃，在哪都能习惯。"

"你们那天说什么？你们掌柜的因为啥把你们赶出来了？"

二人相互对视后垂头，扁头觑了眼侯图南，不好意思地开口道："我们哥俩一时糊涂偷了掌柜的二两银子，实在是家里出了急事儿，才一时脑热头昏做了错事，谢您不计前嫌愿意收留我们哥俩，我们保证再也不干那种事了!"三柱子在一边把头摇得跟拨浪鼓似的，恨不得把心挖出来自证。

侯图南拍了拍三柱子的肩膀："嗯，好好过口了走正道才是正经。对了，你们以前掌柜的是？"

三柱子答："李福生李掌柜。"

"单干？"

二人点头应答："单干。"

侯图南心里有了数，让他俩回去歇着，自个儿又到那出事的骆驼处看了看，不看不要紧，一仔细看，竟在鞍子上发现了一些白色的粉末，他用手拈起一小撮闻了闻，不是毒药，也不是烟土，这是……面粉。

他径直来到毡帐中，驼夫们有的在煮茶抽烟，有的在吹牛扯淡，二虎在角落里不声不响地吃着面。

"有谁知道，昨晚上去吐耶拜家交易的是哪家驼队？"

空气霎时静下来，驼夫们愣住了，谁也没注意到这事。

"我记得是赵本海家的驼队吧？"侯图南说完给王兆瑞递了个眼色，王兆瑞会意，点点头附和道："对对对，我想起来了，就是赵本海家。"

侯图南又问了其他人，看见大家都答不上来，侯图南佯装不满："你们这些人哪，要眼观六路，耳听八方，不然，机会到了跟前都还不知道呢。"

他转而又问二虎："二虎，你记得吗？"

二虎头埋进碗里，头也不抬地说："兆瑞说得对，就是赵本海家。"

"你确定？"

"没错，你可以去问，我昨晚看得真真的。"

"好，你吃完面后跟我出来一下。"

侯图南便出了毡帐等着，不一会儿，二虎便出来了："侯头，你叫我什么事？"

"你昨晚上给骆驼喂食了？"

"没……没有啊，这个不归我管，我还得管做饭呢。"

"不，你肯定去了，而且去的就是出事的那头骆驼，对不对？"

二虎沉默了。

侯图南看了他一眼开口道："你走这趟的钱我不会少你，回去之后自己去找账房先生结一下工钱。"说完便往外走去，没给他出声挽留的余地。

侯图南找了个斜草坡躺下，望着浩瀚星辰，把事情盘了一圈。这事儿说来也简单，去年赵本海约好的老主顾看上了自己驼队的绸缎，说是花色好、价格公道，回家就取消了赵本海那边的订单，侯图南事后才知道自个儿截胡了人家的生意，虽说是无意，但还是在赵本海心里留了个不小的疙瘩。侯图南又想起前些日子赵本海意图接手受潮布匹自己没应下的事，虽说最后布匹尽数甩手皆大欢喜，可要是那时候让赵本海把这便宜占了出口气，或许就没现在这档子事了。可当真是"祸兮福之所倚，福兮祸之所伏"。

第二天一大早，侯图南就备好了好酒好菜亲自找上门来。赵本海似乎没想到侯图南会来，愣怔了半晌才迎上前去："哎哟，真是稀客呀，侯把式今天怎么有空光临寒舍？"

侯图南也不跟他拐弯抹角单刀直入："去年那事儿，虽说我是无意，但确实让你蒙受损失，今天特地登门赔罪。"说完抱拳躬身行了个欠身礼。

赵本海还以为侯图南是来兴师问罪的，准备了一肚子抵赖的腹稿，现在嘴里一个字儿都蹦不出来，只好尴尬地摆摆手。

"别跟我说些事情都过去了的客套话，我知道在你心里这事还过不去，不然就不会有茶砖的事情了。今儿咱们打开天窗说亮话。"说完侯图南倒了杯酒先干为敬。

话在酒里，酒肉穿肠而过，肺腑之言从心里流淌出来，消融了彼此间最后一层隔膜。侯图南本就不胜酒力，醉后拉着赵本海的手互诉衷肠："我们是同行，来自同一个地方，自个儿不团结搞内讧，那岂不是平白让人看了笑话？"

"这事儿确实是我做得不地道！是我对不住你！"赵本海不知是羞愧还是上了头，脸似火烧般，干了一杯又一杯。

二人喝得天昏地暗，兴尽而归。

第二天侯图南拿着一个玉石挂件到吐耶拜帐上拜访。

"你是漠北来的侯……"

"侯图南，初次见面，仓促之间没有准备多少礼物，还希望吐耶拜老爷海涵。"

果真如赵本海所言，吐耶拜对侯图南手中的玉石挂件来了兴趣："你这挂件是花八百文买来的吧？"

侯图南如实告知："不是，只花了五百文。"

这下反而让吐耶拜有些愣住了："你还真是个实诚人啊，好！我就喜欢和实诚人打交道。只不过我听说侯把式的货都交易完了，都准备打道回府了才来找我，是有何用意啊？难不成除了那个玉石挂件，还有别的好礼？"

侯图南笑着将挂件递给吐耶拜："礼不在重，情真则成，物不在贵，意到则行，合心意的礼才是好礼。今后难免要多拜望老爷府上，下回来可以给老爷带金宝黑砖。"

"哦？可你来到新疆古城子，第一个见的就是朔勒番，而没有来见我，你知道我和他之间不和，却选择了他而没选择我，你这金宝黑砖我怕是指望不上了！"吐耶拜揶揄回道。

"我们做生意的人从不敢得罪谁，这次本来是要拜访老爷的，只是出了些岔子没能成行，反倒弄出件尴尬的事。"

"哦，什么事？"

"今年朔勒番老爷托人在内地购了两份金宝黑砖，是我们驼队负责运的。没想到交易完了这黑砖却在朔勒番老爷府上失窃了，转手卖给了赵本海，不知情的赵本海又将它送给了老爷。"

吐耶拜有些愠怒："你是说，我手里的这份黑砖，原来是朔勒番的？"

"正是。"

吐耶拜嫌恶地把黑砖放到侯图南手里："赶快拿回去，幸亏没喝，否则肝肠都要烂了！"

侯图南站起来施礼："吐耶拜老爷，侯图南初次登门多有唐突，老爷没有怪罪，足见气度非凡，往后我们在新疆古城子的生意还要仰仗老爷。只是，有一句忠言我想说又不敢说，怕触犯了您，真是如鲠在喉，犹豫再三还是想请老爷听听，也许能化解一些恩怨。"

吐耶拜老爷满脸狐疑："你想说什么就说吧。"

"老爷，当年朔勒番老爷本与您亲如兄弟，只是后来，朔勒番老爷依靠当地豪门一路攀升，逐渐疏远了贵府。您因此寒心也是人之常情，只是这其中有些难言之隐，就只有朔勒番老爷自己知道了。他一向好强，自然不肯对您说出，导致误会越来越深。实际上，两家的积怨早该化解了。只有唐不拉草原这些大豪族都团结起来，整个伊犁才能稳如泰山不至于给外敌可乘之机，您说是不是这个理？要是曾经的兄弟能重归于好，两家的公子小姐都能两情相悦，那该多好啊。"

许多误会的化解或许就差一个机会、一个台阶，而侯图南乐意成为二人重修旧好的桥梁，不仅仅是为了自己的生意，更是为了蒙汉之间的情谊。

吐耶拜愣怔出神，似乎把话听进了心里，缓缓开口道："你说的我自会考虑，你这个朋友我交下了，等下回可要把我的金宝黑砖带来！"

"好！"侯图南爽快应答。

三天期满，真相大白，茶砖完璧归赵，银票尽数返还，一切尘埃落定。

"侯头，去哪呀？"王兆瑞喂完骆驼回来，遇上正要出门的侯图南。

"去见一位故人！"侯图南扬鞭策马奔腾而去，他兴致勃勃，要奔赴一场十年之约。

十二

上去（个）高（呀）山（者哟啊），

望（哎哟）平（呦）川，

哎哟啊望平（勒）川（哟），

平川里（哎）有一朵（呀）牡丹。

（哎）看去那容易（者哟啊），

摘（呀哎）去（哟）难，

哎哟啊摘去（勒）难，

摘不到（哎我的）手里是（呀）枉然。

草原上传来清澈嘹亮的歌声，那是一年一度的"浪山漫花儿歌会"。此花儿非彼花儿，而是一种西北民歌，因歌曲形式散漫，歌中的女子像花儿一样美，因而得名漫花儿。

侯图南勒马驻足，被漫山遍野的牧民所惊叹，被这高亢爽朗、此起彼伏的歌声吸引。这歌儿不似秦腔晋剧和漠北小曲般婉转悠扬，却蕴含着一种野性的生命力量，与其说是在唱，不如说是在倾诉或是祈祷。有情人借着歌声把藏于心中想说又不敢说的情话丝丝缕缕地唱出来，苦命人借着歌声把生活的苦难、心酸的泪水肆无忌惮地唱出来，草原汉子借着歌声把游牧生活的潇洒自在醋畅淋漓地唱出来，唱给情人，唱给上天，唱给自己，唱得出神入化，唱得震天动地，闻者如饮美酒，细啜慢饮，沁人心脾。

侯图南被这歌声带入一个美妙的幻境，所有的歌里的情感具象化为一幅幅画面，走马灯般在他眼前闪过，他看见了，也听懂了，情不自禁眼泪哗哗流了下来，歌声散去仍意犹未尽，直到被散场的人儿撞到才猛然回过神来，竟忘却了自己是为寻访故人前来。

侯图南悄悄拉过刚刚在人群中唱歌的青年热明问道："你认识扎西姆吗？"

"哦，他呀，那个很爱喝茶的老人！"热明环视一周后没见着人，应答道，"之前他每年都会来漫花儿的，今天没见着他，你找他有事吗？"

"我们掌柜的十年前带队来这送茶砖的时候和扎西姆一见如故，他俩约好了十年之后再相见，十年后掌柜再请他喝茶。现在掌柜来不了，托我替他完成这个约定。"

热明面露难色："可扎西姆住得很远，要不我让他的邻居帮你把茶叶捎给他。"

"都来到这了，哪有不亲自登门拜访的道理？"侯图南执意要去，热明只好将住址告知。

刚进刘家驼场的时候，刘老爷常说起故人的事迹，侯图南曾无数次在夜里想象着在驼队被群狼环伺的危急时刻，扎西姆如天降奇兵般骑马奔腾而来的飒爽英姿，暗自将这份救命之恩铭记于心，现有登门拜望的机会，他又怎会轻易放过，况且，扎西姆今年没来漫花儿，莫非是身体抱恙？想到这侯图南满心满怀的期待中浮起一丝忧虑。

天上一片湛蓝，地上一片金黄，风儿柔顺，空气中飘散着一股干草的清香，侯图南骑着马置身于这广阔天地中，身心惬意而舒爽。一路上峰回路转，侯图南从正午走到斜阳落山，终于视野中出现一片阿依旺，他来到角落的那一间。

"请问是扎西姆家吗？"侯图南站在门口出声示意自己来访。

"谁呀？"一个苍老的声音透过门缝钻出来。

"您还记得刘掌柜吗？十年前，我们掌柜的约好了要请您喝茶，不过这山高路远的他老人家来不了了，托我替他完成这个约定。"

话音刚落，伴随着嘎吱嘎吱的响声，一位老人颤颤巍巍地打开门。老人戴着一顶圆帽，帽子下发色苍苍，黑黝黝的皮肤闪着油亮，岁月刀刻斧凿，无情地在他脸上留下沟壑纵深的皱纹，右脸上一条疤痕从眼角斜划过来，直至右耳下方，如勋章般明晃晃昭示着过往的荣光，一双琥珀般的眼睛闪着犀利的光芒。

扎西姆激动地握住侯图南的手不住感叹："好，好啊，没想到这么多年过去，你们掌柜的还记挂着我。这一路找过来肯定累坏了吧，快进屋！"扎西姆将侯图南迎进屋中。

侯图南一进门，见屋子洁净温馨又敞亮，茶香扑鼻而来，扎西姆为远道而来赴约的客人送上一杯热茶，又端出一盘馓子。

"你们掌柜的身体还康健吧！"扎西姆坐在侯图南面前关切询问故人近况。

"好着呢，就是年纪大了，身子骨经不住舟车劳顿的，要不然他定要亲自赴约请您喝茶。"侯图南笑着宽慰道。

"您呢，身子骨还硬朗着吧，今儿我去漫花儿会，遇着一个小伙子，恰好知道您住哪，我这才有机会登门拜访。"侯图南记挂着老人的身体，关切问道。

"唉，不如从前了，前些天我到山上放牧的时候，不小心崴了脚，要不然这一展歌喉的机会怎么少得了我。"扎西姆对自己唱歌的本领颇为自得。

"诶，不用，我自己来……"

侯图南不知何时蹲在扎西姆身前，不顾阻拦挽起他的裤脚，将红花油细致地涂抹在脚踝处，随后给他按摩了会儿脚踝，边按边笑着问道："舒服吧？"

"你这小伙子……"扎西姆也不再推脱，随他去了。

二人话起家常，或许是因为年老孤独，抑或是确实和侯图南投缘，扎西姆将自己一生的流光岁月如数家珍般娓娓道来，说到惊险丛生之处，侯图南也随之心潮澎湃起来，说者口干舌燥，听者意犹未尽，连茶水喝见底了都未察觉。侯图南拿起茶壶倒了杯茶递给扎西姆，扎西姆随手送到嘴边，随即狐疑地看了眼茶杯，又看了眼侯图南，侯图南这才发现茶壶早已空空如也，二人相视一笑。

扎西姆起身到柜子里翻找茶叶，侯图南这才惊觉自己把最重要的事儿给忘了，连忙起身将备好的金宝黑砖递给扎西姆，不好意思道："瞧我这记性，差点忘了把掌柜让我捎带的茶砖给您了！"

扎西姆接过打开层层包裹着的牛皮纸，将茶砖举在眼前察看，惊叹道："好茶，真是好茶啊！"

"这是上等的金宝黑砖，我们掌柜的特意叮嘱我给您留着的。"侯图南站在一旁解释道。

侯图南眼见着扎西姆将茶刀沿着茶砖的边缘接缝处用力插入，连忙制止道："这太贵重了，您还是留着自己喝，您给我弄点普通的茶水就行。"

扎西姆摇摇头，一边握着茶刀左右用力划开一道弧度，撬开弄碎，一边感慨道："错了，贵重的不是茶，而是陪我一起喝茶的人，十年前是刘掌柜，十年后是你，这份情义比起茶砖要重百倍千倍！"扎西姆这一番话说得侯图南有些眼热。

在扎西姆准备晚饭的时候，侯图南赶着勒勒车到水泡子去拉水，给水缸添得满满的，又给牛羊牲畜喂了新鲜的草料，还把棚圈清了个干净，羊粪堆成一堆，栅栏根基加固，直到眼里没活儿了才肯歇一歇。没歇一会儿就又到厨房去，麻利地帮着扎西姆宰羊，煮手把肉。月上中天，二人围着炉子大口吃肉，喝茶，畅聊，不知多晚才睡下。

尽管有诸多不舍，侯图南还是第二天早上启程返回。扎西姆拿出一袋自己摘的枸杞递给侯图南，嘱咐道："这枸杞你帮我捎带给你们掌柜的，虽然不是什么贵重东西，你帮我带回去吧。"

"礼轻情意重，您的情意我们掌柜都记在心里，我也都记着呢！"侯图南笑道，"希望以后还能到您这儿喝口羊杂汤！"

"等你下次来，我给你弄个全羊宴！"

"行了，别送了，您回去吧！"

老人步步相送，挥手告别，侯图南不想腿脚不便的他送太远，狠狠心，扬鞭策马驰骋而去。

忽然，耳边传来一阵浑厚悠长的歌声，他勒马回望，只见老人仍站在门口挥舞着双臂，扯着嗓子，唱起花儿，为临别的友人送上祝福，祈愿神佛庇佑他一路平安。

十三

　　蒙古包中，主人名叫阿拉坦，他正在设宴款待远道而来的客人。装着陈年佳酿的酒坛子在桌下备好，摆满了一圈；院子里，铁炉子正在烹煮着喷香的羊肉；饭桌上血肠、肉肠、包子、馅饼、手把肉、涮羊肉、烤全羊，各类美味佳肴应有尽有。怕远道而来的客人吃不习惯，阿拉坦特意请来了汉人师傅，做了几道漠北特色美食，勾得驼夫们垂涎三尺，味蕾大开。

　　蒙古族历来把酒视为食物之精华、五谷之结晶，将珍馐佳酿献给客人，以示敬重爱戴。阿拉坦将酒斟在一个银酒盅里，用长长的哈达托举着送到侯图南面前，饱含深情地唱起嘹亮的祝酒歌。

　　　金杯里斟满醇香的美酒，
　　　赛勒日外咚赛。
　　　朋友们欢聚一堂，
　　　敬请干一杯，
　　　赛勒日外咚赛。
　　　银杯里斟满醇香的奶酒，
　　　赛勒日外咚赛。
　　　朋友们欢聚一堂，
　　　敬请干一杯，
　　　赛勒日外咚赛。

　　侯图南双手接过酒盅，左手端着，右手无名指到酒盅里蘸一点酒，向天弹一下，再蘸一点酒，向地弹一下，最后蘸一点涂在自己脑门上，表示敬天、敬地、敬人，随后端起酒杯，一饮而尽。

"来！趁着今天高兴，咱们再多喝几杯！"阿拉坦没想到侯图南会入乡随俗地遵循蒙古族人喝酒的礼俗，一时有些动容，又斟满了酒，连敬三杯。

可侯图南一向不胜酒力，三杯下肚后顿时双颊酡红，眼里浮现出朦胧的醉意。可眼下正值宾主开怀畅饮之际，双方都沉浸在微醺的惬意里，耳畔是动人心弦的祝福歌，氛围热烈，盛情难却，怎还能将拒绝的话说出口？

阿拉坦敏锐地注意到侯图南涨红的脸庞和愈发迷离的双眼，贴心地将白酒换成酒精含量低的马奶酒。

二人边喝边聊，耳热心畅，知心话如滔滔流水倾泻而出，怎么说也说不完，一番畅饮后，阿拉坦对侯图南颇有种相见恨晚的感觉。

"侯把式，你我今日一宴，十分投缘，这样，我这里也有许多骆驼，回头送你几峰。"

"哎哟，这可叫我怎么受得起哦！"

"你这样说话不爽快，我高兴送你，你就收下；我不高兴送人家，人家想要还不能得呢！不过，我这里虽有白骆驼，都不如你那峰好啊，哈哈哈！"

侯图南听了这话，心里咯噔一下。

"不过，你也不用担心，君子不夺人所好的道理，我还是懂的。你那骆驼是你的宝，我不能问你要，哈哈哈，不能。"

侯图南这才放心下来，不是他为人小气，实在是割舍不下，这峰白骆驼自从侯图南进入驼场时就跟着他，百般疼惜着养到现在，一直陪伴在身边，早就如亲人一般。飒雪是他岳父给骆驼起的名字，因为跑起来特别快，就像飞驰的一片白雪一样。阿拉坦初见飒雪就惊叹不已，怜爱地轻抚着骆驼的长颈，喜欢得走不动道。

傍晚，阿拉坦领着侯图南四处看看。沙漠风光雄奇壮阔，在这里算是到了极致了。驼夫们一路上免不了要跟沙漠打交道，但那是在搏命，每一刻都在恨这沙漠怎么这样大、这样毒，稍不留神就要丢掉性命。现在，酒足饭饱，友人执手，眺望着广袤的天地，忽然发觉眼前竟是一种从未见过的风光。这风光像是一种奇异的骨骼，发出摩擦，产生古怪的声响，人们从未听过，却仿佛相识，因而如海市蜃楼一般，情不自禁要去了解，要去追随。

远处的地平线是一道清晰而无尽的丝带，只是隐隐的有些粗糙，那是灌木和青草带来的惊喜。"丝带"以上是暖色的世界，贴近地面的是最红的，乃至于近乎紫色，远离地面的天空橙黄。整个天空像一块巨大而无瑕疵的宝石，那浑圆的太阳，就像宝石上的眼睛，在你望着它时予以回应。

"丝带"以下，蓝黑色的草原平躺着，像一个慵懒的少女，仰望着宝石的天空，做着青春的美梦。一道蜿蜒的河流从她身上流过，如永不凋零的鲜活的血脉，不肯翻腾激荡，只愿平静地、无声地流动，乃至长久无边，乃至静若明镜。在这青春的血脉里，映照着一个既真实又虚幻的世界，柔柔的如梦中水草拂过面颊，给人酥痒的感觉。

塞北向来是寒风凛冽，清寂肃杀，给人以威猛壮汉的印象，没想到也有这温如碧玉的时刻。忽然之间，这永恒的静景中又多了一重律动，那是夕阳下奔跑的少男少女，是黄昏中伏地养神、间或一动的骆驼，是牧民骑马放羊归来的放声高歌，一静一动描摹出瑰丽绚烂的大漠风情。

侯图南正沉醉在那比美酒还要醉人的风光之中，然而就在这时，一声紧张而焦急的呼喊将他的思绪拉回。

"白骆驼不见了！"

"什么！"

阿拉坦也听见了，二人对视着，眼神中充满了惊愕。

"兄弟……"阿拉坦满脸的焦急无措，生怕侯图南对他生了误会，欲言又止，不住地摇头。

"我知道。"侯图南安慰地拍了拍阿拉坦的肩膀平静道，"我们一起去看看吧。"

虽然侯图南平日里总被师傅耳提面命，"作为驼队首领须泰山崩于前而色不变，猛虎趋于后而心不惊"，可当他得知飒雪不见的消息后，心像被人紧紧地攥在手中，什么也顾不上了，径直往驼棚快步跑去。

看守骆驼的蒙古族小伙子看着侯图南面若冰霜的样子，忙低头哈腰道歉。

侯图南已然无心理睬，如狼似虎般猛地扑进驼棚，其他骆驼都被他吓着了。他望着那原本属于飒雪的空荡荡的位置，心口像缺了一块似的空空荡荡。

围观的人群中隐隐有声音说："该不会被谁偷去了吧？毕竟那么好的骆驼。"

马上就有人反对："怎么可能？这里什么样的骆驼没有？还要偷？"

对方沉默了许久，只剩下感慨："多好的骆驼啊！"

阿拉坦腾的一声跑了进来，看见这空空的角落也呆住了，愣了一会儿，咬牙切齿就迸出一个字："找！"随即又跑了出去。

一时间，阿拉坦家的上下伙计们和侯图南驼队的人都出动了，在周边不断地搜寻着飒雪的踪迹，一遍又一遍地呼唤着它的名字。他们越跑越远，四散奔开，逐渐离开了水草丰茂之地进入黄沙当中。侯图南他们骑着别的骆驼在沙漠里像无头苍蝇般四处乱撞地搜寻，结局自然是无果而回。

"兄弟！"呆坐在草地上的侯图南听见阿拉坦的呼喊，赶忙起身迎上前去，两眼放光满怀期望地看着阿拉坦。

阿拉坦面带愧意，默默地摇摇头，随后同他坐在一处望着天空，一同发呆。

侯图南仰望着天空，许久后吐出一句话："飒雪是认识路的，比人还熟悉。它去哪了呢？"

"它会回来的。"阿拉坦也望着沙漠中澄澈如水的夜空，浩瀚穹宇中繁星璀璨，喃喃自语道，"这样一块地方，谁不爱呢？骆驼也会沉醉的。"

侯图南蓦然想起白天时，飒雪和一头棕褐色的母骆驼相互依偎，如同一对有情人般耳鬓厮磨的场景。或许确实如阿拉坦所说，飒雪只是沉浸于这醉人的大漠风光之中乐不思蜀，等玩尽兴了或许就会回来了。想到这，侯图南长舒了口气，胸中郁气消散了不少。

两人索性不再去想，回到蒙古包里喝酒去了。附近的人都关切地来问。侯图南和阿拉坦也只是感谢他们的关心，对他们说，他们相信白骆驼只是出去玩了，等尽了兴，自己会回来的。

"好山好水，正是骆驼的故乡，它怎能不生起思乡之情呢？"

没有了头驼，驼队一时半会儿走不了，阿拉坦也正好趁这个机会和他这位新兄弟联络一下感情。习惯了风里来、雨里去，经年累月在路上奔走的驼夫们，难得有机会闲适地欣赏沙漠温柔平静的模样，却不想出了这档子事儿。虽说侯图南已经吩咐过不用再费力去找骆驼，可没了头驼，到底是一件闹心的事，即使是玩，也不尽兴。

第二天清晨，侯图南朝着昨天长河落日的方向望着，耳畔是赵康的声音，蒙古族的女孩子不知道在和他聊着些什么，两个人咯咯地笑着，空气中充满了如蜂蜜般甜滋滋的味道。侯图南心想，骆驼也在冬日里恋爱，飒雪现在不知道在哪和母骆驼幽会呢！快活得连家都不想回了。

正当侯图南想得出神时。耳畔传来一声熟悉的驼嘶。他猛然顺着声音的方向望去，远方的阳光下，一群黑色的驼影正在游动，缓缓向前，逐渐变大。带着某种试一试的期望，侯图南朝那个方向奔了过去。突然一只骆驼从驼群中疾驰而出，身影越来越大，但在阳光的笼罩下还是黑而朦胧。侯图南继续狂奔，骆驼也不由得加快了脚步，一人一驼越来越近。

"飒雪！"

飒雪停住了，怔怔地望着主人，朝着身后的驼群嘶叫着，好像一个得胜的将军，骄傲地等待着授勋。侯图南扑了上去，像情人一样抱住骆驼的大脸。飒雪发出阵阵嘶鸣，声音低沉，好像要将沿途的美丽风光和结识新伙伴的喜悦激动一同分享给主人。阳光愉悦地倾泻在大地上，横扫一切阴云，天空乳白，似在消散着新鲜的奶香。

"你跑哪儿去了？叫我们好找！"侯图南将额头抵在飒雪的额前，责怪地问道。

飒雪知道自己犯了错，低着头摩挲着主人的面庞，似乎是在讨好地撒娇，又往身后嘶叫了几声。

侯图南定了定心神，往飒雪身后回望。十几峰骆驼紧随着飒雪的身影朝这边奔跑而来。

"喂！"身后的不远处，阿拉坦夫妇正在兴奋地挥手。侯图南也挥手加以回应，两人便飞奔过来了。

"白骆驼真的回来了？太好了！"阿拉坦的妻子其木格激动地拉着丈夫的手。

"真不知道它去哪里逛了，让我们好一顿找。我还想着，要是再不回来，我就送你一峰白骆驼了。"阿拉坦眼见着飒雪安然无恙地回来了，心里终于释然，转眼又看见驼群奔袭而来，困惑地看着侯图南，"侯兄弟，这……"

侯图南怜爱地摸着飒雪的背部，无奈地笑道："是飒雪带回来的好朋友！"

阿拉坦闻言怔了一瞬，震惊地看着飒雪，又看看侯图南，爽朗大笑道："哈哈哈哈，我还想着送你骆驼呢？飒雪就先我一步给自己找好伙伴了。"

"阿拉坦兄弟，你的好意我心领了，锦上添花不如雪中送炭，若我有难处，定然不会跟你客气！咱们兄弟，要打的是一辈子的交道。"侯图南坦然道。

"好!"阿拉坦一口应下,望着飒雪身后的驼群,情不自禁感慨道:"侯图南兄弟,你前途不小啊!你的骆驼到了这片广阔天地都能来去自由、大有作为,你就更不用说了。"

"我们一起,嗯?我们兄弟一起,打开一个新局面!"

多结交一个朋友,多一条便路,侯图南何乐而不为?更何况,他胸怀远志,也曾渴望有朝一日成为像马知闲那样富甲一方的驼队商人,拥有一支属于自己的训练有序、声名赫赫的驼队。若能借此机会让两地之间的商路畅通,于维吾尔族、回族、蒙古族、汉族都是百益而无一害的幸事,于他个人而言也算是功德一件。

接着又是一年一度的骆驼"那达慕"大会。

八月,无边无际的平原平坦广阔,像一个硕大无比的墨绿色的大翡翠圆盘,苍茫浩渺,气魄摄人。一片连绵不断的平原,在天空下延及遥远的天际,如同风平浪静的海平面般,寂静而柔美。

"那达慕",蒙古语是娱乐或游戏的意思。每年七八月份,正是牲畜肥壮、硕果累累的季节,人们相约在"那达慕"大会上摔跤赛马,射箭对弈,载歌载舞,以庆祝丰收的喜悦。

呼其图和他的驼队自然是要来的,而今年阿拉坦在赛场上多了一名得力帮手侯图南,走路都脚下生风,一副胜券在握志得意满的样子,得意扬扬地对其木格说:"今年这场盛会,叫他们见识见识我侯兄弟的本事。"

那达慕大会当日,久别重逢的好友热烈拥抱,打趣寒暄。

"哎呀,呼其图,好一阵子没见了,胖得都认不出来了!"阿拉坦一把拥住一个兄弟,"这两年跑哪儿发财去了?"

呼其图拍了拍老兄弟的肩:"井水里没有鱼,枯树上没有叶,自然是哪里有财运我就奔哪里呗。不瞒你老兄,最近去了一趟北京城,经人引荐,见了曾大帅一面。"

"哟,那你老兄将来飞黄腾达,可别忘记我啊。"

"哪有什么飞黄腾达？曾大帅在天津吃了瘪，心情也不好，同他聊了几句，话不投机，也没谈成什么生意。"

"嗨，不打紧，齐心的蚂蚁吃角鹿，合心的喜鹊捉老虎，总有一天，他们会知道咱们的用处的。"

寒暄过后，真正的角逐开始了，首先上演的是驼夫们的基本绝技：削鼻棍和搓毛绳。

随着裁判员一声令下，前来参加削鼻棍比赛的几十个驼夫用蒙古小刀迅捷地削着木棍。其貌不扬的小棍子木屑飞舞，笔直光滑的骆驼鼻棍不一会儿就从木屑里"钻"了出来。

这种形状如同小铁钉般的鼻棍是驯驼的主要工具。因为骆驼是力大身高的动物，人对它的控制与指挥全靠将缰绳系在鼻棍上进行。鼻棍一般用红柳、野杏树作为原材料。棍头由粗变细，加之原料选用得当，削好的木棍短小光滑。鼻棍主要用刀削制而成，直径约两厘米、长二十厘米左右。

吉尔格勒家驼队的驼把式来了五个，手法之娴熟，让人想到了武侠小说里的高手。这五个人的手像旋风一样在木棍与小刀之间游走，人们瞪大眼盯着，一刻也不敢眨眼，但还是没注意到那木棍怎么就被去了皮，三两下变成了一头尖、细而滑的鼻棍。人们只能看见在那团旋风中，木屑一片片飘落，在雪地里变成一朵朵骄傲的木花。看来，前三名就要在这五个人中产生了，给定的时间是一沙漏，现在来看，也就是十五分钟。最后，在这五个人中锁定了冠亚季军，冠军门德在规定时间内削了五十四根鼻棍。

与削鼻棍相比，搓毛绳比赛更考验养驼人的技巧。比赛开始后，驼夫们两人一组，将驼毛絮成条状，搓绳者用双手掌把絮好的驼毛分两股或三股，用正反两种搓捻法，将毛絮条搓捻在一起。因为驼夫御驼的缰绳普遍以驼毛为原料，掌握一手好的搓毛绳技术对于一个养驼人来说非常重要。

在这件事上，由于今年的比赛新加了女子组，女人们都很想超过男人。她们发挥女人天生手巧和心细的优势，也是在十五分钟内赶超着。今天天气尤其冷，但参赛者们都没戴手套，手上像有火似的，辣辣地疼。每个人心里都想着自己是魔法师，或是得到了腾格里的庇护，手里再生出一副五指来，亦或是像庙里供奉的千手观音那样，五百双手一起工作，把眼前所有的驼毛都用光。

这时，那充当裁判的女孩儿毛伊罕眼见着驼夫们娴熟的手法就要对女人们在速度上构成威胁，灵机一动，说了一声："都加油啊，女孩子们都超过男人了！"

这话真是具有威力，也许真有几个极其优秀的女人超过了男人的速度，但那并非全部。然而，无论是驼夫还是女人们，都在低头比赛，对于别人进行到哪一步了，全听裁判的转告。那些男人本来也是铆着一股劲儿，心想无论如何也不能输给女人，一下听了这话，就有几组紧张过头，出现了失误。

娜仁托娅阿姨和她的女儿诺敏是这些选手中脱颖而出的一对最佳搭档。眼看着她俩一个抻着，一个编绳，两股的、三股的，用手搓一搓就连作了一体，再打一个干净利落的结，一条就完成了。场上都很安静，场外却激动万分，都在为各自的亲人加油，有的男女组都派了人参加的，便两边都喊，都鼓劲儿。

十五分钟过去了，娜仁托娅和诺敏编了四十九条，原以为她们注定是冠军了，没想到男人组那边，呼其图家的锅头和水头两人编了五十条，压着结束的锣声打的结。男人们欢呼，女人们也高兴，毕竟赢的是丈夫，是哥哥，是儿子，发了奖品少不了也有自己的份儿。结果，直到这时大赛主持才宣布，这次其实是男女分开比赛，各选出一组冠亚季军。

阿拉坦对这些零头上的事并不关心，甚至连骆驼的十五公里越野赛也不感兴趣，因为一说起赛驼，冠军几乎就是他家的。除了能征善战的好骆驼，骑手也是重要的，比如年方十七的小伙子乌恩，从十五岁骑赛驼以来，拿了连续八个冠军，着实为阿拉坦挣了脸面。阿拉坦最感兴趣的是骆驼选美和驼球比赛。

骆驼选美是阿拉善有名的项目，既是比赛，也是表演。选美自然是要选出最威风、最能干的骆驼。评委们有一套严格的评判标准，从鼻梁至背脊到尾巴，对每个部位都得明察秋毫。例如，耳朵要坚硬；背部高耸；驼峰大而匀称；臀部不必太大，足够挂上一副骑鞍即可；毛发油光可鉴；头部要长得结实；鼻梁成拱形，与嘴唇斜斜地连成一线；脖子长些更有魅力，腿也是。裁判还得审查骆驼的脚趾，这也是评价标准指引中的一项，名曰"分趾长度"。

当然，那达慕除了比赛，也还有娱乐的意思，那些个顽皮的女孩们自有一套审美标准，她们要选出自己中意的骆驼乘游场，吸引全场的目光。诺敏刚刚拿到搓毛绳的冠军，得了一副上好的鞍子，这时便跑出来，和那几个约好的姐妹们准备选美了。她们围着场上的骆驼绕了几圈，实在是太多，简直目不暇接了。

"哎，姑娘们，别搅和，这可是要参加选美的骆驼呢。"

诺敏对那不知趣的老头嘁了嘁嘴："你们选你们的，我们选我们的，反正我们选出来的你们不稀罕，你们选出来的我们也不中意，那就各选各的呗。"

姑娘们大笑起来，把那老汉儿弄得窘了，不再言语，独自闷闷地吸烟。

诺敏和她的女伴们便挑了起来，除了骆驼的四肢要健硕有力以外，她们还有别的要求，首先就是毛色一定要纯，要恬淡，不要红驼，那个颜色太艳，容易喧宾夺主。其次是尾巴要温顺地垂着，不要老是上翘的。再次便是耳朵，需要圆胖而略尖，就像南方的榆钱叶子。最后就是面部了，眼睛要大而亮，睫毛要长，鼻子小巧，嘴巴别老咧着。有些讲究点的姑娘还要听声音，叫得像打雷的肯定不行。

"哎呀，感觉哪峰都行，这可怎么办呀？"乌兰抱怨起来。

那个叫毛伊罕的女孩笑道："大家看好了，我们中最美的就是诺敏，照着她的样子挑总没错的。"

姑娘们铃铃地笑起来，诺敏却气得脸儿通红。

她们选好了骆驼，除了绕场，还要去参加驼球比赛。原来举办大会的头领们不愿让女人参加这项比赛，因为非常危险，在一些姑娘的力争之下，他们想开了。他们觉得，那些娘儿们也不傻，没那本事的自然不会来送死，要是真的觉得自己有能耐的，上来试试也无妨。这样便有了女子驼球赛。

　　驼球比赛是由马球演变过来的，为了训练驼夫们驾驭骆驼的技术，这种比赛具备了许多实用意义。它对场地的要求并不很高，平坦的沙地即可，操作简易，上手快。驼球比鸡蛋稍微大些，用皮囊制成，上面的花色往往代表了某支驼队。骆驼那达慕大会的驼球场长一百五十米、宽一百米，球门宽三米、高两米。两队各有球员六人，五人上场，一人替补，骑着骆驼，手持长约一米的球杆打球射门。比赛分为上半场和下半场，双方以进球多少决定胜负，比分相等则以互射点球决定胜负。

　　诺敏的哥哥旭日干见妹妹挑了一峰婀娜的骆驼，差点没笑趴下，但知道妹妹生性倔强，也不好说什么，只当她是来玩的吧。比赛随着一声锣响开始了，旭日干属于太阳队，由阿拉坦驼队、吉尔格勒驼队、旭日干驼队的代表组成；对战的是狼队，由呼其图驼队、扎那驼队的代表组成。狼队的人果然如狼一样凶猛，横冲直撞的，太阳队好几个人都没能拦住他们的前锋，球便落入了狼队手中。他们的骆驼也很野，一看见别人家的骆驼稍微有一点胆怯，便抓住机会撞上去，好在旭日干他们骑术精湛，几次都稳住了。光稳住是没用的，他们的气场完全被敌人压住了，局势很被动。

　　阿拉坦用拳头不断地捶腿、捶椅子的扶手，激动得大声呼喊："哎呀，赶上啊，赶上啊，没用的东西！挡住！挡住！"恨不得亲自骑着骆驼冲上赛场把球拦截下来！呼其图正坐在阿拉坦身边，看着自己的兄弟这着急使不上劲的样儿，心里偷着乐。就在这千钧一发之际，一抹白色的身影如天降奇兵般疾驰而过，突破狼队成员的重重防守，奔袭至球门前，在关键时刻，侯图南扬起球杆，找准方向狠狠一击，驼球立刻调转方向，在粗壮的骆驼腿间穿梭而过，朝着狼队球门射去，场上局势瞬间逆转，太阳队占据了上风。这回轮到呼其图坐不住了，径直站起身走上前去，密切关注着赛场上的局势。呼其图驼队的守门员严阵以待，紧紧盯着球来的方向，时刻准备抵挡。旭日干耐心地观察着场上的局势，如同一只狩猎的狼，双眼射出犀利的光，随时准备做出致命一击。突然间，旭日干脸上露出一丝得意的笑意，呼其图心下一凛，大声呼喊："注意防守旭日干！"可终究还是慢了一步，旭日干循着狼队防守的空隙，当机立断将球击入对方球门。球进了！太阳队拿下了驼球比赛的首分！诺敏连同场边的观众热烈鼓掌欢呼着，为哥哥的胜利大声呼喊！旭日干和侯图南相视一笑，队员之间默契配合，在接下来的比赛中乘胜追击，顺利拿下了驼球比赛的冠军。从始至终，呼其图从最初的捶胸顿足颇为遗憾，到情不自禁为太阳队的表现惊呼赞叹，最后输得心服口服。

　　盛会过后，迎来了离别，驼队即将启程返回漠北。短短几日，无论是骆驼还是驼夫，都对这地方生出了感情。驼夫们唱起离别的歌儿，那饱含深情的歌声无形之间化作丝丝缕缕的红线，牢牢拴在两情相悦的有情人心上。那已经结下深厚情谊的汉族小伙和蒙古族姑娘们恋恋不舍执手话别，有的相互交换信物，有的约定那天要穿的衣服，有的互告再见的地点，千叮咛，万嘱咐，话再多也道不尽心中的情愫，恨不得将自己深深刻在对方心上，生怕离别会消磨二人之间的情感，更怕心上人一去不返、不复相见。蒙古族姑娘们顺着驼铃声追出好远，不住地挥手道别，十里相送，终须一别。

　　再会吧，大漠；再会吧，绿洲；再会吧，美妙的驼群；今日的天空无比宽广，全世界笼在一个太阳下，天涯海角同举头，寄托的是同一缕相思。

　　蒙汉情深何忍别，天涯碧草话斜阳！

十四

驼队从新疆古城子回程那天，是侯图南永生难忘的日子。

回程那天早上，一连下了好几天的绵绵秋雨毫无预兆地停了下来，一轮红日刺破阴沉沉的乌云缓缓升起，以摧枯拉朽的气势涤荡了草原的最后一丝阴霾。万丈霞光喷薄而出，映照在驼夫们的脸上，酡红如醉，衬得人愈发精神焕发。

人逢喜事精神爽，更别说是喜上加喜了。驼队此行收获颇丰，不仅将运来的货物尽数售空，还收获了来自朔勒番和阿拉坦等一众蒙古王公贵族的大笔订单。俗话说得好，背靠大树好乘凉，聚起云彩好下雨，初来乍到的驼队总免不了被欺生排外、门路不通，渠道受阻，被使个绊子、挖个墙脚也是常有的事，可要是搭上了蒙古王公贵族的路子，商路的畅通要说是一日千里、指日可待也毫不夸张。驼铃悠悠，阳光流淌，驼夫们在秋日的晨光里春风得意，步履轻快，姿态盎然，如荒漠戈壁中的向日葵追随着生活的曙光。

"侯头，你说咱这次能赚多少啊？"王兆瑞凑到侯图南跟前兴致勃勃地问道。

"反正你要是想讨媳妇肯定是够够的了！"侯图南调侃道。

说完大家伙儿都笑了，三言两语不住地调侃："王兆瑞，你喜欢啥样的啊？泼辣爽快的还是贤惠温柔的？"闹得王兆瑞涨红了脸，支支吾吾半天憋不出一句话，才肯放过他。

驼夫们七嘴八舌地吹牛扯皮让气氛热络起来，经此一役后，原本怯生生的后生们变得热情开朗，有说有笑地憧憬着拿到工钱的情景。

"等挣上钱了，我要在镇上选个好地方，盖上大房子，再养上一群牲畜，把我父亲接来，要是我就在外边儿走货，平日里让媳妇和父亲相互照应着，多好！"

"回去后，我马上去芳儿家提亲，之前他父亲嫌我没钱、没出息不肯松口，也难为她等我这么多年，到时候我置办好彩礼，骑个高头大马，八抬大轿风风光光地娶了她！到时候你们可要来喝我的喜酒啊！"

"咱们去镇上的酒楼喝他个天昏地暗，不醉不休！"

人生苦短，去日几何？许多人倾其一生所图的不过是过上安宁舒坦、幸福美满的日子，父母康健，老婆孩子热炕头，这就足够了，要是手里再有些小钱，就再好不过。

美好的憧憬化作前行的动力，驼夫们步履匆匆，在寒凉的秋风里敞开胸襟，神情自得，颇像打了胜仗凯旋的将军。骆驼少了沉甸甸的货垛子，步伐迈得优雅轻快，水润润的眸子里神采飞扬。

夜里安营扎寨的时候，大家伙儿都围着篝火喝起来，侯图南连连推拒了大家的敬酒，坐在一旁滴酒不沾，显得有些格格不入。他一向是小心翼翼谨始慎终的，因为心里清楚一路上险象丛生，豺狼虎豹亮着獠牙青眼潜伏于密林草丛中，等着致命一击的机会，流寇匪徒贪婪地盯着过往的商队，恨不得把他们剥皮抽骨吞吃入腹，人人都可以安逸享乐，而他不行，他必须紧紧地绷着脑子里的弦，机敏地嗅探着危险的气味，时刻准备应对突然间出现的危机。谁知驼队上下全部出动将他围作一团，好言相劝，坦诚相待，掏心掏肺地想和他喝一杯。盛情难却之下，侯图南只好接下一饮而尽，不肯再多喝，哪知道这一杯竟让他酩酊如泥。

月光柔情似水，含情脉脉地笼罩在沉睡的万物上，给夜晚的草原覆上一层神秘而庄重的面纱。侯图南从美梦中惊醒，抬头望月，估摸着应该是寅时了。他刚想沉沉睡去，却心头一紧，着急忙慌地在周围摸索着什么东西，确认身下压着的银票、订单和字据都还在，才松了口气。一番动静搅得他睡意全无，只好起身巡逻，看看驼队方圆几十米内有没有危险。回来时，侯图南悄悄走到驼队轮值的地方，看看夜里值班的驼夫有没有悄摸打盹，不料想竟是连个人影都没见着，他火气"噌"地一下上来了。虽说他平日里待人谦和、热情坦率，可谁要在原则问题上含糊敷衍，他也绝不会轻易放过，定要抽几鞭子让那偷奸耍滑的家伙受点疼，知道教训。

　　侯图南找了一圈都没见人，随即把还在熟睡中的赵康拍醒："赵康，今晚谁轮值？"

　　"王兆瑞啊！刚还在着呢，可能上厕所去了吧！"赵康嘟嘟囔囔指了个草丛的方向。

　　侯图南朝着茂密的草丛走去，突然耳边传来几声有气无力的微弱呻吟，像是痛到极致又虚弱到极致的求救声，侯图南躬身侧耳倾听，仔细分辨着，他顺着声音的来向走到草丛边上，突然感觉脚下踢到了什么软软的东西，俯身一看，竟然是王兆瑞！

　　王兆瑞蜷曲着身子，捂着肚子侧躺在草丛中，时不时抽搐着，冷汗浸湿了他的衣襟，面色苍白如纸，气息微弱，挣扎着眯缝着眼睛看着眼前的人："疼、疼，侯头，肚子、肚子疼……"

　　侯图南一下子慌了心神，连忙用父亲教他的方法按压了王兆瑞的几个穴位，帮他缓解一下痛感，可终究是治标不治本。过了一会儿，王兆瑞的痛感愈发剧烈，微弱的呻吟变成惨烈的哀号，惊醒了睡梦中的驼夫们，大家听到动静赶忙起身跑过来，虽心急如焚，但也只能眼睁睁地看着。这一路上他们肩并肩越过荒无人烟的戈壁，走过危机四伏的沼泽，击退过穷凶极恶的匪徒，可唯独没有直面过病痛和生死，一时间仿佛有一只无形的手攥紧了所有人的心，逼得人喘不过气来。

　　"侯头，我是不是……要死了，我……我还不想死……"

　　侯图南紧紧抓着王兆瑞的手，强忍住将落未落的眼泪："你个浑小子，说什么胡话！有我拦着，我看哪个阎王敢收你的命！"

王兆瑞还想说些什么，可已经没有力气说下去了，眼睛直勾勾地看着侯图南，仿佛只要他在，就能给自己无限的希望。

侯图南喉咙滚了滚，强忍着心里翻涌的情绪，定了定心神，还是决定让驼工们照看一下王兆瑞，自己骑马回到新疆古城子去请郎中。就算一切都来不及了，也比在这干等着强！

"兆瑞，你千万要挺住，等我给你找郎中回来！等我！"侯图南掰开王兆瑞虚虚地握着他的手，毅然决然向新疆古城子的方向打马奔腾而去。

他一鞭一鞭地狠狠抽打在马背上，马儿发出阵阵嘶鸣，委屈地控诉着主人的暴戾，受惊般扬蹄向前奔去。快些，快些，再快些！侯图南在心里默默祈祷着，老天爷呀，救救那小伙子，他是个好人，还那么年轻，你不能这么残忍！那些二人平日里温情相处的画面如走马灯般一幕一幕在他眼前闪过，似乎是死神降临前善意施舍他和他最爱的徒弟做最后的告别。

"不！"一声带着哭腔的怒吼震天动地，刺破黎明前的黑暗，是故作镇定的威慑，是不肯放手的挽留。泪水哗啦哗啦地流淌过脸庞，又迅速被黎明的冷空气风干，黑暗吞噬了他的坚强，撕碎了他的伪装，让他硬朗面庞下所压抑的如潮水般滚滚而来的情绪无所遁形。当然这一切都无人得知，等明天太阳升起，他又是驼队的领头人，那个顶天立地仿佛无所不能的侯图南！

高度的精神紧张迟钝了他对时间的感知，他只觉得走了好久才看到城门的方向。一入城，侯图南打马向离城门最近的阿扎泰家奔去，火急火燎地敲门，恨不得破门而入，搅得暗夜轰动，狗吠马嘶。屋里的人被惊醒，似乎是感受到门外人十万火急的心焦，一边应声一边开了门。

门打开，侯图南扑在阿扎泰身上，喘着粗气说："阿扎泰大哥，我弟弟肚子腹泻突发急症，求您救救他！"

阿扎泰赶忙将侯图南扶住，又把身上的袄子脱下披在他肩上宽慰道："你别急，安心在家里等着，我先去找郎中！"说完便骑着马扬长而去，不一会儿阿扎泰带着郎中赶到。

侯图南跑在最前面带路，三人骑着马风驰电掣朝驼队扎营的地方奔腾而去，强有力的马蹄声一下一下敲打在侯图南心上，把他悬到嗓子眼里的心震落到胸腔中。东方的地平线上泛起丝丝缕缕的红光，由暗到明，一点一点地浮现。

赵康早就在路口等着，他朝着侯图南去的方向不断张望，终于看到人影："侯头，你总算是回来了！"

"王兆瑞怎么样？快说！"侯图南死死盯着赵康的眼睛，摇晃着他的肩膀。

"还在，还在呢！"侯图南闻言长舒了口气，撑不住般往后趔趄了一下，庆幸着，还好还好，我没来晚。

郎中查看了一下病人的情况，手脚利索地往王兆瑞的腿、脚、手臂上的穴位先后扎了几根很长的针，又拿出随身携带的药粉让人泡好了给他灌下。

"怎么样了？怎么昏过去了？"侯图南看了眼昏过去的王兆瑞，关切地向郎中询问道。

"还好来得及时，不然这情况真说不好，你让他休息会儿，等人醒了就没啥大事了。"郎中宽慰地拍了拍侯图南的肩膀。

侯图南让大家先去休息，而自己寸步不离静静守在王兆瑞身旁。不知过了多久，身边人才有了动静，一只手虚弱地扯了扯侯图南的衣服："侯头……"

"你醒了？感觉怎么样？有没有不舒服的地方。"侯图南握着他的手。

王兆瑞摇了摇头，苍白的脸上扯出一个安慰的笑："我好了，别担心。"

"你小子还真是命大啊！"侯图南笑着调侃他。

"我梦见我都走到鬼门关了，我还以为真的要死了，没想到阎王摆摆手让我回去，说是你死拽着不让我走，还说了我命硬着呢，福气都在后面。"王兆瑞打趣地虚弱回应道，他心里何尝不害怕，要是真的丧命于此，他的灵魂也要回到那个漠北小镇，回到那些待他如亲人般的驼夫身边。

见到王兆瑞醒来，大家纷纷围了过来，七嘴八舌地说着自己心里的惊惧，空气中满溢着劫后余生的欣喜。郎中又摸了摸王兆瑞的脉搏，确认药到病除后起身告别。

侯图南赶忙追出去，拿出身上的银两一股脑儿塞到阿扎泰和郎中手里，这一下让阿扎泰恼了，气得胡须直颤："我们是朋友，不是吗？你拿这些钱做什么？难不成你觉得我救人是为了你的这些钱吗？"

"正因为我们是朋友，你才更应该收下，不要让朋友心里过意不去，收下吧！"

阿扎泰骂骂咧咧地拿走该拿的部分塞到郎中怀里，又走到侯图南跟前，把他用力拥进怀里，重重地拍了拍他的后背，随即转身上马，一溜烟跑了，没给他挽留的机会。

侯图南望着他离去的背影，真真切切地明白了蒙古人口中"朋友"二字沉甸甸的分量。人如草木，命似飞蛾，灾祸饥荒，如影随形，若能拥有这样的友情，实乃一生的福分。

"我的朋友，下次再见了！"阿扎泰跑出一段距离后，勒马伫立，挥手道别，随即又策马扬鞭，奔向那喷薄欲出的红日，隐入那绚烂而辉煌的万丈霞光。

十五

　　侯图南的驼队回来了。他的黄犬看到主人回家的身影时尾巴直接变成了螺旋桨,疯狂地摇摆着,目不转睛地盯着侯图南,亮晶晶的眼睛迸射出难以抑制的喜悦和兴奋,它迫不及待地在侯图南脚下欢快地转圈,圆圆的脑袋依恋地蹭着侯图南的手心,嘴里哇呜哇呜地欢叫着,似乎在倾诉对主人深深的思念。

　　飒雪似乎并不喜欢这只黄犬,鼻孔不住地朝着黄狗喷气。骆驼的排外心本来就很重,同类之间尚且不容易相容。要知道,狼有狼王、狐有狐王、狮有狮王,驼也有驼王,一个驼场里只能有一个驼王。为了争驼王的位子,公驼们常打得不可开交,曾经就流传着一个关于黄煞神和褐狮子搏斗的故事。那黄煞神是汉驼驼王,千百个母驼,它想要谁便是谁,别的公驼只能在远处干咽唾沫。因汉驼形体比蒙驼小,驮的东西自然也比蒙驼少;蒙驼能涉险路、擅走长途,为改良驼群,掌柜的引进了一峰蒙驼。它比寻常公驼身架大,褐色,鬃毛很长,很像狮子,把式们都叫它褐狮子。褐狮子一到,驼场就没了清静。初时,汉驼欺生,老见公驼围攻褐狮子,褐狮子力大,虽没落败,但也不曾占到便宜。直到褐狮子从野狼口中拯救了一只驼羔,驼群才算真正接纳了它。但是如果褐狮子相中了黄煞神看中的母驼,两驼之间免不了一场大战,若凭力量,黄煞神是斗不过褐狮子的,要论智慧,黄煞神却有着汉驼的狡诈,因此每次大战,总是两败俱伤,最后掌柜的不得不将褐狮子送回蒙古。

　　飒雪尾巴一甩一甩的,似乎想把黄狗从主人身边赶走,黄狗也不怯，依旧在主人的脚边打转，活像只大号的跟屁虫，走到哪就跟到哪，侯图南见着这小家伙可爱得紧，又怕骆驼不慎一脚踩到它，便把它抱到怀里朝屋里走去。黄狗见状尾巴摇得更欢了，咧着大嘴对着骆驼得意地耀武扬威。

向梅听见犬吠和侯图南的笑声，赶紧放下手里的活计起身迎上前去，看见侯图南抱着黄狗乐呵呵傻笑着走进屋里，笑意僵在脸上，心想着自己眼巴巴地迎上来，人家倒好先和狗亲热上了，于是斜睨了侯图南一眼，冷哼一声，当即转身朝屋里走去，独留一人一狗面面相觑。黄狗似乎意识到女主人生气了，笑脸一下子耷拉下来，尾巴也不晃悠了，从侯图南怀里挣扎着跳了下去，跑到屋里绕着向梅脚边转悠。侯图南愣怔了半响后才恍然大悟，拿着从新疆古城子带回来的好东西回屋里哄老婆去了。

"你跟大黄生什么气呢？"侯图南难得见到向梅气鼓鼓的样子，情不自禁打趣道。

"我不生气，你跟大黄过吧。"向梅见着侯图南嬉皮笑脸没个正经样，心里更加窝火。

侯图南握住向梅纤细的手腕往怀里一拉，双手搂住妻子的腰，佯装可怜兮兮的模样凑在向梅耳边轻声耳语："没你，我和大黄就无家可归了！"讨巧的话说了一箩筐，直到向梅脸上转怒为笑才肯放开，随后起身将大黄赶到屋外关上门。

大黄是侯图南在野外捡的小狗，一开始还担心这来历不明的狗身上有疾病，或者身体不好，时间一久发现并没有什么问题。他又担心这是从别人家逃出来的，要是人家找了来，还是要还回去的，可一直没等到主人家找上门，这才安心地将之收留养大。等小狗长大了一点，侯图南就把它带到驼队里，有意让它和驼群打成一片，在跑驼队的路上，有一只合适的狗是很不错的。狗是最忠诚的动物，侯图南本想让大黄跟随驼队出发，一路上防卫狼群守护驼群，哪想到养着养着就生出感情，自然而然不舍得让大黄跟着自己在外边风餐露宿。虽未能作为驼队的护卫犬，但大黄还是尽职尽责地履行着自己看家护院的责任，在侯图南外出离家的夜里，大声狂吠威吓着潜藏于黑夜中心怀不轨的陌生人，保护向梅的安危。向梅虽嘴上嫌弃这狗黏人讨嫌，可照样把大黄养得膘肥体壮，皮毛油光顺滑。

这天，血红色的太阳就要落山，不知从哪飞来一大群乌鸦，黑压压一片，都要把阳光盖住了。它们呼啸而过，发出雷鸣般的"呱——呱——"声，空气里透着一股浓浓的不安的气息。有经验的老人马上意识到，黑风暴就要来了。

"黑风暴就要来了，大家快回屋，关好门窗！"

"把外头的东西都收进去，关好牲口！"

一些人还在疑惑："好端端的怎么会有黑风暴？黑风暴是什么？"

待鸟群飞过之后，那热温也似乎被它们扇动的翅膀带走了，随之而来的是一股看不见的气流，气流从地面上袭来，很硬，很急。未来得及躲进屋里的人先是身子感到彻骨的凉，旋即就看见地面上的沙子跟着跑了起来，沙坡上就浮起了一层浪，不高，却急，伴随着一声声"啾咐"的鸣叫，迅速漫过一座沙包，又漫过一座沙包。

这种奇异的变化没有持续多久，西边的半边天就突然地塌了，一个黑苍头，翻着滔天巨浪，铺天盖地地席卷而来。这时候，天仿佛被什么东西劈成了两半，一半是晴天丽日，一半是黑浪滔天。那黑浪像卷集的乌云，又像山洪暴发似的，一个浪头卷了过来，还没落下，又一个浪头覆盖了过来，翻滚的黑浪像一只硕大无朋的怪兽，仿佛要把蓝天白云一口吞没，要把整个世界一口吞没。随着"啾——啾——"的声音传来，天色突然暗了，空气中顿时弥漫着呛人的沙尘味，看不见的冷气嗖嗖地向人袭来。

村里的老人再次警告："没错，这就是老黑风，这东西可毒，大家不要露头，关好门窗！"

村里的人们开始收拾各种东西，马上老黑风就要到了。慌乱中，飒雪不知是受了惊还是怎么的，飞驰开来，顿时消失得无影无踪。突然，又一道身影窜出，像一道闪电瞬间追了上去，看身形要小得多。

"那是黄狗，是那只大黄狗！"向梅失声叫道。

侯图南猛地一跺脚，恨恨道："完了，可惜！"

脚下的沙子却像波浪一样滚动着，身子怎么也站不正，仿佛漂在水上。

于是，侯图南就顺着风，摸索到沙坡坡下圪蹴了下来。风沙太大，让他的眼睛无法睁开，即使睁开了，也看不见什么，只能听到狂风挟持着飞沙，从头上掠过时带着尖厉的呼啸，像万马奔腾而过时的嘶鸣。听得久了就又听到了各种各样的怪声，在空中发出鬼哭狼嚎的吼叫，万鬼齐哭，惊天动地，响彻云霄。地上的每一个物体，每一个生灵，都在沙尘暴的袭击下，别无选择地直面着生死攸关的磨难与考验。

那些没来得及回到房中的风沙中的人，都不敢再动了，只有相偎在沙坡坡下，才能躲过这可怕的风头。黑风口的沙子，却迫不及待地汇进铺天盖地的沙尘暴中，向大家的房子呼啸而去。一棵百年的老白杨树被拦腰折断，发出了一声清脆的绝响。一只老母鸡飞得如老鹰一般快，一头撞死在了饲养院的西墙上。一只小花狗箭一样随风射去，不知射向何方，在遍地黄沙中了无踪迹。向梅焦心着大黄的安危，可眼下黑风暴正铺天盖地席卷而来，就算再怎么着急也只能眼睁睁看着漫天黄沙如山洪般奔袭而来，掩盖了地上的一切，让万物淹没于黄沙之中窒息死去，将人们平静安宁的生活冲得支离破碎。

侯图南捂着口鼻，圪蹴在沙丘的背风面，虔诚祈祷着大黄和飒雪能平安归来。不知过了多久，黑风暴才渐渐停歇，侯图南再也等不及，费力地从沙丘中拔出双腿，大声呼喊，四处张望，寻找大黄和飒雪的踪影，可目之所及只有遍地的黄沙。这场突如其来的风暴如同从阿鼻地狱中逃脱的恶鬼，挥刀向弱者，暴戾恣睢地收割着这片土地上的生命。一个个连绵起伏的沙丘像是从天而降的坟茔，散发着死寂的气息。尽管如此，侯图南仍然固执地在遍地黄沙中寻找着大黄和飒雪的身影，心存侥幸地想着或许它们正在不远处等着主人的营救。

突然间侯图南脚下踩到一个软软的东西，心里一咯噔。他深吸了口气后，蹲下身用双手挖着脚下的黄沙。渐渐地，那软软的东西在黄沙中露出全貌，是一只死去的狗。

侯图南快走到庄院门前，看见向梅在大门口等他，他却敏锐地捕捉到一声微弱的驼嘶，这声音他再也熟悉不过，分明是飒雪！他沿着声音的方向向前摸索着，在离家的不远处看到脚下的黄沙起伏着，似乎有什么活物在底下蠕动，连忙招呼左邻右舍过来帮忙。

不稍一会儿，沙土被挖开来，只见飒雪卧伏在沙土之下，有气无力地发出微弱的嘶鸣，侯图南抱着飒雪的头，一下一下轻抚着受惊的骆驼，向梅舀了一勺水喂到飒雪嘴边，飒雪却不肯喝，不停地扭头朝着侯图南嘶叫着似乎要说些什么，大家面面相觑，只好先奋力将骆驼扶起。侯图南仔仔细细地观察着飒雪周围，惊诧发觉飒雪腹下似乎藏着什么东西，定睛一看，竟然是大黄！他赶紧将大黄挖出来抱在怀中，大黄从窒息的黑暗中回到了主人熟悉温暖的怀抱，当即受惊般哇呜哇呜地吠叫着，那样子活像在外边受了委屈回到家后抱着爹妈痛哭的小孩子。侯图南当下顿时明白了刚才飒雪嘶叫声里的意味。

"好啦好啦，没事了！"侯图南从向梅手中接过装满水的勺子，递到飒雪和大黄嘴边，静静地等待着它们舔舐着，恢复体力。

谁也没想到，往日里对骆驼不理不睬的大黄，在风暴来临之际会挺身而出，不顾安危地把受惊的飒雪追回来。谁也没承想，往日里和黄狗争风吃醋的飒雪，在风暴席卷而过之时，会用坚实的身躯替大黄挡住风沙。

侯图南一手抱着大黄，一手抱住飒雪的头，让飒雪和大黄抵额相触。飒雪一反常态，依恋地蹭了蹭大黄的头，大黄也兴奋地吠叫几声，表示出友好的态度。

　　万物有灵，侯图南看着眼前这一幕，内心变得柔软，一阵暖意从心间流淌而出。

十六

月亮月亮亮堂堂，
你搭梯子我上房。
上去房，望哥哥，
哥哥拉的个白骆驼。

八月十五过后，阖家团圆的欢喜劲儿还没消散，新一轮的走古城又要开始了。这次的规模是三百余峰骆驼，牵动着边贸线上众多商家的命运，也牵动着漠北小镇上女人的心。

虽说聚少离多已是寻常，可向梅心中那离别的愁绪仍像那化不开的乌云般低沉沉地压在胸口，郁积于心，化作一场旷日持久的梅雨，潮润润的，让人心里酸涩。

天色已晚，但大门还没关，丈夫还没回来。

院里传来东西掉落的声响，向梅赶紧放下手中的针线，顾不上把鞋穿好，急燎燎地朝门口跑去，却不想只是风吹落了墙上挂着的簸箕。向梅便又回到屋中，把桌上的饭菜再热了一遍。

直到夜深人静，侯图南才回来。

"怎么回来得这么晚？"向梅看了侯图南一眼，没停下手里的活计，有些漫不经心。

"出发前给大家伙儿开个会，交代些事情。"侯图南把厚重的羊皮袄子脱下，自顾自倒了杯热茶。

"就你最积极！"向梅嗔怪一声，随后便掀开被子下炕。

"我吃过饭了，你且歇着吧。"向梅就又坐回炕上，望着丈夫，"这次要去多久啊，什么时候回来？"

"说不定呢！"侯图南面色有些凝重，这次大规模地走古城由他领头，一路上匪徒猖獗，艰险重生，归期未定，多说也只能平添忧虑，让她焦心。

可向梅就这么巴巴地望着他，看着这双通红的雾蒙蒙的眼睛，侯图南心都软了，只好轻声安慰："好了，别担心，过不了多久我就回来了，你就在家好好等着我，我给你挣座金山回来！"

侯图南从背后一把抱住向梅，用指腹擦拭着向梅润湿的眼角。

"净会耍寡嘴！"向梅在侯图南怀里挣了挣，话外是佯装的恼怒，话里却是掩饰不住的嗔笑，侯图南见向梅终于"扑哧"笑出声来才把人放开。

"明天还要赶早呢，你早点歇下吧。"向梅嗔笑一声，随后便在炕上铺好褥子让侯图南躺下休息。侯图南不多时便传出顺畅甜美的鼾声，像一条奔流不止的大河睡在阳光明媚的草地上，惬意而舒适。向梅就坐在这条大河旁边，在昏黄的灯光下一针一线地缝补着袜子，把内衬缝上厚实的羊毛，将心意藏在最里面，面上不显，内里熨帖。这袜子从年前就开始准备，至少缝了二十双，摞成一摞，明早装进骆驼的肚兜里，为远行的丈夫抵御风寒。

第二天天还未亮，向梅就起了个大早，生怕侯图南没打个招呼就这么一走了之了，让她在无尽等待的日子里没个念想。向梅就这么一边细细地给他收拾东西，一边絮絮叨叨地交代。一个话说千百遍也不嫌厌烦，只为让他挂心；一个句句应和着也不嫌腻耳，只求她能安心。

"别送了，回去吧！"向梅走着送他送到老远，侯图南怕她回去的时候孤零零一个人要走好远的路，忍不住劝道。

"你落下了件衣裳。"向梅不情不愿地拿下肩上背着的白布袋递给侯图南。

"那你刚才怎么不给我？"侯图南看着向梅通红着脸、支支吾吾地不知如何解释，哪能猜不出妻子的心思，只是觉着她执拗的模样着实可爱，才忍不住打趣一番。

"好了，回去吧，回去照看家里，等我回来。"侯图南说完便策马扬鞭，追上驼队。

向梅不声不响仍跟着，直到跟不上了，才停下脚步挪到山梁上，高高地望着他，直到没有踪影，然后是无尽的牵挂。

不知丈夫何时才能回家，向梅只能盼着这日子过得快些，再快些。侯图南哪里知道，向梅真正想要的从来不是金山银山，而是和爱人长长久久地相依相伴。可向梅心里清楚，自己男人的心思在外面，在驼背上，在驼铃声中，在遥远的大古城。自己正是被他身上那股在走南闯北中磨砺出来的剽悍霸气和野性的生命力迷昏了头，这才心甘情愿追随他从江南水乡远赴西北大漠。现在自然也不想让自己的儿女情长拘了这以远方为征程的汉子。

侯图南走后，向梅的时间变得缓慢，心里空落落的没了归属，她一天一天地数着丈夫离去的日子。她让父亲来漠北住一段时间，一来让父亲陪陪她，二来也让父亲看看北方。她一如既往地辛勤劳作，在阳光灿烂的日子将上一年收的麦子晒干，细细地磨成白面，等着丈夫回来做成他爱吃的面食；在天蒙蒙亮的时候把羊群赶到山上吃草，养得膘肥体壮，剪好的羊毛一袋一袋堆起来，堆成了小山，盼着丈夫回来给他做一身新羊袄；在赋闲的时候把家里收拾妥当，窗明几净，不染一尘，想着丈夫回来能舒心畅意。父亲心疼地劝慰她："梅啊，你且歇一下，图南回来的日子应该还早呢！"向梅每次只是红着脸笑笑："没事，父亲，我盼着他就很高兴了！"

每当夜深人静的时候，向梅总要从柜子底下拿出个黑木匣子，从衣服内衬里掏出钥匙，再用钥匙打开匣子上的小锁，珍重地细数着匣子里的东西。匣子里装着丈夫交给自己保管的珍宝。每每侯图南走古城回来，都会将一路上收获的钱财宝物一股脑地倒在炕上，让向梅细数后交由她悉数保管。有时，侯图南还会突然从怀里掏出胭脂水粉、簪子首饰之类的小玩意儿，看着向梅欢欣雀跃的模样，那时候向梅觉着天底下再没有比自己更幸福的女人了。现如今向梅细细摩挲着匣子里的东西，细细回味品咂过往二人相伴的时光，直到困意袭来，才将匣子重新安置好，带着幸福的期许安然入梦。

日子就这么一天天过着，向梅就这么一天天盼着，有空闲了便去父亲那里找些书读。有一些妇女还是不理解她，觉得女人读书没什么用，男人们能当官，能打仗，女人只能洗衣做饭。读书和打仗，在她们看来是成为头头脑脑的不二法门，而只有成为头头脑脑，读的那些书才能起作用，说的话才有人信，否则都是白搭。向梅从不辩解，只是笑笑，有那多嘴的女人一定要刨根问底，她就直接走人了，于是落下了一个"性子独"的名声。

向梅一边照看父亲，一边料理家事，只是在赋闲时忍不住向父亲问起侯图南的归期："父亲，你掐指算算，侯图南走到哪了？"父亲笑了笑："不用算，他还没返程呢。"向梅闻言垂头叹了口气，像霜打了的茄子嗔怪道："这走了多久了，咋还没返程呢！""梅啊，你别急，人家说夫妻之间都有根看不见的线牵着，心意相通。你火急火燎地，他就乱了方寸，你安安稳稳地等着，他也就能稳稳妥妥地走着。"向梅只能将焦躁按捺住，把悬着的心放回肚里，盼望着丈夫能平平安安稳稳妥妥地回来。

入夏后，昼长夜短，晚风带来丝丝凉意。向梅坐在山坡上眺望着远方，期盼着梦中人从那似火的晚霞中骑马归来，直到小羊顶着她的后背，咩咩叫着催促这个赖着不走的主人，她才依依不舍地拍拍身上的泥土，赶着羊群往家里走去。太阳重重地落下去，她的心也沉沉地垂下。到家后，向梅将中午剩下的饭菜放到锅里热一热将就对付一餐，未曾想饭桌上竟放着一封书信和一枚玉佩。玉佩是同心玉，是向梅仅有的嫁妆，向梅将玉佩连同自己的心交给丈夫，庇佑他一路顺遂，逢凶化吉。见到玉佩，向梅知道久盼的人就要回来了，高兴得连饭也顾不上吃，跑着出门找父亲，告知他这个好消息。因向梅识得的字不多，她便顺道让父亲帮忙念信。父亲看着向梅如久旱逢甘霖、草木逢春的模样，心情也禁不住随之雀跃起来。

父亲将书信拆开来，向梅红着脸站在一旁，眼睛亮晶晶地盼等着。

"一切安好，七月十五左右归，珍重身体，勿念。"父亲将信塞回信封中交给向梅。

"这就完了？"向梅愣怔了半响，兴奋劲儿还没冷却下来。

"完了，傻丫头，侯图南的心意都在这里呢。"父亲指了指自己的心口。向梅霎时羞红了脸，拿着信就跑了。

人这一生，还是要有盼头，有了盼头，日子才能越过越好，侯图南就是向梅的盼头。收到信后，向梅日日到高高的山顶上踮脚张望。终于，在繁霜降落、鸿雁南飞的时候，她看到了沙漠中浩浩荡荡的驼队，而侯图南就在驼队的最前头，如心灵感应般望着向梅的方向。向梅霎时耳热心跳，脸色绯红，今儿还特意穿着明艳的红袄子，激动得摘下红色的包头巾跳着向他挥舞着、叫喊着，就像沙漠中绽放的一朵火花，热情奔放，给漠北萧瑟的秋天平添了几分生机。向梅也顾不上火柴人般大小的侯图南看不看得见，听不听得到。或许在向梅心里，就算看不见、听不到，也能感受得到，毕竟他们是这么的恩爱，心意自然相通，更何况侯图南还朝着她的方向招手呢！向梅火急火燎地朝着驼队的方向跑去，却在五十米外刹住步子，骄矜地站在路边，等着侯图南骑马朝自己走来。

侯图南勒紧马头，跃下马背，站在向梅面前。向梅还恍惚着感觉像做梦般，直到侯图南将她拥进怀里，真真切切地感受到他剧烈跳动的心脏，才如梦初醒般意识到自己日思夜想的人终于回来了。这一去就是一年半载，来信也是惜字如金，就算是活菩萨也难免抱怨，更何况向梅可是不好惹的辣妹子。向梅闷不吭声地捶打着丈夫宽实的后背，侯图南站着一动不动抱着她，任她娇纵地发泄心里的委屈。直到驼队的兄弟们吹起口哨打趣，让向梅羞红了脸，侯图南这才抱着她上马，朝着家的方向疾驰而去。

一路上，侯图南哼着不成调的曲子，牵着她的手。天朗气清，惠风和畅，估计半炷香后就能回家。

十七

　　正月过后，红柳村迎来新的一年里第一桩大喜事，王兆瑞和小萍的婚礼。

　　从新疆古城子回程那天，驼队的兄弟们还想着替王兆瑞说媒，谁承想那小子嘴上不说，心里早有看对眼的情投意合之人，拿人婚事打趣逗乐的话像回旋镖般扎到自己身上，想想着实让人尴尬，于是婚宴刚开始，兄弟们哪还肯放过他，硬架着王兆瑞上院里喝酒去了。

　　村里的姑娘们团团围坐在穿着红嫁衣的新娘子身边，麻雀似的叽叽喳喳、七嘴八舌地说着女人之间的悄悄话。

　　"你俩怎么认识的啊?"

　　"媒人说亲认识的，你不知道，那媒婆把他夸得天花乱坠的，拍着胸脯说这汉子是十里八乡顶顶好的男人，结果我一相见……"

　　"怎么样啊?"

　　姑娘们两眼放光，竖起耳朵听着，小萍话说到一半便没了下文，在姐妹们聚焦的目光中突然羞红了脸，不肯再说下去了，直到被缠得不行了才结结巴巴地小声说道："就……就……爱上了呗!"随后，屋子里传来一阵此起彼伏的起哄和逗笑。

　　话虽如此，实则不然，其实早在媒人说亲之前，王兆瑞就早早地见过小萍了。

　　那天他去她村子里帮人砌房子，那会儿阳光正烈，小萍穿着一身靛蓝色碎花短褂和灰色麻布长裤，乌黑的发丝随着微风轻轻飘动，阳光在发丝上跳跃，像是无数的小精灵在舞蹈，虽然背着比人还高的猪草，深一步浅一步地负重前行，可她脸上始终带着笑意，如同迎着烈日盛开的花儿。她猝不及防地闯进了他的心房，那女孩的笑容不知拨动了他的哪一根心弦，虽然蜻蜓点水一般，却将他的思绪激荡起层层涟漪。

午间在主顾家用饭的时候，王兆瑞便有意无意打听着这女孩的消息，心中萌生出一种想要娶她为妻的冲动，回到驼场后当即就把这事儿告诉了曹五爷。

"婚姻大事，不能儿戏，你当真要娶人家？"曹五爷语重心长地确认他的态度。

"我稀罕她，我就要她！"他眼中迸发出前所未有的决心，坚定而有力地表明心志。

五爷点点头，没有多说什么，只是翌日一早，便把家中唯一的一块腊肉提了出去，可还未走到院门口，恰好碰到媒婆上门说亲。曹五爷笑着摆手推辞，只说是晚来了一步，小伙子心中已有意中人，那媒婆却不肯放过，劝说王兆瑞再多相看几个也是好的。曹五爷也不好把人赶走，只好将人迎进门，王兆瑞在一旁漫不经心地敷衍答对，听着听着愈发觉得不对劲，媒婆嘴里那人怎么和昨天自己遇上的女孩如此相像？趁着她喝水的工夫一问姓名，巧了！那不就是自己一见钟情的女孩？王兆瑞愈发确定小萍就是自己命中注定的良人，是不可错失的缘分。

再过了几日，媒婆带着王兆瑞找上了门，小萍的爹冲着王兆瑞上下打量了一番，点了点头。就这样，小萍成了王兆瑞的媳妇。

新婚过后不久，就迎来了离别，这是红柳村所有女人注定的宿命。眼下正值倒春寒的时节，春意初显，可还是有些冷意，小萍穿了身大花袄子，坐在屋门口的树墩子上，眺望远方，目之所及，黄是脱掉植被的土地，绿是盖在土地上的庄稼，黄绿相间的山坡连绵起伏，几条细小蜿蜒的泥巴路从村里延伸至遥远的山后，阳光在山的臂弯打了个折，留下一片隐隐绰绰的影子。

小萍那忽闪忽闪的大眼睛在阳光下熠熠生辉，望啊望，却不见心上人的影子。如若她心里的思念能化作实质，那定然是一根丝丝缕缕牵扯不断的红线，绵延而去，去往远方，牢牢地拴在王兆瑞心上。

向梅眼见着小萍因为思念而消瘦的身形，像一朵缺了养分而萎靡的花，不忍心看着她日渐枯萎下去，于是主动敲开了她的门，平日里闲来无事便喊她到家里来说些知心话，一起搭伙吃饭，久而久之二人便相熟起来，在无尽等待的岁月中相互依偎着消磨时光。

这天正值端午，小萍是个闲不住的性子，一大清早便在厨房忙活，蒸制漠北县端午节传统美食"扇子馍"。她用发面擀皮，辅以清油、撒上各色颜料，红黄白绿，看着色彩纷呈，其中还颇有门道，红曲、姜黄、绿香豆、白芝麻四种颜色意味着春生、夏长、秋收、冬藏，也是漠北老百姓顺应天时过日子的写照。

做完馍馍，小萍又做起王兆瑞平日里最爱吃的"油饼卷粽子"，虽说二人婚后并未相伴多长时间，但小萍早已摸清楚丈夫在吃食方面的口味偏好。在丈夫走后的日子里，她有时也会做几道丈夫爱吃的菜肴，就好像他还陪在自己身边。粽子做得香甜软糯，小萍夹起粽子尖咀嚼着品尝，不经意间皱起眉，嘴里一阵发苦，几口吞咽下去后，小萍愣怔地看着旁边空荡荡的位置出神，心里头像缺了一大块，良久之后，留下一声长长的叹息，端着粽子往向梅家中走去。

"嫂子，你帮我尝尝这粽子的味道如何？"小萍目不转睛地观察着向梅的反应。

"好吃啊！香甜软糯！"向梅如实说道。

"可我怎么吃着是苦的啊？"小萍说着说着，鼻子一酸，眼眶里不自觉间盈满了热泪。

向梅心头一悸，下意识地将小萍拥进怀里，恍然间，像是抱住了当年的自己。向梅一下一下轻抚着她的后背，柔声细语地说道："粽子怎么会是苦的呢？分明是你心里发苦，是不是？"

一句话让小萍深深藏在心底的委屈和怨怼倾泻而出，眼泪如同开了闸的洪水，哗啦哗啦顺着脸庞流下，沾湿了向梅的衣襟。

"嫂子，我心里苦啊！"小萍断断续续地哽咽道。

"哭吧，哭出来就没事了。嫂子知道你的委屈，可这日子咱们可不能哭着过啊，就算男人不在身边，咱们也要活得有滋有味的，你说是不是？"

眼泪让小萍心底郁积的情绪有了出口，痛哭过后也想通了不少，她下定决心，要把日子风风火火地过起来。平日里和向梅一道砍柴，放羊，饮牲畜，切磋厨艺，学着读书认字。久而久之，向阳花般灿烂的笑容重新回到小萍脸上，明艳动人，饱含生机，她的身形也日渐丰腴，以前的衣裳有些都穿不上了。

某天日里，村里头有人家孩子满月，给向梅和小萍送来烹煮好的羊肉，小萍吃了一口后，胸口便泛起一阵恶心，把刚吃的东西全都吐了出来，向梅赶紧给她倒了杯水漱口，她却笑着自己打趣说："嫂子，你说我这是不是又害了相思病了？"

向梅被她逗乐了，开玩笑般应答着："我看着啊，像是有喜了！"

这话说得漫不经心，又十分凑巧，小萍闻言愣怔了半晌，惊诧地瞪大眼睛看着自己逐渐显怀的肚子，不可置信地说道："我这，不会是真的有了吧？我还以为我吃胖了呢！"

向梅闻言欣喜地出门请郎中，郎中号脉后，果然是喜脉，小萍有了五个月的身孕。得知怀孕的消息后，小萍在夜里翻来覆去睡不着，轻轻抚摸着肚子，想着这孩子是男是女？会长得像她吗？又想到丈夫得知自己怀孕消息后的兴奋模样，可恍然一回神却发现，自己兴奋过了头，竟忘了把这消息告诉孩子的爹。孩子的爹，小萍细细咂摸这个亲昵的称呼，以前是丈夫，现在是孩子的爹，短短几个月，二人之间又多了一重血缘的羁绊。想到这里，小萍害羞地钻到被子里头咯咯地笑着，旋即又迫不及待爬起来，点了灯提笔写信：

"王兆瑞亲启：我已有五个月的身孕，近日身体有些不适，但并无大碍。望你注意保暖，上次你寄来的银票已收到，孩子快出生了，需要准备一些东西了。闲暇之余多寄书信，聊表思念。"

黄沙漫漫风萧萧，千里迢迢路遥遥。驼铃声声伴马蹄，漫天尘土蔽日高。小萍的思念连同书信从漠北送往远方。

王兆瑞已走了小半年，小萍的肚子也一天天渐长，大漠风尘滚滚，满目皆是苍凉的黄。小萍瞧着外边的天，撑着大肚子连忙将外边晒着的一些萝卜干收捡起来。

"哎呀！风沙这般大，你快些回去吧，我来帮你！"向梅正巧也从屋门口出来，看见小萍的动作连忙出声阻止，三两下利利索索地就帮着小萍把东西收拾好了。

"嫂子，谢谢了，我来吧！"

"你说说你，肚子这么大了，凡事不要亲力亲为，有啥事就喊声，嫂子过来帮你！"语气中半带怜惜半带说教。

若说不想，那自是不能的，她的手抚上自己圆润的肚子，眼角处尽是溺人的温柔。

王兆瑞收到信后，顿时被将要当父亲的喜悦冲昏了头脑，归心似箭，恨不得现在就插上一双翅膀回到漠北，他兴冲冲地拿着书信找上侯图南，询问驼队的归期。

"你咋了？"侯图南见着王兆瑞满头大汗、气喘吁吁，却容光焕发的模样打趣道："遇着啥好事儿了，说来听听！"

"图南哥，我家小萍要生孩子了！"王兆瑞激动欣喜地握着侯图南的双手！

"是嘛！"侯图南闻言用力地拍了拍王兆瑞的肩膀，"行啊，你小子都快要当爹了！"

驼队的兄弟们得知这个消息，纷纷向王兆瑞庆贺道喜。王兆瑞面对众人的善意，也只是乐呵呵地笑着回应着，红着脸闷头干活儿。

驼队还有一个月的行程才能返回，王兆瑞只能先将书信寄回，焦心地盼等着返程的日期。

驼队出发时冰雪还未消融，返回时已是草木黄落的深秋，天高云淡，秋风如慈母般轻抚着返乡人的脸庞。悠悠驼铃声在沙漠中回荡，驼队轻装上阵行走在归家的途中。

王兆瑞紧赶慢赶，还是没赶上听到孩子的第一声啼哭，归家时已是婴儿出生的第三日。他满头大汗地疾步走进屋里，蹲在床前，紧紧地握着小萍的手。

"小萍，这段日子辛苦你了。"他的背上还背着沉重的大包袱，衣服上带有风尘，他的双眼真挚，带着明晃晃的歉意，干裂的嘴角紧紧地抿着，神情严肃。

"扑哧——"小萍见了这副模样，心中哪里还有什么怨，苍白的脸庞上瞬间绽放出一抹灿烂的笑颜，带着整个人都多了几分生气。

"不去看看你的乖儿子吗?"小萍漫不经心地对丈夫说道，语气却有些酸溜溜的。

"不急，先看看你。"王兆瑞将小萍的手捂在自己掌心，就这么坐在床边饱含深情地注视着许久未见的妻子。小萍被他看得耳朵涨红，羞得转过头，想佯装推动王兆瑞，王兆瑞却纹丝不动，推了几下后便没了力气，索性作罢。

孩子取名"王维骓"，是小萍从诗里看来的名字，维骓是白色骏马，希望孩子能如骏马般在人生的旷野上自由自在地奔腾。

小维骓满月的时候，小萍还在坐月子，闲得无聊，在向梅的帮助下，小萍用彩色布、花线及铜钱制作小物给自家儿子绣了个虎头帽子，虎头帽子针脚细密，做工精细，线头及毛边皆藏而不露，老虎栩栩如生，颇显手艺。

王兆瑞也开始学着当父亲，可总是不得要领，把小维骓抱怀里后，手脚僵硬得走不动路了。小萍哭笑不得，想从丈夫怀里抱走孩子，小维骓却突然哭了起来，软软的手依恋地抓着兆瑞的手指不放，让他心上像是被羽毛轻轻刮了一下，他从小渴望的家的幸福和温暖，已在不经意间悄然而至。

十八

冬末春初，漠北迎来了一场铺天盖地的大雪，一夜之间，茫茫大漠便银装素裹，雪花肆意地在空中飘荡，纷扬而下，给大地烙下一个温柔的亲吻，简单而纯粹，热烈而奔放。向梅虽已在漠北生活多年，可从未见过如此壮观的雪景。她领着蹒跚学步的欢儿站在窗前，望着雪霁后水蓝天幕下连绵起伏的白色旷野，宛如进入了一个童话般的世界。

虽说瑞雪兆丰年，可是这雪来得太晚了。刚入冬的时候侯图南心里盼着下雪，没有雪的滋润，迎不来草木茂盛生长的夏天，牲畜也难过春乏关；而现在正值冰雪消融、草长莺飞的时节，这场大雪，对孱弱的牲畜而言，便成了灭顶之灾。

骆驼经过一年的使役后，高耸的峰子已经萎倒，变得瘦弱不堪，亟须在来年春夏时节放入驼场追膘，而春节过后的一两个月，便成了驼夫们一年最紧要的关口，这关口叫春乏关。因沙漠里昼夜温差大，在春寒料峭之际，如果天降大雪，便很可能出现"倒春寒"。侯图南担忧地看着窗外纷纷扬扬飘着的雪，默默祈祷着骆驼能顺利挨过凛冽的寒冬。

可天不遂人愿，一股灰暗的冷空气从北方席卷而来，硬生生将萌生的春意掩盖在了重重白雪之下。虽说刘家驼场早已经将骆驼赶进牧场，又加固了抵风御寒的墙面和木板，可耐不住这场大雪实在是太过漫长，原本充足的草料没过多久就被消耗了大半。

"老爷，昨天夜里，驼场里的骆驼被冻死了三十五峰，这天实在是太冷了，母驼生崽后就挤在一块，把刚出生的驼羔踩死了不少。"

"去年储备的草料已经消耗过半，加上牛羊这边还需要饲喂，留给骆驼的就更少了。"

刘老爷听着手下人的汇报，面如冰霜般，随即起身朝着各位把式抱拳恳切道："劳烦各位把式这段时间先住在驼场多多照看，等这场风暴过去了，我刘某人定不会亏待各位。"

侯图南起身回礼道："老爷您客气了，别说您平日里从未苛待过我，就算是为了从小照顾到大的骆驼，我也要留下！"各位把式纷纷站起身赞同应和着。

看着大家团结一致的模样，刘老爷打起精神，安排好饲料的事情："既然草料不够，那就分开饲喂，从驼群中挑出年老的、体弱的、怀胎的、哺乳小驼羔的，先紧着给它们喂；另外，去周边村里收购草料柴暖，价格不用担心，先把眼前的难关挺过去了！"随着刘老爷一声令下之后，刘家驼场在这危急时刻紧张而有序地运转着。

今年的春乏关仿佛是一道看不见尽头的黑暗而阴冷的隧道，大家攒着劲儿鼓足气拼了命般在隧道中艰难爬行，但还是有几百匹骆驼永远地留在了黑暗的隧道之中，没能迎来草盛花开的夏日。好在经过一个多月艰难砥砺前行后，终于迎来了柳暗花明，这场旷日持久的春雪终于肯停下，让那些忙得像陀螺般转悠的驼夫们有了喘息的机会，给苦苦抵御寒冬的牛、羊、骆驼留下了一线生机。

就在大家终于爬出隧道的黑暗，即将迎来黎明曙光之际，朝廷的一纸征调令，让刘家驼场再次陷入进退维谷的境地。一边是国家危难，一边是驼场的生死存亡，征调令下来后，县里又召开了几次动员会，每次开会回来，刘老爷便到驼场里逗留徘徊良久，直到天亮才离开。天下兴亡，匹夫有责，经过几日的思虑后，刘老爷还是决定响应号召，让马义舟带着刘家驼场的驼夫们支持朝廷的剿匪斗争。除了刘家驼队，漠北县有名的养驼大户几乎都派了驼队过去，贡献绵力，救国家于危难之中。但这个决定，也成了压倒刘家驼场的最后一棵稻草。

征调过后，刘家驼场派出的骆驼几乎是有去无回，就连老马也命丧沙场，葬身于荒漠之中。事情成或不成，能被拉去办事都是福分，死了人、伤了驼，都是小事，上头没有一分钱，没有一粒米。老马的死，和其他驼队死的几个驼队头目一样，只给了个口头嘉奖，算是肯定了他们为国尽了忠。

刘老爷尽最大的力安抚驼夫和他们的家属，哪怕是倾尽家财，也要荣辱与共。用他的话说，刘家的家产，多数有驼夫们的血汗，这一点是无论如何也抹杀不了的。然而，授人以鱼，不如授人以渔，眼下驼队遭了重创，"渔"没有了，给再多的"鱼"也顶不了事。况且家家都是灭顶之灾，自然是僧多粥少，难免顾此失彼。此后几年，刘家驼场不复往日的荣光，再未起场。

新疆古城子江布拉克草原的蒙古族兄弟，还有以往的主顾都纷纷托人带信来漠北，询问驼队近况如何，询问侯图南身体是否康健，询问为何迟迟不见踪影？侯图南收到信后，心里头百感交集，来信的多有萍水相逢之人，有的甚至只有一面之缘，在外头行路经商时，侯图南从未刻意阿谀奉承，也从未刻意用财物权势去结交，行事坦荡，待人真诚，这反倒让他收获了意料之外的情谊。天下熙熙，皆为利来，天下攘攘，皆为利往，人之相与，大多无利不起早，因而才更显君子之交淡如水之珍贵。倘若他开口求助，远方的朋友们未必不会慷慨相助，但他深知情债难偿，人情债更难偿，于是回信时只是简单交代了近况，对雪灾和征调之事轻描淡写一笔略过。

将信寄出之后，侯图南心里愈发烦闷，仿佛是自己亲手泼灭了那一丝重新燃起的希望的火苗，让驼队起场彻底没了回旋的转机。他越想越发心乱如麻，最后索性提了一坛子酒出门。驼队散了之后，他酒量倒是见长，也不是爱喝酒了，只是在这个小小的红柳村里，时间仿佛停滞了一般，如若无酒，怎么度过那么漫长的赋闲时光？

侯图南漫无目地走到了摆鸭湖。古时有水蓄积成湖，阔为三百亩，便有了这"摆鸭湖"。湖水波光潋滟、洋洋如海，渔人垂钓可行舸舟，岸边杨花与湖中芦叶入目生辉。湖西修了"垂钓楼"，湖东又建了"观湖亭"。游人在此，可弄潮戏水，可手握长竿悠闲垂钓，可乘船于湖上载得星月而归，可躺在沙滩闲听虫鸣细细，可斜望芦苇荡里鱼戏鸭游。一场秋雨过后，湖水高涨，在阳光的照射下波光潋滟，倒是有些"塞上江南"的韵味了。

侯图南登上观湖亭，凭栏远望着村口的方向，任凭秋风把愁绪吹散带往天边。要是在以往这个时候，驼队应该起场，可眼下再不见蜿蜒行至远方的队伍。正当他感慨伤怀时，突然，耳边传来悠远回响的驼铃声，极目远眺，远处一人一马朝着红柳村的方向疾驰而来，驼队拉成长长一线紧随其后出现在峰回路转之处。是阿拉坦！他心里有着强烈的预感，于是立刻往村口的方向跑去，骑马的汉子从滚滚飞尘中跃马扬鞭而来，果真是阿拉坦！

阿拉坦下马后大敞着胸襟向侯图南走来，二人激动地抱在一起。

"阿拉坦，你怎么来了？"侯图南拍了拍阿拉坦厚实的肩膀询问道。

"自然是给你雪中送炭来了！我听闻你的驼队遇到了麻烦，我心想着能让一个驼把式多年不见踪影的，那定然是个大麻烦，我放心不下，于是就不请自来了！"阿拉坦摸着自己的大胡子慢条斯理地说道，"我特意前来相助，自然是信任你，相信以你的能力，定能东山再起，你要是再说推辞的话，是会让朋友寒心的啊！"

阿拉坦这番情真意切的话，顿时将侯图南故作轻松的姿态击得溃不成军，话已至此，叫他如何忍心将拒绝的话说出口？于是忙找人帮忙把骆驼送至驼场，大设宴席，款待远道而来的友人。

在此之后，又陆陆续续地来了草原上的朋友，也都是听闻他眼下正遇着难处，特意前来相助的，有些远在天边的友人寄来了银票，怕他不肯收下，隐去了姓名。侯图南在外行路经商的沿途中善意播撒下的人情的种子收获了累累硕果，他揣着这份沉甸甸的人情，暗暗下定决心重整旗鼓，定要让驼队重新恢复往日的荣光。

草原上的来客匆匆停了一阵，也告别回归了，唯独阿拉坦久久不肯离去。侯图南也乐意让他留在自己身边，好歹早晚有人喝酒说话。眼下正是重整旗鼓的时候，他自然有的是事情要忙。他拿着那些银票和以往攒下的积蓄买了块地，打算整修之后建驼棚、驼场。平日里侯图南十分想念昔日的驼队，想念陈羊、老马、砖头王、花头和那些曾经与他生死与共的伙伴们。现如今有了从头再来的机会，他迫不及待拿着好酒好菜一家一户找上门去。聚是一团火，散是满天星，不少驼夫现已经换了行当，习惯了安稳，侯图南也不强人所难，愿意继续回驼队的他热烈欢迎、真挚感谢，不愿意的他也由衷祝愿人家幸福美满。

由于阿拉坦的慷慨襄助，驼队的规模不减反增，驼队又招了些新人，二人决定趁着还没开春再次起场，先把之前别人的货物补上，再陆续接一些新的订单。

一切的一切都在往好的方向发展。侯图南甚至还发了笔"意外之财"，在野萝卜地里挖出了五十块大洋，数目不多不少，恰好是预计修建驼场所需要的钱数。他愈发觉得，一切都是冥冥之中自有的安排，自己也应当顺势而为，乘势而上，应势而谋，想到这，他如同一台年久失修的机械，重新被注入强大的动力，思维开阔，精神焕发，神采飞扬，有条不紊地准备接下来的起场，期待着来年开春，期待着悠悠驼铃在红柳村这片土地上再次回响。

十九

　　杏花稍寒，春风送暖，春天总是能给人无限的希望。临近开春，预备起场，侯家驼队的驼夫们穿上绵羊皮袄，他们脸上总是带着一丝微笑，仿佛生活中的任何困难都无法阻止他们对未来的乐观。

　　侯图南看着这些朝气蓬勃充满希望的新面孔，不免又想起往日里与他同甘共苦的兄弟们。那日他提了好酒好菜想去看望师傅陈羊，哪知连门都没能进去，师娘关丽只说陈羊在休息不方便打搅，但之后又去了几次都未能见上面，侯图南自然也明白了师傅不是不方便见，而是不愿见，他也明白师傅心里的苦衷和师娘的难处。

　　在那场征调中，陈羊从坡上滚下来，脸直接磕在了石头上，虽说从鬼门关捡回了一条命，但这一生怕是废了。关丽每日里伺候着，兼及忙里忙外，许多事都耽误了。

　　好在夫妇二人平日里都是勤俭节俭的人，过惯了清苦日子，过去也有些积累，就这么好日子好过，苦日子苦过，倒也能安安稳稳地过下去，现在对于他们来说，反倒变化不大。他们唯一担忧的，便是那最放不下的儿子，陈奎。

　　陈奎小名为陈犇犇，陈犇犇十岁那年，田举人说"犇犇"二字不太好，过于张扬，关丽便让先生给取一个官名。田先生以其父叫"陈羊"故，给他取名"奎"，这个"奎"字读"达"音，意思是小羊羔。起先他叫陈犇犇时，别人便拿他的名字开玩笑，叫他"六个牛"，后来大家更觉得"奎"字没人认识，改唤他作

"陈大羊"了。

十二岁的陈牵已经脱去了当初天真顽皮的样子，按母亲的话来说，叫"稍稍有个正形了"。母亲始终盘算着要给他缠辫子，那头发已然够长了，只是他总是不肯。他如今脸色总是阴着，闷闷不乐的样子，不过他性子倒不是个闷的，喜欢说话，喜欢开玩笑，不说话的时候像病了，一开起口来便喜笑颜开，滔滔不绝。陈牵八九岁的时候便可以帮着家里做些事情，比如放驼。侯图南后来说，这一点比他强，他最初见到骆驼时，害怕得站在原地不敢动。

这天，关丽带着儿子来到了红柳村侯家驼队的牧场，庄上的人告诉她，侯图南这阵子天天奔牧场。她眯眯着眼四处搜寻，想从埋头苦干的人里找到那个熟悉的身影，但并无发现。关丽正要说什么，陈牵早已奔了上去，一边跑，一边喊："侯叔！侯叔，出来！"

侯图南其实是听不见的，因为他在远处的驼场上扎草，但李稳子从这边过来，便把这事告诉了他。他便对一个小驼夫说："我先忙点其他的事，忙完再来扎草。"之后他便三步并作两步跑了过去。远远地便看见陈牵仍在边跑边喊："侯叔！侯叔，出来！"

陈牵追着骆驼跑，不像是在找侯图南，倒像是在戏骆驼。场上的几峰骆驼被他带着跑起了圈，样子别提有多滑稽了。关丽在边上看着，先是一愣，接着便捂着嘴偷笑起来，最后实在憋不住，便放开手，咧着嘴哈哈大笑，笑得前仰后合，笑得忘情无我，笑得如梦方醒，听着耳畔回荡着的"侯叔！侯叔！"的唤声，他鼻子一酸。

侯图南看见了陈牵，便挥手大喊："六个牛，六个牛！我在这儿呢，我在这儿呢！"他飞奔上去，扛起那男孩便跑。男孩在肩上大叫着要挣脱，侯图南却不肯，一边拍着他的屁股，一边笑道："又来捣乱了哈？又来捣乱了哈！"

关丽露着笑脸，远远地迎上来："犇犇，犇犇，你又调皮，看，被抓了吧？"

这是侯图南与六个牛独有的见面方式。以往，侯图南每次跑驼队回来，总要被这孩子缠住。今天是藏个东西不叫爹娘看见，明天是惹了祸找他说情。把他惹得烦了，他便会把这娃扛起，猛拍几下屁股，算是惩戒。侯图南放下他，便要该藏东西的藏东西，该说情的说情，不然就不够意思，影响他"好兄弟"的美名。

"兄弟，忙着呐？"关丽同他打着招呼，一面又训斥儿子，"十二的人了，怎么还这么疯癫？开玩笑不分地方！"

"嫂子——"侯图南如旧叫着，转而又觉不妥，改口道，"师娘。"

关丽一听他这么称呼自己，心里反而沉重了。侯图南见她脸色变阴了，便急忙解释："嫂子别误会，我只是……我只是说……我没忘了师傅。"

关丽点点头："我心里有数。兄弟，你是个好人，天底下再找不出第二个你这样的好人来。不过，好人也有不好的地方，你这个人就是太过于心善，凡是不肯计较，宁肯自己受罪。这总让人放不下心来，总怕你吃亏。"

侯图南笑笑："嫂子，咱屋里说吧。"

关丽递上一个包袱："这是给欢儿做的一套新衣，我知道送什么礼你都要客气，不收，但冲着孩子，你也要拿着。"

"诶，好，我拿着，嫂子的心意我领着。我忙完这一阵，便去再瞧瞧师傅，再给送几服药去。"侯图南把包袱夹在腋下，前头引路，将母子二人领进了毡帐。

"小梅还好吧？"

侯图南一边斟茶，一边说："都还好，只是忙碌，又要忙着骆驼的事情，又要忙着孩子的事。欢儿还小，总也离不开人。"

关丽接过茶来："家家都有一本难念的经啊。"

陈牵不喜欢喝茶，往羊皮墩子上一坐，便问："侯叔，喝酒不？"

"讨打，你这小小年纪，就想喝酒？"侯图南笑道。

陈牵看了一眼母亲："我是给我妈喝的。"

关丽给了他一捶："你个小瘪犊子，怎么说话呢？"

陈牵白了她一眼："就这点事，三言两语就能交代清楚的，你愣是磨磨唧唧支吾到现在，不喝点酒，怎么吐真言呢？不就是告诉侯叔，让我进他的驼队嘛，这点事让你犯难的，都不知道怎么开口了。"

关丽咯噔一下，瞪了儿子一眼，又转向侯图南："兄弟，你看……不过，我也是知道，你们也刚刚恢复。这孩子年纪虽小，但不比一般驼夫，生在我们家，自然是对骆驼熟悉得多，用起来便更趁手。"

侯图南看了一眼陈牵："刘老爷那边是什么意思？"

关丽脸上多了一丝愁容："今年，谁还敢再说什么豪气的话？一夜之间便全回到了几十年前。刘老爷固然家大业大，但家大业大也是因为有驼队，家业大了，四面支应的费用自然少不了。我已问过他，就是把陈牵送来你这里，他也是高兴的。"

侯图南笑着对陈牵说："六个牛，你如今又归我管了。"

陈牵点点头："知道了，只要是有口饭吃，我一定勤恳做事。妈，你瞧瞧，这点事儿让你给难的。侯叔岂是那种小气的人？我投奔到他这里，固然少不了麻烦人家，但是说尽好话不如做些实事，我只要是卖力气干活，这点麻烦不就抵消了？"

侯图南哈哈笑起来，关丽反倒羞赧了，点了一下儿子的额头："臭小子，是你说的了，今后可不能犯懒！"

关丽又闲聊了几句便回去了，她多待不得，陈羊还在床上，砖头王的妻子马小凤在帮着料理家事，但总不能老是麻烦人家。有了陈牵的保证，她心里又定了几分。侯图南是信得过的，儿子有了前途了。

"六个牛，你会不会想你娘？"侯图南同陈牵一起目送着关丽远去。

陈牵冷笑了一声："不过是串门的路，要是想了，抬脚就能回去，有什么担心的？"

侯图南摸摸他的头："我说的是你免不了要常年在外头跑，到时候可别哭鼻子想妈。在戈壁上我可管不了你想不想家，那是玩命的地方。"

陈牵摇摇头："我原以为你比我年纪大不了多少，总能通情达理些，没想到和那些老顽固一样的看不起人。古人说，有志不在年高，无志空长百岁。你看我也有十二了，还能做那没断奶的事吗？"

"好，我领着你去见大伙。"

侯图南的驼队今年扩充了人数，这自然是得益于阿拉坦的帮助，骆驼他留下了，人则坚持自己来招。结果今年因为那场征调，坏了不少驼队，没了事做的驼夫有的谋了他业，有的为了避免沦为流民，又不会别的，还是要找驼队。侯图南因此找了不少人，而赵康也日益成熟起来，能够独当一面了。

"大伙都注意一下，来，都往这边靠拢了。"

"什么事，侯头？"

侯图南望着那个抹了毡帽的男人："赵康，给你带来一个人啊。"

赵康吃了一惊，上下打量了一下这男孩，愣了半天。他不是不相信自己的眼睛，而是怀疑起了侯图南的判断力："你确定。"

他指着那孩子，搞得陈牵很不乐意，但碍于侯图南的面子，也没说话。侯图南则微微笑着："没错，小是小了点，但是个老驼夫了，这是我师傅的儿子。"

赵康一听是侯头师傅的儿子，立马正视起来，但还是不敢轻易下结论。驼队里年龄再小，十五岁算是顶了天了。把一个十二岁的孩子带进沙漠里受苦，这娘老子不是一般的狠心啊。他这样想着，又觉得自己不对，要不是走投无路，谁肯这样？

王兆瑞问："这孩子多大了？"

侯图南也如实说："十二。"

"太小了。"一个驼夫说。

"就是，太小了。"另一个附和。

不知谁说了句："毛都没长齐呢，就要去过鬼门关，这辈子没娶上媳妇，白来一趟啊。"

人群中爆发了一阵笑声。这笑声在别人看来不过是玩笑，是打趣儿，却把陈牵气得脸发红："各位兄长、叔父们，我叫陈牵，外号六个牛。侯头方才提到我爹是头儿的师傅，这只能说明我有机会接触骆驼，我到底能不能当个合格的驼夫，要我看，不能看是谁的儿子，也不能看岁数有多大，要看看有没有真本事！"

这话音刚落，就把人群都震住了，刚才开玩笑的人，现在像是犯错的孩子，都低下了头。侯图南拍了拍他的肩膀，朝赵康挥了挥手，便回位子上坐着了。赵康会意，便上前正视着陈牵，陈牵被这庄重的架势带得也肃然起来。

"那好，会唱两句吗？"

"会。"

"哟嗬——"人群中一阵沸腾，"好小子，来两句！啊，来两句！"

陈牵回头看看侯图南，侯图南点了点头。陈牵便开口唱了起来：

> 驼铃响那个迈开了步诶——
> 唱起了山那歌。
> 太阳还没出来哟，
> 星星真叫个多——

这是起场时常唱的曲子，哪怕是没做过驼夫的西北男人，也多少知道些。大伙受着陈牵的感染，一起唱了起来。侯图南也轻轻地跟着唱，脸上充满了笑，眼里却带着泪花，朦胧的泪光中，仿佛看见了老马又在闷闷地吸烟。

驼夫们唱完这一曲，再看陈牵，没人再议论他只有十二岁的事情了，这就算是全票通过，驼队又迎来了新成员。至此，侯图南的驼队拥有骆驼二百五十余峰，驼夫五十七人，是一支不小的队伍了。

"六个牛"成了陈牵的常用名，大家总是"六个牛""六个牛"地叫着，他也就习惯了，反正"陈牵"这个名字自己也不是很喜欢。在他看来，这名字跟他无关，用的字纯粹是酸文人显摆学问，根本不是大家朗朗上口的物件。相比起来，"六个牛"既顺口又好记，就是有点土气。不过，在驼队里，大家的名字没谁是洋气的，最洋气的，八成就是侯图南了，但谁敢拿他开玩笑呢？

六个牛干活还真是勤快，没有一点小孩子的娇气。清早也不睡懒觉，总是起个大早就去取水、烧水、点火、做饭。饭做完了，他还要去牧场，看着别人给他分配活计。赵康把他分配给了一个叫孙逢的驼夫，让他叫师傅，就跟侯图南当初管他爹叫师傅一个样儿。孙逢除了他，还有一个徒弟叫王小蓝，比他大六岁。王小蓝的名字也很文艺，这是不为驼夫们所中意的，平时大伙都叫他"旺子"。

六个牛很喜欢拉着骆驼到蒙泉去饮驼，看着骆驼喝水的样子，他会情不自禁地笑起来。边上的人问他笑什么，他也答不上来，也不想管，就是高兴。饮完了驼，他自己也要喝，喝得饱了，便牵着骆驼在旁边歇着。

其他人都笑他："骆驼喝完了你再喝，你喝的都是骆驼的口水。"

他听了这话，恍然大悟似的，似乎觉得这么做自己确实吃亏了，但转而又把这当作笑话听，哈哈地笑起来。到了下次饮驼时，他又忘了，还是骆驼先喝，完了他再喝。周围的人已经笑过他一次，也许还会在第二次提醒一番，谈笑一番；第三次，只匆匆提醒，并不再笑了；往后便随他去了，只是相互闲聊时调笑一句："这孩子脑子缺根弦。"

六个牛喂骆驼确实有些门道，那日他们举行驼羊会来禳灾，便要举行赛驼，今年参赛的是他的师傅孙逢。他想起当年父亲陈羊便是靠一峰白骆驼夺了冠军，也想找一峰白骆驼。侯图南笑了笑，点点头，由他去找。

　　侯图南已经无心夺魁，只要输得不难看就行，毕竟骆驼大多来自阿拉善，对漠北还不太熟悉。骆驼之间不和睦的事时有发生，人只能看着，一有苗头就上鞭子，一点点地，熬鹰似的磨骆驼的性子。侯图南特别关心最近的一次起场，但愿一切顺利，来个开门大吉。只是没想到孙逢虽然没能夺魁，却拿下了第二名，这已经是出乎意料了。

　　陈牵兴奋不已，他觉得白骆驼能拿到好名次，一方面是骆驼好，再一方面是孙逢师傅技术高超，再就是自己善于喂养了。他不断地跟别人说，这是从父亲那里学来的："骆驼和马一样，赛跑前最忌讳的就是饱食饱饮，想要夺魁，选择健跑的，断七八天水草，临赛时喂给一点精料、鸡蛋就可以了。"

　　转念又想到父亲现如今只能瘫坐在床上，他的兴奋劲一下子消散了不少，转眼又变成了闷闷的、不说话的模样。

二十

今年的起场是侯图南极其看重的，已经很久没出去的他自然要亲自带队。在一个蒙蒙亮的凌晨，驼铎阵阵飘起，侯家驼队重新踏上征程。六个牛穿着孙逢给他新做的衣裳，对于自己的第一次行程满怀着无限的憧憬和期待。

孙逢也就二十来岁，但不太喜欢别人说他年轻。他总是说："你们看侯头，不也才三十多岁嘛，管着这么些人，这么些骆驼。"

其实别人说孙逢年轻，有的并不是嘲讽，恰恰是称赞，说他年少有为，但他多少就有些芥蒂。他甚至不乐意让人家夸，总觉得被夸多了不是什么好事。要说这人身上有什么让人指摘的，那就是有些风流。六个牛这个徒弟，是他自己争取的，为此不知费了多少口舌。赵康把陈牵交给他时，还特意嘱咐了，绝不准带坏了六个牛。

孙逢哪里舍得带坏了他，平时连做事都不大指使他，而是让旺子干。旺子原以为有了师弟以后，自己能轻松些，没想到还加重了，不仅要顾着师傅，还要顾着师弟。孙师傅常说："你师弟年纪小，你这当师哥的不护着他哪行？"

旺子常常小声嘟囔："他哪需要人照顾啊。"

六个牛刚进入驼队那会儿，他们几个小年轻不服他受到那么多的照顾，有人便说他进入驼队是仗着侯头是他爹的徒弟。他一下子就恼了，咬着牙一句话不说，看他们想怎样。那帮人见他不吭声，反而不说话了，想着再闹大了，错都在他们一方，到时候不好收场。

这时，驼夫张贵正拽着一峰骆驼过来，那骆驼才一岁多，却比其他同龄的骆驼壮实得多，脾气也犟得多。张贵折腾了好久，这骆驼倒是前进着，但很不情愿的样子，他一不留神，骆驼退回去好几步，刚才的努力全白费了。

这时，六个牛冲了上来，一把夺过鞭子，狠狠地甩在了那骆驼身上。骆驼吃了一惊，仿佛这一鞭比之前的百鞭千鞭都要猛，它未必不疼，但都忘记叫唤了，只呆呆地立在那儿。六个牛大叫一声，吓得骆驼都后退了。紧接着，他挥动手中的鞭子，像疯子一样猛抽，边上的人都傻了，连张贵也不敢拉他。那骆驼被抽得连连哀叫，他觉得火候到了，便一跃身骑了上去，再来一鞭，骆驼飞也似的跑了起来。

这下可把周围的驼夫们都吓坏了，没人知道这一人一驼要往哪里去，反正这时已经没了踪影。张贵愣了好久，才意识到恐怕要出事，便赶紧叫旁边那几个："别看热闹了，还不赶紧跟我去追！"这帮人骑着骆驼追出几里，却怎么也没找见六个牛和那峰骆驼。他们无奈，这荒野之地也不可久留，只能回来。回到牧场一看，正见着六个牛在给那骆驼喂草呢，一帮人都蒙了。自那以后，谁也不敢拿他的年龄说事，怕他再干出傻事来。

孙逢未必不知道六个牛是个神通广大、不安寂寞的能手，但他看着这个才十二岁的小驼夫，心里就怜爱，好像自己的亲弟弟。临行前，孙逢觉得他身上的衣服穿了几年了，都有些不合身了，便给他做了一套新的。入瀚最重要的就是那一双鞋子，孙师傅给六个牛定制了一双毛袜和一双牛鼻鞋，鞋头有两个棱子，鞋梆是十纳梆，鞋底都是用最精的麻绳一针一针纳出来的，这种鞋轻便耐磨，适合长途行走。

六个牛望着浩瀚的驼队，骆驼连成一线，一眼看不见尽头，真是壮观啊。他平生第一次看见这么多骆驼训练有素地为了一个目标长途奔袭。

"咱们这是一个沙乡驼国啊。"他喃喃道。

孙逢问："什么?"

"咱们漠北,真是一个驼国啊,骆驼忒多。"

孙逢笑了笑:"哈哈,漠北要是驼国的话,都城定在哪儿呢?"

"那自然是红柳村了。"

孙逢哈哈大笑,六个牛也跟着笑起来,他忽然觉得,一个国的都城叫个村名是不是有点寒碜?于是,他又开始琢磨,心里描画着理想的驼国。

侯图南在队首向后望去,也充满了自豪,但他不能停下来观赏,这一路是不能轻易停歇的。马小五已经报告了,最近这两天都是晴好的日子,没有风。这倒真是喜讯,没有风就意味着不会扬起沙尘,不会前进受阻。

没有沙漠风暴,正是赶路的好天气,如果实在累得慌,可以停下来休整一番,补充点食物。驼夫们深知走长路是越歇越想歇的,必须一鼓作气,切忌优柔寡断,作风懒散。

"小子,你真是命好,第一次起场赶上这么好的天,连老天都眷顾你。"孙逢看着六个牛,一脸的羡慕,瀚海可从来没给过他们好脸色啊。

六个牛点点头:"我晓得,我晓得,戈壁里一旦有了风,是很怕人的事。"

"有多怕人呢?"

六个牛说:"我爹曾说过,那风大得能掀起一头牛,卷到空中转上个几百转,然后咚地掉下来,摔个粉碎。"

孙逢憋着笑问:"你信吗?"

"信啊,最起码的敬畏之心我还是有的。只是敬畏归敬畏,我实在想象不到能把牛掀起来的风有多大。就算是老黑风,也不是常有的事,沙漠里每次都能碰见,也是怪事了。"

他们正谈笑间,忽听见前面正往后传话,传的是什么呢?——"跑起来!"前面已经动起来了,骆驼奔走着,驼夫们也开始了越野跑。大家约定了,跑上一段路程便停下来,就这样跑跑停停,总比奔拉着走要快。争取在天亮之前赶到烂山子，找到一片红柳林，歇第一站。这样的安排，比以往快了不少，但看天上满天星星的样子，应该不会变天，起风的前兆就是天色昏暗，星月皆无。

"跟得上吗？"孙逢不断地问着身后的六个牛。

六个牛是个要强的人，哪怕就是跟不上，嘴上也不会说："没问题，跑着呢。"

他固然是在跑着，而且是拿出吃奶的力气在跑，不然可真要掉队了。孙逢看出了这一点，但他放弃了脑子里那个让大队放慢一点的天真想法，对他说："你这跑法不对。"

"啊？"

"你这样跑个几步路就喘气儿了。你得掌握着节奏，紧一点、慢一点，一快一慢，让两只脚有一只能休息一下。"

"这样不就慢了吗？我怕掉队。"

"不怕的，这样跑虽然看似很慢，但持续时间长；你那种跑法快倒是快了，但跑不了长路的。你不用担心掉队，有我在呢。——旺子，旺子！"

旺子用余光往后瞥了一眼："啊，师傅？"

"等等你师弟。"

"哦。"

旺子嘴上答应着，身子却一刻也不敢停留，仍然奋力地跑着。其实跑瀚海哪有那么容易？六个牛才十二岁，第一次跑成这样已经很不错了，可是他最担心的是掉队，孙逢只能鼓励他，让他别丧失信心。这场晴夜是整个驼队少有的福气，不会因为他一个人跟不上就停下来的。六个牛也深知这一点，只恨自己太小太弱，他喘着气，肚子生疼，幸好跑之前没喝水，不然更要命。

跑！跑！跑！

跑！跑！跑！

跑起来吧，驼队！

六个牛眼前已经有些眩晕了，大脑缺氧得厉害，但他迷迷糊糊中还是卖力地指挥着自己的腿向前奔，手臂挥动着。孙逢几次想和他搭话，已经没有回应了，看他这样子，怕是要倒下，不好！

"旺子！旺子！"

旺子听见这变了声的叫喊，意识到事态的严重性，赶紧折返过来，一把扶住六个牛。他吸了口气，把那小子背到了背上，继续跑起来。

"你行吗，旺子？别累趴了。"

旺子没说话，也不敢说话，怕浪费力气，只是一气儿地跑。孙师傅脚下也没停，大家都像是要飞起来了。

六个牛伏在旺子的背上，晕晕乎乎像是长了一双翅膀，他看见自己飞起来了，速度快如闪电。紧接着，他看见骆驼也长出了翅膀，成了飞驼，它们穿梭在云层里，月光如水，倾泻无际，如同大海。这片驼海里翻腾的波涛，就是此起彼伏的驼峰，它们波动着，像奔放的旋律。六个牛觉得自己也变成了一峰骆驼，和它们一起，融入了这驼海，上下翻滚，卷起千层洪波。这洪波如初生牛犊，想要击打那远处的月亮。

他们人呢？六个牛的眼光四处搜寻，发现已经没有驼夫了，只有骆驼。他看了看自己，这才意识到恐怕所有人都变成了骆驼，而且是插着翅膀的飞驼。他们一起飞奔着，把这八百里凶恶的瀚海，变成豪放淋漓、一泻千里的驼海。同样都没有水，但一个是漫漫黄沙，让人只能联想到掩埋与遗忘；一个是光照如波，让人只愿前进，畅快酣然。

他仿佛听见了笑声、追逐声和打闹声，大家在竞赛着，看谁先到达对岸。他回过头，在他的身后是新的波浪，波浪之后还有波浪，这是一条无限的洪流，这是一脉恒久接力的文化，冲击着，奔逐着，一刻也不停留，追赶着心中的彼岸。生命在这追逐中忘记了黄沙，忘记了风暴，忘记了沙漠里凶狠的劫匪，他们已经胜利，他们已经在呐喊。

"啊——"他真的喊了一声，却感到身体被狠狠地摔了下去，从天空坠落，又要回到那万里黄沙。他一睁眼，朦胧逐渐清晰，眼前可不就是黄沙吗！

旺子嗔怪道："你睡就睡，鬼叫什么？吓我一跳！"

孙师傅笑了起来："哈哈哈，八成是做噩梦了吧。六个牛，你梦到什么了？是不是被狼叼了，成了狼拌汤了？"

六个牛躺在地上，傻呵呵地笑着，旁边的人都哭笑不得，觉得这孩子傻了。旺子还来摸摸他的额头，再摸摸自己的，看看他是不是发烧了。没有，没有发烧，那就是日常犯傻了。大家早就习惯了，这孩子总会说些傻话，做些傻事，但大部分时候还是靠谱的。

"小子，你不说，是不是真的梦到狼了？"

"没有……哈哈哈……没有……狼……"

旺子看着躺在地上这货一副没出息的样儿，啼笑皆非："算了，算了，由他去吧，等他躺够了，自然会起来的。"

"那哪行，这沙地上是能睡人的吗？躺在沙地上的那都是什么人？晦气！快把他弄起来，到帐篷里去。"孙师傅说完，径自走了。

旺子正要去扶他，六个牛说话了："不用扶，不用扶，我自己起来，我自己能起来。"

他站起身来，觉得浑身轻松，之前猛力追赶消耗的体力已经补充回来了。他眯着眼，看看周围，这是一片陌生的地方，自己从未来过，也没梦见过。他现在确定自己刚刚是做梦了，现在这是在现实世界。

"这是什么地方？"

"烂山子啊，不是说了吗？天亮之前赶到烂山子啊。"

这里就是烂山子吗？曾经的绿洲，如今的沙海，连绵的沙丘仿佛千年不绝的唠叨，无论风怎样吹，最终还是会恢复成这个样子。天早已亮了，如果他们是按约到的，那么现在已经过去多时了。

"我们是几时到的？"

他正要问旺子，才发现人已经不见了。他听见不远处有人在喊，循声望去，锅头在呼唤开饭了。他赶紧奔过去，冲进帐篷，拿出碗来，盛上一碗炒面，坐在一边吸溜起来。其他人都已经吃罢了饭，坐在那里抽烟的抽烟，聊闲天的聊闲天，反正也停不了多久，之后就要出发的。

"从这里往西，到巴丹吉林沙漠北边的拐子湖，那是个好地方，虽然到处都是沼泽，人和骆驼都要小心。"孙师傅对六个牛说。

六个牛不解："既然都是沼泽地，又怎么会是好地方呢？"

"你想想，沼泽是什么？是烂泥地，对吗？"

"对啊。"

"烂泥和沙子有什么不一样？"

六个牛恍然大悟："哦，那里有水！"

脑包泉，又来了，那个神秘的地方。没有谁见过真有什么大蟒，可就是有那样的传说，让人们心生狐疑，对那个地方多了一丝敬畏。这里是绝境，浑浊的污水让人心生恐惧，仿佛一旦踏入就触犯了什么神圣的事物。但这里又是希望之土，清澈的泉水会让人欢喜地看到生的希望。当所有的桶都盛满这里的水时，当他们开始饮用、或用这里的水做饭时，无不对这个地方充满了虔诚的敬意。

六个牛还在向师傅和师兄描述自己的梦境，他们饶有兴趣地听着，尤其是孙逢，不停地问后来呢？后来呢？六个牛都讲到了结尾了，他还在意犹未尽地问：后来呢？六个牛怔怔地望着对方，对方也怔怔地望着他，仿佛故事就该在这里终止，又不该在这里终止。

"没有后来了，后来我就被甩在了地上，醒来了。"他看了看旺子，旺子面无表情，好像在想什么事情。

孙逢一遍又一遍地问："我们都变成骆驼了吗？还是有翅膀的骆驼？"

"没错，就是这样。"

"这倒真是个稀奇事哈，骆驼要是有了翅膀，那还不是如虎添翼啊，哈哈。"

　　旺子说："骆驼要是飞起来，要多大的翅膀啊。"

　　三个人都在想象着漫天骆驼的场面，而六个牛已经见过了，自然更加驾轻就熟。他们微微闭着眼睛，仿佛在欣赏一首名曲。在他们的脑海里，飞翔着连绵的驼队，骆驼发出长长的嘶鸣，像潮水一样在面前涌过，漫无际涯，前赴后继。

　　"驼海是没有尽头的，老的去了，新的又会来，一代一代，一层一层。"

　　孙逢这么说着，又想把这个梦境分享给侯图南，分享给赵康，分享给李稳子、王兆瑞、张贵，分享给所有的驼夫。他想让他们每个人脑中都有一片驼海，满是飞翔的骆驼，充满着勃勃的生机，永远不会凋零，永远不会停息。衰老的在彼岸重生，化作新生的从对岸再来，驼海是一道永恒的圆圈，亘古循环往复，在西北的漫漫荒原上描画着不朽的驼国。

二十一

阿拉坦的故交呼其图最近和几支内地的驼队走得很近，这些驼队无一例外都是属于陕西马四爷的。马四爷一家坐拥好几支驼队，骆驼多达上千峰，的确是养驼大户中的魁首。在马家经营的多项生意中，"合盛茶"是最负盛名的，乃是东柜的八大茶商之一，其余七家便是新泰和、裕隆谦、魁泰通、魁泰和、天泰运、裕亨昌和文泰远。东柜多为汉商，居住在晋陕甘一带。

那日正逢田开文驼队到达阿拉善，双方交易已毕后，呼其图便将田开文邀请入蒙古包，宴饮款待。与阿拉坦不同，呼其图圆而胖，蓄着络腮胡子，模样憨态可掬，恰似一头熊猫，然其为人则没有阿拉坦那么爽朗，身上带着点商人的固有的精明与势利。田开文、王佐玉、马向这些人的驼队来了，他便特别欢迎，因为都是马家的领房子，带来的无疑是大买卖。其余小商小贩他根本瞧不上眼，侯图南在散户里也算规模庞大，然而呼其图对他不过是一般的礼貌。

田开文年近五十，留着一点髭须，眼常常眯着，嘴角常常翘着，对谁都像是在递笑脸。这对于做生意交朋友，大多时候是好的，但在某些特定场合下就不太合时宜了。比如在与人交谈时，对方说了一些悲伤的事，像念及故去的亲人、曾经遭遇的劫难，这些在朋友听了本应感伤的事，到了他这里仍是这么一副笑脸相迎的模样，不免让人觉得有些膈应。可实际上，这田开文只是有些面瘫，脸上筋络不活，被人误解多了之后，他便总要解释一番。

呼其图最大的本事就是靠看人脸色猜测他人的心意，好看人下菜碟，这下可好，根本连谜面都没了，哪里还能猜到谜底呢？他于是又想到一个新的办法，那就是仔细听对方的话音，通过话音中的措辞和语气来判断他的意图。结果这位田开文田把式偏就是个沉默寡言的人，能用一句话回答的，绝不用一句半；能用一个语气词解决的，绝不说一句整话。

呼其图说："田把式一路辛苦了，兄弟们进来好好歇着吧。"

田开文答："好，多谢。"

呼其图说："田把式这回带来的是什么货物？"

田开文答："事先说好的货，也按事先说好的价卖。"

呼其图说："田把式真是惜字如金啊。"

田开文只点点头，并未搭话。

呼其图心中已然不悦，但因对方是做大买卖的，也不好明着说，只能赔着笑脸斟酒。偏这田把式是不爱饮酒的，其母亲本是回民，因家贫投奔了马家后，被许给了驼队的老领房子田一行，田把式虽算不得回民，也非回教徒，平常也并非滴酒不沾，但不过是为了交际应酬，象征性地饮过，然后便不再续杯。阿拉坦与他做不来生意，有八成的原因就是觉得这人不爽快，尤其是酒桌上含糊，不像是兄弟。

呼其图想跟他做成生意，必然不能这么尴尬地坐着，便无端找起话来："听说最近西柜的生意都黄了，只剩下一个德谦益，也在寻摸着投奔你们马家商号？"

呼其图自以为这话透露的意思是你们马家商号又要多一份力量，比以往更壮大了。这本是拍马屁的话，却不想拍到了马蹄子上，那西柜做生意的人多为回族，田把式因为母亲的影响，对回民还是有些感情的。德谦益作为坚挺到最后的回民茶号，虽是他的竞争对手，但他也不希望看见对方狼狈的样子，却被呼其图这么一说，陡然有些不快了。

田开文不管是什么心情都是那张笑脸，但他这么闷闷地坐着，呼其图无需察言观色，也能知道他心里不悦，琢磨着自己刚说过的话，心里懊悔起来。他仔细思索着，想着自己出了什么差错，可是他并不知道田把式的身世里有回民的因素，因此怎么也弄不明白，只觉得这人真是不近人情。他不免去想，这么冷冰冰的一个人，生意是怎么做起来的？难道就全靠着东家的名声？他心里暗暗摇头，真是一个人一个命，我呼其图要是也能在马家领一支驼队，不比这货强？

吃饱喝足以后，要是其他驼队，呼其图必然要让驼夫们好好歇上一歇，好歹住上一晚再回去，也算是和主人家增进关系，日后好常来常往。然而这位田把式则匆匆作别，领着驼队继续去下一个据点了。呼其图呆呆地立着，不知对方是何用意，这生意到底是到此为止了，还是日后仍有的做？不过看着这田把式不肯多待一刻的模样，心想着这生意大抵是黄了。

不过还未等他懊恼，忽然见到那驼队里有一人折返了来。呼其图赶紧跑上前去细看，正是田开文驼队里的驼夫罗四宝。罗四宝递上一吊钱来："我们头儿嘱咐我，说是今年阿拉善寒冷，冻死了不少牛羊，呼其图老爷给的皮子，比现在这个价钱高得多，不能让您吃亏，还得把钱补上。"

"那你们把式下回还来吗？"呼其图将心里的疑惑直接道出。

"来，肯定要来的。"罗四宝交代清楚后又匆匆离开。

听了这话，呼其图总算是松了口气，露出了真正的笑容。他站在原地，挠着头，心想这位田把式真是让人难以捉摸啊。

同呼其图打过交道的其他马家驼队的领房子还有王佐玉和马向。王佐玉——听这名字就很有学问，从名字上便知道祖上应是读书人家，大抵也是出过不少人杰的。王家祖籍在沂州府，偏这一支在明朝为避政治倾轧迁到了山西。王佐玉的七世祖因为不满当地豪强为虎作伥，怒杀了一个纨绔子弟，为避灾祸又迁到了山西。而后，这家连着数代都是单传，之间没落了，到了王佐玉这一辈，祖上的威名早已成了别人的事。

不过也无妨，虽不能读尽圣贤之书，王佐玉也还能放下身段，甘心从一个驼夫做起，改头换面，成了一队之长。王佐玉自当了领房子之后，便很重视驼夫的培养，他给自己手下的驼夫纷纷分了组，每个老驼夫领着一两个年轻驼夫，以老带新，定期举行考核，分出优劣，优者有赏，劣者有罚。他还经常跟那些有经验的驼夫交流，把大家的经验总结起来，写成一部《驼行要术》，献给了马四爷。

呼其图第一次见到王佐玉时，怎么也不相信他是个驼夫，虽然从脸上能看出风沙和岁月摧残的痕迹，但眉宇间总透着一种独有的傲气，这种傲气并非睥睨他人，而是高度自信。这种气质是他见过的任何一个驼夫都不曾有的。王佐玉也是第一次带领驼队来到阿拉善，起初，他并没有提自己是马家商号的，大家一时间以为他是散户，也不很信他，与他交易的不多。

没想到，王佐玉早有准备，他事先做了许多刻着梁山一百零八将名号的铭牌，分藏于每一包货物中。次日，他拿出黄金二两在草原上宣布，每从他的驼队买走一包货物，就能得到一张梁山好汉的铭牌，集齐全副铭牌者可领取二两黄金。此话一出，一时间大家争相与他交易，有些有钱人家未必图那二两黄金，但觉得新奇，也来凑凑热闹。

结果，草原诸部将全部货物交易完，偏偏铭牌里重复的一堆，只少了大刀关胜和飞天大圣李衮。正当大家觉得这是一场骗局时，恰逢额日德木图抽到了大刀关胜，额日敦达来抽到了飞天大圣李衮，这两人平时是死对头，这次因为这项缘分，应了大家的呼声，一起领了那二两黄金。王佐玉的第一趟生意，在没有借助东家名声的前提下，完美地将所有货物交易殆尽，还促成了地方百姓的和谐。

不久，呼其图便见识到了他的手段，后来又得知他是马家大户的驼队，对他不免也就殷勤起来。不过呼其图每每与王佐玉交往，都见其谈吐谦卑，逢人便要施礼，开口就是劳驾，觉得他实在太软弱了，心里并不是十分看得起他。

一次，他获得一套装帧非常考究的伊斯兰教最高和根本的经典《古兰经》。回族信伊斯兰教，他知道马四爷常常与回族商人交往，免不了要人情往来，王佐玉如果知道自己有这样的东西，一定会买来向他的东家献礼，便决定趁此机会卖个高价。结果，王佐玉果然主动来找他商议，二人之间便开始有来有往地讨价还价了。

"听说老兄珍藏了一部精装的《古兰经》，此经如能被我请得，必能派上大用场，我愿出重金请，不知老兄意下如何？"

"这一版本现在已成孤本，非常珍贵，我怎么愿意割爱呢？"

"若按一般市价，这样的经书需五百两银子，我出五百五十两，老兄可满意？"

"什么？我这孤本经书才值五百五十两？不行不行。"呼其图佯装惊讶，实则想把价格再抬高。

呼其图用眼暗暗瞟王佐玉，想看看对方的反应。不料对方一拱手："老兄真的是爱宝心切啊，看来我也只好知难而退了。"

王佐玉离开后，呼其图心中不免有些失落，就是为了这场交易，他才花钱买来的这部经书，这下砸手里了。无奈，他便到这方面的市场转转，想将此经书售出，可没能如愿。于是他找到和回民打交道多的额日德木图，额日德木图告诉他，如果五十两卖给他，他便收了。

"五十两？亏你说得出口，就算还价也不是这样还的。如果你真心诚意要买，那便三百两，不二价！"呼其图斩钉截铁地说。

额日德木图笑了笑道："汉人里的王把式从巴格提清真寺请回来一部《古兰经》，也不过才一百两，你这经书跟他的差不多，怎么就三百两了？你顶多跟他的那部一样，一百两出手足矣，你已经算赚到了。都是荒原上的兄弟，以后少不了要互相帮衬，大家各赚一点，买卖才能长久嘛。"

呼其图神色惊诧，蹙眉问道："王把式？马家的王佐玉？"

"没错，他那部是从格如阿訇那里求来的，比你这装饰还考究一些，也就才一百两。你要是愿意出手，一百两我便收了，不然，你就再找别人吧。"说完便头也不回地走了。

呼其图听说王佐玉已经得到了一部这样的经书，心里一慌，也无心再去分辨真假，只觉得王把式三言两语放弃了还价，可能就是这个原因。他估摸着要想把经书按照王把式起先提出的价格再卖给他是没什么可能了，最后只得以一百两的价钱卖给了额日德木图。

不料想，额日德木图拿到经书后转手就找到了王佐玉："王把式真是神机妙算，一百五十两只花了一百两。"

"多谢了，多谢，到底是本地人，乡里乡亲的才好说话，那五十两银子便算作是你赚的吧，毕竟，没有你的帮助，这笔交易也没那么顺利。"

额日德木图从心底里佩服起这位汉人驼把式，竟然能够借助自己与回民来往密切的情况降低呼其图的警惕，成功地避免了被宰。就连事后得知真相的呼其图也暗暗诚服，从此再也不觉得他的谦卑是一种软弱了。

马家另一个领房子马向则是纯粹的驼夫出身，祖上就是跑驼帮的好手。马向是三个领房子里最壮实的一位，个头比呼其图高不了多少，但常常隆冬时节还穿着一身单衣，在满是皮袄的人中就显得鹤立鸡群。他不畏惧寒冷，在于常年习武，曾经担任过驼镖的镖师，路上的劫匪闻他大名无不丢魂丧胆。

时间一久，劫匪们被断了财路，恨得咬牙切齿，千方百计打探之后，得知这马镖师有一项弱点，就是喜欢美人。盘踞在狼心山的劫匪有很多股，除了侯图南他们曾经遇见的工成虎以外，还有翻张子、瓢洋子和挑龙，这些当然都不是真名，但除了绰号，很少有人知道他们叫什么名字。其中的瓢洋子便有一房压寨夫人，人称小叶子，年方二十三，泼辣动人，土匪头子设下美人计引他入局，治他一治。马向不防，吃了大亏，被镖局驱逐出去，不得已成了流浪的刀客，专杀劫匪，人称"驼侠"。此后一些驼队便用他的名号吓唬山里的强人，以保平安过境。

自从马四爷接纳了马向之后，马向便在他手底下领着一支驼队跑起生意来。由于他有武艺傍身，又熟悉路上的情况，做起事来便得心应手。呼其图见他双眉似剑，两眼若珠，劲鼻如峰，方口若门，声如雷震，能动天地，只觉是将军下马、元帅回营，心中不免喟叹，这样的人原来应是上马杀敌、建功立业的，怎么就成了驼夫了呢?

马向还有另一面则是伶牙俐齿，能说会道，全然不像一个四肢发达的榆木疙瘩。

他的反应机警还有一段佳话。一次，呼其图早早地等在路边迎接他，马向一见大惊: "你怎么知道我今天要到?"

其实呼其图是根据以往他们驼队到达的时间来计算的，但他没有明说，而是开了个玩笑: "我最近新学了一项本领，叫作千里眼，能穿过千山万水看见你们在路上走，自然也就知道你们什么时候到了。"

马向当然知道他只是在开玩笑，便哈哈一笑，没当回事。

到了吃饭的时候，呼其图为了照顾汉人的习惯，安排了面食。刚端上碗，呼其图又哈哈大笑起来，笑声引起了马向的好奇，于是便问他为什么笑。呼其图答: "我正要吃面，看见千里之外有一座山，有一条河从山洼里流出来。一只猴子不慎掉进了水里，它的同伴却想让它拽着自己的尾巴上岸，那尾巴怎么可能把一只猴子带上岸呢? 我实在觉得滑稽，就忍不住笑了。"

大家听到这里，当然也知道他是在活跃气氛，都哈哈哈笑起来，也没当回事。过了一会儿，恰巧赶上呼其图老婆叫他出去有事，马向灵机一动，趁他离开，悄悄把呼其图碗里的羊肉藏在了面条底下。等呼其图回来一看，发现自己的碗里只有面条没有羊肉，便质问仆人是怎么回事，仆人遭了无妄之灾很委屈，因为他明明放了羊肉的。

此时，马向端起他的碗拨弄了几下，露出了底下的羊肉，挪揄道：“你的眼睛能看到千里之外的猴子，怎么连面条下面有羊肉都看不见呢？难道是老鹰的眼睛，只能看见远的，近的反而模糊了？”

呼其图被说得窘迫了起来，周围的人也觉得可乐。呼其图见玩笑穿了帮，只好替自己辩解说：“老鹰有的时候会飞得比鸡还低，但鸡永远飞不了老鹰的高度啊。”

吃到半途中，马向的碗里出现了一块酥油，他对这种吃法不习惯，脸上露出了难为情的微笑。呼其图察觉后觉得很没面子，顿时就怒火中烧，叫来了厨子准备责问一番。马向却阻止了他，走上前去，拍了拍厨子的肩膀说：“兄弟，你不知道我们汉人的习惯，我呢，对这里的风俗也还很生疏，这不是彼此的错，把话说开了，大家也就都明白了。在我们那里，大家都是先上面条，再上酥油，而不是混合，如果客人好这口，他自己会加，就不用劳烦主人了。”

这话既照顾了主人家的面子，也巧妙化解了矛盾，饭桌上气氛顿时轻松起来，接着大家顺势就着蒙汉之间的饮食差异畅聊起来，桌上又是一阵说笑。一顿饭吃得是宾主尽欢。

在和几位马四爷家的驼把式打过交道后，就连呼其图也不得不感慨：“马四爷真是不折不扣的驼王啊，就连手下的驼夫，都是八仙过海，各显神通。到底是怎样的人，能把这些不同的人笼络到一块儿呢？”

无他，知人善任罢了。

二十二

一八四九年的冬天，铁力买提的暴雪封住了所有的去路，流落在异乡的侯图南驼队和马家的王佐玉驼队的驼夫们一觉醒来，发现外面已经变成梦幻般的银色世界。这场暴雪早有前兆，他们要么抓紧时间赶路回去，要么留下挺过这场天灾，大家果断地选择了后者。这样一来，所有人抱团取暖会让挨过这场严寒变得更容易一些。万幸的是，这里的主人库尔班大叔为他们安排了三顶大毡帐御寒取暖。然而，一夜的暴雪过后，大家发现门怎么也打不开，毡帐的门被雪堵住了。

说干就干，大家拿起事先从维吾尔族朋友那里借来的铁锨，从门里面使劲敲震毡帐的木门，敲了一会儿后，外面的雪松动了，门推开了一道小缝。王兆瑞把铁锨头侧过来从门缝里捣外面的雪，伴随着寒风逐渐灌进来，门越开越大，最终完全打开。

门外，雪后的沙漠，一抹单调的黄披上了银白的衣裳，洁净得让人沉醉。

"多亏了王把式料事如神，我原先还说，驼粪不有的是吗，怎么还要买？现在看来，是我错了。"李稳子说。

王佐玉担忧地皱着眉头："看来我还是低估了这里的暴雪，现在这些干驼粪，还不知道能撑多久。"

六个牛自从一觉醒来，便发起高烧，因此一直躺着，孙师傅和旺子在旁边守着，不时地给他喂点热水，但因为药还在煎着，暂且也只能这样了。他现在头昏脑涨，浑身无力，腹中饥饿难忍，口里却毫无滋味，吃什么都想呕吐。

"师傅，师兄，你们不用守着了，我睡一觉就好了。"六个牛微微喘着气笑着宽慰道，"我把被子裹紧了，出出汗就能好，你们不用担心。"

孙逢看了看外面的大雪，眉头舒展不开："你小子可是个奇才，将来能干大事的，我可不能让你落下什么病根。"

为了转移徒弟对病痛的注意，让他好受些，孙逢又说起评书来。他平时就爱听评书，每逢放场以后，闲暇下来，他必然要一次不落地去街上听人家撂地的先生说上一段岳飞，表演上一段秦琼，听完之后，感觉浑身舒畅、神清气爽，连着三五天脸上都是笑容。

"喂——有人吗——"王兆瑞在外面把手拢在唇边，大声喊起来。四下里特别安静，寂静得连回声都没有，叫人心中惶恐。脾气急躁的人，这时已经开始在叫骂了，一脚踢在门框上，大骂着这该死的天气。

王佐玉掸了掸帽子上的雪，重新戴上："雪是蓬松的，会吸声音的，所以在这里喊，外面就算有人也未必能听见，更何况他们肯定都迁走了。"

王兆瑞愤愤地蹦出了一句脏话："就这么走了？把我们撂这儿不管了？我们是干什么来的!"他悻悻地缩过身子，自顾自地卷起了烟，点着了，巴巴地抽起来。所有人都安静地望着他，又看向门外望着这无奈的天气。

侯图南拍拍他的肩膀宽慰道："怪不得别人，是我们自己要留下的，这里原本是路口，出门就能上路回家，没想到雪下得这么大，这也怪我们自己估计不足。"

说完便拉过王佐玉，两个人在一处悄悄商量着什么，其他人都巴巴地望着两个头儿。

王兆瑞用力地吸着烟，贪婪地享受着卷烟带来的快感，想着借着这成瘾般的快感来掩盖被困于大雪中的忐忑不安，但快感之余，又是无尽的空虚。

外面还有一帮伙计仍在继续铲雪，打算要开出一条道来，大家听见招呼，便甩开膀子干了起来。正当大家正热火朝天地忙碌着，忽然毡帐内传来了争吵声，只听见有人大喊"不行，绝对不行"。是谁？有人掀开毡帐的一角往里瞧，竟然是侯图南和王佐玉，两个以好脾气著称的驼把式吵了起来。

侯图南看了一眼帐外，对那些盯着他们的人说："没事啊，没事，你们忙着。"

大家又埋头苦干起来，侯图南一把拉着王佐玉，两人往里进了进，屋里除了他俩，就剩下六个牛和孙师傅。孙师傅在那里扇火烹药，侯图南望着同行倔强的面庞，欲言又止，最终，他还是抛出一句话来："我不同意！"

"你不同意也得同意！"王佐玉很少用这种命令的语气说话，即使对自己手下的驼夫，他也没这样说过重话。

侯图南扭过头来，歪着脑袋瞧他，哭笑不得："怎么，我卖给你了？必须听你的？"

王佐玉眉眼间浮现出一分傲气，据理力争道："我的驼夫都是受过专门训练的，我们驼队有自己的教材，平时有自己的考核，能上阵的无一不是身经百战的优胜者。现在有了事，我们怎么能不上，还要你们在前面挡着？"

侯图南转过身去，把半张脸侧过来，眼里掠过一丝失望："原来，你是看不上我们。我们在你眼里都是土包子，山野村夫，没用的累赘，嗯？就你是英雄，你是英雄，来保护我们这些土包子，山野村夫，没用的累赘的，嗯？"

王佐玉被误解后语气稍软下来，好声好气地解释，但还是坚持由自己的驼队身先士卒："你不要置气，你知道我绝没有这样的意思，我只是说，从现实的角度看，我们的人出去胜算更大些。我们是马家商号，大户驼队，大就要有大的样子，做哥哥的就要保护弟弟，要不然，算什么兄弟呢？"

"赵康！赵康！"侯图南见着这人油盐不进的模样，一时有些窝火，把赵康喊进来。

赵康应声而来，侯图南指着眼前这位马家驼队的驼把式："你拳脚好，替我揍他一顿，让这小子好好醒醒酒，怎么满嘴胡话？"

赵康一脸疑惑："不是……这是怎么回事？"

王佐玉拍了拍赵康，向他解释："我和你们头儿商量，要派一支小分队出去采购物资，确保能撑过这场大雪。我说了，我们驼队都是按照军队的要求训练出来的，理应让我们出战，其余人留在这里休整就好了。现在不是争做英雄的时候，这又不是什么升官发财的事，大家何必伤了感情呢？"

侯图南瞪着眼："争什么？争口气！你王把式说话太伤人心，原以为你是一个战壕里的兄弟，没想到根本没把我们看得一边齐。你是大户人家的驼队，有那个实力搞什么布阵势训练，我们这些做小本生意就只能在实战中锻炼自己了，但是我可告诉你，我们这都是刀口上舔血练成的本事，不比你差！"

赵康立即明白怎么回事了，便对王佐玉说："王头，我知道你是好意，但是这样说话确实是让人心寒。你王头一向是通情达理的，怎么这回说话这么急呢？"

王佐玉叹了口气："实在是抱歉，眼下情况太紧急了，我来不及考虑太多。"

赵康看了一眼侯图南，他知道此时侯图南已经被说服了，但嘴上仍是不肯服气。

就在这时，孙师傅开心地大叫："药好了，药好了，只是还需晾一会儿，可不能烫着！"侯图南闻言后，走上前去照看六个牛的情况。

赵康趁着二人注意力暂且被转移，便去褡裢里取出所有的钱来，搁在两个头领面前。

赵康对王佐玉说："王头，既然你把话撂下了，兄弟们也信你。咱们现在出不去，这些钱在手里也没处花，你们拿着去，一定要快些回来！"

王佐玉看了看褡裢，面色犹豫，欲言又止。侯图南轻声说："你要是真看得起我们就收下！"这话声音虽不大，语气却如千钧之锤。

王佐玉此刻也不好再推辞，便取过褡裢，点了点头，随即出去招呼自己的兄弟们，准备出发了。侯图南见他出去了，仍不放心，跑到门口去看，几个驼夫回到屋里，牵上五峰骆驼，便顶着寒风出去了。

侯图南喊了一声："兄弟！"

王佐玉停住脚，没有回头，大声回应道："等着吧，如果过了七天我们还没回来，你们就别管我们了，不要等到燃料耗尽才想办法撤离。"

侯图南还想说什么，但终究没能开口，却又听见王佐玉低声说："人情味儿是个好东西，真男人都喜欢它，可是有时候，事理大过天，讲理还是讲情，总要选一个的！"

侯图南明白了，小声喃喃道："大难当前，讲理者生，讲情者……死……讲理者生，讲情者……"这声音像是在吟唱一首低沉的挽歌，如同一个灵魂陷入绝境的智者向自然发出无声的质问。

众人目送着王佐玉小分队循着新开的路远去了。在更远的荒原上，路是没有的，他们必须像第一次踏上这片处女地的人们一样，重新开垦这片荒芜的土地。他们被迫将自己染成一团焰火，让这冰冷的荒原还扬着一团热气。为了一线生机，他们甘愿燃烧自己，让这团火焰愈燃愈烈，汇聚成燎原之势，去驱散这冰冷荒原上的寒冷。

留守的日子虽不用顶着寒风暴雪，但同样是难熬的，就像关入死牢的囚犯，惶惶不可终日，不知死期何时将至。这样一来，饭也吃不香，水也喝不甜，睡觉都要睁着一只眼，也根本没心思说话。他们唯一感到幸运的是，雪没有再下了，虽然天还不算完全转晴，太阳还没有突破乌云的厚障壁，射出凌厉的光芒来，但这总好过大雪纷飞。

第一天，锅头生火做饭，大家一天两餐，吃完便缩在原地，发呆，睡觉。骆驼似乎感应到主人们所身处的困境，恹恹地不愿进食。第二天，大家三五成群地围坐在一起，七嘴八舌漫无目的地闲聊话家常，从和同伴的交流中相互慰藉取暖。第三天，大家的话变得越来越少，空气变得愈发冷寂，隐隐约约的恐惧压过了交流的欲望。第四天，大家不约而同地呆呆望着一望无际的荒原，在漫长的等待中渐渐变得麻木。第五天，死一般的寂静笼罩在茫茫无际的雪原上，茫然，恐惧，猜忌，忐忑，不安，焦躁的情绪在空气中不断膨胀，化作浓黑厚重的阴霾笼罩在人心中，人们在等待中煎熬。

到了第六天，当得知食物和燃料即将消耗殆尽之后，便有人小声嘀咕为何小分队久久不归，接着嘀咕变成抱怨，抱怨化作猜忌，如天花般在人群中不断传染、扩散，最终猜忌点燃了愤怒，那些在沉默中惶恐的人们，终于在沉默中爆发。

"王佐玉他们不会是拿着钱丢下我们跑了吧？怎么到现在还不回来？"

"对啊！""是啊！"

"要真是这样，咱还在这干等着干吗？等死啊！"

对生存的渴望，对死亡的恐惧，使得愤怒压过了理智，就连王佐玉队伍里留守的人也开始义愤填膺地猜忌怀疑，在他们口中，身先士卒的担当变成了临阵逃脱的狡诈。

"要想走的自己走！现在就走！我绝不拦着！"侯图南再也听不下去，厉声大喝道，"王佐玉他们现在生死未卜，大家好歹是同生共死的兄弟，连这点信任都没有吗？"

话音落下后，霎时间鸦雀无声，那些无能的愤怒如同放到一半的哑炮，在半空中悻悻地息了声。

侯图南也心知肚明，人性于生死存亡之际是最经不起考验的，和平共处已是不易，信任实在难能可贵。为了让大家安心，侯图南给出了最后时限："再撑两天，王佐玉兄弟许给我们的是七天，他如果还能回来，一定会抓紧往回赶。我们再多给他们一天，防止路上遇到事情耽搁了。"

到了现在这个时候，除了高烧不退昏昏欲睡的六个牛，没人能够安然睡去，无一不悬着心盼等着救援的到来。终于，悠悠驼铃声打破了雪原的寂静，如同暮鼓晨钟般惊醒了在等待中麻木的人，大家不约而同都腾地抬起半个身子，就连病中的六个牛也竖起了耳朵。凛冽的寒风夹杂着熟悉的怒骂："要不是那老头，我们也不会耽误一晚上，真是倒霉！"

"是他们！他们回来了！"一个驼夫惊呼道。

"没错，就是他们！"另一个驼夫也认出了熟悉的身影。

侯图南一下子爬了起来，冲出门去，迎接凯旋的英雄们。人们欢呼着，庆贺着。热烈激动的氛围在人群中不断高涨，劫后余生的愉悦在空气中不断膨胀。雪天相接之处，一轮红日喷薄欲出，万道霞光以摧枯拉朽之势涤荡着茫茫雪原上的最后一丝阴霾，雪霁天晴，新的一天开始了。

二十三

王佐玉的小分队出发后不久，就迎来了一场沸沸扬扬的大雪，起先是天昏地暗，接着便刮起了大风，霎时间，风雪交加，整个雪原像个阴晴不定的暴徒，恨不得一巴掌毁掉这个世界。小分队在雪里步履维艰，深一脚浅一脚地蹚过深及膝盖的雪地。王佐玉和他的五个兄弟都把棉袍裹紧了，帽子用绳在脖子上拴牢。狂风夹杂着雪粒，狠狠打在驼夫们的脸上，对挑战它权威的人不依不饶，一副赶尽杀绝的气势。然而西北的汉子最不怕的就是与天斗，他们低着头，用单薄的身躯抵抗着肆虐的狂风，硬生生要闯出一条生存的道路。

自出了铁力买提以来，放眼望去就只剩下茫茫无际的一片白。这本就是个地广人稀的所在，加上仅有的几座房子都被白雪淹没，就更显得寂静而萧索了。骆驼的口中喷出白雾来，打一个喷嚏都仿佛要在空气中结起一缕冰晶。这些生灵对于走过的道路是清晰的，就算眼前的景象大变，也不影响对方向的把握，因而在野外，最没用的就是人。自从人类自顾自地建立起所谓的文明，将自己当成自然的主人凌驾于自然之上后，他们就被荒野"傲娇"地抛弃了。因而人类一旦再次踏入这些未被文明染指过的地盘，就不得不依靠骆驼这种亦野亦文的生灵。

骆驼带着他们去往何方？自然是曾经跑过生意的那些人类的聚落。可是一路走去，尽是肃杀，仿佛村庄已经成了历史，他们一夜之间从黄沙纪元穿越到了冰雪纪元。那些村庄该不会都被大雪淹没了吧？他们不安地想。转念又打消了这种念头，他们宁愿相信这些人是提前获知了风雪的消息而迁徙了。这也不无可能，库尔班大叔也曾告诫过他们，罕见的暴风雪就要来了。可是，他们自以为是地认为暴风雪不会造成太大影响，因而便没有迁徙，现在被困于大雪之中，又要耽搁赶路的时间。现在看来，不以为意反而造成了更多的浪费。

没有人骑着骆驼，现在谁也不愿给这些"毛宝贝"增加负担。小分队还必须省着吃他们的干粮，每天定量，留足余粮来面对可能到来的意外。水是无需担忧的了，荒原上新鲜的雪纯天然无公害，只是恐怕并无营养。他们虽然心急，但也只能缓慢地走着，也不全是因为厚雪阻住了去路，还有节省体力的需要。他们现在是在长途跋涉，而不是短跑冲刺，必须有计划地消耗体力，一切都小心翼翼地盘算着，容不得半点无端的损失。

五个时辰的白昼很快消耗殆尽，新疆的昼夜温差极大，这种巨大的温差让它产出了甘甜的哈密瓜、葡萄和其他许多水果，但在寒冷的冬天，天色才刚暗下来，人就已经感受到了彻骨的寒意。人的身体被要求着具有超强的调节能力，从较高的温度环境中很快地调整到低温中。等到日光完全不再眷顾这片土地，彻底地消失在地平线下后，他们也就预备着歇下了。

大家简单地补充了一些食物，然后就要准备睡觉的地方。小分队在这样恶劣的天气里是不可能支起帐篷的，他们也没带。驼夫们把骆驼围成一圈，从驼背上取下睡袋，也就是脚蹬毡，通体用驼绒或羊绒做成，把人的身体紧紧裹得密不透风，再盖上羊皮袄。人睡在骆驼脖子下，长长的嗦毛和骆驼的体温构成一个简易的温室，艰难地抵抗着塞外的严寒。这对人来说是考验，对骆驼来说更是。通人性的骆驼一晚上基本不会转脖子，就算动一动，也会注意不伤人。

经过刺骨的严寒摧残后，裹在温暖的脚蹬毡里无异于从地狱飞升到了天堂，就连有尿也得憋着，不可能轻易地跑出来，以免浪费那好不容易积攒起来的宝贵的热气。根据惯性规律，人一旦适应了这种温暖的环境，就会更加抗拒外面那个寒冷的世界，因此起床会是对毅力的一种极大的考验。但驼夫们都早已在长期的训练和平日里养成的习惯中脱去了嗜睡的毛病，在全身的疲劳稍稍消散后，他们的生物钟就会让大脑苏醒。早早地苏醒就是为早早起床做准备的，因为从苏醒到真正起床还有一个在温暖与寒冷之间犹豫和挣扎的过程，必须留足这个反应时间，才能保证在既定的时间准时起床。

当人起床后，骆驼便开始活动筋骨，人也赶紧裹上袄子，跺跺脚，搓搓手，晃晃胳膊，准备补充一点食物，便继续进发。他们跟随着骆驼走了三天，眼前仍是雪野，一成不变的雪景让人困倦而焦躁，后方还有大部队在焦急地等待着他们的援救，眼前却是漫长得仿佛看不见尽头的路程。他们不能在雪地里漫无目的地徘徊，必须立即找到可以采购物资的地方，甚至还要能买到药品。

这些人中最年轻的张冯子开始抱怨了："我们到底还要这样摸黑走到什么时候？现在连走到哪儿了都不知道，我们还要在七天之内赶回去呢！"其他四个人，李铁、方立武、刘天赐和朱虎也有点担心照着骆驼的感觉走，会不会出现偏差，毕竟是牲口，再通人性也是畜生。他们望着王佐玉，关键时刻，他必须拿个主意。

王佐玉手搭凉棚朝远处眺望了一阵，对兄弟们说："你们看，我们刚出发那会子，雪几乎过了腰，现在只是没过小腿了，这说明我们正在往雪况更好的地方前进。大家不要担心时间不够，去的时间会长一些，因为谁也没底，回来就轻松多了，因为只要沿着脚印就行了，况且雪地不像沙漠，一夜醒来，昨天的脚印都没了。看目前这天象，雪是不会再下了，不久就要放晴，寒潮来得迅猛，去得也快，等太阳出来，冰雪消融，脚下的路也就走通了。"

王佐玉一番话给小分队打了一针强心剂，大家都注意到了脚下的雪已经变浅了，顿时来了信心，脚步也渐渐快了起来。骆驼没有人那么感性，他们不肯因为主人心情好就无端地加快速度，还是照着原来的节奏赶路。这才是正确的，因为当前还没有脱离危险，必须留有余力来处理意外。在逆境中行进，最怕的就是被暂时的转机激动得过头，因为总的来说还是吉凶未卜、生死难料，不能大喜大悲，必须保持方寸得当。

当天傍晚，他们就发现雪已经只能没过脚腕子了，更可喜的是，他们看见了光。这几天天一直阴着，没有星星，也没有月亮，如果在天色灰暗中看到一抹昏黄的光芒，那必然就是人境了。张冯子欢呼起来，也不管骆驼和同伴，抬脚飞奔起来，一下子冲出很远。尤其是此时正是下坡，他那股劲一使出来，惯性让他想停都停不下来。他径直冲到山坡尽头，一个踉跄跌倒在雪地里，但不觉得疼痛，也不觉得寒冷，只有肩上一轻，仿佛卸下千斤重担的欢快，趴在地上如同偎在母亲怀里，他不禁笑出了声。

坡上大喊着慢点的同伴们都愣住了，面面相觑，这小子是不是疯了，在下面傻笑什么？李铁和方立武大声问："你小子在底下吃了蜂蜜了，傻笑什么呢？"

王佐玉也问："张冯子，山坡下面有什么？"

"什么也没有，一切正常！"张冯子大声应和着喊道。

刘天赐和朱虎相视一笑道："这货真没出息，什么都没有也能把他乐成这样！"笑声在人群中传染，轻松愉快的氛围让人心头的压抑一扫而空。

其实，也不能算作什么也没有的，那里有维吾尔族人的镇甸。有了镇甸，就意味着有机会搞到驼粪或者牛羊粪，还能搞到灰面、皮子，甚至是药。他们开始一家家找人，与他们交易。张冯子能说一口流利的维吾尔语，和那些人讨价还价是他的看家本领。找着找着，驼队来到了一户人家跟前，张冯子和主人讲起了价钱。

"什么？不行，不行，就算是看在安拉的分上，也不能要这个价钱，我们是来求生的，如果用这个价格交易，那就是来送命的了。"张冯子有样学样地操着一口流利的维吾尔语，动之以情、晓之以理地讨价还价。

门里站着的维吾尔族老大爷也不甘示弱，他一遍遍地展示着自己口袋里的干驼粪，的的确确是上好的燃料，这让他有了加价的底气："你们要过冬，我们难道就不要了？现在是暴雪，很多地方都封住了，你们上哪儿也找不到这么好的燃料。真主不会认为这样的价钱是贵的，只会认为它是合适的。"

张冯子便笑了笑，对他的同伴们用维吾尔语说："我们走吧，安拉认为我们不应该在这里交易，我们宝贵的钱币不能沦陷到乘人之危的剥削当中。"

其实那几个同伴未必能完全听明白他的话，但这么些年的共事，早就有默契了，只看手势和神色便知是要离开。大家便就势离去了。骆驼也会意，一边走，一边把驼铃摇得叮当响，一遍遍地打在那位老大爷的心上。

他们一直往前走，张冯子用眼睛的余光去瞄后面那位老大爷是否关了门。如果门关上了，说明大概他不肯做这笔生意，那么对于这片地方此刻的物价大家心里也就有数了；如果门一直没关，就说明他还在犹豫，就还有后悔的可能。双方这时都在较劲，谁先叫住对方谁就输了。驼队放慢脚步，骆驼有意无意地晃动身子，让驼铃声更加急促。

"好吧，好吧，你们赢了，三两银子，买走我十袋驼粪！行吧，行吧！"维吾尔族老大爷看着渐行渐远的驼队，终于耐不住了，把走出一段路的驼夫们喊回来，应下这笔买卖。

那人嘴上虽然还在埋怨，但实际上已经赚了。对驼夫们来说，这个价总比十两银子要好得多。很快，他们就把三十多两银子换成了燃料、粮食和褥子，王佐玉还特意抓了退烧药给六个牛带回去。雪霁天晴，冰雪消融，骆驼迈着轻快的步子，水润润的眸子里飞扬着神韵，载着希望，满载而归。

二十四

近来，马家驼队要招一个新的领房子，这可让底下的驼把式愁得焦头烂额。在漠北，驼把式不说是成千上万多如牛毛，但也是一抓一大把，可好的驼把式，那就是凤毛麟角，打着灯笼也难找。况且马家驼队庞大，驼把式自然不少，不说战将千员，也还是各有神通的。这对于再招一个新的领房子就变得很难，要不是十足的好手，哪里能降服得了那帮骄兵？不过，兵不可一日无将，驼队不可一日无首领，眼下，马四爷正与王佐玉和马向在书房中商讨驼把式的人选。二人不约而同地想到了一个人。

先是王佐玉开了口："我倒是有一个人选，此人有勇有谋，宅心仁厚，自己也领着一支驼队，这些年转战各地，颇有成效。"

马向闻言眼睛一亮："你说的是他！"

马四爷疑惑道："诶，我说，你俩别在那里打哑谜了，快说说是谁吧，我这里可急着用人呢！"

"侯图南！"二人异口同声答道。

"侯图南？"马四爷蹙起眉细细思索，"这名字好耳熟啊。"

马向便说："东家，我之前提过的，我们驼队被困狼心山的时候，这位还出手相救，我们就是在那时候认识的。"

王佐玉随后补充："我则是在库尔勒的铁力买提与他相遇，一起对付过暴雪。"

"既然你们二位都觉得这人不错，那我就派人去问问他，看他可愿意来吧。"马向和王佐玉二人都是马家驼队里数一数二的好手，能让他俩力荐的人定是出类拔萃之人。马四爷不假思索应下二人的举荐。

王、马二人对视了一眼后，面露难色，似乎是有着相同顾虑，但现在也不好多说，只能看看情况了。

这时，侯图南正按照王佐玉临别时相送的《驼行要术》对驼队进行训练。自从在铁力买提见识过王佐玉驼队纪律严明、从令如流、队伍整肃的风范后，也准备在自家驼队对驼夫和骆驼进行整体训练，以更好地应对行路过程中的各种突发状况。许是刚操练不久的原因，驼夫们对新的训练模式一下还不适应，训练成效微乎其微，一时令侯图南有些挫败。向梅给丈夫倒了杯茶，拿毛巾擦了擦他额头上冒出的热汗，宽慰道："好事多磨，这事可不是一天两天就能成的，要循序渐进，不可操之过急，不然很可能好心办了坏事。"

侯图南笑着点点头，随后和向梅闲聊起来："这回的暴雪可真是让我心有余悸，所幸没有死人，骆驼受了些冻伤。我一路担心的是六个牛，这孩子还那么小，本来就不该早早地出去，这一下病了，可把我吓坏了，一路上心都是悬着的，要是真有个三长两短，真不知道怎么和师傅师娘交代了。"

向梅看了一眼正在外面玩耍的六个牛，笑了笑："天有不测风云，这次的暴雪二十年不遇，谁能算得那么准呢？你不要神经敏感，既然是二十年才遇到一次，就不是寻常的问题。越是关键的时候，自己的心越不能乱。你一慌神，底下人可就容易涣散，所以你一定要稳住。"

侯图南正要说话，忽听见六个牛从外面跑进来喊人："侯头，有人找。"

侯图南和向梅狐疑地对视了一眼，向梅朝外面一扬脑袋，示意他出去看看。侯图南出了屋，看见两个人手里提着茶盒，肩上扛着一只羊，远远地朝他哈腰。他走近一看，二人都是生面孔，心里便犯起了嘀咕。来者是客，侯图南先将二人迎进屋里，向梅奉上热茶，请人入座。

"您二位是？"

"你就是侯图南侯把式吧？"

"啊，对，我是。"

"我们是马四爷的家人，奉马四爷的差遣，前来请你做我们驼队的领房子的。"那两人开门见山直接说明来意，说完后便将所带来的礼物放下，"一点薄礼，不成敬意，还望侯把式笑纳。"

侯图南乍一听这消息，顿时愣住了，沉默了片刻后问道："马四爷怎么会突然想要聘用我呢？我的意思是，我长期都是单干的，虽然也遇到过马家驼队，但是也只是有点交往。我早就见识了马家驼队领房子们的水平，我怕是还差得远呢。"

其中一个客人便直言道："近来马家驼队遇上了土匪，原先的驼把式受了伤，一时不能回到驼队。四爷问起，马把式和王把式都推荐了你，四爷也就留了意，让我们过来征询一下，如果侯把式愿意，一切待遇都按照其他领房子一样。"

侯图南略一思索，便吩咐向梅准备些上好的肉干和皮料，还有几件从京城淘换来的名人字画，一齐包扎好交给客人："马四爷的面子，我本应兜着，只是我这个人并无大志，只想着把自家驼队经营好了，能有一口饭吃，便也就知足了。既然马四爷能瞧得上我，我也不能不领情，虽然说马家什么都不缺，但这些东西还请收下，好歹让我表达一下对四爷的敬意，日后跑帮串货，还望能多多帮助。"

来人见侯图南这是要拒绝的意思，顿时为难起来。要是不能请到侯图南回去，或是带回一个肯定的准信，马四爷该责备他们不会办事了。另一个客人忙补充道："侯把式，不是我们不领情，我们也知道，你有自家的买卖，不愁吃穿。只是这次是马家遇到了难处，特来求你，要是不能请到侯把式，老爷该责怪我们了。"

侯图南无奈地笑了笑："不打紧，不打紧，你们把我这些东西送去，马四爷自然不会怪。家家都有一本难念的经，四爷啥事没见过？自然会体谅你们的。"

两人见无论如何都劝不动侯图南，也只能失望而归，只是劝说侯图南收下了礼物，相应地，他们也同意替他把那些礼品给马四爷带过去。

两人走后，向梅便问："马家家大业大，你怎么就不去呢？"

侯图南直言："我这个人虽说做出了点事来，但到底还是年轻，见的世面不够，待人说话是个直筒子。我在自家驼队里，说错了做错了都有机会找补，到了别人那里，多少是不自在的，更何况少不了要看别人的脸色做事。"

向梅笑了笑，心知他是个随性洒脱的性子，没说什么。

侯图南又怕她不悦，条分缕析地将个中的利弊一一道来："我们把自家驼队经营好了，才是真的实力，现在去了马家，别人不过是拿你当个摆设，成不了气候的。要是能有自己的根底，自然是酒香不怕巷子深，愿意来找你的终究还是要来的。"

"你既然心里有谱，那就踏实干吧，反正事情总是有干的，饭还要一口一口吃。"向梅一向是支持他的选择的。

过了春乏关之后，大地回暖，正是训练驼队的好时候，侯图南便把大家组织起来，开始按照《驼行要术》进行拉练。连月以来，他和向梅二人把这书读了数遍，在许多地方还做了批注，算是备足了功课。不仅驼夫们要上课，就连他们的女人也要组织起来，统一学习一些放牧、种植和裁缝之类的技巧。

这天，侯图南正领着大家进行驼阵训练，这种阵形需要人和骆驼达成高度默契，不断随机变化，以对付狼群和沙尘暴的袭击。大伙儿正练得入神，侯图南也完全沉浸其中，忽听见身后有人喊："好啊，你果然偷师学艺了！"

侯图南吃了一惊，回头一看，正是王佐玉。他快步走到王佐玉面前，笑着问候："王把式，什么风把你给吹来了？"

"什么风？你老兄练兵的虎虎生风，把我吹到你这里来了。"王佐玉打趣回应。

"哈哈，别说笑了，眼下正是忙碌的时候，你怎么有空来我这里？应该是有什么事吧？"侯图南估摸着他应该是为了领房子一事前来，出言试探询问。

王佐玉故作失望的样子："唉，寒心，寒心哪！那日你我分别时，好一个依依不舍，好一个惺惺相惜，啊？现在倒好，我成了无事不登三宝殿的俗人了，啊？我想我兄弟了，来看看，不行吗？"

"行行行，这当然是求之不得了！——赵康，你盯着点，我这里有些事。"

"诶，跟我还客气什么？你那书都是我写的，不如让我瞧瞧你们练得怎么样，这样不是更有意思吗？我也算不白来一趟了。"

"这倒是件好事，有先生在这里坐镇，学生们练得自然就更殷勤了。只是实在是对不住人，你来，我连口茶都没给你喝，怎么过意得去？"

"行，那我就先喝口茶，好歹意思一下，然后咱们就能安心看训练了吧？"

"好，好好。"

待王佐玉喝过茶后，侯图南便同他一起观摩大伙训练的驼阵，并且拿出书来，把其中的批注指出来一起讨论。王佐玉看着书的空白处密密麻麻写满了批注，一时有些动容，对侯图南愈发心生敬佩。见着侯图南对自己书中所总结的方法颇有自己的一番独到见解，王佐玉更觉着如遇知音，于是两个人便在场上不分你我地针对书中的内容与驼队训练的实践深入进行探讨，一同指挥起训练来。

中场休息时，王佐玉偶然提起："最近马家商号可有人来找过你？"

"找过，说马四爷让我去顶一下差，管管驼队，我没去。"

"这么好的机会，怎么不去呢？"

"这要搁在以前，我当然会去，可是自从看了这本书后，我算是服了，自己还有这么多要学，哪里还好意思去呢？只能在家带着兄弟们埋头苦学了。"

"哈哈，又故意笑话我不是？你看看这本书让你给批的，密密麻麻全是小字，我俩谁跟谁学啊？都差不多。"王佐玉看着侯图南，"你没跟我说实话，你不去，肯定有你的想法，能跟我说说吗？"

侯图南便把对向梅说的那番话又说了一遍，王佐玉听了，默默点了点头："你有你的想法，我也是知道的。人要是没点想法，活着还有什么意思呢？不过，我还是希望你有机会能到咱们驼队去看看，就算是兄弟之间交流经验了。"

"这是自然，只要马四爷不拦着，我非常愿意去学习，去观摩。"

"然后好壮大你的驼队，是吗？"

"是……是的……"

"那你现在为什么不去呢？"

"现在？现在去，他们是让我管驼队的，我是要做着事的，当先生咱不够格，当学生又当不踏实，到头来，两头晃荡，啥也不是。"

"行，等过了这一阵吧，过了这一阵，我领你去马家驼场看看。要是把咱漠北比作驼国的话，那里可就是驼国之都了。你说那些读书人都想着考功名做官，而且都想做京城的官，你也得考虑考虑了。"

"嗯。"

二人约定好等闲下之后，一同前往马家驼场交流经验。

光阴似箭，转眼间又到了快入秋的时候，驼队第一年搞这种训练，按照向梅的意思，就是还没什么起色呢，因此也就没有考核。大家准备一番，又要开始新一年的起场了。这一天，侯图南照旧从驼场回家，远远就看见门口来了一个不平凡的客人。这人四五十岁模样，身形颀长，穿着深色的长袍马褂，给人高雅古朴的感觉。他走近细看，那人长着一张方正脸，浓眉细目，有一缕胡须，微微笑着。

向梅正从屋里出来，看见他来，连忙招呼："你可回来了，马四爷来见你呢，你恰好不在，我让他们去叫你，四爷又不许，只是在这里等你。"

"马四爷？"他吃了一惊，更仔细地打量着来人，"您就是大名鼎鼎的马四爷？"

那人淡然一笑："他们倒是这么称呼我，实不敢当。"

"快屋里请，屋里请!"

"不必了，我们就坐在院子里说话吧。"

"这……"

"其实，我已经在屋里坐过了，茶也喝了，你也不用过于客气。"

侯图南也不再客气，拿了条凳子让马四爷坐了。

"四爷登门，难道还是为了聘任的事？"

"唉，这是我的疏忽，原先觉得只是一般的聘人，便没在意。这些天忙过神来，忽然想起来我们这是要给驼队找一个领房子，哪能那么随便呢？"马四爷竟然露出了惭愧的神色，"我还真怪不着底下人不会办事，说到底，是我安排得不妥当。"

"四爷这是……指责我了……"侯图南闻言，尴尬地笑了笑。

"你别误会，我不是这个意思。我也知道的，你有自己的驼队，有自己的买卖，愿意靠自己的能力闯出一番天地来，这是叫人佩服的。我年轻的时候，也跟你是一样的有冲劲，现在反而收敛得多了，一退再退，搞得退无可退了。"

侯图南有些不解，马四爷这话似有所指。

"我问你，如果你的驼队被土匪和官府联合起来一起涮了，你又是有着几千峰骆驼的大户，你该怎么样？"

"啊？"

"你别看我，你自己想什么就说什么。"

"好。如果是我的话，我首先要搞清楚全部真相，土匪和官府在这场官司里到底扮演着怎样的角色，他们都做了些什么，都是通过什么诡计来算计我的。然后，我就要考虑自己该怎么办。我肯定是不能听之任之的。土匪虽然凶恶，但他是黑道，不得人心的，只要找到他勾结官府的证据，再跟官府暗示自己有这些证据，官府动不了我，自然要去动土匪。最后，等他收拾了土匪后，我再让这些证据发挥作用，收拾那帮狗官！"

马四爷沉吟良久，抬头看了看侯图南："嗯？难道你就不怕两边都得罪了，自己也没有果子吃？"

"怕，当然怕，可是如果我不立威的话，是没办法站住脚的。土匪被打疼了就不敢再惹我，狗官被处理了还会有新的官员调来，到时候再给双方甜枣吃吃，他们也就乐享其成了。无论土匪还是狗官，为的都是利益，没谁是真的要跟我拼命，只有我是敢玩命的，那他们就反而要怕我了。"

马四爷一拍大腿直呼妙计："你看看嘛，可不就是这么个事儿嘛，我说我怎么那么别扭，原来问题出在这儿。本来可以直来直往的事，偏偏我优柔寡断，顾此失彼，造成了那么大的被动。虽然你这做法太冒险，但年轻人嘛，不冒险哪能闯出来呢？"

侯图南点点头，没再说什么了。

"那，你什么时候来？"

"啊？什么……时候？"

"你不是答应佐玉要去马家驼队学习观摩吗？什么时候来？"

"只要四爷同意，自然是看四爷和王把式什么时候方便了。"

"要不，你今年的起场让赵康替你跑一趟，你上我那儿替一会班？你放心，我给你算工钱，照领房子的待遇给。"

侯图南这才发现自己中计了，马四爷为了让他应下这桩差事，不辞辛劳亲自跑了一趟，不说直接聘任，只说请他帮忙替班，为他留下了考量的时机和余地，于情于理都让他难以拒绝，况且他似乎也真的被马四爷劝动了，考虑了一会儿便当机立断决定了："好，既然四爷给我机会，我就去试试。侯家驼队这边，我让赵康多辛苦一点，来年也给他加钱就是了，哈哈！"

"好好，就这么说定了！为了让你答应这事，我们也是三顾茅庐啊。不过，三顾茅庐能请出你这个'诸葛亮'，也不枉我亲自跑一趟了。"侯图南应下这庄差事之后，马四爷心满意足地辞别了。

五日之后，侯图南如约来到马家驼场，暂时顶替田开文作为驼队的领房子，带领驼队进行日常的操练以及准备接下来的起场。谁承想，加入马家驼队之后不久，侯图南摇身一变成了"合盛茶号"的掌柜，当然，这些都是后话，暂且不提。

现下，侯图南只觉着胸腔中有一股难言的激动，多年前初见马家驼队时也曾梦想着拥有那样一支气势磅礴的队伍，没想到现在竟成了他们的一员，是造化弄人还是鬼使神差，他也不想再去琢磨，反正应下了，那么就既来之、则安之吧。

二十五

王佐玉吃了早饭，两人便骑了骆驼辞别了向梅，前往大孤镇的马家。骆驼还算脚快，没一会儿就到地方了。映入眼帘的是一座高耸的门楼，碧瓦朱檐，层楼叠榭，好不气派。这种气派并非建筑本身多么富丽堂皇，而是其中所蕴含的千年文化积淀，重若千钧，令人肃然。侯图南顿时觉得拘谨起来，刚才还在开玩笑，瞬间严肃起来，仿佛即将面圣的外臣。

"马宅"两个大字上面是另一块匾，是雍正帝赐给的"永盛"二字，用金字镌着，两边雕着金龙，这是别人家没有的形制。清雍正初，青海的罗卜藏丹津欲脱清廷，雍正授年羹尧为抚远将军，马家自告奋勇召集河西、川陕所有马家驼队一律援军，解决了军用物资后勤运输保障，为讨伐罗卜藏丹津立下了"汗驼功劳"，雍正赐马氏"永盛"二字，赐马氏茶号永盛不衰。从此以后，马氏世家被誉为"马永盛家"。

只看了这宅子一眼，侯图南就被震撼了，知道了什么叫豪门巨宅，濡染了灵石的灵、灵石的妙、灵石的秀、灵石的美与灵石的韵。马宅起伏于凤鸣塬之巅，亭台楼阁密密匝匝。那徐徐贯顶的天风，冉冉升腾的地气，犹如喜鹊送来的警世梵音，这九沟八堡十八巷的琅寰福地，不似江南胜似江南……侯图南像是山野村夫走进了官宦人家的大宅院，满目惊奇，不知该迈左脚，还是迈右脚。

大红灯笼挂在高高的门楼上，竭力闪耀着炽烈的热闹和繁华，只是风吹日晒，有些褪色泛白。门前两个傲然的石狮，忠实地履行着职责，守护着马氏家族的显赫地位。没有喧嚣，大院似乎很安静，在暖暖的阳光里，正门黑亮，像一个闭目的老者。王佐玉轻轻拉动门环的时候，侯图南脑中出现了一个被揪着耳朵的熟睡的老头的画面，不由得暗暗发笑。很快便有人来开门，一见是王佐玉和侯图南，便知道是怎么回事了，忙回去通报。很快，里面传出话来，"老爷有请"。

两人跨过青石门槛，进了第一进院子，一座黛瓦白墙、高耸入云的正楼映入眼帘，像是一个正在沐浴的山神，威仪如神，恬憩如同在水中沐浴。山神被那氤氲的水汽迷住了，闭着的眼便是紧闭的窗，藏着古老神秘的微思；因感叹而张开的口便是大门，将满腹欢愉尽皆显露。

"进来吧。"隔着十几步远，就听见马四爷已经在招呼两人了。侯图南第一次来这样的地方，难免好奇，四处张望。两边的厢房像挂着头发帘的少女，把他给盯毛了，心里马上意识到左顾右盼是不礼貌的，特别像猴子。

王佐玉到了门口，微微一鞠躬："东家，他来了。"

侯图南赶紧上前一步，也给拱手，也给鞠躬："马四爷，我到了，听您吩咐。"

"以后要在这里做事，就得叫东家了。早饭已经吃了吧？"

"吃过了。"

"简单喝口茶，便在院里参观参观吧，末了，咱们一块儿去驼场。"

"好。"

"佐玉啊，领着点侯把式。"

王佐玉答："好。"侯图南饮过几杯茶，两人便离去了。

"我领你在这院里转转，熟悉熟悉。"

"咱们是驼夫，不是应该先熟悉驼场吗？怎么先来了这里？"

"你要知道，驼夫不是天生伺候骆驼的，说到底还是要过人的日子，咱们先看人住的地方，再看骆驼住的地方，有什么问题吗？"

"嗯，这么一说，还真没什么毛病，那行，咱走吧。"

两人穿过耳门，进了第二进院子，这里是书房和客房。书房自然是不便让外人进的，客房更不可能，两人只是在院子里闲逛罢了。侯图南看见院子里种着些花，倒是很新奇，平时风里来沙里去的，很少能看见真正的鲜花，只不过偶尔见过红柳的紫花，但红柳归根结底在他心中还是树，不是专门开花的。

这些都是什么花呢？他竟然一个都不认识，要是向梅来，可能还认得些，他是一窍不通的。入门的门楼两边是有一副对子的，上联是"骆驼不可不养"，下联是"经书不可不读"。侯图南有些疑惑，这对联上下联有重复的字词，更像信条或家训。

书房所在的院子大门内有一块照壁，上面写着一个大大的"福"字。这便是道光二十年（1840年），马氏茶庄义捐白银十万两，博得道光皇帝嘉奖，亲书一个"福"字中堂，配以两幅金色龙条，赐予马家，以示表扬。这又是马家独有的东西，对于马家的历史，侯图南就算是没进来见过，也从别人口中听说过，因此无需王佐玉介绍什么，他也能识得。

早年间的那个"茶叶发家"的故事，侯图南是听驼夫们讲过的。马家从泾阳一路迁来，从小本生意起，慢慢弃农经商……铜板变成了银票，合盛茶担变成了票号，窑洞变成了城堡。嘉庆年间，马宅在灵石静升村终成。层层叠叠的院落，让世世代代的马家人为其耗尽了终生。侯图南喜欢这样的故事，诚信经营，勤俭致富，天道酬勤，即使住在这大宅子里，晚上睡觉也是踏实的。至少，马家的钱来得干净，是他们走南闯北，一分一厘积攒起来的。

在跨进高高的门槛的一刹那，侯图南分明看见了马谦受、马谦和兄弟俩领着驼队从内蒙古回来了，他们的脸上都挂着笑容，笑得自信，笑得智慧，笑得洒脱。他们的生意经就是在各地穿梭中走出来的，他们的创业史就是在叮叮当当的驼铃声中完成的，马家大院就是在他们的谈笑风生中刻在了大地上。就是这哥俩，倾毕生心血，融大智大慧，雕琢了一座典意丰厚的大观园：永盛堡居中为"龙"，瑞鑫阁居东为"凤"，芮福楼居西为"虎"，裕德轩为"龟"，下南堡为"麟"。将才情尽情地挥洒，尽情地书写。想象浓缩在了层楼叠院中，愿景挤压在了灰砖青瓦中。那飞扬高挑的屋檐，放飞的是志气，是抱负，是雄心！这气度，这胸怀，岂是"自一山川"就可了之？

见过这些后，王佐玉便引着他向东转弯，穿过一条东西回廊，折往南去，又过了一厅，看见两扇对开门内又是一片院落，比前面更温润，颇有些曲径通幽的意思。进入院来，正上方是五间大正房，两旁有鹿顶耳房、钻山厢房，别是一番轩昂壮丽。

"这地方别是女眷的住处吧？那我们可不兴进啊。"

王佐玉笑道："你想进我还不带你进呢，这里是四爷冬夏两季常住的地方，因它冬暖夏凉，四季和调，这里便称作'和调居'。"

"这里也让进？"

"当然，以后要找咱们东家，你八成就得进到这里，他一年里有一半的时候在这里。"

"行，我知道了。"

这院子有两条甬道通向两侧大门，沿路进入正堂，一抬头就能看见一块镶金八宝蓝底大匾，金灿灿地写着三个斗大的楷书字——留春堂，落款是张裕钊，后面还有一行小字——"某年月日，书赠故友马君"，钤着两方朱印，一曰裕钊，一曰廉卿，都是阴文。牌匾下面横着一条紫檀雕螭案，一边放着宝瓶，一边搁着铜镜，中间悬挂着《竹石图》水墨画，出自赵之琛的手笔。再往下看，便是两边排开的十六张楠木交椅，王佐玉介绍说，这是马四爷让人来议事时所用，所以这里又称作议事厅。

走在这精致华美的驼国宫殿里，不知怎么，倒使侯图南揣度起早在多少年前，生活在这方天地里的人们，特别是稚气未褪的孩童的生活。孩童必须是要读书的，尤其是这样的大户人家。也不知道他们读着那些之乎者也时，快乐与否？是不是挨过先生们的戒尺？也许，他们也有快乐的时候，如兄弟姐妹一般，唱着歌，或吟着诗，或诵着文，一起玩耍，过家家，捉迷藏，天黑了，然后，道个别，各回各家……在这九曲连环的宅院，侯图南有迷路的感觉，生怕找不到出口了！这里最适宜的肯定是捉迷藏，一旦隐匿，要想寻着，必定是很费工夫的。

如今这里倒是没见着玩耍的孩子，只有忙碌的仆人和丫鬟匆匆从他们身边走过。仆人们口中隐约蹦出"赛驼""驼羊会""蒙泉"等字眼，让侯图南记起驼羊会又要举办了。马宅里的女眷和孩子们呢？以往驼羊会时，他们可都站在野鸽子墩上，眺望着山下呢。在那曲折的赛道上，他们的男人、父亲、兄长正在激烈角逐，争当最后的勇者。这里的丫鬟都穿着统一的服饰，看起来就像一个人的无数分身。她们都低着头，顺着眼，悄无声息地走路，或者端着什么东西，或者抱着几床被褥，或者提着食盒。

"这宅了里的孩子们呢？"

"现在这个时候，还没散学呢。"

"怎么也没见马四奶奶和少奶奶们？"

"她们有自己的地方，也有自己的事。"

侯图南知道这些事就不便细问了，他除了因不知情而本能地有点好奇外，并没有什么兴趣去探究这些与自己无关的信息，也就作罢了。

"走啊，去北门看看。"王佐玉招手唤他。

两人便沿着石板路向北而去，地势越来越高，好像爬上了某座高峰。他们登上了峰顶，眼前的墙头有一个个的垛口，如同一座坚城。站在马宅北门的城楼上，任凭风儿吹过，放眼望去，只有一种被震撼的感觉。那所谓的卧龙道，街是龙身，巷是龙爪，河漂石是龙鳞，老槐树是龙尾，井是龙眼。两眼水井中的水，一苦一甜，这似乎也应着人生哲理：苦中有甜或甜从苦中来。而那一条蟠龙里，却暗藏着马中套马的格局。一个大大的"马"字永远烙印在陇中大地！是有意？还是无意？马，这是"驼国"的姓氏，这是"驼国"的气度，这是"驼国"的名片，这更是"驼国"

生生不息的血脉。

　　也许马家大院不似江南园林轻巧灵秀、绿意盎然，建筑色彩单调了些，于是马家人就用心雕，用情描，以自然山水为画，以珍禽异兽为画，以历史掌故为画，以传说风物为画，让呆板的木头石头砖头热闹起来、灵动起来。且不说雕琢的手法，单看表现的内容已然令人眼花缭乱了。岁寒三友、四季花卉、琴棋书画、莲生贵子、二十四孝、吴牛喘月、麒麟送子、飞马流云、一路连科、佛家八宝……真可谓尺木皆画，片瓦有致，寸石生情，如一幅幅渐次展开的画卷，一曲曲情韵绵长的民谣，一声声温和亲切的叮咛，绽放在人们的眼中，轻响在人们的耳畔，烙印在人们的记忆中；所有观者会于那些有关相夫教子、孝敬公婆、家和万事兴的完美和谐的氛围中品出些许责任的分量……难道这只是为了印证自身的富有？炫耀家族的智慧？标榜马氏的杰出吗？看来不是这样的。这里的一草一木、一笔一画，无一不淋漓尽致地彰显出马家三代儒商"修身齐家治国平天下"的心志，他们将儒家"仁、义、礼、智、信"的理念融会贯通于日常经营中，诚信经营，乐善好施，成为遥遥领先的商业翘楚，他们在民族危难面前舍小义而取大义，成为抗击外来侵略的中流砥柱。在他们心中，比财富更重要的，是天下兴亡、匹夫有责的责任与担当。

二十六

辞别马四爷之后，侯图南便随着王佐玉来到东郊驼场。马家养驼的牧场有很多处，离得最近的便是大孤镇东郊驼场。那是一块历史悠久的绿洲，传说苏武曾在那里放过羊。

经过这几天的相处，本就志趣相投的二人愈发将彼此视作知音，一路上谈笑风生。王佐玉说起整个漠北，到处都流传着苏武曾经牧过羊的草场，就像北京城里的四合院，处处都传说当年曹雪芹在那里写过《石头记》。他的意思其实就是在说这些老话都真假难辨，权当听过一乐，是不能当真的，只是侯图南知道，他身上还带有些读书人好考究义理的习气，而非纯粹的驼夫。那些起自草莽的百姓们大多比较单纯，愿意相信这是个处处有神迹的世界。

可不是嘛，他们顺着大路一路骑驼前进，满眼都是干练的红柳，不过这是当地人熟悉的名字，在遥远的古书上，这种植物有个更直观的名字，叫"柽柳"。这个"柽柳"的"柽"字，仿佛就是为这种树专门造的，用来表明它是树中最奇形怪状的家伙。仅仅一人高的个头，千枝万杈地生出许多手来，倘若有一张面庞和完整的身子，人们还叫当它是千手观音的化身，然而什么也没有，只是丫丫杈杈地伸着这许多手来，利爪在风中挥舞着，像是张牙舞爪扮鬼脸的小孩，伸出手来向过路的人索取着什么。长得怪也就罢了，它竟然也要凑热闹，学别的植物开花，那花开出来淡淡的紫色，一条一条的像是穗子，足见其顽皮的本性。

除了这些不安分的可爱的妖怪，能从漠北贫瘠的泥土中钻出来的没一个老实草木。梭梭像一群疯子，四季蓬乱着头发，看得人直想拿把剪子给它理理。它们长得越高，样子越傲气，睥睨着苍天，也不知是谁给的勇气。人们无奈地笑笑，嗔怪道："这疯娃子。"那口气像极了热恋的女子骂她的情郎："你真坏!"

芨芨就更过分了，仿佛在抱怨老天把它降生到了这缺料少水的土地上，于是慵懒起来，连像样的叶子都不愿再长。然而到底逆境是最好的磨刀石，为了在这片贫瘠的土地上存活下来，它将一般草木圆润或细长的叶子磨砺成尖锐的披针形状，每根草脉都坚硬地立着，像钢针，像宝剑，像不服气的眼里射出的凶光。每一棵芨芨都有许多这样的钢针、宝剑和骇人的凶光，连着同一根根系，威吓着张开血盆大口要将它吞吃入腹的生灵。

相比之下，骆驼刺算是温柔的了，之所以留下最飒的印象，全因为这草上飞的名字。比起前面那些不修边幅的妖魔鬼怪，它好歹有了像样的叶子，花也开得有模有样。虽然也不免要按照北地的风气，长几根刺来充充好汉，但心底里的温柔是难以掩盖的，尤其是在一群粗鲁的同行里，它们就像是从南方嫁来的姑娘。牲口不会因为那点象征性的刺而惧怕它，深知它是最有营养的食物，尤其是骆驼，因为骆驼刺这个名字，也许天生就是骆驼的腹中之物。

当然，侯图南这次不是来看这些植物的，真正的主角往往都是要在最后出场。侯图南远远地就能听见那传来的阵阵驼嘶，似乎是在欢迎即将到来的新主人，他心下一悦，已经在脑中浮现出万驼奔腾的景象，跟着就真的看见了用栅栏围起来的驼场。那些长睫毛的"双峰大汉"正在里面惬意舒适地安享着闲暇的时光，有的四散奔跑，有的慵懒地晒着太阳，有的伏在地上对视，又依偎着贴近，交颈相靡，犹如一对如胶似漆的恋人，但你若走近一看，没准是两峰公驼。

这些家伙没了鞍辔的束缚，一下子野了起来，三五成群地干架，从黎明打到黄昏。它们中有将军，有先锋，也有步卒，最重要的是，驼场的驼王享有绝对的权威。可在侯图南看来，驼王是最没出息的家伙，就像以前朝代的某些大王，打江山的时候兢兢业业，一刻也不敢松懈，驼群里满是对手，稍有差池就成千古遗恨。可一旦打败对手，夺得王位，便腐化堕落起来，每日里过起了养尊处优的生活，身边围着的，多半是一群母驼。

他们到时，驼场一角两只骆驼正在打斗，应该是为了争夺与一只美丽母驼的交配权。王佐玉叫停自己骑乘的骆驼，同侯图南一起饶有兴趣地观战。当打斗至白热化阶段，王佐玉伸着脖子左顾右盼，紧盯着场上的局势，颇为激动地当起了解说员。

"好，瞧准时机，对，撞它！撞！撞——哎呀，慢了一步啊！"他颇为遗憾地猛拍了下大腿，几乎就要从驼背上摔下来，恨恨道，"你这也不行啊，人家那么大破绽卖给你，你倒好，瞎了似的。"

侯图南微微笑着："看你这架势，好像自己也要上去干一架呢。"

王佐玉已然沉浸在了场内的打斗上，完全没听到他说什么，自顾自大声呐喊着指挥着场上的骆驼："诶，诶——干倒！你不是横吗？栽了吧？别怂，哎，别怂，爬起来！"

那倒在地上的骆驼似乎负了痛，已经无力再起来了，嘴里发出阵阵低吼，把王佐玉急得直拍大腿："懒得说了，这就怂了，没劲！"

他歪过头来看看侯图南，脸上写满了失望："这是我驼队里的头驼，这以后出去可丢死人了！"

侯图南正要同他说话，余光忽瞥见战场上出现了新的转机，赶紧确认一遍，果然！他兴奋地大叫："快看！快看！你的兵爬起来了，它爬起来了！"

王佐玉一见果真如此，激动地赶着骆驼再靠近些，在场边为自己的骆驼大声加油鼓劲，间或进行战术指导："顶它，顶它！顶啊，顶！再顶！漂亮！"

那头驼乘胜追击，将另一只骆驼逼到驼场的死角处，泄愤般将那只骆驼狠狠撞倒在地，一时间再也爬不起来。不到几分钟的工夫，场上的局势已然分明，王佐玉的头驼在关键时刻转败为胜，将对手打得节节败退。结束后，头驼还意犹未尽地冲着王佐玉的方向长长嘶鸣，似乎是在向主人炫耀赛场上的胜利，随后耀武扬威地朝着母驼优雅地走去。

"好家伙，反败为胜啊！"侯图南也觉得出乎意料，"不过，你们就允许骆驼这么闹腾，不怕浪费膘？"

王佐玉解释说："你有所不知，马家骆驼多，一支驼队的数量是别人家的两倍，采取两班倒的方式。比方说我的驼队有两百峰骆驼，每次起场就选一百峰，剩下的在家训练、养膘、保养，下一回再换这一批，所以不怕他们争斗。我们反而怕他们不争斗，成大事的都是调皮的孩子，不出来练练手，到了关键时刻，心里发怵，能顶个啥用！"

侯图南恍然大悟，到底是大户，家里储备多，才能这样折腾。那些小家小户的，每一峰骆驼都要尽力发挥价值，恨不得长年在外头跑，这也是没有办法的事。

王佐玉和他一起下了骆驼，进了驼场，驼队的人见领房子来了都同他打招呼，王佐玉对其他人都很客气，不像对侯图南那样随意。

"哟，老张，怎么一个人在这里抽烟，不跟他们'掀掀牛九'（一种娱乐）去？"王佐玉上前和一个中年驼夫打起招呼。

那个叫老张的驼夫好像不是很愿意搭理他："不去，没心情，就想一个人抽会子烟，你忙着吧。"

王佐玉便径自走了，离远了后，他暗暗对侯图南说："这是一个人在生我的闷气呢？"

"怎么呢？"

"他的骆驼被我的骆驼打败了呗。"

"啊，原来刚才不止你一个疯子啊。"

"疯子？"

"你看看你刚才在骆驼上那大呼小叫的样子，恨不得自己冲进场去跟骆驼干一架。你在旁边那个着急劲儿呀，就好像输了能割你肉似的。"

"输了虽然不至于割肉，但脸上不好看，以后在自己兄弟面前，说话分量也就有影响了。这种骆驼之间的约架，是考验各驼队骆驼训练得好不好、耐力强不强的重要手段，领房子们嘴上不说，心里都暗暗较劲。"

侯图南沉默了，心里想着在马家做领房子还真是不简单，忽然听见王佐玉问他："要是把你家的骆驼牵出来遛遛，能跟我们打几个回合？"

"啊？"他一时愣住了，这个问题倒真的从没想过，自家的骆驼都是按照寻常方式驯养，没专门训练过这个啊，而且，这和他以往的认识又不一样，别人都是极力防止骆驼以这种内斗的方式把养出来的膘消耗掉，"我家的骆驼恐怕不行，要说勉强能上阵的，也就那十几峰吧。"

"不少了。我看你那里有不少是蒙驼，这就很厉害。蒙驼天生有这方面的潜力，只要训练得当，个个都是以一当十的猛将，到了戈壁里，不管是狂风暴雪，还是狼群匪帮，它们能扛能跑，能冲能撞，化解一般的危机也就游刃有余了。"

说的是啊，只有人硬驼也硬，到了八百里瀚海才能成为佼佼者，平时不流汗，到了动真章儿的时候，免不了要流血。侯图南越发觉得这一趟来对了，进到马家驼场就算是上了大学堂了。甚至可以说，这里能学到的学堂可教不了，这里的东西可以让驼夫们受用终生。

"我带你去看看你的骆驼吧。"王佐玉说。

"我的？"

"你忘了？马四爷叫你来，是替田把式的，你自然要管着驼队了。"

"那我的骆驼要是败下阵来，岂不是开门就摸黑，叫兄弟们怎么看我这个新头儿?"侯图南苦笑着说,"那可真是光屁股拉磨——转着圈丢人了。"

"你放心,田把式有底子,那些骆驼谁也不是孬种,不会给你跌股的。"

侯图南随着王佐玉在驼场七拐八弯,绕过几座毡帐,走了多时,来到一道河湾边。这里长满了白茨,草芽毛茸茸、密匝匝地铺满了一地,放眼望去,一望无际的葱绿中点缀般夹杂着一点点嫩黄,好似一张温软的大床。空气中飘来草的清香,让人心情不自觉变得舒爽,恨不得就这么懒洋洋地躺在草地上,以天为被,以地为床,以骆驼为宠物,恨不得让如山水画般的景色就此定格,让时间恒久地停留在这一刻。

"真是好水草啊!"侯图南不由得感叹起来。

"喂——"王佐玉朝远处放牧的人们呼喊起来。

"哞——"远处人们的回应被空气打了个折扣,失去了原有的尖锐,听起来像是牛叫,让侯图南忍俊不禁。

那些放牧的驼夫听见招呼后,朝着二人的方向走来。侯图南远远地就看到,为首的那人留着一头长发。莫不是个女的?侯图南不免有些惊诧,可那魁梧高大的身形似乎也不像。等那人来到近前,这才发现是一个三十来岁的青年,虽蓄着长发,却没有丝毫女相,帅气而硬朗。

"王把式,有什么事?"长头发先和王佐玉打了个招呼。

"这位是侯图南,你们田头不在的日子里,他就是你们的头儿了。"

长头发打量了一下:"就他?看着还没我年纪大吧?干过几年驼夫了?"

王佐玉笑了笑:"这是红柳村的侯把式,家里也有驼队,骆驼有两百多峰,管你们绰绰有余了。"

长头发还是一脸惊色,摇摇头:"我不信,除非他能骑着我们的黑骆驼跑一圈,否则就算四爷认他,我们也认不了他。"

"怎么，你们连四爷都不放在眼里了吗？"王佐玉心下有些不悦。

"黑骆驼？怎么会有黑骆驼？"侯图南没把长头发的蔑视放在心上，倒是一下子被黑骆驼勾起了好奇心。

长头发皱着眉看了他一眼："你要有胆，就跟我来吧。"

侯图南当即就要跟上去，王佐玉赶紧拉住他："你可要想好了，这黑骆驼是性子最烈的，整个漠北找不到第二峰，平时只养在那里，权当吉祥物，可没人敢使唤。"

"话赶话都赶上了，我肯定是要去的，不去，不足以服众，放心吧，我不蛮干，到时候见机行事。"侯图南宽慰道。

这时，那长头发已经走远了，见他俩还在嘀嘀咕咕，便有些不耐烦："喂，你还来不来？不来算了！"

"来，我肯定来！"侯图南答应着，便加快了脚步。王佐玉不放心，也快步跟上去看看情况。

一行人来到了另一处空旷的场地，那里坐着许多驼夫。长头发远远地就在喊："咱们的新头儿来了，他要试试黑骆驼！"驼夫们就像是听见了什么离奇事一样，立即来了兴趣。

侯图南由王佐玉介绍着在众人面前亮了相，随后人群中传来一阵窃窃私语，有说他太年轻的，有说他看着就不像能胜任领房子的。侯图南释然一笑，仿佛早已预料到当下不被众人信服的场景。他没把那些轻视低瞧的话放在心上，不卑不亢地叫他们把黑骆驼牵出来。驼夫们摇摇头，坦言那驼子野得很，没人能牵得出来。

"你们田头能驾驭它吗？"

"那当然是行的了。"

"他用什么法子驯服骆驼？"

"这就看个人本事了，你问了就算是学了别人的，不算自己有手段。"

"好，我试试。"

驼夫们将侯图南领到驼棚，那里单独关着一峰骆驼，说是黑骆驼，其实是一峰红驼，只是毛色太深，远远看去像是黑的。侯图南走近一看，这骆驼穿有鼻棍，但鼻棍上没有绳子，不能牵引。侯图南凝视着黑骆驼，心中涌起了一股挑战的决心。他决定用自己的方式来驯服这峰骆驼，他慢慢地走向黑骆驼，轻声地与它交流，试图建立起一种默契和信任。驼棚内一片寂静，众人都在注视着这一幕，对侯图南的表现充满了好奇和期待。只见他手伸向骆驼，做出很友好的样子，嘴里说着温和的话语"噢——噢——"，随后渐渐地靠近黑骆驼，他能感受到黑骆驼在用敏锐的眼神审视着自己，决定先采取一种温和的方式来接近这头骆驼，他轻轻地触摸着骆驼的鼻子，传递着他的友好和善意。经过一番努力后，黑骆驼开始慢慢地放下了戒备，小心翼翼地用头蹭了一下侯图南的手臂，似乎在笨拙地传达着自己的友好。

在场的驼夫们没想到平日里桀骜难驯的骆驼还有如此温顺的一面，惊诧地对视着，一时无言。

那长头发的青年有意想给这个新来的领房子一个下马威，不依不饶提出考验："这还不行，要骑上跑一圈才算。"

"对！要跑上一圈才作数！""就是！"驼夫们也乐得在一旁围观看热闹。

王佐玉看不过就要上前理论，侯图南见状将他拉回，默默地摇了摇头。王佐玉转念一想，这初来乍到总要走这么一遭，更别说是当领房子，今日若不能服众，日后又如何代领驼队？想到这，王佐玉虽然担心，但也只好作壁上观。

侯图南眼见黑骆驼渐渐放松，便将一根红色且粗大的木桩深深地打在地上，再开了栅栏，给黑骆驼带上笼头，把缰绳牢牢地固定在木桩子上。黑骆驼被套上笼头后野性大发，连蹦带跳，吼叫不止，企图拽倒木桩或拉断缰绳，可它无论怎么样折腾，都无法摆脱束缚。

侯图南对众人说："现在谁也不能骑上它，但过了三天后，你们随便谁都能骑着它跑。"

驼夫们你看看我，我看看你，都暗暗摇头，心想着这真是天方夜谭。不过，他们倒想看看侯图南的法子灵不灵，便按照他的吩咐，就让那骆驼被木桩子定着，任它怎么挣扎也不管，也不给喂食。

骆驼连着三天没有进食倒没什么，但这种烈性子骆驼的脾气就像雷阵雨，发泄得快，消散得也快。等它引以为豪的力气消耗殆尽后，也就黔驴技穷了，彻底丧失了信心，再没了斗志。再接下来，侯图南只要握住缰绳，黑骆驼就俯首帖耳，百依百顺。再后来，侯图南把大红木桩换成了一根红色的细木棍，只要把红木棍往地上一插，黑骆驼就老老实实地在那里一动不动，直到他拔起红木棍，它才乖乖地跟随着上路。

驼夫们看到这一幕，都惊得眼珠子差点掉下来，就这么简单？他们不得不对眼前这个年轻人刮目相看了，但还有人仍然是不到黄河不死心，起哄似的大喊："你还没骑上去呢，骑上去跑一圈啊。"

侯图南便给那骆驼上了鞍子和脚蹬，骑到上面，一搁鼻棍，黑骆驼便乖乖地往前走，别提有多听话了。驼夫里有人想起了武则天驯马的典故："铁鞭击之不服，则以挝挝其首；又不服，则以匕首断其喉。"女皇的法子弄不好那马就没了，她倒有自己的说辞："良驹骏马，正可为君主乘骑。驯服了则用之，驯不服还要它何用？"侯图南驯驼，比女皇要高出一筹，至少他用的是以逸待劳的法子，而且没有要了骆驼的性命。

大家这回对侯图南是心服口服了，王佐玉也松了口气。侯图南骑着黑骆驼来到了高坡上，看见白花花的骆驼倾斜而下，大为震惊，竟然有这么多白骆驼！这里果真能让人大开眼界啊。

"喂——"他大喊起来，就好像那些骆驼能给他回应。

王佐玉也跟了上来："壮观不？这么多白骆驼一齐跑起来，还从没见过吧？"

"真不愧是'驼国'之都啊！"侯图南喃喃自语，不住地惊叹。

眼前，成千上万的骆驼簇拥着、推挤着，汇聚成一条流动的骆驼的海洋。侯图南激动地驱使着黑骆驼从高坡上奔驰而下，心儿像绽放的山丹丹花，火红而舒展，兴奋得不知是在飘还是在飞。侯图南置身于涌动的驼海之中，脑海里不自觉地浮现出六个牛给他描绘的梦境——连绵的骆驼飞翔着，像潮水一样在面前涌过，漫无际涯。他敞着毛氅，迎着风，觉得自己仿佛也变成了驼海中的一峰骆驼，梦游一般地疾驰着、飞奔着，在这无边无际的原野，在这令人心驰神往的驼国之都。

二十七

大孤镇东郊驼场，侯图南正和驼夫们商议训练驼阵的事。

"话说当年噶尔丹叛乱，他用一万峰骆驼摆出'骆驼阵，非常难破，康熙亲征，集中了火炮火铳，才打破骆驼阵，大获全胜。"侯图南谈起骆驼阵的渊源和效用。

"这种传说中的故事，没影的传闻，也要拿来说事，万一出了问题怎么办？"长头发发出了质问。这长头发如今也知道名字了，叫巴特尔，裕固族人。他是田开文在新疆救下的一个流浪儿，跟在驼队已有七年。巴特尔对老领房子田开文特别推崇，因此对侯图南的突然介入很不适应。

侯图南笑笑："我们可以找一个小组试验一下，如果有效果，就在整个驼队实行，没有效果的话，就另想他法，如何？"

巴特尔哼了哼鼻子："过去驼队起场，在途中遇到狼、遇到风暴、遇到土匪，都是有过的事，我们不是平安地回来了吗？对于狼，我们要用计谋和武器战胜它；对于风暴，我们要用屏障和队形化解它；对于土匪，那招式就多了，可以随机应变。我从没听说过把骆驼围成一个阵，就能抵抗这些的。"

"诸位，过去的方法都是有效的，要不然，我们也不会有今天的成果，但是那种方法太被动了，危险性太高，难免要付出伤亡的代价。如果我们可以降低成本，减小代价，不是可以更好吗？大家冒险跑驼队，本就是九死一生的营生，是把脑袋别在裤腰带上挣钱。这难道是我们自己愿意的吗？不是，是老天逼的，是生活逼的，我们为了那一点收成，付出的可比农夫多得多，如果我们能获取更大的赢面，为什么不试试呢？难道我们还有什么可失去的吗？"侯图南将驼阵训练的益处一一道明，并说道："一路上险象环生，无人不想平安归来。"

驼夫们都有些心动了，因为这番话，确实道出了他们的处境。就算是西北首富马家的驼队，也是要走那九死一生的瀚海，要闯那龙潭虎穴。虽说"不入虎穴，焉得虎子"，但要是有一种妙法能把虎子引出杀之，不是更好吗？

侯图南又开始劝说巴特尔："巴特尔兄弟，我知道我初来乍到，大家都还不很适应，你跟田把式感情很深，一时不能接受，这些我都能理解。不过，无论结果如何，试一试总没什么的，大家又不是在拼命，就算没成效，我们付出的只是时间而已，这总比丢了性命要强吧？你说呢？"

虽然巴特尔真的不太相信一个不到三十岁的年轻人能管起一支有着四十多人、两百峰骆驼的驼队，但他的话确实挑不出毛病，要是再横加阻拦，倒显得自己度量小了。他便点点头："好啊，我们就试一试，就算一次不成功，还可以想别的办法。能给大家带来希望的事情，我们怎么样也要尝试的。"

大家商量好之后，便开始谋划针对各种突发状况的驼阵。最主要的就是骆驼和人员的排列，最前面的肯定是头驼和领房子，他要观察前方情况，及时做出反应；在头驼身后，排着几峰较有战斗力的骆驼，由一两个有武力的驼夫带着，作为领房子的辅助，这其中要包括骑马先生；再后面便是以驮货为主的骆驼和年轻的驼夫，尤其是年纪小的，要放在最中间；押后的便是有经验的老驼夫，主要防范有人走失和来自后方的危险。驼队中的防狼夹子和藏獒一般安排在辅助驼夫的身后，便于在需要时第一时间释放。

沙漠风暴虽然来势迅猛，但大多时候还是有征兆的。平常人们说的谚语里，就有判断风暴的经验，如"星星眨眼，风雨不远""日月现光圈，不雨也风颠""天边起黄云，定是风来临"

等。一旦察觉出天色有变，就要首先判断大风的风向。那时虽然还没有明确分辨温带大陆性气候和高原山地气候，但驼夫们根据多年的经验知道，秋冬季的戈壁多数时候刮西北风。明确风向之后，就要要求驼队能快速改变阵形，形成一个人字形夹角，角的尖端对着风的来向，可以有效降低风阻，为驼队找到适合的屏障以争取时间。由于骆驼的眼睛是分列在头的两侧的，拉开一个夹角也可以避免视线受到阻挡，方便骆驼更清楚地看清头驼的动向，做出相应的反应。

这种阵形不仅需要驼夫有很好的驭驼术，还要提高骆驼的配合度，要不然在那样紧急的情况下及时调整队形是不可能的。也就是马家这样的大户才有这样的条件做这种训练，一是要骆驼，大量的优质骆驼，能通人性，素质较高；二是要人，驼夫必须技能全面，有耐心，经验丰富；三是要场地，就算只是十几峰骆驼的小分队，也要巨大的场地来模拟戈壁的环境，让人和骆驼都能快速适应；四是要时间，没有足够的时间和稳定的节奏，训练总是被切断，根本不可能收到成效。

即使是马家这样的驼队，在训练时也遇到了很大的困难，因为风暴怎么模拟？这种东西可遇而不可求，而且巴望着风暴来，这多少有些不吉利，驼夫们在心理上就很抵触。没办法，环境的还原并没到百分百，大家只能凑合着把阵形练熟，一听到口令，便立即意识到自己是什么角色、要做什么、怎么做、大约要多久能做到、做到之后能持续多久，最重要的是连续的操作，不断地根据实际情况变换走位。

这还只是针对风暴的阵形，如果是狼群的攻击，则另有训练。一般情况下，狼群在防狼犬和防狼夹子释放之后，基本就能搞定，但既然能多上一道保险，自然要巩固。这种防狼的阵形，一般以十个人为一组，骆驼伏地，围在外围，形成一道盾墙，面对狼群的前三个人手持腰刀刺杀扑上来的狼。第二排的两个人手持狼筅，一面刺杀狼，一面借助武器的特点遮挡狼的视线。第三排三个人手持弓箭或鸟铳实行远程攻击和后背防御，两侧各有一人手持镋钯打掩护，并防止狼群从侧面偷袭。

过去马家驼队关于这方面的训练也曾有过，但零零散散，都是凭借经验一点点悟出来的。现在，王佐玉通过《驼行要术》将这些经验整合了一遍，侯图南又根据实际情况做了一些调整。驼夫们对这种训练的接受性也很高，别的驼队在王佐玉的影响下，或多或少也渐渐开始了类似的操练。巴特尔也说，其实田开文正准备带着大家做防狼攻击的训练，但没想到出了那么一档子事。

于是，在马家驼场上，一如古时的演兵场，侯图南带领的驼队开始了紧张的训练。这日正赶上北地风大，虽然比沙漠里小多了，而且没有卷起多少黄沙，但好歹给驼队创造了一个天然的训练场。在侯图南的口令指引下，大家根据风向开始变换队形。

不巧得很，风向正对着驼队前进的方向，因此大家不得不以头驼和领房子所在的点为核心，身后的辅助驼夫向两边分开，年轻的驼夫和货驼同样快速分列。这种变换最考验处在队尾的老驼夫，他们要快速分成两波，一波加快速度补上其中一边的空缺，保证年轻驼夫和货驼仍处在中间位置。当队形转换完后，大家还要保持这样的序列一起前进，顶着风头，快速找到避风的屏障。

大家都非常珍惜这次机会，训练得十分卖力。可是一次又一次的失误让大家逐渐失去了耐性，就连骆驼都要罢工了。加上这么大的风，大家都倦了，要搁平时，大伙这时都是在毡帐里饮茶、喝酒、掀牛九、围窝窝、谝闲传，好不热闹，现在却在外面受这风寒。侯图南知道，这时候但凡有一点犹豫，他这领房子的差事就算玩完，平时再心慈手软的人这时候也深知"讲理者生，讲情者死"的道理。

他大声喊："大家不想练的可以回毡帐歇着去，但是，今天晚上做全羊宴就没你份儿了！另外，还要扣一块工钱！"

巴特尔也一直觉得他是个面慈心善的人，尽管这时候他还是笃定这是个面慈心善的人，但还是没料到这人也有铁腕的一面。

大家顿时安静下来，一个个怔怔地望着他，但没有人动弹，都站在原地，斗气似的，既不训练，也不回屋，任狂风在草原上吹，所有人的眼睛都眯上，不看，也不想这烦心事。大家都等着看这新领房子还有什么招，看他怎么处理这个难题，看他怎么把自己定的训练实行下去。

只见他在大家面前踱了一周，翻身上驼，独自顶着狂风，奔跑起来，仿佛自己还领着一支驼队，不畏风力，与天搏斗。大家虽有些震惊，却没有动，只是定定地站在原地看着侯图南接下来的动作。只见他飞奔到既定的屏障，按照训练的规程下驼避风，这算是完成了一次训练。大家也十分好奇他接下来还有什么好戏要唱。只见他驾着骆驼回到原地，调转驼头，又把刚才的动作再来了一遍。紧接着，第三次、第四次，哪怕只有他一个人，他也要把训练进行下去。

在场围观的驼夫们面面相觑着，好像心里被重重打了一拳，寒风还在呼啸，仿佛是在大声嘲笑着他们的自以为是。看着侯图南独自在寒风中训练，所有人心中不约而同地翻涌起一股莫名的冲动，想立刻冲上前去加入。但一时之间，谁都没有动，只是偷偷觑着身边的人，脸上露出犹豫纠结的神色，但谁都不想成为背叛团体去做那出头的第一个。就在这时，巴特尔从人群中走出，径直地朝着侯图南的方向走去，背影毅然决然，跟随着侯图南在凛冽的寒风中做出训练的动作。接着，一个，两个，三个，四个，五个……越来越多的驼夫加入训练的队伍，最后所有人都重新回到自己该待的位置，听候着侯图南的命令。训练场上，只有呼啸而过的风声，和驼夫们齐刷刷做动作时衣物和空气摩擦的声音。侯图南身体力行地给在场的驼夫上了一课，让他们为自己先前好逸恶劳的行为感到羞耻，叫他们明白何为真正的男人、何为真正的驼夫。虽然训练中他们还是一次次犯错，但没人在乎，只要风还没停，他们就停不下来。

这天的风直到傍晚都还有些余劲，但侯图南心知过犹不及的道理，命令大家停下来，大家也都照办停下歇息。侯图南并没有骗大家，今天每个人都认真训练了，晚上果真宰了一头羊，一伙人美美地吃了一顿黄焖羊肉。一天训练下来，巴特尔对侯图南的印象已经完全改观，回想起自己先前的挑衅为难，他自嘲地笑了笑，觉得自己就像个小孩子似的，十分幼稚。晚宴上，巴特尔举起酒杯向侯图南敬酒，要与他冰释前嫌，侯图南当然没和他计较，二人碰杯后开怀畅饮。

"嘿，明天训练什么？"巴特尔问侯图南。

侯图南思考了一会儿："我还没想好。看样子，明天会是个晴天。"

"你打算训练防狼阵吗？"

"想是想，可有一件事让我很犯难，那就是我们怎么模拟狼？如果没有'狼'的加入，这训练不成了朱泙漫学屠龙了吗？"

"雪獒可以扮演狼，只是它们不一定能听懂你的意思，对吗？"

"没错，那些狗对我并不熟悉，它们甚至也不信任我。"

巴特尔哈哈大笑："这有什么难的，明天我来指挥那些狗，我来做狼王。"

"这不行，就算是假的刀剑，也容易伤人，我们连藏獒都不能损伤，更何况人呢？"侯图南脸色变得严肃，正色道，"我们另想别的办法。有的险能冒，有的险不能冒，我必须要保证后果在我能处理的范围之内。"

巴特尔只是神秘地笑了笑，并没说什么。他将杯中酒一饮而尽后说："明天就开始防狼阵的训练吧，后头还有一大堆事要忙，可不能耽搁了。"说完就走了，侯图南有些疑惑，不知这人到底是什么用意，但心底总有些不安。

第二天，大家照常按部就班地按照队形站好，骆驼也准备就绪，训练即将开始。可当清点人数和牲口数目时，却发现藏獒不见了，巴特尔也不知去向。侯图南忧心忡忡，难道他真的要自己组织一帮狼群？不行，这太危险了。

"侯头，今天还练吗？"驼夫们问。

"练，只是我们必须找到巴特尔，不能让他胡闹。"队伍少了谁也不行，侯图南打算先找人再训练。

话音刚落，就听见不远处传来几声犬吠，大家循声望去，原来是那七只藏獒朝他们冲来，巴特尔在狗阵后发出指令。小分队赶紧严阵以待，大家拿着已经准备好的去了头的武器，开始按照战斗序列攻击扑上来的藏獒。这些武器虽然不致命，但也让藏獒吃了大亏，一时间纷纷后退，巴特尔在后面一遍遍地重复着让它们冲击的指令，藏獒们只得再次突袭。驼夫们聚精会神，时刻准备着击退藏獒的攻击。

结果，藏獒节节败退后，气势顿时萎靡下来，当巴特尔第三次命令时，藏獒逡巡着不肯上前。巴特尔急了，抽出鞭子就往藏獒身上甩上去，那七只藏獒再也不肯吃哑巴亏，眼露凶光，全都朝他窜去。

"快救人！"侯图南大声喊道。

驼夫们闻言越过驼墙冲上前去，死命拽住藏獒的绳子。巴特尔在地上滚了一圈后翻身站起，藏獒仍然不依不饶，拔腿就追，巴特尔骑上骆驼就往远处跑。

"快追！快追！"侯图南大喊着，自己也骑上骆驼。有眼疾手快的驼夫已经取来了鸟铳和弓箭，骑着骆驼追了上去。他们也不敢伤着藏獒，只能开枪恐吓，每一支箭都射在它们的前方，终于遏制住了受惊的藏獒。

"巴特尔！巴特尔！"侯图南大声呼喊，眼睛死死地盯着最前面的那峰骆驼，生怕上面的人倒下去。他骑着骆驼追到巴特尔跟前，看见他前襟上的血迹后脸色顿时凝重起来，随后问他还能不能下得来。

巴特尔忍痛下驼，脸上却莞尔一笑："有什么打紧的？大惊小怪，不过是刚才打滚的时候，磕破了点皮。"

"谁让你擅自冒险的？你还有纪律吗？"侯图南难得一见地动

了怒，歇斯底里地大叫。

巴特尔仍然面带笑容漫不经心地说道："你瞧你，一脸狼狈，这样让其他驼夫看了都会笑话你。是你说的，有的险值得一冒，要是我们成了，就算少了我一个，还能造福大家，以后大伙起场入瀚，可以少很多麻烦哩。"

"走，走，我们去上些药，快去上药!"侯图南无奈地叹了口气，催促他去上药。

驼夫们望着巴特尔，脸上的表情很复杂：有的在佩服他，觉得他很勇敢；有的在责怪他，认为他太鲁莽；有的担心他的安危，有的担心驼队的损失；还有的，则担心藏獒发起疯来，会殃及其他驼夫。大家都在用眼神无声地交流着，对于这样的训练还要不要继续下去，这样的险还要不要冒，驼队已经出现分歧了。

安顿好巴特尔后，侯图南便开始征询大家的意见，他说："这些训练的危险，大家今天也是有目共睹的，但有一点我们是知道的，就是以往没有这些训练，我们也经历了无数次起场，瀚海走过很多遍了，那么，这样的训练，我们还要不要继续呢?"

驼夫们面色犹豫，你看看我，我看看你，一时间，空气中鸦雀无声，落针可闻。说真的，当藏獒朝着巴特尔冲过去的时候，要说一点都不怕，那是不可能的，但因为害怕就要退缩吗？每个人都沉默着、扪心自问着。又想起每逢起场之前掌柜总是要寻个黄道吉日杀牲忌神，亲人朋友跪在庙前虔诚地拜了又拜，这一切纷繁复杂的仪式只为了让神佛保佑，庇佑驼队能一路平安。可眼下有了能逢凶化吉的现实可行的法子，难不成因为一点风险和辛苦就甘愿放弃这多出的一线生机吗？

一阵无言的沉默过后，大家给出了自己的答案。在场的驼夫们自觉地列好整齐的队形，眼神坚定地看向侯图南，静静地等候他发号施令，如同一尊尊泛着金光的铜雕，静穆肃然。巴特尔上好药后，随即也赶到了训练场。

几分钟后，一声孔武有力的号令打破清晨的寂静，训练正式开始。此时此刻，抛却了最后一丝犹豫的驼队才成了一支真正的队伍，一支虽由血肉之躯组成，却有着钢铁般意志的驼队。他们不知疲倦地在训练场上随着号令变换走位，不厌其烦地将重复的动作做到完美，他们用自己的实际行动昭示着决不退缩的勇气和担当，仿佛自己也化身为这驼国之都的一匹骆驼，无怨无悔地驮着肩上的重负，走过人世间的万水千山，从崎岖走向坦途，从贫穷走向富裕，从苦难走向幸福。

二十八

经过一段时间后，驼队的阵形训练初显成效，其中光就风暴阵形的训练，大家就在驼场上演练了千百次，不断地调整，不断地熟悉，以至于每个人该在哪个位置都记得清清楚楚。这种训练大体上是成功的，利用队形来减小风的阻力，不是为了在大风中顶风赶路，而是为了争取更多的机会找到避风的屏障。

只是有了前面的藏獒事件，人们也就不敢再用它们来扮演狼群了。巴特尔在侯图南的三令五申下，也不敢再冒险。大家只能想一些折中的方式来做这种训练。比如用人来扮演狼群，但是效果不尽如人意。狼的出击速度比人可快得多，而且狼的体形较小，攻击的位置较低，人必须要适应这种从下往上蹿起来的攻击。后来人们又制作大一些的回力镖来模仿狼的进发，大家只要把飞过来的回力镖打落，就算是成功。不过回力镖的力量还是没有达到狼的水准，这样的训练只能让人瞄准，不能模拟出狼群真实攻击的力量强度。

侯图南一直在想办法找到更好的训练方式，可是效果甚微，看着每天都在用这种折中的法子苦练却成效不显，心里就不是滋味儿。想来想去，除了真正的狼以外，还是狗最能符合他的要求，可是上哪儿去找这么通人性的狗呢？

他去找王佐玉帮忙，却得知王佐玉去别处办事了，便又转去找马向。马向听后哈哈大笑道："狗善于交际，连狡猾的狐狸都成了它的朋友，即所谓狐朋狗友。所以你这个想法并不太行，一般的狗跟人太熟了，没有了狼性，根本不能起作用。"

侯图南还不死心："可是狗是最像狼的，找不到更像狼的畜生了，就算有，比如说真狼，我们也不能拿来用啊。"

马向笑道："你不能看外形，狗是继猫之后，画家画虎的模样，人们不是常说'画虎不成反类犬'吗？不过，也不全是这样，猎狗一些人家还是有的，只是你这种事，谁会愿意借呢？"

第二天，侯图南就叫了几个人在附近的村子里借了好几条猎狗，用车把这些狗都运到了牧场，并请来了驯狗师傅帮他将狗驯得能懂人的意思，来帮助大家完成防狼阵的训练。只是这阵形的训练一时半会儿还真搞不了，因为驯狗也不是一天两天的事。

自从解决了陪练问题后，侯图南算是松了口气，要不然，这训练做不下去，计划就搁浅了，对于《驼行要术》的完善来说，这是很大的遗憾，对于驼队来说更是巨大的损失。剩下来的日子，驼队可以稍稍放松一些，时令已经是盛夏，大伙可以歇息歇息，爱听评书的听评书，爱玩牌的玩牌，爱吹牛的吹牛。

侯图南深知求学如逆水行舟，不进则退的道理。自从见识过马家驼队领房子八仙过海各显神通的本事之后，侯图南觉得自己如井底之蛙般见识浅薄，因而愈发求知若渴。每逢看书或者在日常训练中遇到不懂的地方，总要找人问个清楚才肯罢休。这天刚好遇着马向，二人便聊了起来。

"我以往独自跑驼队时，全凭着从师傅那里学来的经验，自己的东西是一样没有。现在见了马头、王头，一个个都有自己的本事，我心里都急得睡不着觉了。"

"你急什么？你才二十六岁，广阔天地，大有作为呢。你也不是什么都没有啊，你要是什么都没有，马四爷能看上你吗？"马向说，"你身上有两样东西是宝贵的，一是仁心，度量大，所以朔勒番和吐耶拜两大世仇都能因为你重归于好，阿拉坦拿你当亲兄弟，不远千里来帮助你。二一个就是冲劲，一旦想要做什么事，马上就要去做，绝不拖泥带水。"

"可是，这经验还是不够啊。"

"经验可以学，可以多见世面，人的心性是主人，经验是忠诚的狗。所谓'犬卫'，就是经验服从于心性，归根结底，一个好的驼夫也是要看天赋的。"

当局者迷，旁观者清，有些困惑还是需要旁人才能开解点悟，侯图南听了很是受益，心里宽松很多。

过了些时日，驯狗师傅终于来告诉他狗妥了。他喜出望外，顿时就集结众人，想试试效果。这一天，十个驼夫牵着三峰骆驼，远远地便做好了准备，另一边大黄和他的亲戚们登场了，一个个如下山猛虎嗷嗷直叫。侯图南也惊讶，这驯犬师傅到底用了什么高招，能把狗子训练得跟换了只新的一样。

"预备——放！"笼门一开，狗子们就像脱缰的野马一样冲了出来。它们龇着牙，发出恶狠狠的吼叫，从山坡上冲了下来。驼夫们兴奋异常，目不转睛地盯着目标，一刻也不敢松懈。突然，在不远的位置狗子们腾空一跃，飞起身子直蹿过来。第三排的弓箭手率先攻击，远远地就射中了两只狗子。那箭是没有箭头的，末端有白粉。中箭的狗会意，退了回去。第一排的驼夫们瞧准时机，挥起腰刀便砍，但那刀是木头的，上面抹着白粉，一会就能在狗子身上看中刀位置。第二排的狼笯立马突刺前去，两旁的镗钯也抓紧时机发起攻击。

驼夫们这才算真正有了正式的防狼阵训练。一轮攻击过后，狗子们全退了回去，大家开始检查狗子身上的白点，对比之前观战的情形和最后的结果，总结得失，然后再次训练，如此往复。侯图南远远望着摇头摆尾的大黄，他忽然想起马向那天提到的一个词："犬卫！"他当时并没有听懂马向的意思，还觉得这个词是他瞎编的，他这个人确实有这方面的才华。他虽是个武人，也不知哪儿学来的一堆歇后语、四六句，平时连珠似的往外蹦，什么"邻居门口撒胡椒——麻了隔壁""王八盖上插蜡扦——鬼（龟）火直冒""苍蝇叮菩萨——没人味"等等。不过现在回想这个"犬卫"倒真是应了此景。

狗是驼队远行中必不可少的配备，一般大房子带狗六七条，中小房子带狗四五条。狗也能成为计量单位。内行人只要打听清楚驼队带了多少条狗，就能判断出驼队的规模、运货的多少。这些猛狗就像忠诚的卫士，从另一方面守护了这骆驼的国度，让人们变得聪明，变得强悍，变得勇敢。犬卫、犬卫……古代把重要的军队都叫作什么卫，比如凉州卫、右威卫、金吾卫什么的，那么这些忠犬，便是犬卫了。他们是驼国最特殊的战士，虽然此时此刻他们战斗在大家的对立面上，扮演着我们的敌人，却是最可爱的伙伴。

　　侯图南又想到了向梅，想到她脸上气鼓鼓的神情。她肯定不会同意这"犬卫"的敕封，不同意给可恶的大黄这么高的评价。这家伙不仅自己蹭吃蹭喝，还把一窝亲戚都叫来赖着不走，又生了一堆狗崽子，真是烦人。侯图南想到这里，不禁笑出声来，笑啊笑啊，眼前的向梅也笑了，她在笑什么呢？自己也不知道，唉，向梅也不爱说话，她的心思，很多时候是猜不透的。想着想着，侯图南不禁又思念起向梅来。正好驼队的阵形训练告一段落，也是时候回家看看了。

199

　　侯图南和马四爷告了假，骑着骆驼回到红柳村。回到家时，看到锅里正炸着自己爱吃的丸子，顿时心花怒放。

　　"你怎么知道我今天回来？还炸了我最爱吃的丸子？"他说完便等不及想拿着筷子从油锅里夹一个尝尝。

　　"没熟呢。这么猴急！"向梅一边将他的手给打掉，一边嗔骂道，"谁说是给你炸的，我自己吃的还不行吗？自作多情！"

　　"行行行。"侯图南知道向梅一向是个嘴硬心软的性子，便顺坡下驴，话里话外都顺着她。

　　"对了，赵康问你要不要问马四爷要一张茶票，咱们也多进一批合盛茶出去卖，不要再像以前那样，只是个送货的了。"向梅问道。

　　侯图南盯着锅里最后一批丸子，防止炸过头了："我看行，回头找马四爷说说，把茶叶生意搞起来，多点进项。"忽然，他把话头一转，"说到茶，你猜我想起什么来了？"

"我管你想起什么。"

"我想起你来了，当初看见你的时候，你就是采茶女，那时候才十六岁哩。时间过得真快啊，一转眼七年过去了。"

"你快别提这事了，我觉得我当年得了失心疯了，怎么就同意嫁给你了，离家千万里，故人少相知，现在连向家还有哪些亲戚都还不知道呢。"

"这事简单，回头，我帮你打听着就是了。"

"这话就是专门哄小孩子的，回头？回头是什么时候？你出门就忘了。"

"不会不会，忘不了。驼队每年总要走一次安化的，怎么会把这事儿忘了呢？就算我不去，也还有赵康要跑的。"

"那这次可说好了啊，别回头再给忘了。"

夜深后，向梅躺在床上怔怔地看向房顶，自父亲别了后，她愈发觉得自己像是无根的浮萍，在静水流深的日子里随波漂浮着，无所凭依，原就是个不爱说话的木讷性子，现如今愈发沉默，每日只是做事，安安静静地忙碌着。每每午夜梦回之时，那一抹说不出的乡愁总会让她变成孩童模样，牵引着她的手，回到魂牵梦绕的安化，回到父母的膝下。她抹掉眼角淌出的一滴泪，徐徐进入梦乡。

二十九

落日熔金，暮云合璧，戈壁滩上传来"丁丁零零"的驼铃声，好似在诉说着世间的沧桑，悠然地回响在苍苍穹宇之中。一支行走在大漠深处的驼队，像移动的小山，步履沉稳，缓缓在沙丘之间移动。驼队在一棵顽强的胡杨树下停歇。高大魁梧的领队从驼峰中一跃而下，用袖口抹了抹额头的汗水，拧开水壶，轻呷了一口水后眺望着远方。领队之人正是侯图南，侯图南在马四爷的托付下临危受命，带着田开文的驼队把茶叶运往新疆奇台。

奇台又称古城，坐落在准噶尔沙漠南缘与天山北坡间狭长的通道上。由于它"山通南北套、地接上中台"的特殊地理位置，在历史上是古丝绸之路的重要商埠、交通枢纽和军事要镇，曾与哈密、乌鲁木齐、伊犁并称为新疆四大都市，素有"旱码头"之誉。

对于行走在九死一生之路上的驼夫而言，新疆古城像一位宽容慈爱的母亲，以海纳百川的胸襟包容了来自五湖四海的商户和那些一无所有、背井离乡之人。就像那民歌中所唱的"美丽的草原牛羊遍地，快乐的时光有古城相伴……"，新疆古城，是无数人魂牵梦萦的快乐的天堂。古城的兴旺不仅仅得益于它得天独厚的地理位置，还在于其物产丰饶，小麦、药材、牲畜、煤、白酒等应有尽有。所有的一切造就了古城几百年来的繁荣昌盛。世人皆知"要想挣银子，走一趟新疆古城子。进了古城子，跌倒拾银子"。古城子，铸就了多少穷人的发财梦，想挣回一座金山银山，可一路上峰回路转，险象环生，多少人铤而走险，结果却是尸骸枕藉，血泪满眶。

对此，侯图南再熟悉不过，他第一次带领驼队起场走的就是新疆古城。一路上他带着兄弟们踏过这条铺满惶恐、悲壮的道路，直面过数次生死危机，用豁出命挣来的财富换来了幸福美满的生活。多年之后，他又重新踏上这条熟悉的道路。想到当年一起出生入死、相依为命的兄弟们死的死、伤的伤，如同漫天飞絮各自飘散，不免有些物是人非之感。

多年过去，路还是当年的路，人却不是当年的人，比起第一次走古城，侯图南少了几分毛头小子的青涩，多了几分历经世事的成熟老练。早在第一次走古城时，侯图南就将钱财情义仔仔细细地洒遍了一路，打听清楚了这一路的地理民情、传闻轶事、驿站黑店、劫匪歹人，从而趋利避害，将可能发生的天灾人祸扼杀在摇篮里。正因如此，侯图南这次带领队伍才愈发游刃有余，可他也不敢掉以轻心，在这条险象环生的路上，一着不慎，可能财毁人亡，全军覆没。

风萧萧，路漫漫，一轮寡白的太阳懒洋洋地倚在云层之下，云朵时卷时舒。短暂的歇息过后，驼队就又要踏上征程。驼夫们牵着骆驼，伴随着悠然的驼铃走在茫茫的戈壁之上，上路之前吼一声骆驼号子，天边的太阳都变得萧索阴冷，给人传来荡气回肠的回响，整个行色变得悲壮起来。

黄沙茫茫，一望无际，这片沙漠像是由无尽的黄沙织成的大地毯，这幅大地毯上没有一朵鲜艳的花，没有一点别的颜色，寻不出一丝生气，只有沙，不知从哪里来的这么多沙，铺天盖地，把无尽的苍凉与严酷晾晒在天空下。

驼队进沙漠，预计三天就可走出来，可谁知一场风暴后，沙丘在飓风中早已变化了形状，哪还有去路的踪影，目之所及只有遍地黄沙。身处沙漠腹地，若是迷失了方向，广袤无际的瀚海便成了驼夫的棋盘，若是行差踏错一步，便是以生命为代价的满盘皆输，侯图南作为其中的执棋者，必须慎之又慎。他眺望着漫天漫地的黄沙，寻找旧路的痕迹，一边回想着原来沙丘的位置分布，一边缓缓转动身体感受风的方向。思索片刻后还是打算顺着沙丘迎风面的方向行进。

为了再次确认行进的方向，侯图南径直走到驼队的最前方，将脸颊贴在头驼的额上，轻抚着它的脖颈，仿佛在进行着无声的交流。不过一会儿，头驼心有灵犀般感应到了驼夫们的困境，鼻孔翕张嗅闻着空气中人类所无法感知的水汽的湿润和芳草的清香，竟奇迹般朝着侯图南先前所指引的方向前行，剩下的骆驼纷纷起身，跟随着头驼的脚步开始行进。骆驼是沙漠之舟，是最能认得去路的生灵，侯图南心下终于释然，沿着骆驼指引的方向前行。

不知走过了几天几夜无边无际的荒凉，前路仍然望不见尽头，水源却日渐减少，驼队不得不减缓行进速度以保存体力。虽然危难关头自身难保，但大家伙儿还是相互接济着，分享珍贵的水源。侯图南顶着炎炎烈日三天没喝一口水，嗓子如刀割般生疼，但还是把剩下的最后一点水和着盐喂给半路上闹肚子脱水的年轻驼夫。

眼下大家正寻了个阴凉处歇息，巴特尔将水壶递到侯图南面前，侯图南连连摆手拒绝，可他不接，他就这么雷打不动地举着，僵持良久后，侯图南最后还是接受了巴特尔执拗而真挚的善意。他想说声谢谢，张口却发不出一丝声音，只好无奈地笑了笑，呷了一口润润嗓子就还给了巴特尔。

随后，侯图南让巴特尔把大家聚在一块儿，扯着呕哑嘲哳的嗓子说起骆驼泉的故事。

他说在这片沙漠腹地有一眼骆驼泉，就在一道沙梁的侧面，一泓泉水从沙壤里涌现，涓涓泉水汇成一池碧波，像一块玉镶嵌在这平板单调的沙漠中心。到过这片沙漠的人们把它叫作骆驼泉。因为它的形状就像一匹侧卧的骆驼；也有的说，是两匹骆驼并卧；更有人说，它像骆驼的眼睛，并连在一起的骆驼眼，深邃、平静、纯净、湿润。也不知这泉水有多深，只知道它清澈得像一面镜子，可以照见天上的云影与星星；深邃得像一个人的眼睛，可以穿透人的内心。

传说在很早很早的时候，有一个探险者闯进了这片死亡沙漠。他骑着一匹骆驼，却只带了一皮囊清水；他没有想到这茫茫沙漠是如此漫无涯际，他走啊走，头上烈日蒸晒，脚下黄沙滚烫；他的汗水都快流干了，皮肤都开裂了，才走到了沙漠中心，他实在坚持不住了，打开皮囊，准备饮用一点水，再走下去。就在他将皮囊凑上嘴唇时，转眼看见了他的那匹骆驼。他的骆驼也早已疲惫不堪，甚至嘴唇也干燥得泛白了。他的心哆嗦了一下，连忙将皮囊递到了骆驼嘴边，可是，骆驼却缓缓地把头别向一边。

探险者喝了一点水就继续往前走，他走到了现在人们歇足的地方再也走不动了。可怕的是，皮囊里再也没有一滴水。他走了几步，就倒在了沙梁上。他努力想睁开眼睛，可是眼皮沉重得不行。他只有闭上眼才觉得舒服一些。他阖上眼，却看见一幅清新的图画：沙漠中涌现一片绿洲，绿洲上绿草如茵，树木苍翠，其中点缀着猩红的花朵。当猩红的花朵凋谢时，他却醒来了。醒来后，他看见沙梁下有一泓泉水泛着粼粼波光，但他的那匹骆驼不见了踪迹，永远消失了。

骆驼泉的故事让驼夫们进入了一个梦幻的世界，他们阖上眼，一脚踏入葱葱郁郁的草地，开怀痛饮清甜纯净的甘泉，仰躺在淙淙流水之间，让溪流冲去一身的困乏疲累，再睁开眼时，有如身临其地在骆驼泉中沐浴洗礼了一番，神清气爽。有人激动地问侯图南："头儿，你说咱们能找到骆驼泉吗？"侯图南指着前行的方向笃定地答道："不远了，骆驼泉就在前方。"

传闻也好，故事也罢，只要驼夫们愿意相信，骆驼泉就在前方，它是寒冬里温暖的篝火，是黑夜中引路的明灯，是久旱过后的甘霖，是人们心中不肯熄灭的生的希望。驼夫们满怀着对骆驼泉的憧憬期冀，梦游一般重新踏上了征程。

"走了三百六十天，望不见奇台的山尖尖"，就这么一直走一直走，不知走了多久，久到让人意识恍惚以为陷入了无尽的轮回，但这次无人肯停下，大家默默地忍饥耐渴，朝着梦中的骆驼泉进发。终于，就在几天几夜滴水未进的意识昏迷之际，驼夫们一脚踏进一泓汩汩涌动的泉水中，如同一脚迈进了天堂，激动得痛哭流涕，泪流满面。那是比骆驼泉还要辽阔的一汪清泉，大家捧起水足足喝了个饱，仰天长啸，痛快地喊了一嗓子长调，耳边淙淙清脆的流水声仿佛这世间最美妙的音符，一点一滴敲打着生命痕迹的脉搏，侯图南脸上终于露出释然的微笑，随即闭上眼睛，仰躺在潺潺流水之中，让滋润的泉水为自己干枯的肢体注入生机和力量。

大家在骆驼泉边停歇了一天一夜后，才意犹未尽地上路。被骆驼泉滋润过的驼夫们如获新生般心潮澎湃、容光焕发，一路上有说有笑，如同一群叽叽喳喳热闹欢腾的麻雀，快乐无边。侯图南却丝毫没有松懈，他心知深入沙漠腹地后，潜藏的危机或许就在前方。每次入瀚时，最大的危险就是匪患，尤其是从漠北到达新疆的途中。为了避免沿路设着关卡征收各种各样的税费，驼队往往会避开官路，而选择一些人迹罕至的小路，如此一来藏头露尾的劫匪便有了可乘之机。

为了避免与匪徒产生流血冲突，造成损失，驼队的措施主要是由浅入深，由易到难。最浅的就是解除驼铃，昼伏夜出，轻声速过。其次是实在搪不过去，便事先准备好一些货物，称作"孝敬"，一般的土匪为谋长久的生存，也就放驼队过去了。再次就是借用知名的镖师或者官兵的名声吓唬土匪。有的驼队曾经试图装扮成官军的模样蒙混过关，结果被土匪识破，因为官兵过的是富态日子，哪里像驼夫那样沧桑？再加上不熟悉官面上的话语，几句话一诈就漏了馅。有些土匪本身就和官府有勾结，这时候再假扮官兵，就是往枪口上撞。被识破的驼队打又打不赢，也不能去求官府，假扮官兵可是重罪。因此，最次的方法就是和土匪拼命，短兵相接，你死我亡，那是实在迫不得已的事。

马家商号的领房子马向自然是不同，他斗过土匪，进过牢房，无论是黑道还是白道，对他们的底细都略有所知。若不是上面有东家压着火，他早就领着一班驼夫，在大漠里跟土匪们干一场了。这一切，表面上是为了立威，说是只有把土匪打怕了，他们才不敢招惹你，实际上就是为了复仇，就因他早年在土匪手里吃了大亏被赶出镖局，从此便和匪徒势不两立、横刀相向。

这一天，驼队正要穿过狼心山，这一带向来是山林草寇出没为非作歹之地。于是天刚向晚，侯图南便下令让大家解下驼铃，通人性的骆驼大气不出，像衔枚而行的士兵一样，蹄声轻轻地快速行走。殊不知，一群穷凶极恶的匪徒正潜伏于沙丘背后，如同一群贪婪饿狼，眼露凶光死死盯着过路的驼队，如同盯着一块肥美的肉块，恨不得马上将之连皮带骨吞吃入腹。

侯图南敏锐地嗅到空气中潜藏的危险气息，仿佛有人在身后跟随，可往后一看又不见人影。他揉揉双眼，瞄准那个巨大而充满力量感的沙丘，心中涌起一阵不好的预感，随即跃身下驼，发现沙路侧面有马蹄踏过的痕迹，从马蹄的痕迹看，杂乱无章正渐渐被松软的沙子消了痕，难道是有人埋伏？他当机立断命令驼队全速前进，并下令让骑马先生加强巡逻。

晌午时分，烈日当头，太阳慵懒地射出暖融融的强光，温热的沙路上软绵绵的，铿锵而富有节奏感的步伐声踏踏踏地传来，那是预知危险后全速前行的驼队。侯图南和队里的其他领房子商讨后，由有经验的领房子们打前锋，再安排几位会武艺的驼夫们在驼队左侧进行护卫，骑马先生连同其他领房子断后，保护着马家驼队的人货。驼队如同一条蜿蜒的长龙，浩浩荡荡地在苍茫瀚海中迅速前进。

走到一个叫芨芨井的地方时，突然从沙丘后窜出四五个骑马的人，随后一支从沙窝后冒出来的队伍，手持锋芒逼人的长刃包抄过来，把驼队围控在中央。这些人不知在沙丘背后埋伏了多久，头上、脸上甚至耳朵眼窝里都是黄沙，如同那奸猾狡诈的沙老鼠，眼里闪着缴获猎物的兴奋，虎视眈眈地逼视着驼队。他们穿着喀尔喀蒙古牧人的服装，手持利刃，背着利剑，威风凛凛地站在沙丘上一动不动。

侯图南从队伍中走出，用蒙古语对劫匪喊道："我们是漠北的私驼商队，做点小买卖，在这里遇到各位英雄是缘分，烦请各位好汉放我们一条生路。"说完拿出些银两。

这时候，一直在身后如影随形般紧紧跟踪的那几个人这才现了身，也赶上前来，他们汇在一处，一堵墙似的挡在驼队前面。其中一位头领模样的四方脸从劫匪堆里走出，那人腰间挂着把绿色的刀鞘，头戴一顶普通的带护耳的牧人帽子，身着一身褐色的蒙古袍，手腕上不合时宜地缠着珊瑚念珠。那四方脸走到侯图南面前，得意忘形地哈哈大笑道："我们等的就是商队，哈哈哈，真是老天有眼，知道我们想要什么就来什么，你们这驼垛子里装的是什么？"

侯图南心里咯噔一下，将手中的银两递给四方脸，用蒙古语说："都是些日用百货，各位英雄需要什么，我们就去拿，我们都是为东家卖命的穷苦人，各位英雄好汉饶了我们一命。各位如果赏脸，就把这点孝敬银两收下，让我们继续上路吧"

四方脸又问："没有捎带烟土？"

侯图南回答："没有，一点也没有，我们驼队从来不带违禁货物。"

"好吧！"四方脸微微笑了一下，"既然没有烟土，就把其余货物留下，骆驼也留下，你们只领两峰骆驼，驮上你们的口食和行李走吧。"干他们这一行的口气都大得很，抢人东西总说是"领"。

侯图南一听脸色一变，恳求道："英雄好汉开恩行行好，骆驼驮的都是山西商号的货，我们只是一伙穷驼户，丢了货我们赔不起，老婆娃娃搭上我们也赔不起，就放我们一条生路吧！"

四方脸恶狠狠剜了侯图南一眼，拿起砍刀指着他的脑门厉声喝道："想清楚，要钱还是要命？"说完一把推开侯图南，朝着驼队货垛子的方向走去。

柴兆华柴领房安安稳稳地坐在驼背上打盹，假装不知道发生了什么事。这时，四方脸喝令一声："下驼——"只见柴领房眼睛微睁，做出迷迷瞪瞪的样子，问："下来干啥?"四方脸吆喝："取你脑袋。"柴领房像是说梦话似的说："那你就上来取吧。"四方脸一听火了，"噌"的一个虎跳越上骆驼脖子，抢起大刀就朝对方砍去。就在这千钧一发之际，柴领房乘势一躺，飞起一脚，将四方脸踢下骆驼，这时几个劫匪一起向柴领房投掷飞刀，只见他站立在驼鞍之上，伸出十指，将飞刀全部夹在指缝之间，最后一把短刀，他用嘴接住，"咔嚓"一咬，断为两截，用力一啐，同时插进两名劫匪的胸膛。

趁着这个时机，侯图南当机立断下令列阵，驼夫们连忙跑到自己的位置上，摆出对抗劫匪的驼队阵形，驼夫们各司其职，用自己的血肉之躯围成一堵人墙，将冲上前来抢货的劫匪狠狠击退。先前做过镖师有武艺傍身的领房子们深知擒贼先擒王的道理，抢了其他劫匪的大刀和四方脸白刃相接，打了几个来回。巴特尔趁着场面混乱，跑到高处的沙丘背后，单膝跪地，左手托弓，右手运劲，将弓拉成弯月的形状，瞄准四方脸的心脏屏声息气地等待着，趁着四方脸和领房子拉开了距离的时机，右手五指急松，箭如流星射去。那四方脸脊背一凉，似乎预感到危险将至，当即一把将身边的一个手下扯到自己面前挡住飞来的利箭，侥幸躲过一劫。可巴特尔并不打算放过他，死死盯着四方脸的心脏接连放了几箭，可恨那四方脸像那滑不溜手的老泥鳅，每次都险险躲过。虽未伤及要害，但万幸射中了他的小腿，给了领房子们围攻反击的好时机。

四方脸眼见着大势已去，胜负已然分晓，咬牙切齿地怒吼着号令剩余的劫匪撤退，被打得落花流水的劫匪哪还有刚才拦路劫财时耀武扬威、张牙舞爪的模样，一个个丢盔弃甲如同过街老鼠般仓皇逃窜，未来得及逃走的顿时纷纷下跪，叩头求饶。

"快说！你们是谁的手下？刚才那四方脸姓甚名谁？道上名号叫什么？"众驼夫们围着俘虏，厉声审问。

"我说，我说，是丹云坚赞！"那劫匪哆哆嗦嗦地坦白。

听闻这人的名字，在场的驼夫们无一不惊诧，顿觉毛骨悚然。丹云坚赞因不满哲布尊丹巴呼图克图的统治，就率领七十多幕部众驻扎在滚坡泉。他在滚坡泉南面的小山中凿山砌石，修了一座坚固的碉堡，让一百多人守着，专门劫持过往驼队。有人说，他只劫持官驼，不对民驼下手，而对蒙古族人的驼队则是"秋毫无犯"。至于谁是官驼，谁是民驼，丹云坚赞于事前已了解得一清二楚，绝不会搞错。经此一劫后，大家已然知晓传言并非为真。

刚才与劫匪死命相搏的生死瞬间，大家都做好了告别人世的准备，但眨眼间不仅活了下来，还把传闻中赫赫有名的丹云坚赞打得仓皇逃窜。一时之间，按捺不住的激动从胸腔中迸发出来。大家被胜利的喜悦冲昏了头脑，恍然如梦般再次踏上征程。侯图南生怕劫匪回来报复，命令驼队全速前进，直到出了沙漠才把脑海中紧绷着的弦松下。其后，驼队在路上又遇着了几次拦路劫财的情形，可已然打败了丹云坚赞的驼夫们，哪还会怕这些草莽之徒，打得这些歹人哭爹喊娘仓皇逃窜。

关关难过关关过，步步难行步步行，在这条九死一生的道路上，每闯一关，大家的胆量和豪情便增长一尺，这么一路积累下来，各个都被磨砺成名副其实的西北硬汉，再也不惧前方的艰险苦难。

经过几个月的长途跋涉，驼队终于抵达魂牵梦萦的新疆古城。当高低起伏的驼铃声响起一阵隐约的旋律时，远方的朋友们早已经夹道欢迎、翘首以盼，他们为远道而来的客人奉上茶水，在路边用力挥着手大声呼喊，一些高兴得过了头的人以驼铃声为伴乐，开始唱起歌、跳起舞来。驼夫们被那些真挚的眼神和善意的笑容所感动，被眼下热情洋溢的氛围所感染，如沐春风般，暖意在全身流淌，有些人受不了这回到家般的温暖感觉，顿时热泪盈眶。新疆古城子，不负这梦中天堂的美名，让如倦鸟般风尘仆仆、奔波劳累的驼夫们有了个歇脚停靠的地方，驼夫们安然享受着少数民族同胞的善意和热情，惬意地享受着当地的美景、美食、美酒，美美地熨帖着疲累的身心。

这一路走来，惊心动魄，虽说未能如古谚所说那样挣了个金山银山，但也让大家赚了个盆满钵满。新疆古城少数民族的风俗情调让人好奇，令人眷恋，可终究抵不过家的呼唤，短暂停歇后，大家怀揣着血汗换来的财物，怀揣着对生活的希望，惦念着家的温暖，再次踏上归程。

三十

　　夕阳西下，一片极美的明霞染红了天，黄昏把沙丘镀上一层黄金，温柔的晚风推动暮云，日轮半陷在暗红云烬，愈深愈沉。漫漫黄沙中，驼铃悠悠，阳光流淌，驼队拉开一线，在苍茫落日中行进。穿过黄沙便到了草原边缘，远远地就望见三两间如火柴盒般大小的房子掩映在葱葱郁郁的绿草之中，那是牧民阿布的家。

　　阿布和驼队结缘于十年前的一个春天，那时驼队被困于一场突如其来的沙尘暴之中，就在大家几天几夜滴水未进，意识恍惚，濒临死亡之际，是阿布带来了清冽的甘霖，带领驼队穿越广袤无边的瀚海，从此与驼队结下不解之缘。

　　驼队由远及近，风儿送来清脆欢悦的达卜鼓乐声，将草原牧民的真挚热情传达到远道而来的客人心里，让人如沐春风。伴随着一阵清脆急促的"嗒嗒"马蹄声，少数民族姑娘阿依挟着滚滚尘土风驰电掣而来，如同草原上来去自由的风，迅疾而富有力量。

　　"侯叔，阿塔叫我来接你们！"阿依勒马驻足，在漫天飞尘中高举双臂用力挥舞着冲侯图南打招呼，笑容比最美的向日葵还要灿烂。

　　"阿依，好久不见，你都长这么高了啊！"阿依是阿布的小女儿，多年未见，侯图南不禁惊叹，当年拉着自己裤脚哭喊着讨糖吃的小丫头，如今竟出落成了个俊俏美丽的大姑娘。

　　"过不了多久就是我的成人礼了，侯叔你要送我什么礼物呢？"阿依蹦蹦跳跳地绕着侯图南走着，模样娇憨可爱，水灵灵的大眼睛里闪现一丝狡黠的光，任谁被这双眼睛望着都会忍不住答应她的所有要求，更别说只是讨要个礼物了。

"哪有你这样的，客人都还没进门呢，就跟人家讨东西了！"阿依的姐姐随后赶到，恰好见着妹妹急不可耐的模样，敲了她一记头栗。

阿依也不恼，抱着侯图南的胳膊颇为自得地撒娇道："侯叔哪能是客人，分明是亲人，是最疼我的亲人！"说完还给姐姐做了个鬼脸，逗得大家哈哈大笑。

一路寒暄打趣过来，不稍一会儿驼队便到了阿布家中。

"侯图南！"阿布激动地紧紧抱着侯图南，似乎要把二人的心贴在一起才肯罢休。

突然之间，兴高采烈的阿布松开侯图南，变换了个摔跤的姿势，摆出架势以守为攻，绕着侯图南转圈。侯图南了然一笑，立即扑过去抓住阿布的腰，一个扫腿想将他绊倒在地。阿布早有预料般一个闪身躲过，却不想侯图南趁其不备勾住他另一只脚，二人摔倒在地又相互拉着彼此站起身来。

一场摔跤将侯图南拉回到上次相见的场景，时光虽逝，故人依旧，彼此间的情谊犹如封存多年的美酒，醇厚深远，愈发醉人芬芳。大家举杯欢饮，把酒话家常，心意在话里，话在酒里，一杯接着一杯，一饮而尽，一醉方休。

阿布得知驼队们要来，早早就宰了羊，灶上煮了手把肉，馕坑里贴满了浑圆的烤馕，大锅里奶茶咕咚咕咚冒着热泡，奶酪干、肉块和奶豆腐在大锅的热浪里翻滚，腾腾热气沿着木盖的缝儿跑出来勾得人垂涎三尺。

不知不觉间，夜幕悄然而至，驼夫们在如水的月色下享用着美酒、美食、美景，一路的风尘疲惫被温暖熨帖的氛围一扫而净，让人如同倦鸟归巢般有种想流泪的冲动，如若说家是能让人安心的地方，又有谁能说这被人悉心照料的异乡不能称作为家呢？

可还未等人流泪，美妙动听的乐曲声就在下一刻响起，将驼夫们的思绪拉回现下的欢愉之中。清亮的音符从阿布手中弹拨的热瓦普中倾泻而出，舒缓地在人群中流淌，阿布随着调子唱出声来，浑厚低沉的歌声多情而柔和，如仙乐般震颤人心。后来另一个人接着阿布的调子继续往下唱，就这么一个接着一个，开始了大合唱。再后来，在场的少数民族姑娘不约而同纷纷站起身来跑到人群中央，彼此之间交换了下眼神，默契十足地跳起同一支舞蹈。

阿依被姑娘们簇拥在舞池中央，戴着一顶艳红色的小花帽，帽顶上插着漂亮的羽毛，蓬松雪白的塔裙上面套着红色的对襟马甲，一双纤细的柔荑轻轻提起裙角翩翩起舞，裙角如同一只白色的小鸟在人群中上下翻飞。一双多情美丽的大眼睛含情脉脉地将热烈的欢愉和真挚的情谊传达到每个人心里，让人不知不觉也想成为她身边的舞伴。

阿依跳着跳着来到六个牛面前，伸出手邀请他共舞一曲，六个牛羞涩地挠了挠头，不住摆手连连后退，可耐不住阿依的盛情邀请和兄弟们的热烈起哄，于是不知是谁在后面推了他一把，将他推到阿依面前，任由阿依将他带到舞池中央。六个牛恍恍惚惚地随着阿依笨拙地跳着，时不时还踩到身边人的鞋子，异样的欢乐氛围在空气中不断膨胀、扩散，浸润到他心里，让他如蒙神启般放开了自己的手脚，毫无章法也毫无顾忌地随着音乐的节奏舞动起来，跳着跳着竟越跳越兴奋，仿佛全身的细胞都被调动起来，随着肢体兴高采烈地跳跃着，跳得他血脉偾张，跳得他酣畅淋漓。这样的欢乐持续了一整夜，跳到最后一丝力气也用尽了，才肯躺下歇去。大家胳膊搭着大腿，头顶着灿烂辉煌的星空，躺在黑黢黢的大地上，仿佛睡在璀璨银河中，有种说不出的美妙。

第二天清晨，第一缕阳光洒在大家沾满露水的脸庞上，和煦而温暖。正当驼队准备启程返回漠北时，转眼间天昏地暗，尘土飞扬，这场突如其来的沙尘暴来势汹汹，风沙肆虐，几天几夜无休无止，蛮横无理，硬是要把马家驼队留在这多待了几天。

侯图南望着外面漫天满地的黄沙，面露难色，抱歉地对阿布说："这场沙尘暴恐怕不是一时半刻能够停下的，我们可能要在这里再叨扰几日，等风暴过去后再继续前行。"

"太客气了，别说几日，就算是十天半个月，我们都是热烈欢迎。"阿布拍了拍侯图南的肩膀宽慰道。

阿依喜欢人多热热闹闹的氛围，恨不得驼队多待上几日，兴奋地接过话茬："侯叔，正好过几日就是我的成人礼了，你可得留下来喝我的酒啊！"一边说着，一边眨巴着黑葡萄一样圆溜溜的眼睛，两只手合并在胸前。侯图南看着阿依可爱娇俏的模样，哪能忍心拂了她的好意？

直到沙尘暴将草原上的万物覆盖上一层厚厚的黄沙，才耀武扬威地退去。阿布的院子早已是一片狼藉，就连装水的石缸子上用大石块压得实实的木盖，也不知被风吹到了何处，缸里满满当当的都是黄沙。阿依一边碎碎念骂着这讨人厌的恶劣天气，一边用盆子将石缸里的沙子一盆一盆舀出来倒到院子外边。侯图南看着她来来回回运沙子的无奈模样，笑着走上前去，在阿依的目瞪口呆中，单手将石缸提溜起来，将里边的沙子倒了个一干二净，又招呼了驼队的兄弟们，将被风吹散在地上的东西拾掇整齐。

阿依跑回院子里，将水壶里最后一点干净的水分装在一个个瓷白的小碗里，又将小碗装在大竹篮里，一个一个递给院里忙活的人。

侯图南的嗓子也正好烧得很，咕噜噜的几口就喝完了，舌尖处除了温润外，还留有一丝甜味。

"加蜂蜜了？"侯图南笑道。

"嗯，前几天和阿塔上山弄的，阿塔身上现在还有个大包呢。"阿依骄傲地点点头，偷偷觑着阿布，凑在侯图南耳边偷笑着小声说道。

阿布还不知道被自己小女儿揭了短，径直推着勒勒车就要出门拉水，被侯图南一把拦下，还未等阿布说些什么，侯图南就截住了他的话头，摆摆手道："我知道水泡子在哪！一会儿就回来了！"说完忙不迭地和驼队的兄弟们往外边走去。

不一会儿，驼夫们不由分说抢着干了牧民们拉水的活儿，勒勒车队从草原边缘出发，往沙漠腹地行进。侯图南拿着地图于车队前指引着方向，众驼夫们牵着骆驼拉着勒勒车紧随其后。不稍一会儿，竟出奇顺利地找到了沙漠中那一片绿洲，在广袤无际的瀚海之中，那一片生机盎然的绿意显得格外珍稀可爱。那里有着一小片青翠葱郁的草地，草地间奇迹般缓缓徜徉着不知从何处而来的水流，水流汇聚成泉，滋养着周边的生灵，照拂着远处的牧民。

大家干劲十足地卸下勒勒车，解下骆驼身上绑着的水壶，将天赐的甘霖装满运回。骆驼仿佛也知道拉着的是珍贵的水源，不急不缓、稳稳当当地走着，肩负使命般不肯让水在路途上有一点一滴的浪费。还未等到天黑，拉着水的驼队就陆陆续续地赶回村里，牧民们站在路边夹道欢呼着、庆贺着，仿佛在迎接凯旋的英雄。驼夫们一户一户将水送往牧民家中，将水缸装得满满当当，然后满载着水果奶酪肉制品而归。

回到阿布家后，侯图南主动提议在村里挖一口井："沙漠腹地之所以有那么一片绿洲，就是因为下面有丰富的水源，只要我们顺着地下泉的方向往下凿井，往后大家就不用这么辛苦地跑到沙漠腹地取水了。"

阿布召集牧民们开了个会，牧民们早就有挖井取水的想法，只是碍于没有成熟的凿井技术，便将此搁置。现如今侯图南主动提议帮忙，牧民们纷纷赞同，一呼百应。

第二天一大早，侯图南便领着驼夫们扛着铁锹牵着骆驼出门了。阿依有模有样地把一把小方头铁锹扛在肩上，腰间挂着水壶，像一只若隐若现的小尾巴，缀在驼队身后。不料想，还未出门就被阿布扯着小辫子拉住。

阿依缓缓转身，见着自己的父亲，顿时如同被当头泼了盆冷水般，兴奋激动的神情转瞬即逝，脸一下子耷拉下来，可又不想错过这次凿井，便攀着父亲的胳膊摇摇晃晃撒娇："阿塔，你就让我去嘛！哎呀！让我去嘛！"

眼见着驼队越走越远，阿依焦急地大喊着："侯叔，等等我！"

侯图南闻言回头走到二人身旁，阿布被小女儿缠得没有办法，只能同意："图南，你带阿依去见见世面吧，就当是对她的试炼了。"

侯图南点点头，把阿依高高举起，轻轻放到自己的骆驼上，阿依迎着风昂首挺胸，神采飞扬。

侯图南在那条通往沙漠绿洲的必经之路上，时不时蹲在地上捻起泥土凑在鼻尖细嗅，仔细地观察着坡地上草木茂盛的地方，最后选定了距离村庄不远处两沟交会的地方。

阿依崇拜地看着侯图南，好奇问道："侯叔，你怎么知道这块儿有水的？"

侯图南指着那两沟交会之处解释道："两沟相交，泉水滔滔，这块儿地方的草木茂盛，春天解冻早、发芽早，天旱又不枯萎，冬天下雪融化快，可见这地下水源丰富。"说完侯图南将一个白色搪瓷碗倒扣在地上，让阿依俯身侧耳倾听，竟真的听到了暗流涌动的声音，哗哗流淌声仿佛大地的脉搏在阿依耳畔震颤。选址定好后，就剩下掘井的活计了。每天天一亮，牧民们不约而同骑着马牵着骡往外赶，有一份力出一份力，干得热火朝天。

当井底咕咚咕咚冒出清冽的甘泉时，阿依惊喜地扑到井边，急忙抓起水斗往井里扔出绳子，使出吃奶的劲提上来，鞠了一捧又一捧仰头往嘴里灌，因为喝得太急被呛得不住地咳嗽。

侯图南看着阿依猴急的样子，笑着拍着她的后背道："慢点，别着急，往后的日子你就敞开了喝，一辈子也喝不完。"

阿依羞涩地笑了笑，随后直接提溜着装满水的木桶想把这清甜的井水分给大家。她真的是太激动太兴奋了，途中就把水洒了大半，沮丧地皱着眉，回过神来又想到现在有了源源不断的水了，又扬起灿烂的笑容。

游牧民族逐水草而居，水源对其而言是再珍贵不过的东西，而拥有一口井，是富人的象征。草原上多少人为了这一口水井争斗大打出手，多少人为了水草奔命吃尽苦头，而现在村里有了一口属于自己的水井，这是何等的幸福和喜悦？

阿依恋恋地看着，不住地赞叹："这水多清亮，多清甜啊！"牧民们纷纷围坐在新井旁边，脸上洋溢着幸福满足的笑，仿佛尝到了未来生活被滋润后的丝丝甜味。他们推挤着上前，将新鲜的瓜果、冒着热气的烤馕、大块的熏肉塞到驼夫们怀里，满到装不下了就装到裙裾里，挂在驼架上。

阿依骑在驼背上，用绳子把瓜果串成一长串，用枝条高高挂起喂给骆驼，嘴里还念念有词："吃吧吃吧，吃得饱饱的，你可是我们的大功臣啊！"惹得众人哈哈大笑。

新井修缮完工三日后，就是阿依的成人礼，当天阿布家又是一派热闹非凡的景象，全村人欢聚一堂，为这个姑娘送上最诚挚的祝福。

阿依换上了鲜亮的衣裙，乌黑的长发编成一个个小辫子，散落在肩头，脸上抹了点粉色的胭脂，显得整个人更加娇俏可爱。阿布为他最宠爱的女儿戴上了用驼队带来的丝绸编织的头纱，驼队也送上了一个木雕盒子，盒里装着一只翠玉手镯。阿依小心翼翼地拿出戴在手上转着手腕，细细打量着，镯子在阳光下发出明亮通透的绿光，她喜欢得紧，又不想磕着碰着，只好依依不舍地将镯子放回盒中。

夜色将至，唱着歌跳着舞的人儿兴致正浓，歌声和欢笑声交织成浑然天成的乐曲随风飘荡。过了今晚，驼队即将启程返回漠北。

阿依偷偷找上侯图南，眼里是抑制不住的期待，"侯叔，你们驼队收女人吗？我成年了也能干得很。"她自信张扬地推销着自己。

侯图南摸了摸阿依的头笑道："阿依，长大不是一朝一夕的事情，是要经受磨炼的。"

阿依困惑问道："可我不出去闯荡，又怎么能得到历练呢？"

"只要有心，敢于去承担责任，在哪里都会有所成长的。再说了，我要把你带走了，你阿塔指定不会认我这个朋友了。"侯图南语重心长地解释。

阿依似懂非懂地点点头，在侯图南面前立下决心："侯叔，总有一天我要像你一样，去踏遍千山万水，去游历四方！"

临行前的盛宴上，阿布带着全村牧民站起身，高举酒杯，向驼队致以诚挚的感谢和祝福："谢谢你们，亲爱的朋友们。你们是我们最珍贵的客人和朋友。愿你们在旅途中一切顺利，愿我们的友谊长存。"

侯图南心里一阵暖流淌过，望着牧民们火光映照下质朴真挚的面庞，恨不得把这一幕深深地刻进脑海里，永不忘却，他举起酒杯激动回应道："感谢你们的热情款待！我们会永远记住这片美丽的土地和这里的人们。"

启程时，牧民们夹道十里相送，阿布和阿依站在高高的山坡上目送着驼队离去，消失于天际之间。天下没有不散的筵席，缘分让他们相聚于这片美丽的草原，不知命运又会将他们带往何方？或许此生再也不复相见，或许下个路口就会重逢，冥冥之中皆有注定，一切只好静待花开。

三十一

行行重行行，随着游隼的一阵啼鸣，东边的一轮红日徐徐升起，刺破黎明前的黑暗，迎来新一天的曙光。在漫漫黄沙之上，一道长长的黑线正在蠕动，如同蜿蜒的长龙，高低起伏，缓缓向漠北县外四千多里的迪化城行进。引领这支驼队的领房子是田开文，他走在驼子边，眺望远方，目光如驼掌一般，坚定深沉。

路，就这样在众多骆驼脚掌下被踩出来，但这路不能叫骆驼路，而叫丝绸之路，因为人们永远向往的是丝绸的堂皇富丽。骆驼就叫骆驼，田开文就叫田开文，东家怎么叫就怎么着。驼把式牵着缰绳默默走在前面，他才不管路叫啥名，只祈求这一路顺当，不遇风沙不遇匪。只要没有特殊情形，驼把式绝不会骑上驼背，他知道高高的驼峰是他一家的靠山，大大的驼掌是踏出家门的平安符，骆驼不是他的坐骑，而是承载他一脉血水的船。

阳光由于空旷显得特别充足，沙漠和戈壁无边无垠，又无遮无掩，于是这里就拥有特别多的阳光。驼夫们头顶着烈日，脚踩着晒得白热化的沙石，如同踩着烙铁般被滚烫的大地炙烤。田开文摸摸驼峰，把自己矮小的身影移到骆驼阴影里，烈日让骆驼去顶，烙铁吧，骆驼先踩，自己跟着过。骆驼一路无声无息，把太阳一掌踩进沙漠；田开文也没有言语，在驼掌后加上一脚，泄愤般仿佛要把这种难熬的日子狠狠踩死。

太阳落山了，沙漠和戈壁也釜底抽薪般慢慢冷了下来。田开文开口喝住骆驼，取下皮囊，喝了口水吩咐道："就地歇息吧，沙漠太大，难以捉摸，就怕睡着时起风。"

大家明白他的意思，随即把货物集中起来，让骆驼静卧围成一圈，几分钟后一个有围墙的"小村落"就这样形成。气温降了，田开文依着头驼身边躺下。看着天边燃起的袅袅炊烟，任由思绪如同杂草般疯长，脑海中开始不着边际地想着些事情：家里的女人，该让孩子喝足奶水，以后当把式的行程多是缺水。孩子不准啼哭，啼哭要流泪，这泪水对于把式来说与血一样珍贵。门前的狗，不要多吠，居心不良的人想登门，大胆地咬。女人啊！不要为我担心，沙漠封不住驼掌，我们永远有生路。

虽说过了白龙潭，还有云拉山，翻过云拉山，又有明五里，明五里沙漠后面还有许多许多的雪山高原，但骆驼是这块天地养育的，天神会看护它。虽说路上有许多劫匪，然而他们懂得规矩，劫财劫货，不会杀伤骆驼和人畜。虽说还有野狼当道，但只要燃起火堆，照亮我们没有伤害它的心机，它也不会伤害我们。田开文把一个个问题一遍遍重复地想，烟一根根接连着抽，而且每次歇息都是这样，没有一点厌烦，大概和骆驼反刍一样成了生存习性。

又一个早晨，阳光慷慨地洒照在人身上，暖烘烘的，驼夫闭着眼睛，享受这少有的惬意，清醒着做梦。叮当的驼铃声响在山外，自己的女人领着孩子到村口的大树下迎接，孩子抱着驼峰进村了，男人把骆驼刷得干干净净，冲到屋里抱起女人，说声我渴死了。孩子进来了，男人把一串佛珠挂上他的脖子，哄着说：佛陀保佑你，长大是个好把式，去外面玩吧！男人又从怀里掏出一面镜子，女人满意地笑着……

经过一夜的休息，把式们又恢复了精力，把情歌唱了起来，骆驼听了也特别精神，铃铛摇得特响。头顶有鹰呼啸而过，田开文说："再赶一段路，就有草地森林，到那里歇歇，饮饮骒子，喂喂骆驼。"

年轻驼夫们说田头真聪明，凭这鹰飞掠影，就能知道有森林草地。田开文应答，能在沙漠中行走的不是勇敢、机警、伟大的，就是狡猾、奸诈、心狠手辣的，要不然不会在这里生存下去。鹰可以跟着狼飞，狼也可以看鹰影跑，它们为了一样的目的——找食物，有鹰就有狼，有狼也就有鹰。

骆驼见绿就嚼，粗精一个样，它们知道自己丑陋庞大的身体不能再挑食，骆驼刺，红柳条，芨芨草，多么坚硬也吃得下。这一路上的绿色和女人一样少，男人们想女人了，也只能唱唱粗野的歌，而它们能嚼上几口绿，也该知足。

驼掌踏上雪山的路，雪地路滑，大家比起在沙漠和戈壁小心了许多。田开文也一样盯着高处，最怕见到的是轻纱飘飞的风景，遇到这情景，赶快找个开阔的地方，这是雪崩。

明日就要回程了，田开文怀里藏上秘密，脸上挂着一丝得意的笑容，骆驼看着东升的太阳叫了几声，田开文挨着它的腮边，把脸贴上，长长地说声"回——了——"，声音与驼鸣一般酸涩。

梦里，一声凄厉的呜咽把人惊醒，黎明的清气窜进鼻子里，驱散了所有的沉睡和慵懒。不远处有一只狼，它孤独地蹲在那里，歪着脑袋，两眼发着光，像一个陷入沉思的哲人。它慢慢抬起脑袋，把掉在唇外的舌头软软地甩了几下，然后支起干瘦的身躯，从远处走来。它走得很慢，用了很长时间，才从大旷野中的一个黑点变成了一个完整的狼影，随后清晰透亮，让人心凉。

望着狼慢慢咧开嘴，露出两排利牙，田开文有一种跌入无边黑暗的窒息感。那天，残夜很快消逝，朝阳倏然笼罩了一切。田开文在想，一只狼在光天化日之下也来打劫？巨大的寒冷压在它瘦小的身躯上，它没有别的事情可想，在寒冷的时空中何处能够容许它卸落疲惫？它是不是将永远奔走，永不停息，直到变成退出的寒夜的一部分，这取决于这场与人角逐的结果。

高原上人畜稀少，因此，狼就像想象中遥远的唐古特海妖一样，险恶、狡猾，充满敌意。它在高原上踽踽独行，唯一的目的就是食物。它与生灵较量，生命苦难重重，却因而变得更加强悍。它奔走到最后，甚至只剩下一副干瘦的骨架，那骨架唯一的支撑就是进食信念。因为在高原，大雪和荒漠将温暖散化成了赤野千里的大旱，每次驻足，每次饮食，都是长途苦旅中的某个酸涩而又短暂的瞬间。

所以，能够把一切留在记忆里，并逐渐使之明亮的，就是对果腹的信仰。信仰定格了，一切都显得从容不迫，理所当然。老狼站在人类面前，发出阵阵号叫，似乎在说，即使我羸弱如柴，但也是一匹高原之狼，你们就应该乖乖成为我的食物，这是自然之道。一只狼只要长大，便已成性。锋利的齿已然尝过那种咬住猎物的快感，尝过鲜的你无法削弱它的口味，那种久蓄的渴望，有若大火攻心，从来没有停止过。那是一种很美的感觉。甚至它的贪婪也像一支搭在弦上但永不射出的箭，那么率直，瞄准了目标，并用心将它射穿。大风雪迎面劈来，它周身发出战栗，奏成一曲惬意欢乐的诵唱。

这就是高原上生活的一只狼，走近了，让人觉得它是远征途上的一位好兄弟，只是饿了，想吃你们几个人而已。光明之下，一曲生命的绝唱擦出了火花。驼夫们经过长期的磨合，早已形成默契，十个人一组，准备好各种武器，让骆驼围成一个堡垒，这些早已驾轻就熟，只是，唯一让他们犹豫的，就是真的要用那套架势对付一匹独狼吗？驼夫们把这样的疑问传达给他们的领房子。

田开文一刻也不敢松懈，既然我们已经有制胜的方式，就不该优柔寡断："我们有我们的窍门，狼也有狼的诡计，它肯定不是独狼！"

领房子就咬准了一点，狼是群居生物，狼群有着清晰的分工，其中就有骗子的角色。骗子要想成功，在实践中磨炼出来的经验必是专业的，哭穷，装傻，藏力，戴着一副亲切的面具，让你在某个瞬间甚至忘了这是一匹狼，一匹以吃肉为生的狼。田开文站在阵中，高高举着右手，他知道，弓箭手已经瞄准，只要他的手一放下，那匹狼必死无疑。

狼似乎也意识到了这一点，它的骗局没有奏效，奏效了就不会被称作骗局了。它有三个选择，第一是就此退却，但它背叛了埋伏在附近的狼群，难免会遭到报复；第二是继续装可怜，但胜算低微；第三是撕掉伪善的面孔，但马上就会被射死。狼选择了出人意料的第四种，不作为，它站在原地，既不前进，也不后退，只是低低地号叫着。

附近的其他同伴也收到了这回复，第一轮攻势没能奏效，不战而屈人之兵的计划失败了。上兵伐谋，其次伐交，其余狼现身了，规模还不小，现在是它们的外交攻势。它们先通过庞大的阵仗威慑对方，企图让他们放下食物和骆驼，选择独自逃跑。它们都了解求生欲这种东西，是一种不可控制的自私，但它低估了人的清醒。在茫茫绝境里，骆驼与人的求生是休戚相关的，没有了这些，也就无须再谈什么求生。人与狼不同，它们全部的家当，利爪、尖牙、狡诈的头脑和贪婪的口腹，全都是走哪带哪，人还有一大堆不可抛弃的身外之物来弥补他们力量上的缺陷。

狼群选择白天宣战，这本身就是一种露怯，说明它们已经粮草殆尽、孤注一掷了，强弩之末，其势不能穿鲁缟。当然，狼也有激励自己的方式，比如哀兵必胜，比如置之死地而后生，陷之亡地而后存。说到底，这就是陷入绝境的一场豪赌，可是，现实并没有选择它们，外交威慑没能唬住人类，那么，再次只能伐兵了。

狼群里出现了一声刺耳的长嚎，就像一只穿云箭直冲云霄，其他的狼便摆开了攻势。它们也有自己的阵形，最前面的往往是炮灰，不过是试探人们的虚实的。一旦得知驼队的底细，甚至是心理特征，它们就会采取相应的攻势，而就在这些佯攻部队出击时，田开文注意到有些狼消失了。他开始提醒第三排的弓箭手或鸟铳手："注意后方突袭！"

田开文手一垂下，十几支箭飞了出去，无论中与不中，即使让狼群躲闪一下，也能延迟它们前进的速度，这段时间，第一排可以把腰刀握得更顺手点，第二排可以把狼笔拿得更有准头些，镗钯手可以再注意一下侧方的敌情。等到炮灰狼靠近时，驼夫们早已蓄势待发时刻准备迎战，就连它们所以为的自己牺牲的意义也早已荡然无存。它们为偷袭组争取的时间失去了效用，弓箭手和鸟铳手的第二轮射击就是针对来自后方的所谓王牌。一轮射击过后，狼筅和镗钯也调转方向对付起了它们，第一排的腰刀二人组担任后方警戒。

狼群遇到了强硬的对手，它们看作希望的攻击失败了，那么还剩下什么？真的到了要孤注一掷的时候了。果腹，果腹，这就像一个古老的咒语悬在狼们的头上，使得它们甚至放弃了黑夜的掩护，这也为这次整体的溃败和最终的覆亡打下了伏笔。群狼像雨点一样窜了过来，地面就是它们的长弓，它们自己就是利箭，这种自杀式的袭击就像献祭似的，将它们的性命断送在了那固执的信仰之下。这无可奈何，逼着它们坚守这信仰的是自然的安排，没有选择的余地。

不过，这最后的阵势还真是惊到了一些年轻的驼夫，他们出手慢了半拍，狼牙深深地扎进了他们面前的驼背上，骆驼疼得大叫，差点站起来。狼筅手赶紧补击，并大声呐喊，让他们都支楞起来。鸟铳手和弓箭手的装弹、搭箭，都需要同伴为他们争取时间，而他们作为远程攻击，又有力地减轻了前排同伴的压力。战斗最终还是以一种毫无悬念的优势走向了尾声，属于狼王的时间不多了，而留给它的士兵更是所剩无几，它只能选择撤退。

对于第一次和狼群作战的新手而言，以往多少次穿越沙漠的经验都比不上这回。他们的手还在颤抖，喘着粗气，惊魂未定。领房子的大手拍了拍他们的肩膀，示意一切都结束了。但田开文还是提醒大家："再等一时，再等一时我们上路。"

他还是担心狼群留了最后一手，那就是将残兵埋伏起来，等大家以为战斗结束，解除壁垒，准备出发时，它们再发动偷袭。这不是没有可能的，狼的狡猾和能力完全配得上这样的警惕，尽管这次他们比较幸运，遇到的是军心涣散的狼群。

危险终于解除了，大家看了看自己，看了看身上是否有伤，都觉得像是做了一场梦，若不是满地的狼藉，它们真的以为刚才的一切都是梦境。驼夫们得到了自己的战利品，那些狼的尸体，还有一些宝藏等待着他们挖掘，这是可遇不可求的机会。

田开文脸上露出笑容，但这不能说明什么，因为他无论何时都是这副表情："巴特尔，巴特尔，真是值了，值了!"

"是的，我们这次得到了这么多狼皮，简直是大获丰收啊!"

"不，我是说那个年轻人，他替我搞的这场训练，真是值了，我们应该请他喝酒，还要把这些狼皮送他一些。"

"完全没问题，这些都绰绰有余。"

"巴特尔，要给那些受伤的骆驼赶紧上药，他们可都是为了我们才受的伤，绝不能出任何意外。"

"是。"

巴特尔取出药粉，小心翼翼地洒在那些骆驼的伤口上。他朝着人群大喊："有谁受伤了，要来点吗?"结果没人理他。

他微微一笑："有谁受伤了，快来上药，那狼爪子、狼牙都是有毒的!"

结果，马上就有几个人来找他用药了。

短暂停歇后，驼队重新启程。不知为何，那头狼的身影在田开文的脑海中久久不散，仿佛耳畔还回荡着狼群被迫撤退时不屈的呼啸。成王败寇，是自然界亘古不变的真理，在这场人和狼的殊死搏斗中，驼队取得了暂时性的胜利，前方路途漫漫，不知是否还会有狼群在等待着……

三十二

正月十五闹元宵，大街小巷张灯结彩，火树银花灯如昼，热闹非凡，点点烛光透过灯罩上的油纸，流光溢彩，把人的心照得敞亮。马家大院外，几个顽皮小儿提着花灯在院外奔跑戏耍，零星炸响的爆竹声响，热闹一方天地。厨房中，圆溜溜、滑嫩嫩的汤圆在锅里咕噜噜地翻滚涌动着，散发出诱人的香气。

这时，从楼上走下来一个雍容娴静、袅娜婷婷的少妇，看上去二十三四岁的样子，她就是马四爷的侧室滕氏。滕氏名为红玉，广东花县人，为追随心上人不远万里奔赴漠北，平日里喜欢作诗，善于作画，称得上是天仙一般的人儿。滕氏唯一美中不足的，就是她那一口广东白话的发音，每次读诗都与字韵不合，总是惹得马知闲暗自发笑。

"娘，我回来了！我在街上赢了一个兔子花灯，阿娘！"话音未落，一个鹅黄的身影一溜烟儿进了"落雪园"。

"慢点，别跑那么快，当心摔着了！"马知闲宠溺地笑了笑，无奈叹息，紧随其后上了楼。

那身着鹅黄色棉袄的皮猴儿撞进一身杨柳绿的妇人怀里，邀功般将兔子花灯举得高高的，咯咯笑个不停。那妇人简单挽了个发髻，插了一个梅花钗，一张鹅蛋脸上缀着弯弯的柳眉，一双明眸水润灵动，琼鼻秀挺，粉腮泛红，端是一个清秀典雅。只是一开口，不似江南的吴侬软语，听着软软的，温柔亲切。"看你跑得满身汗，等下吃完饭，洗洗免得着凉了。"

院子全是马知闲按照滕红玉的喜好布置的，一花一木、一砖一瓦尽显主人家的格调雅趣。

"阿静，你快坐下，别让这皮猴子撞着你。"马知闲小心地扶着滕红玉坐下。

皮猴儿容慧看着他俩这样，不禁调笑，"我都多大了，阿玛和娘亲还这么好。"

"人小鬼大！"滕红玉轻轻刮了下容慧的鼻子，嗤笑道。

一家人到齐后，滕红玉招呼着厨房上菜。不一会桌上就摆上来一个锅子，切成薄片的牛羊肉，还有几道漠北的小青菜，最后滕红玉拿来了一个酒盅，还没开盖就闻到丝丝酒香。

"这壶酒是去岁我和你阿玛酿的，叫岁香，祝我们一家岁岁平安！"滕红玉给马知闲和自己各自斟了一杯，又拿着小碗给容慧盛了碗甜酒。

"阿娘，有酒有菜，我们也来几个行酒令吧！"容慧灵机一动提议道。

马知闲哈哈哈地笑起来，"你这丫头，你忘了你阿娘中秋的时候行酒令作诗了！你阿娘有粤音，那韵脚都不平，你想让你阿娘把这壶岁香都喝了啊！"

滕红玉气急地捶了马知闲一下："哎，你不要瞎说啊！"

容慧忍笑地看着滕红玉："不为难阿娘！我们今天就来——几个绕口令吧！"这小皮猴嘴上说着"不为难阿娘"，眼里却分明闪现着狡黠的光。

马知闲在一旁打趣道："这真是天不怕地不怕就怕你让你阿娘说官话！"

最后容慧让一家人一人说一个自己知道的绕口令，他们来学，谁错得多，就得罚酒，或者表演才艺。

一直跟在滕红玉身边的嬷嬷笑了声："那奴婢献丑了。"

　　出了城门一堆瓜，

　　两个老汉都姓巴，

一个叫的个巴大鼻疙瘩，
一个叫的个大巴鼻疙瘩，
可不知巴大鼻疙瘩的鼻疙瘩大呢，
还是大巴鼻疙瘩的鼻疙瘩大。

　　容慧和马知闲都说了个大概，勉强通过。滕红玉因为说广东话，发音和北方话不一样，拗口了好几次："一给害各唧八大被咯、咯、咯哒。"
　　容慧听到后面笑得直不起腰。
　　马知闲也想笑，看见妻子瘪嘴求救的信号，马知闲把这辈子难过的事都想了一遍以免发笑，只得摆手给容慧使眼色，"这个我替夫人喝，下一个，下一个！"
　　容慧眨巴眨巴眼睛给阿玛递了个眼色，赶忙开口："阿娘，我有一肚子绕口令呢，很好学的。"

货郎担的两个筐，
两个货郎都姓章，
一个叫的个章张狂，
一个叫的个张狂章，
不知章张狂张狂还是张狂章张狂。

　　滕红玉咳了咳清清嗓子，在众人的瞩目下自信地开了口："不及脏脏框脏狂还系脏狂脏脏狂。"
　　马知闲大腿都要被掐青了，声音颤抖，才忍住不笑，直到滕红玉眯缝着双眼盯着他，透出一丝恼怒的意味，才正了正神色，清清嗓子道："下一个还是我来吧！"

出了城门一堆灰，
两个老汉都姓崔，

一个叫的个崔粗腿，

一个叫的个粗崔腿，

可不知崔粗腿的腿粗还是粗崔腿的腿粗。

　　说完，马知闲偷偷擦了下刚刚由于憋笑而冒出的热汗，在心里边又默念了一遍后，才松了口气，心想道，这么简单应该不会差到哪里去吧。

　　谁知滕红玉学起来后，让人不得不怀疑眼前这女子会不会是远渡重洋而来的外国友人。

　　"宜隔叫给各区崔腿。"滕红玉还没说完，容慧就再也憋不住，发出一声爆笑："哈哈哈，阿娘，您到漠北都好多年了，您怎么一点漠北话都没学会啊！"

　　滕红玉羞恼得涨红了脸，颇为不服气地反驳道："粤音不能协诗韵，难道粤手不能著丹青？"

　　笔墨早就备在一旁，滕红玉在园内一边舞动，一边在空白屏风上挥墨，马知闲则是弹起了一旁的古筝为她伴奏。

　　这曲子还是婚后滕红玉和他一同谱的。

　　一曲终了，舞毕，画成。

　　屏风上被画了春夏秋冬四幅景象，春天的鸟栩栩如生，好似要从画中一跃而出，飞上院里槐树的枝头；冬日的梅点缀于雪景之中，高洁淡雅，好似能透过画闻到梅香。

　　落在二人眼里，只剩惊艳。

　　马知闲看得情动，今日这种作画方式，让他也是大开眼界，滕红玉害羞地推了旁边这人一把。

　　看着女儿呆愣愣的，滕红玉弹了下容慧脑瓜，"我也出个谜题，要是谁猜出来，我就封个红包，听好了。"

一个小伙，

身穿皮袄，

噗地一笑，

皮袄脱掉。

马知闲想了半天不知道是什么。容慧一会儿猜香蕉，一会儿猜橘子，滕红玉卖了一会儿关子，挨不过容慧渴求的小眼神，示意嬷嬷去院子里揭晓答案。

"噼里啪啦"，两吊鞭炮炸响院落，容慧捂着耳朵笑着跳着："是鞭炮！是我最爱看的花鞭炮！阿娘我要红包！"

"你这小鬼，净会耍赖。"话虽如此，但还是把红包塞到了容慧的口袋中。马知闲也趁机凑过来，把手一伸，调笑道："夫人，我的呢？"

"给你给你，你们爷俩真就是一个德性！"滕红玉嗔笑着把剩下的红包甩到马知闲手上。

外面的鞭炮声接连不断此起彼伏，间或夹杂着几声巨响，一个个烟花带着红红的火星蹿上了天空，从下往上绽放出美丽的花朵，又似那转瞬即逝的流星雨般滑落。容慧在院里看得入了迷，拉着爹娘的手撒娇着要一起上街去看看。

一年中就这一天最是热闹非凡，马知闲便遂了她的意，带着妻女也参加到这盛事中。马知闲一手抱着小容慧，一手牵着滕红玉，静静站在护城河边看着绚烂多彩的烟花。

滕红玉从街边小贩摊上买了三盏灯，跟着祈福的百姓一道，她也将自己写好的花灯一盏一盏地放置到河中，合手祈愿：祈愿年年岁岁似今朝。

三十三

侯图南从古城回来没多久，就又带着驼队南下前往安化收茶去了。因为有过多次往南边收茶叶的经验，加之那管收茶的田老爷又曾是向梅的父亲向怀山的东家，事情自然就好办些。因着这层原因，马四爷再次委托侯图南替马家从南方运茶叶，正好侯家驼队也需要从马家这里得到茶票，双方一拍即合。

驼队抵达安化时正是清明前后，采茶尚未完全结束，茶山中仍活跃着许多采茶女，一如多年前侯图南与向梅初次相遇那般。无边的翠绿的茶叶地里，穿着各色衣服的采茶女恰似万绿茶丛中点缀的花饰，又似那贵重的花瓶外缀在蓝底或白底上的碎花。不，她们可比碎花动人多了，碎花经过烈火的炙烤，已经定型，已然死寂，而她们是鲜活的，像是在山茶花丛中流连嬉戏、翩翩飞舞的蝴蝶。她们是灵动的，歌声震林樾，化作深山里的一串长流不止的清泉。

这些花儿在茶山中迎着烈日肆意绽放，殊不知早已有人在暗中窥伺，贪得无厌地争抢着攫取她们辛苦孕育的果实。蜜蜂获取一些花粉，尚且顺手要为群花授粉，但那些雇用她们的老爷则以极少的工钱草草地带走了她们一天采摘的茶叶。那些微乎其微的报酬与其说是工钱，不如说是假仁假义的施舍，为了使自己伪善的心里感到快慰，在姑娘们面前摆出一副恩人的姿态。悲哀的是，光是这点指头缝里漏下的小恩小惠，就能让姑娘们高兴好久，她们脸上洋溢着幸福的微笑，却对着敲脂吸髓的老爷们连连鞠躬致谢。对于知晓内情的侯图南来说，这是一幅让人不愿久视的画面。可又能有什么办法呢？那些女孩儿，她们生于斯、长于斯，她们在这片土地上汲取到的养料，也只能在茶山盛开绽放，她们的喜哀，她们的憧憬，她们的眼界全都囿于这小小的一方天地之中。每每想到这，侯图南总会有种无能为力的悲哀，可他又能做什么呢？这是自然规律，他不能拿外界的事情去打搅这山中宁静、贫苦的生活。

他忽又想到，茶商每年常会在茶叶生产地设立临时办事处开设工厂，让数千茶农能以制造砖茶的手艺换取微薄但稳定的收入。茶场的繁荣也促进了茶市的兴盛，湖南平江"茶市方殷，贫家妇女，相率入市拣茶，拣茶者不下二万人，塞巷填街，寅集酉散，喧嚣拥挤"。茶商雇工制茶，一方面让当地的茶叶有了更好的销路，另一方面也给当地的农民带来了生计，这何尝不是千千万万户农家的福音呢？至于个中的酸甜苦辣、心酸苦楚，旁人不曾体会，自然也不能置喙。

"嘿，六个牛，看上哪个了，叫侯头给你去说说？"

侯图南的思绪被声音拉回，扭头看了看，原来是大家拿六个牛在逗趣儿。

六个牛被大家一逗，先是涨红了脸，随后毫不客气地厉声反驳道："怎么的，你们自己没看上吗？一个个眼睛都直了不说，单单说我！自己一身白毛，还说别人是妖怪！"他虽嘴上刀子似的尖利不饶人，说完后人却灰溜溜地逃走了，逗得大家哈哈大笑。

说笑声在空寂的茶山中回荡，间或与黄莺的啼鸣相映成趣，谱成一曲欢快的乐章。夕阳斜照，刺破迷蒙的云雾，从云缝里泄出光来，天边出现了美丽的火烧云。傍晚了，采茶女们也准备着收工。驼夫们也要去给骆驼上垛子，把包装好的茶叶装上骆驼。吃过饭，就要马不停蹄地赶往砖茶的生产地——陕西泾阳。

一路上，孙师傅给六个牛讲起泾阳的砖茶。马家驼队最主流的运输货物当然是自家商号生产的"合盛茶"。"丝绸之路"虽然冠以"丝绸"之名，但运输的货物主要还是以茶叶为大宗。因为丝绸是非常昂贵的货物，除了一些特别的富贵人家，一般人根本消费不起，且一件丝绸衣服可以穿很久，销量小，市场也小。陶瓷更是非常珍贵，容易损坏。盐虽然需求量高，但盈利少。相比之下，唯有茶叶是一种经久不衰的流通货物，基于北地有些少数民族"不可一日无茶"的饮食习惯，还有一些富贵子弟、文人雅士等都有饮茶的需求，它的价值又比一般必需品要高，因此自然成为驼队谋利的主要商品。

六个牛说得起劲，可六个牛全没听进去，他向前走着，却不时回头，凝望着身后的茶山，不知在想些什么。时下已入夜，阳光只剩下最后一点残影，将几座嫩绿的茶山染成了墨色，但远远望去仍旧层次分明。山一层层地环绕着中心，堆叠上去，像一座座满是楼梯的高塔。这是引人遐想的图景，六个牛脑海中浮现出一个巨人的形象，踏着群山，拾级而上，要将这整片茶海的美貌尽收眼底。他不仅沉湎于群山，群山之内的馥郁之气更让他流连忘返。

"那不算是大山，只能算小山包。"孙师傅反驳着他对于茶山的眷恋。

六个牛觉得师傅似乎在暗讽他太小家子气，可他并不以为意，大有大的好处，小也有小的绝妙。他也不是没见过北方的大山，即使是制茶的圣地泾阳，他也不是第一次涉足。泾阳的山是有棱角的，没有这边那么圆润，阳光打在上面，放眼望去尽是被子的褶皱，全然不见小山包小家碧玉般的柔和静美。

不日后，驼队行至泾阳，踏入峰回路转、重峦叠嶂的群山之中。在这群山的深壑中，有一条古老的河流清澈而倔强地流淌着。它从六盘山一路奔流而下，到此已接近终点；它从亘古一路绵延，至今还未见归宿。它始终这么淌着，保持着自己的颜色，即使注定要注入渭河，要归于浑浊，它仍不改清涟的本色，因此被人们称作"泾渭分明"。就连它的水，也不肯如大家希望的那样甘甜，它有自己的脾气，便有自己的味道，它是带着咸味的，和劳动人民辛勤奋斗的汗珠凝成的味道如出一辙。

泾河的水是"合盛茶"的灵魂，它们就像天生一对，离了谁都不合时宜。泾河水少了甜味，做饮料不合适，却适合炒茶；而茯茶离了这水总要失去正味，关中流传有茯茶"三不能制"之说，即"离了泾河水不能制，离了关中气候不能制，离了陕西人的技术不能制"，曾经多人移地实验都没有成功，所以至今制茶也在泾阳。

泾河水并不用来泡茶，只用来炒茶，泾河水和茯茶就像被硬生生拆散、分隔两地的牛郎织女，期待着久别重逢的机遇。基茶就像炽烈的青年，一见到带着盐味的河水就激动不已，仿佛要在锅里跳起来；河水则像一个包容的女子，安抚着心上人躁动的内心，使躁动归于平静，并从中获得充实。

暖温带大陆性季风型气候让关中地区拥有了得天独厚的条件，刨去极寒和极热的冬夏两季，春秋的温和正是为制茶而生的。春季暖湿的环境里，茶叶里会萌发一种"金花"，这在当地被称作"发花"，茯茶的特殊口感和功效便由此而生，这正是它不同于其他茶类或其他黑茶茶品的独特之处。

在今天看来，金花就是一种真菌，名叫"冠突散囊菌"，它是基茶升华的毕业证。从自然的树上生发的茶芽只是一个懵懂的稚子，要想在这个世界发挥作用、实现价值，就要来到北方的锅炉学校，经过风吹日晒，烈火翻炒，在精心的调教下成长为茶砖，成为分解油腻、利尿通便、消食和胃、止泻化痔、醒酒安神的保健饮品。

泾阳的制茶人便是这些幼茶的老师，他们技艺精湛，举世冠绝，调教茶叶一丝不苟，对茶叶的要求也是极尽严苛。六个牛就曾在王知树的制茶厂里做过活，那是侯图南应向梅的要求把他放去的。他在那里就见识过所谓"簸""吊""锅""装""杂"的工序，可结果第一天就挨了揍，原因是去杂没去干净。六个牛回想起当初在制茶厂的日子，他恨不得这辈子都不想再见到黑脸儿那副丑恶的嘴脸。

黑脸儿是制茶厂中管事的一个工长，名字不知道，但大家都叫他黑脸儿。六个牛还很奇怪，这人脸也不黑呀。旁边的女工迎儿笑道："不黑，现在是不黑，那你是没看见他发火的样子。"

六个牛正纳闷呢，可下一秒就领教了黑脸儿的厉害。只听见耳边传来风的呼啸，顿时背上泛起火辣辣的痛感。六个牛痛呼一声往旁边闪过。回头一看，黑脸儿手里握着鞭子一脸铁青地瞪着他。

六个牛在驼队里都是大家护着的宝，到了这里突然被抽了一鞭子，虽不至于发刃，但还是有些哀怨，嘴里什么也没说，心里一百个不服。黑脸儿上前一步，怒冲冲地质问："你知道自己为什么挨打吗？"

六个牛心想我哪知道你这厮抽什么疯，但他人在屋檐下，不得不低头，又实在不知道为什么会挨揍，就一时愣在那里。

黑脸儿见着他这副油盐不进的样子，心里更加窝火，扬起鞭子往六个牛身上恶狠狠地甩去。六个牛似乎没想到紧接着就挨了第二鞭子，但这次他嘴里不再喊疼，紧紧绷着下颌线，咬牙切齿地把那刺骨的疼痛嚼碎咽进肚子里。周围的人大气都不敢出，生怕被黑脸儿的怒火殃及，漠然地忙活着自己的事，只是拿余光瞥他。

"现在知道你为什么挨打了吗？"黑脸儿再次厉声问道。

六个牛心里明白，要是还不说话，弄不好又是一鞭子，赶紧编了个原因："干活不专心，跟人聊天。"话还没说完，他就慌了，心想这个理由真是太臭了！跟人聊天？那不免就要问跟谁聊天啊？这不就把别人出卖了吗？

可是，说出的话如泼出去的水，后悔也没用了，只能听天由命了。然而，紧接着，第三鞭劈头盖脸而下，狠狠打在他背上。黑脸儿不依不饶地盯着他，冷言冷语地讥讽道："哦，原来你还在做工的时候聊天来着？那是要打，不过，我为的不是这个事，你自己想想，做错什么了？"

六个牛站在原地，忍着疼，绞尽脑汁地想，就是不知道自己还有什么不对的。黑脸儿看了一眼旁边的茶工，大声嚷嚷道：
"把桌上的茶砖拿来！"

茶工忙不迭地取来茶砖，黑脸儿一把抓过，在六个牛眼前晃
晃："看看，仔细看看，这玩意儿能装包吗？"

六个牛瞧了瞧茶砖，没错，是他装的，可是有什么问题呢？
他都是严格按照老师傅教的一道道工序过的，没有漏掉半点啊。

没等六个牛搭话，黑脸儿便质问："你小子，师傅怎么跟你
说的？哪五道工序啊？"

"簸、吊、锅、装、杂。"

"第一步'簸'是干吗？"

"把茶叶用筛子筛了，去除尘土和杂质。"

"漏了。"黑脸儿怒不可遏，又是一鞭子甩过来，"要先把茶
叶切碎！切碎！切碎！懂吗？"他每说一遍"切碎"就抽对方一
鞭子，疼得六个牛四处躲闪哀痛求饶。

自此之后，六个牛像是变了个人似的，每天打了鸡血一样做
工。他每一步都严谨认真，绝不出错，但他也成了独性子，不跟
任何人说话，仿佛成了个毫无感情的机器，每日只是忙忙碌碌地
做事。见了黑脸儿，也是能说一句绝不说两句，能说半句绝不说
一句，能不说话就连半个字也不会吐出来。

在制茶厂中，茶工们拿到基茶后，先切碎，筛去杂质，这就
是"簸"；然后吊在老秤上保证每封五斤四两，这就是"吊"；接
着便陆续在茶叶中注入用茶梗、茶籽熬成的水翻炒，炒时不能过
干，也不能过湿，以柔润合宜为度，这就是"锅"；再来便是将
茶制成砖形，装成封子，每封五斤四两，这就是"装"；最后是
"杂"，便是一些杂务。

茶工先要将茶从上到底部穿一个孔，便于通风。其次是在茶
砖封皮上印上招牌、名称、重量。这时封皮内的茶叶还是湿润
的，先在楼上摆成单层（茶店专用于制茶的楼层），晾晒两三天，
之后将茶砖垒成三至四层，垒时还要注意通风。一星期后，底面

倒翻一次，隔半月后再倒翻一次，至茶砖干后全数堆起，制作过程结束。茶工们便要等待"发花"，初时呈现白绿色，一星期后，变成黄色，茶砖以黄色为最佳。

久而久之，六个牛成了茶厂制茶的熟手，茶砖做得又快又好，即使得到了黑脸儿的赞扬，他脸上也没有露出多少欢愉，顶多是为了不触怒黑脸儿硬挤出来的一点笑容。离开茶厂后，他倒是见了些世面，也学了些本事，但每每别人问起茶厂的经历时，他语焉不详，摆出一副不耐烦的神色，似乎这是什么见不得人的勾当。

现下孙师傅说起制茶，简直是哪壶不开提哪壶，六个牛的暴脾气活像那火烧灯草———一点就燃。

"我宁愿跑驼帮在戈壁里被风沙卷走，也不愿到茶厂里去受那帮家伙的鸟气！"他愤愤地说，"他们拿着茶工的血汗，还作威作福起来了，连掌柜的也不曾这么跋扈！"

孙逢只得好声好气地劝慰他："这也是为了茶好，茶好，东家高兴，一切都好；茶不好，东家恼了，一厂子人的吃穿都没了。"

"工人们也不是傻子，谁不知道这层道理？就算有那偷奸耍滑的，大伙也不肯饶了他，怎么能平白无故地就打人？不过是主子的一条狗，才安上绳套，就学着龇牙了。要是上头短了他的工钱，他也敢拿鞭子说话吗？什么东西！"说完便恶狠狠啐了一口。

孙师傅笑了笑，没再说什么，旺子却撇了撇嘴："你还是受的委屈少了，心思这样娇嫩，要是多受点毒打，就不会这么傲气了。"

六个牛气势正盛，心里正要找个口子发一发怨气，偏偏这人要来招他，高声反驳道："我们为什么要多受毒打？为什么别人能傲气，我们不能？难道我们就是天生的贱货，活该叫别人欺侮？我哪怕是沿街乞讨，挣了一分一厘都是我卖了脸面讨来的，现在这算是怎么回事？从我们头上捞钱，还拿我们当傻子，当猪猡，也就你这样的贱骨头能受用！"

旺子本想好意劝他宽心，没想到被无端地骂了一顿，顿时怒火中烧，正要发作，却被师傅拦下了："哪个没年轻过？遇到事情有点气性，这样的事你身上没有过？年少气盛，年少气不盛，那还是年少吗？那还叫男人吗？"

旺子被师傅这一番话说得万丈怒火下去了一半，也就不再计较了，只是哼了一声，径自去了里屋。孙师傅取出一板茶砖来，用小刀割下一块碎开，倒点水冲泡了一会儿就倒了，这叫洗茶，第二开便是饮用的了。茶热气腾腾地在壶里泡着，等火候到了，便给六个牛倒出一杯来。

"合盛茶不许掺杂一两次茶，不求数量，但必须注重质量，这总要有些付出的，不然不成了空口号了吗？来尝尝，这也是你的成果哩。"

六个牛瞥了一眼那茶，热气腾腾之中仿佛冒出了一个妖怪。他还是消不了火，越想越觉得窝囊："这辈子都不会喝这种东西的，它再好我也不想，随便你们！"

"真是个倔小子啊。"孙师傅喃喃道。

"什么？"六个牛疑惑地问道，这才意识到刚才走神了，他们还在去往泾阳的路上呢。

"我刚说的你没听吗？"

六个牛只能打马虎眼："听了听了。"

孙师傅也不想再深究，只得随他去了，反正是闲聊，听与没听其实也没那么重要。泾阳到了，不远处就已经能看见那满是被服的褶皱的大山了。六个牛仍旧有些不平，他有意避开王知树的茶厂，不想再看见黑脸儿，偏偏驼队这次就是要跟他们打交道。

这回倒是没见到黑脸儿，只见到了王知树，六个牛便隐入人群中去，不愿叫他看见自己。他内心充满厌恶，觉得那人低头哈腰、满脸堆笑的样子着实令人生厌。他差点嘴里就骂出来了，忽然想到师傅的劝诫，还是忍住了。其他驼夫们倒没他这么死脑筋，忙不迭地进入茶厂干起活来。生意场上都是无利不起早的人，他们哪里是要干活，不过是伺机和那些拣茶女聊几句闲篇，回头闲聊的时候多点谈资罢了。

"这是你的孩子吗?"

"是的。"

"今年几岁了?"

"八岁。"

"她一天能拣几斤茶叶?"

"二十多斤。"

"你呢?"

"大概三十斤。"

"多少钱一斤?"

"三个铜板。"

"那么,一天不是有三角钱吗?"

"是的。"

……

"你们什么时候上工?"

"早上六点多钟。"

"下工呢?"

"下午五点多钟。"

"你是本地人?"

"是的。拣茶的差不多都是本地人,但也有一百多里或几十
里外来的。"

"你们吃饭是回去吃的,还是在这里吃的?"

"回去吃的,早饭、晚饭自己烧,中饭则由家里人先烧好的。"

"家里哪个烧饭?"

"婆婆。"

"这些小孩子是谁?"驼夫们看到几个刚会走路的小孩子在桌
子边爬行,离他们不远的角落里,两个竹编的摇篮里还躺着两个
尚未过周岁的婴孩,正在熟睡。

"是工人带来的,因为放在家里没有人照顾,所以就带到这

里来了。"

　　来之前，六个牛笃定自己是一步都不会踏入这制茶厂，但在孙师傅好言相劝之下，他还是进去看了看。几年前，他也是在厂房中庸庸碌碌忙着制茶的茶工，现如今以一个外人的身份再踏入这个给他无尽屈辱和痛苦的地方，看着依旧如同奴隶般被绑缚在机器旁的茶工们麻木的神情，看着依旧为虎作伥的工长嚣张跋扈的姿态，看着在雷鸣般轰隆隆的机器声中熟睡的婴孩的脸庞，他原本以为自己会怒火中烧、无比愤怒，但内心却翻涌起无尽的悲凉，那是一种物伤其类、无能为力的悲恸。他不忍心再去看，默默走出了制茶厂。

三十四

砖头王的女儿王以丹这几天心情不好，不肯见六个牛。六个牛在以丹那里碰了一鼻子灰，可怎么也想不明白到底是哪里惹到她了。其实也就是几个大人在拿以丹打趣儿，她当了真。因为平日里二人常一起玩，就有人说，等你俩大了，做对夫妻，不是很好吗？以丹就红了脸，不想搭理那人，为了避嫌，顺带着也不再搭理六个牛了。

又有好事者在以丹面前吹风，说是六个牛去了这些时日还不见回，怕是叫别家的姑娘绊住了脚了。那些在背后说人是非的也是嘴贱，又颇有些想象力，就这么着虚构了个新疆姑娘，给人家安了个古丽耶尔的名字，说是和六个牛发生了许多有趣的事。以丹嘴上虽没说什么，但自那以后就不痛快了。

这一天，六个牛事先探知以丹就在家里，便早早地来堵她，以丹避不开，只得问："找我干吗？"

"我来道个别呀，你怎么一直不肯见我？"六个牛笑着问道。

以丹冷笑一声："哟，真的要走啦？"

"嗯，虽然不是很情愿，但侯头一再要求，我也不好说什么。"

"你还有什么不情愿的？在新疆的日子可比这里长，你还有什么不自在的？"

"新疆？我是要去泾阳。"

以丹愣了一下，心知是错怪他了。她前几日还听见侯叔在和几个老驼夫商量，要把六个牛送到泾阳的制茶厂里做一段时间的学徒，看来是真的了。泾阳是马家发迹的地方，对马四爷来说自然很重要，看来侯叔很器重六个牛啊。

"好吧，六牛哥，你要早些回来啊。"

"你不生我气了？"

"谁生你气了？你值得生气吗？"

六个牛见以丹气鼓鼓的腮帮子瘪了下来，知道她心里的怒气消了，便赶紧告别了。他耽搁不得，这两日就要上路，坐着王知树手下伙计的车去往陕西。他来到知树茶厂的宿舍，可他又忘了自己被安排在哪间宿舍来着，无所谓，随便安排吧，只是这里男男女女的住同一排房子。，让他很不适应。倒也不为别的，这屋子里总有一种腥气，就好像附近有人养鱼似的。

清晨的天光还未完全打开，旧的星火仍在道别，只听见远处更夫的梆子声当当地响了五声。巴掌大的工房楼里，七七八八地躺着一堆来自各地的伙计，他们躺在床上，身子紧挨着身子，狭窄的空间只能容许他们直板板地躺着，他们被那打更的声音吵醒后，仍眯缝着眼，皱着眉头，嘴上没话，心里痛骂。空气原本是死寂的，旧汗、粪尿、体味乃至湿气在长久的交合中形成了一种让人窒息的难闻味道，因空间狭小，空气难以流通，这难闻的气味便窝在这狭小的空间里一动不动。紧接着，随着便舍外的大门吱呀一声响，沉重的脚步声掺杂着威胁的气味迫近。黑脸儿活似一个得了册封的将军，耀武扬威地拿起威风来："拆铺啦！起来！"随着那一声厉喝，一切都被扰动了，全都肆虐起来，于是，就连黑脸儿本人也得嫌弃地捂着鼻子。这一声断喝后，所有人都不约而同地动了起来，有稍微慢了点的，那黑脸儿上来就是一脚，厉声怒斥道："去烧火！还躺着。"

这就是为什么六个牛不肯在这里的原因。在驼队中，即使大家的日子过得不见得有多好，但至少人与人之间是有温度的。而王知树茶厂里的人都不正常，凡是有点权力的都作威作福，拿鼻孔看人；凡是没权力的都唯唯诺诺，低眉顺眼。他两种人都看不惯，尤其是后一种，最没骨气，要是大伙儿齐心协力，哪能容得这帮蠹虫颐指气使？偏偏受人欺凌还不自知，以巴结权威为荣。

六个牛从第一天就想离开，如果他自己能选择的话，绝不会来这么个地方。他不明白，侯图南对他一向很好，怎么这次一定要把他塞到这么个鬼地方来活受罪。怕是跟了马四爷以后人也变了，一切唯马四爷是从。他暗暗憋着一股气，每天看谁都没好脸色，别人看他自然也没好话。

在黑脸儿眼里，六个牛就是个刺头，而且滑得很。一开始，六个牛因为不服强逼，同他打了一架，十七岁的六个牛打架真是一把好手，黑脸儿落了下风，唯恐后面出来一堆效仿者，便祭出"章程"这么一件大杀器来，七八个人摁住六个牛打了一顿。之后，六个牛被罚三天不准吃饭，旁边的工友有可怜他的，悄悄给他塞窝头，他就是不要，他最看不惯这类贱骨头，摁着他打的时候屁都不放一个。

后来，六个牛学乖了，他知道自己只有一个人，明着不能来就来暗的，大的不能来就来小的。他便开始用各种歪招折腾黑脸儿，比如朝他饭里悄悄吐吐沫。这都是小的，小时候那些整人的招，现在全派上了用场。比如他知道这狗官见了王掌柜的就如同老鼠见了猫，是绝不敢多说一句话的。他看见黑脸儿要给掌柜的沏茶，便把那茶壶把儿弄断，找点釉彩和胶再接上，拎个一两次不会有什么的，但顶多三次，这东西就断了。果然这边正倒着茶呢，那边茶壶啪的一声掉下来，摔得粉碎。

"哎哟，你这个败坏头，怎么恁地不爱惜东西呢？"王知树气得不行，骂得他狗血淋头，他二话也不敢说，只能一个劲儿地赔罪。

六个牛瞅见黑脸儿的老婆把那便桶洗干净了晒在外面，就弄了点鞭炮，悄悄地点了丢进去，虽不至于炸得粉碎，但也漏水了。他知道黑脸儿蹲坑时，有抽烟的习惯，就偷偷往蹲位前头倒了点烈酒。黑脸儿用火柴点了烟，随手一扔，差点没把自个儿吓得跌到坑里去。时间一久，黑脸儿也知道是他，但苦无证据，也不好明面上撕破脸，引起掌柜的注意。

后来，六个牛偶然得知掌柜的原先是得了马四爷拨的一笔款子，用来给工房修缮的。按照马四爷的构想，每间宿舍大约住六个人，有床，有桌，有板凳橱柜，每层有茅房，但现在什么都没有。细细一问，自然不消说的，就是钱分到了几个工头手里，大头都让私吞了，黑脸儿也是其中之一。

六个牛便悄悄写了封信，把这件事报给了侯图南。侯图南本就是个仁心宅厚的人，他深知马四爷不会那么缺德，让工人们如同牲畜，男女杂处，赶紧将信转交了上去。马知闲大怒，当晚便坐着车子前往泾阳，到了王知树茶厂，他立即宣布，解除和王掌柜的合作。

王知树哪里敢得罪东家，赶紧先赔了罪，再问问是什么触怒了四爷。马四爷坐在椅子上，许久不语，末了，怒道："你到工房转过吗？你知道工人住的是什么地方吗？"

王知树立马知道是怎么回事了，不由得对身旁一个工头递了一个怒色，心说，你们这些狼心的崽子，缰绳松一点，就给我惹祸！然而事情已经迟了，既然马四爷亲自赶到，说明事情他已经全知道了，这时候没去工房看一眼，算是给他留情面了。

"你还干不干？"马四爷问，再没有震怒的语气，反倒露出一丝淡然，似乎裁撤他是一件探囊取物的事。

"东家，这件事是我没有办好，我受了责怪也是活该，不过，我王知树也是要脸的人，既然出了这么档子事，也要容我把它了了，否则此心难安。"

"行，给你三个月，三个月后我自己到工房查看，钱、工人、用料，都是你自己想办法，不用我多说的。你手下这些人那点背后打闷棍、事后找麻烦的手段我心里门儿清，我也是从小伙计过来的，蒙谁呢？"

"是，是。"王知树小鸡啄米似的点头哈腰应答。

"黑脸儿呢？黑脸儿哪去了？"

王知树一脸疑惑，马四爷怎么单单要见这一个工头？别不是他还有什么脏事没擦干净吧？不由得冷汗直冒。不过，黑脸儿一时半会儿是没法来见他了，这时候正在床上趴着呢。你道是怎么回事？原来那天他一屁股坐到凳子上，不防底下尖儿朝上扎着根钉子，一下子戳进肉里，疼得他直喊娘。

王知树只能如实上报，说黑脸儿因为钉子扎了屁股，这会子正在会郎中呢。没想到四爷听到这样的事，哼了一声："他要是多做点缺德事，就不会受这份苦了。你王知树向来是仁厚，手底下的工头也是体恤人心的主儿，这就和工人们打成一片了，要不是这样，怎么会被人开这种玩笑呢？"

王知树当然知道这是反话，但也无言以对，只能低着头草草应承。尽管心里恨不得撕了六个牛这小兔崽子，竟然没跟他商量就请来了马四爷这尊真神，搞得他极其被动，但既然请了神来，他就得送。他估计黑脸儿八成是留不住了，但这货的荐头面子很大，不好裁撤，这可如何是好？

马四爷像是能猜透人心似的："你说，像黑脸儿这样的好工头，咱们应该怎么着？是不是要好好照顾，就像对待自己的娘老子一样啊？"

"不，不，这样的人留不得，一定要辞了，马上就辞了。"王知树赶紧退步。

"辞了，倒显得我们不近人情了，人家可是在厂子里受的伤，你反手就把人辞了，这合适吗？荐头那边怎么解释？是你王知树的面子大，还是我老马的面子大，可以无端地得罪人去？赶紧当个爹供起来吧。"

马四爷三言两语就让王知树狠下心来，彻底放弃了委曲求全的心思，下定决心要处理黑脸儿了。这难免要得罪荐头，生意人最怕的就是当面驳人面子，两个人私底下怎么斗争那都是私底下的事，对面相逢仍是兄弟。这现在算是怎么回事呢？把黑脸儿一裁，人家马上就要拉下脸来。

"亏你还当了这些时的掌柜，这点事都办不利索。做生意的要眼观六路，耳听八方，有什么消息第一时间就要放在心上，迟了，被别人占了先机，你连哭都没眼泪。"马四爷站起来就要走，"雪中送炭，强于锦上添花，你还是拿人家当个爹供着吧。"

王知树马上就弄明白了，马四爷竟然比他还先知道，那黑脸儿的荐头，也就是他的叔叔邓祁安，此时正背了官司。陕西藩台谭中林因为遭到同僚排挤，中了陷阱，要拘到京师问罪，以往巴结他的一众商贾都跟着遭殃。这时候，邓祁安和渭北首富蒋奕德等人的家顿时由门庭若市变成了门可罗雀，王知树却偏偏要带着东西去慰问他。

恰巧在这个时候，那不争气的黑脸儿又惹出祸事来了。他屁股上的伤还没好利索，就立即出来干活，好让掌柜的觉得他勤快。王掌柜的因为存心要搞他，这时候不能让他察觉出来，也就对他好脸相迎。

这种人就是你给他三分颜色他就敢开染坊，之前就有占女工便宜的习性，连他老婆也是知道的。六个牛得知他拿花言巧语骗了女工迎儿几次，只是迎儿早知道他不老实，从不相信，但也架不住这种骚扰。

六个牛心生一计，便对迎儿说："你要惩治惩治那老狗，让他以后再不敢对你发骚。"

迎儿摇摇头："别动那心思了，胳膊哪能扭过大腿？你可别憋着打架的心思，这于你于我都不是什么好事，到时候吃不了兜着走。"

"何必这么气馁，我心里有的是办法治他，要不是有天地良心在，我早就叫他死在乱坟岗子里，直接自己把自己葬了。"

"你可别说大话了，你有那份闲心还不如多做些事，也好少挨些打。每个人都有命，生下来就定了的，又何必啰唆太多呢？"

"我偏是个不信命的人，你要是不和我一块儿斗他，我就自己找他算账，满世界嚷嚷他对你说的那些话，到时候看是谁倒霉！"

迎儿慌了，急忙捂住他的嘴："你瞎号什么呢！这也是能大声喊叫的事？你这是存心不让我活了，哪里是在帮我！行，行，行，我索性就豁出去了，横竖是个死，咱就搏一搏。你说吧，要我做什么？"

六个牛便对这迎儿悄悄地如此这般吩咐一通，迎儿皱了皱眉，还是点了头。于是她便按照约定主动去撩拨黑脸儿，暗示他晚上二更时分在厂子的仓库里见。那黑脸儿只当是鱼儿上了钩，心里喜不自胜，当下同意了。到了二更时分，便兴冲冲地摸了黑来了。他朦胧中看见一个人影，便一把上前搂住，口里叫道："我的心肝，你可想死我了。"

他正要做什么，忽觉得这人似乎也颇矮了些，正狐疑间，听见小孩在哭，哇哇叫着："爹，你做什么呢？"

四下里灯火突然亮了，就连王知树也在现场，黑脸儿当时就矮了半截。他再仔细一看，自己刚才抱着的，哪里是什么迎儿，分明是自己那十岁的儿子。他浑身吓得发抖，但还是故作镇定："你们，你们怎么都在啊？我，我和我儿子在这里……"

王知树幽幽地说："黑脸儿，伤好了？"

"好……好了，托掌柜的福，全好了。"

"全好利索了？"

"好……利索了……"

"我看未必吧，恐怕还得再治治，这可是要命的伤，弄不好复发了人就没了！"

黑脸儿见搪塞不过去，扑通一声跪倒在地："掌柜的，我知道错了，我知道错了，您饶过我这一回吧，我只是一时昏了头了，现在知道错了！"

王知树笑了笑："黑脸儿啊，你们这几个工头都是神通广大哩，连马四爷都佩服不已，说叫我准备上等房子，把你们都当爹娘一样供养起来。"

黑脸儿心里只剩下恐惧了："不，不，掌柜的，我知道自己不是人，给厂子丢脸了。掌柜的开开恩吧，叫我留在这里，我没别处可去了！"

王知树仍不改笑容："我说，黑脸儿啊，你怎么这么轴呢？马四爷都说了，叫我盖几间好房子，把你们都供起来，马上就要登堂入室了，你怎么还在这求饶呢？你们这几个人，尤其是你，真是居功至伟啊，光是给工人们盖工房这一件事，就办得漂亮至极，把别的厂子全比下去了，堪称是泾阳一绝！有这样的创见，我怎敢怠慢呢？"

黑脸儿这才明白是怎么回事，赶紧磕头如捣蒜："我出，掌柜的，给工人们盖房，这钱我出，我该出多少出多少，一分都不会少的！"

"诶，怎么能让你一个人出钱呢？你一个月才挣几个钱？你要是有心改善工人的生活，那就让你那些工头兄弟们也一齐努把子力吧。眼下，咱们厂子全靠着你们这些英雄了，我这个掌柜的马上就要卷铺盖走人，到时候说了算的，可不就是你们了吗？"

黑脸儿听了这话，更加恐惧了，身子贴到了地上，一个劲儿地叫道："掌柜的，我只是得了些钱财，万万没敢惹您啊！要是有人在马老爷那里让您不快活了，可真的没我的份呐！掌柜的明鉴，掌柜的，明鉴啊！"

这时，又出来一个人，大声叫道："畜生，抬起头来！"

黑脸儿一听声音不对，赶紧抬头来看，正是他的叔叔邓祁安，他立即瘫了。邓祁安满脸愧色："王掌柜，是我管教不力，误了你的生意，你还能在危急时刻来帮我，这真是亘古未有的仁义之人，我……"

王知树立即拉住他："邓老爷言重了，黑脸儿自己不争气，关邓老爷什么事？您推荐他来做个工头，本就是给他出头的机会，是他自己没珍惜，何必为这种人愧疚呢？"

"掌柜的言之有理啊，这畜生既然是茶厂的人，就由你来处置吧。"

后来，黑脸儿在王掌柜的审问下老实交代了自己做下的孽事，把自己私吞的钱一分不少地吐了出来，还供出了和自己一起贪污受贿的几位工头的名字，随后被灰溜溜赶出制茶厂。遗憾的是，六个牛通过设局瓮中捉鳖，在抓到黑脸儿把柄后的第二天，就离开了制茶厂，回到了家中，打死不肯再去。那段在制茶厂忍辱负重的日子，却成了六个牛心中的梦魇，他常常被噩梦惊出一身冷汗，梦见自己又回到了那个人间炼狱般的地方……

三十五

要论漠北的茶王，那自然非马知闲马四爷莫属了。马家的发家史可以追溯到东汉时期。相传，马知闲家族为东汉伏波将军马援的后裔，祖籍陕西兴平。马援蒙冤身死后，京中亲友多离散而去，一些族人便回到了故乡。不久，又因为避祸迁往山西洪桐县郊马店。明朝初年，一块马家油坊的招牌便代表了这户将门之后的所有身家。此时的油坊掌柜便是马知闲的先祖马青武，他素以为人忠厚、价格公道、童叟无欺著称，靠着马家油坊这块招牌诚信经营，积攒了些钱。

相传有一天，一位身上背一个褡裢的白胡子老汉，风尘仆仆来到马家油坊，马家先祖热情招呼，又让座，又沏茶，让老人歇息。老汉说："我不是买油的，是走亲戚路过这里，实在有点累，想把身上背的褡裢暂时寄存在油坊柜台上，过几天再来取，不知掌柜同意不？"马家先祖一口应下，就把老汉的东西小心翼翼地收藏起来。

一晃几个月过去了。某天盘点财物，马家先祖看到老汉寄存的褡裢仍在原处，不见他来取，心里嘀咕着："究竟里面是什么东西？为什么几个月不见来取，要不打开看一看？"转念又想："不行，随便翻别人东西不好。"就又原封不动地放下了。

冬去春来，又是一年终。马家先祖扫房除尘，搬家具打扫卫生时翻出一个落满灰尘的沉甸甸的褡裢，猛然想起两年前的事情。两年不见老人来取，想必不是什么重要的东西吧，打开看看。打开褡裢，里面是一个黄色包袱，打开包袱，大吃一惊，里面包着很多金元宝，还夹着一个发黄的字条，上写"乐善好施，天命所归"八个字。

马家先祖夫妇二人没有声张，将这些金元宝兑换成钱，一边继续经营着油坊，一边养起了骆驼，开起了当铺。不久，泾阳茯砖茶问世，很快便风靡北地，明廷也视茶税为财政的一项重要收入，鼓励民间开启茶马交易。马青武抓准时机，便带着全家迁到了陕西泾阳，经营起了茯砖茶生意。在马青武的诚信经营下，马氏商号的盛名越来越响，生意越来越旺，到最后，整个河西走廊都能看见马家驼队的身影，马家一跃成为陕西重要的茶商。

漠北县地处西北内陆，到处都是广袤的戈壁草地，生长着大量的骆驼刺等骆驼喜食的牧草，非常适宜骆驼的繁衍生息。长途运输，尤其是穿越沙漠的长途运输，骆驼是最理想的运输工具。近些年来，马家为支付茯砖茶、布匹、食盐、皮货等货物的运输费用花了血本。骆驼虽然有不少，但缺乏好的场地圈养，为何不在这里开辟养驼牧场呢？马青文、马青武两兄弟于是在漠北购置土地和牧场，将这里作为饲养骆驼的主阵地，扩大自己的团队，马家商号从此进入鼎盛时期。

雍正年间，马家积极为平定罗布藏丹津的年羹尧大军提供辎重，获雍正帝赐"永盛"匾。可是，当马知闲十岁时，马家却并没有像雍正皇帝赐匾写的那样永盛不衰，而是彻底一蹶不振。除了那些保存了上百年的御赐牌匾，剩下的只有少量财物养着一大家子，商业网点丧失殆尽。即使这样，他们还是在鸦片战争之际向朝廷义捐白银十万两，得到道光帝的赞赏，道光皇帝亲书一个"福"字中堂，佩以两幅金色龙条赐予马家。

可这场押宝似的显赫也让马家花光了血本，还没等他们享受这笔投资带来的收获，清廷的权威性就开始迅速贬值。清政府出现了各权臣分割独大的情况，而蒋奕德家族及时搭上了陕西藩台谭中林一脉，生意日盛，渐渐地将其他商号的风头压下去了，其中就包括马家……

六个牛听着孙师傅讲着马家的发家史，目不转睛地看着孙逢说书人似的在台上酣畅淋漓地表演。说者讲得绘声绘色，听者也听得兴致盎然。眼看着就要讲到马四爷自己的发家史了，却看见外面进来了人。他很不开心，担心是要给他派什么活，那样就不能继续听故事了，但还好并不是。

六个牛便央求孙师傅继续讲下去："后来呢？后来怎么样了？"

孙逢喝了口茶，慢条斯理地"书接上回"继续说道他的说书表演。

俗话说，百足之虫，死而不僵，马知闲毕竟出于商人世家，从小就有这股子不服输的冒险劲儿。在他十多岁的时候，一无所有，只能先在茶叶店当学徒。学徒要做的事情可不仅是生意上的，还包括店里大大小小的杂事，什么倒痰盂、洗马桶、扫厕所、烧锅炉之类的一切杂活累活都要抢着干，还要提防挨打。他这么着一干就是三年，倒是学到了些东西，但是觉得自己的算盘还不够精熟，正想多请教些，没想到掌柜的却不让他学，给了他一些银子，把他打发走了。

这马知闲也不气馁，转身就到了当地的驼场当了驼把式，这一干就是三年。三年期满后，领房子准备提升他时，没想到马知闲却向领房子提出了辞职。领房子问起他辞职的缘由，他说："人总得有些想法，不能总想着过舒坦日子。我家祖上曾经辉煌无比，他们创下的金字招牌需要后人去传承和发扬光大，感谢领房子多年来对我的包容和栽培，但我更想去闯荡一番。"

领房子听完此话，知道眼前这个小伙子不可小觑，既然人家心存去念，再挽留也无意义，便劝勉说："好，小伙子有志气，当下世道虽说较为安宁，是经商的好时机，但是要闯荡出一番天地，也绝非一时。年轻人有想法很好，一定要稳扎稳打，步步为营，切记别急躁冒进，盲目乐观！"

听话听音，马知闲知道领房子已经同意自己辞职，赶紧说："我一定牢记在心！"

领房子问："是不是有人在你面前说什么啦？"

马知闲说："没有人说什么，人生一世，草木一秋，不走出去闯荡一下，就无法知道这个世界到底有多大。"

领房子很钦佩一无所有的马知闲有如此的志向，就让骑马先生结清了马知闲的账，临走时又特意叮嘱骑马先生订了一桌酒菜为他送行。酒桌上，骑马先生对马知闲说："小伙子啊，能坚持摸黑把算盘打得炉火纯青，说明你很有毅力；另外，在领房子提拔你之际提出辞职，让老朽见识了你的志向。有志者事竟成，我笃定你日后定能成就一番事业。"

他倒很谦逊答谢说："先生过奖了，我没啥远大的志向，只想传承家业，不想辱没祖宗的名声。"

领房子接着说："知闲呀，商海波诡云谲，今后当小心为妙，借用古人一句话，'苟富贵，勿相忘吧'……"

故事讲到这里时，六个牛忽听见身后有人说话："真是好兴致啊，里头都忙疯了，你们竟然还有心思在这里说笑。"他回头一看，竟然是侯图南。

孙师傅一脸歉意："哎哟，侯头，怪我，怪我，我一时兴起，竟然忘记了时间。"

"我也很是奇怪，孙师傅这些掌故到底是从哪里知道的呢？驼队里一向都是很忙的，孙师傅怎么还有空去了解马家这许多事呢？恐怕马四爷本人都没知道得这么详细吧？"侯图南笑道，"不过，让六个牛知道些也好，知道要想出人头地，就不能意气用事。听说你之前就因为挨了顿打，便很不待见王掌柜手下的人，还一气之下从制茶厂跑了，是怎么回事？"

六个牛知道侯图南虽然在家里是他的侯叔，处处可以疼着他，但在驼队里，他就是侯头。面对领房子的质问，小驼夫无言以对，只能默默地低着头。他心里虽然并未觉得自己有什么不妥，但也不肯和侯头顶嘴。

见六个牛不说话，侯图南便直言道："咱们谁也不敢高看了自己，都是面朝黄沙背朝天的苦命人，只有真的硬了，才能硬气起来，就算硬气起来了，也不能到处去跟人耍脾气，不然总要吃亏，更何况你还什么都不是呢。"

"正因为是苦命人，才更不能任人欺辱，让人像畜生一样踩在脚下。"六个牛被侯图南这番毫不客气的话说得面红耳赤，下意识想出言反驳，但终究还是把未出口的话咽了下去。

六个牛对侯图南是有些怨气在的，怨他把自己送到那些扒皮吸血的人手下，怨他虽是自己亲近的人却理解不了自己的痛苦，可又不想把自己在制茶厂受的屈辱说出来让人可怜，只好打碎了牙往肚里咽。可侯图南刚才的那番话如刀子般扎在他身上，把他的心刺得支离破碎，愈发觉得委屈。眼见着就要哭出来了，六个牛不管不顾地撞开侯图南从屋里跑了出去。

"嘿，这小子！"侯图南无奈地看着六个牛的背影叹气道。

"少年意气，谁还没有年少气盛的时候，这孩子的性子还是要慢慢磨。等他碰着钉子，就知道痛了。"孙逢宽慰道。

"有你这好师傅事事护着，他还有碰钉子的时候？"侯图南笑着打趣道。

"嘻，你这说的是哪的话，我看你也没少护着他！"孙逢毫不客气地反驳。

两个已然被生活磨平棱角的人，注视着六个牛负气出走的背影，眼里流露出他们自己都未发觉的歆羡，仿佛看到了当年同样意气风发的自己……

三十六

　　马家驼队那几个与侯图南交好的驼夫，王佐玉、马向、田开文、巴特尔和从阿拉善来的哈斯乌拉，此刻都聚集在红柳村陈羊家里。

　　陈羊家的院子好久没有这么热闹过了。关丽在门外张罗着羊肉、面条、酒，张罗着各种待客之道，憔悴的脸上分明带着些兴奋喜悦的神色。自从陈羊站不起来之后，便不喜有人上门探望，以免看见他这不能自理的模样。久而久之，他们也就和之前相熟的朋友们疏远了关系，没了来往。可这回是大家伙远道而来专程拜访，夫妇俩也不好拂了人的好意，于是匆忙之下设宴款待。不时地有邻居送东西过来，马小凤让以丹送来了半扇猪肉，花头的老婆瑞丽亲自过来打下手。李稳子、马小五、王兆瑞、扁头他们这些男人虽然在牧场脱不开身，但他们的老婆则或家人来，或送东西来，或连人带物都来，全都来帮忙，看着院里来来往往的邻居好友，关丽浑身热腾腾的，心里有了些暖意。

　　这时已是腊月二十五，距离除夕也就几天的光景了，要是没有这些左邻右舍的帮助，陈家这个年恐怕就要过得很凄惨了。关丽，一个坚强的西北女人，此刻虽不至于完全崩溃，因为还有这么些人帮衬着，但她也不见得就舒坦了，因为压在肩头的重担还不能放下。陈羊则在床上卧着，尽管他硬撑着想要下地，但现实就是现实，不容浪漫，不见神迹。

　　真是祸不单行，原本已经好转了，可偏偏在山上背柴的时候脚下一空，哧溜一下顺着山坡滑出好远，右腿重重地撞在了石头上。侯图南临走时，曾让赵康给陈羊家留了些钱，本来可以轻松过到年底的，现在则大半用来医治伤腿，所剩无几了。

陈羊，这个一向沉稳冷静的男子，这个在八百里瀚海中都不曾屈服的丈夫，让他的徒弟侯图南第一次看见了自己软弱的一面。

外面的沙地里似乎出现了某种急促但坚实的声音，一开始并不明朗，以至于有些人以为是幻听，但继而越来越清晰了，终于响亮起来，它比风声更近，势头更是盖过了风声，人们思索着是什么声音？嗒嗒嗒嗒，嗒嗒嗒嗒，很有节奏，不是马蹄声，而是人的脚步声。又有一个人来了，这个人很年轻，很狂热，很勇敢。

门突然被推开了。"爹!"

所有的目光都射向了门口，少年陈牵进来了，窜到了床边，侯图南侧了侧身，六个牛便抓住了父亲的手。

"咱能站起来，一定能。"六个牛斩钉截铁地说。

陈羊看着儿子，迟疑了一下，但见他坚定虔诚的样子，便点了点头。他不知道儿子之所以这样自信，比他本人还自信，是因为他看到了一个坚强的例子。放场回来后，他一直认为有关神偷李的故事太过离奇，不是很相信，孙师傅便不由分说地将他拉上了地排车，一路行进，来到了一个陌生的村落，在那里，他见到了九十岁的神偷李。

此老在七十三岁时竟然亲自进入新疆，与土匪激战，在手刃数十贼后，自己也多处负伤，被驼队的同伴救回，自那以后，双腿就不能下地了。不过，这对于七十多岁年龄的人来说也是意料之中的，就算没有上战场，也有不少老人卧床不起了。可是，强悍了一辈子的老爷子哪里能容忍命运这样的安排？他可曾是飞檐走壁不留痕迹的高手，现在却成了离不开人照顾的病汉。

他用力地捶打着伤腿，忍着剧痛大喊："走起来，出去!"

附近的人因为他是驼夫里的英雄，敢于为国杀敌，又有一股子不服输的气势，全都对他很佩服，说了不少中听的话。反倒是他的老伴时常抱怨，说他忒不服老，存心折腾人，空耗时力，拉不下面子。

"那些人当然能说好话了，他们又不用早晚陪着，洗啊浆啊的，他们那是站着说话不腰疼。"老妪望着几个子女，又不免抱怨，"都说是养儿防老，你们几个一点用都不顶，他睾，你们拉也不拉，让我老婆子好受！"

老两口儿时常吵架，老婆子骂起人来牙尖嘴利的，但骂过之后该洗的衣裳一件也没落下，该做的饭一顿也没少。儿女们在边上，又没少挨父亲贬："你们老子在床上不能动了，也不去想想办法，我真是前世没修好，摊上你们几个夯货，我要是能动，爬也要爬到郎中门口，早晚看好，能下地了。"

"嗯，你还年轻呢，你今年十八！"老婆子在厨房撑他。

"我怎么了？我八十怎么了？我照样上阵，照样跑驼帮，我哪点差了？廉颇七十上战场，姜子牙八十封神，我怎么了？"

"嗯，你能封神，别说封神了，就封你个王吧，一字并肩王。"

老头虽然觉得自己还能战斗，但还不至于功高如此，有些疑惑："怎么就一字并肩王了？"

"整天打打杀杀，哪天叫人砍了首级，不就是一字并肩了吗？"

老头气得直捶床，几个子女和老太太却笑得合不拢嘴，让他在床上吹胡子瞪眼："你们这些人哪，迟早气死我才甘心呢！"

由于老头一定要下床，家人便给他做了一副拐，每天挂着，出去到处走走，看看太阳，看看沙漠，看看骆驼，看看这即将远离他的世界。他每天疯狂地利用着这最后一点可以出来走走的时间，仿佛要将一切一切都刻在记忆里。他对这片土地上的每一粒沙子都有着不舍，怎么能在生命最后的岁月里远离了它们？

一开始他还挂着拐杖，后来居然放弃了，颤颤巍巍地走着。他认为挂拐实在是权宜之计，而且三条腿听着和三只手是一伙的，三只手是贼人，他这辈子最痛恨的就是贼人。就这么日复一日地复健，他最终彻底摆脱了拐杖，摆脱了一切依仗，再次成功地迈步在西北的土地上。

六个牛来这里时，神偷李已经恢复行走五年了，精神矍铄，大有冲进百岁大关的势头。孙师傅远远走来时就喊着："李爷！李爷！"

六个牛提着礼物跟在后面，远远地一路走，一路好奇地打量着这老者，他的额头光洁得就像佛塔顶部点缀的明珠，在太阳下微微发亮。他的眉毛已经淡化，但眼睛却时时俯视着，加之喜欢抬着头，透着一种不愿近人的傲气。他鼻梁不高，嘴唇紧闭，脸上没有什么特别的表情。此人正立着，穿一身棉短褂，棉裤加绑腿。

神偷李被喊声吸引，老远就在思索来人是谁，等到来客将近时，他露出恍然大悟的喜色："呀，这不是孙逢吗？"

孙师傅说："是我呀，是我呀，李爷，我来看您了，您看这是陈羊的儿子犇犇，现在是我的徒弟了。"

"李太爷好。"

"哟，这小子挺精神啊，几岁了？"

"十七。"

老者见了礼品，出言推辞："你这娃忒不识礼，多久不来看我，以为这点礼就能打发了？快收回去，在我家吃了饭坐着，我们聊聊。"

孙师傅说："近来驼队里抽不开身，没能来看望李爷，是晚辈的错，但是礼物也是一点心意，还请笑纳。现在已经过了饭点，我们吃过了来的，就不必麻烦李奶再忙活了，当然聊聊是定要聊聊的。"

六个牛随孙师傅进了神偷李的住处，这是一座黄土夯成的小院，养着一点家畜，倒也温馨。神偷李有两个儿子、一个女儿，儿子们家并不在此，但因父亲年迈，侍奉在旁；女儿曾嫁过一人，但那人也在同治四年（1865 年）那场战斗中牺牲了，从此再未结婚。

六个牛望着眼前这个健谈的老人，不免怀疑眼前这个和蔼可亲的爷爷，和刚才那个严肃威风、睥睨群雄的老者会是同一个人。一想起眼前这个人就是当年见过蒙古王爷、拿到金驼铃还赢了十枚银圆的神偷，又是面对土匪包围毫不畏惧、挺刀接战的老将，心中肃然之情油然而生。

此刻他回到父亲身边，那场在更大的历史画卷里谈不上辉煌的战斗，却是整个驼城无法忘记的光辉，它是驼城战士的勋章，是驼夫们抛头颅洒热血的地方。他的父亲也参加过这光荣的远征，也为自己的国家付出过鲜血。一个八十多岁的老者都能重新站立，父亲尚且年轻，怎么可能不行呢？自然是再公平不过的，漠北这片土地虽然是肃杀而寂寥，虽然一年到头充斥着无休无止的风暴，虽然隐匿着为非作歹的贼寇，但也施予这片土地上的百姓们骆驼、茶叶、盐巴、丝绸和一条古老的驼道。老天并没有辜负谁，命运翻云覆雨降下苦难的雨滴，落在人头上变成了压倒脊梁的大山，但人并非没有选择，勇敢者不会屈服，只会永远怀着希望在苦难的暴雨中起舞。

"肯定能站起来的，爹!"六个牛自信而笃定地又重复了一遍。

陈羊静静地望着他，旁边的人也被这年轻人话语中不容置疑的乐观和自信所感染，心里一下子充满了难言的激动和期待，仿佛亲眼看见了陈羊扔掉拐杖，重新站起来的那一天。

"爹，咱们肯定能站起来的!"六个牛不厌其烦，一遍又一遍地重复着，直到父亲愿意去相信，愿意重新拾起希望。

陈羊望进那一双双充满期待和鼓励的眼睛里，心下一阵动容，无言的期待和鼓励化作无形的动力注入他的身体里，让他心中涌起莫名的勇气和力量，他回握了儿子紧攥着他的手，在瞩目的期待中缓缓开口应答："好!"

所有人都松了口气，侯图南更是放下了心中的石头，看着原先那个沉着冷静、不怕任何困难的男人又回到了师傅的体内，点亮了复活的光芒。终于，一个人打开了窗户，呼啸的风已然停歇，虽然天边仍堆积着浓厚的乌云，但云缝中漏出几道阳光，是放晴的预兆。大家望着云翳下的光线，期待着明天温暖的阳光。

"吃饭了！吃饭了！"女人们在外面叫着。屋里的人还没出去，就已经在想象着腾腾热气中那朦胧的笑脸了。她们是驼夫背后的女人，是顶起家的半边天。脸上的一抹酡红藏着乐观的本质。当直面生活的苦难时，她们或许会叹息，会抱怨，会啜泣，但那仅仅是情绪的宣泄，而绝非本质。

人的本质，一方面来自自然的赋予，而更多则来自乡土的熏陶。她们在这里时常劳作，又怎会陷入空想呢？她们时常牵挂，又怎会陷入麻木呢？她们时常思考，又怎会陷入迟滞呢？她们时常高歌，又怎会陷入哀伤呢？在茫茫的沙漠里，有一股力量在逼迫着人们坚强起来，快乐起来，勇猛起来，哪怕有半点迟疑，有一丝胆怯，活下去就只能依靠侥幸了，而在自然的规律里，幸运则是难得一见的稀罕物。

"诶，来了！"陈羊应了一声，他要扶着儿子和徒弟的肩膀出去，像一个真正的驼夫那样，在骆驼的帮助下重新走向希望。

"诶，来了！"六个牛应了一声，他明白了自己要做什么了，现在要去吃饭。

"诶，来了！"侯图南应了一声，他有了更清晰的方向了，领头羊最怕的就是失去方向，把伙伴带进了狼群。

"诶，来了！"大伙应了一声，这是西北汉子之间心照不宣的勉励，是对未来召唤笃定的应答。

三十七

"陕甘总督左宗棠大人已到兰州，驻节总督衙门。"王佐玉向马四爷报告官面上的事。

马四爷接过王佐玉递来的报告，眉头微皱，沉吟片刻后说道："六年前左大人就被朝廷任命陕甘总督，只是忙于镇压西捻军，无暇西顾，现在发捻即灭，关陇继平，左大人到任兰州，可能为收复新疆做准备。"

王佐玉点头表示赞同，继续说道："新疆自古以来就是我大清的疆土，如今却沦陷在叛匪之手，实在令人痛心。左大人此次一意规复新疆，必将以不辱使命、誓死捍卫国土为重。"

马四爷听罢，深深吸了口气，神色庄重地说道："左大人此次西征事关国家领土完整，意义非同小可。我们需全力支持，能为国出点力也是我们的荣幸啊。"

王佐玉闻言，郑重地行了一礼，答应道："四爷放心，我必定竭尽全力，不负重托！"说罢，他与马四爷商议起具体的一些事宜。这是一场关乎国家命运的战役，他们将肩负重任，为国家荣耀而战。

"刘锦棠大人率领'老湘军'作为收复新疆的先锋，已经进入河西，驻扎在凉州。"马向也跟着补充道。

这支部队进入凉州后，按西式练兵法在城西紧张操练，主要演习炮战。这期间，左宗棠给刘锦棠密信，大意是"自古关塞用兵，在精不在多"，叮嘱刘锦棠通过整顿、集训、改善武器装备来提高出征部队的战斗力，同时裁减冗兵，节约军饷。刘锦棠即在年底将五十五营"老湘军"经过挑选后，编成二十五营精兵，剩下的老弱兵丁在凉州就地遣散。有不愿回湖南的，鼓励在凉州当地安家，发给置家费用。

新编的二十五营将士约一万一千人，在左宗棠亲自关照下，配给当时国内最先进的武器。刘锦棠部配备最优，除原有枪炮外，配备德国后膛开花大炮十余门、七响马枪等先进枪支一千多杆。

"张曜大人驻军漠北，开展屯田生产，自养官兵，储备军粮，维护我县地方安全，爱护我县百姓。现在左大人西征，粮饷运输困难，我马家愿捐白银十万两，骆驼两千峰，义务运粮。"他又补充道："考虑冬天下雪，外加三百峰白骆驼。"

第二天早饭过后，马家大院大门外的牌坊用篷布围了起来，听说要修葺牌坊，有专人看护，行人不敢接近。实则并不是修葺牌坊，而是马家存银埋在牌坊下面。取出全部存银，只有六万四千两了。

王佐玉进来对东家说："四爷，现在存银只有六万四千两，这是马家大院的全部存银了。"

"六万四千两？"马知闲有点惊讶地问。

"是的，六万四千两。"王佐玉面露难色。

"六万四千两全部捐献，所差三万六千两，从兰州茶庄调拨。"马知闲思索半晌后当机立断做出了决定。

"老爷，现在匪徒扰乱，各地商号又不景气……"王佐玉脸上浮现出一丝犹豫的神色，欲言又止，为难地说道。

"我马家和康家、曹家是大清三大护国员外郎，现在左大人西征，我不能不支持啊。"马知闲义正词严道。

"老爷……"众人在一旁劝说。

"别说了！"马知闲不容置疑地打断，"兵马未动，粮草先行，八万人组成的西征大军，向人烟稀少、土地荒芜、粮草不足、交通不便的地区挺进，靠大车、骡马、骆驼运送粮草和军需物资，困难是很多的。"

就如同左宗棠在发放到陕甘各府衙的公文中所写的："筹饷难于筹兵，筹粮难于筹饷，筹转运又难于筹粮，粮运之事，为西北用兵要著，事之利钝迟速，机括全系乎此。"

西北的风景与湖南的大不相同，时为秋末冬初，片片落叶无声地诉说着边地的苦寒，烈风卷着沙粒直钻人的脖子，拴在一棵白杨树上的一只绵羊正在吃着地上的树叶。

望着幕僚们哈手跺脚的样子，左宗棠随口吟出一联："白杨树上拴白羊，羊食杨叶。"

左宗棠向身边的人说："你们谁对出下联，有赏。"幕僚们你看看我，我看看他，绞尽脑汁，无法对出。

当走到黄河岸边时，见一黄鹤从远处飞来，左宗棠灵机一动："黄河岸边落黄鹤，鹤饮河水。"幕僚无不折服。

白发苍苍的左宗棠站在黄河岸边，一脸的愁云，身边随从不禁发问："左帅，大军锋芒直指，何故惆怅？"

左宗棠长叹一声："北地用兵，急需驼力，前些天调集凉州漠北的骆驼不知怎么样了。"

身边官员说："据说漠北骆驼十万计，今驼夫在千户以上，马家自大清国以来，富甲一方，多次为国捐资，这次调集骆驼不会有问题的。"

两人边走边聊，一阵急促的马蹄声越来越近，兵丁报告："漠北'永盛号'马家王姓管家已在帐下等候。"左宗棠把手一挥，高兴地大声说："走。"

进了军帐，左大人看见两个人在等候，知道他们便是漠北马家的来人，招呼他们坐下，和颜悦色地和他们说起话来："二位一路从漠北到兰州，着实辛苦了。"

王佐玉忙说："大帅大军远征千里，我们这又算得了什么。马东家提供骆驼五千峰，白银十万两，他在漠北老家取出全部存银，只有六万四千两，我先带来了，所欠三万六千两，马东家让我协调，从兰州茶庄调剂。明天我就可以把所欠银子如数送来，请大人放心。"

左宗棠沉思片刻说："马家自清以来义举捐银过多，现在又供骆驼又捐白银，这次所欠的就不再收取了。"

王佐玉说："谢大人，有什么要我做的您就只管吩咐。临行时，马东家已经吩咐，但凡大帅有用人用物之处，漠北马家尽力协助。"

左宗棠接着说："大西北地形复杂，入疆作战，对于三湘弟子来说，没有向导无异于盲人摸象。不过，漠北骆驼遍地，驼夫肯定也多，都是常年赶路的人，肯定熟悉道路，还望能给大军找些引道的人。"

王佐玉忙说："我家老爷早有安排，田开文熟悉新疆地形，他可以做向导。马家驼队有几位识路的驼夫，都愿意为大军效力，再不济，骆驼也可以做向导。赶过骆驼的人都知道，它们是有名的路路通，即使在茫茫大漠里，也不会迷失方向。"

"那好，我正找这样的人呢。可以多来一些熟路的驼夫，编成一支向导队，每营配发数名，这样才算周全。另外，新疆民族众多，如有通维吾尔族、哈萨克族、柯尔克孜等各族语言文字的也应加入军队，充实通事的力量。"

站在一旁的田开文说："我早年在新疆做生意，新疆的哈密、巴里坤、鄯善、达坂、吐鲁番我都走过，知道那里的地形地貌。大帅如有用得着的地方，尽管吩咐，我愿竭尽全力，毫无保留。"

左宗棠见田开文一直堆着笑，相信这人是真心想为大军效命，心里也很满意，微笑着回答："田先生有这样的忠心，国家幸甚啊，本帅与诸位共勉，此行当剿除敌寇，收复故土，还我国土完整！"

王佐玉说："边疆多雪，马东家还提供了三百峰白骆驼，在雪天隐蔽性好。"

"漠北白骆驼很稀有吧？"左宗棠问道。

王佐玉说："白骆驼为骆驼中的珍品，百峰以上的群体中仅有一两峰。据说明太祖举行开国大典，急需八匹白马，但因多年战争创伤，一时在全国挑选不出来，便从漠北精选了九峰白骆驼，不但替代了吉祥的白马，又预兆了国家将繁荣昌盛。从那以后，白骆驼就戴上了'贡驼''皇驼'的桂冠。"

"白骆驼是吉祥之物啊，看来我们要打个大胜仗啊。哈哈哈！"笑声在军帐中回荡。

王佐玉将一干要事汇报清楚后便辞别而去，前往红柳村找侯图南。

自从得了马家的茶票后，侯家驼队虽说在明面上没有并入马家，但实际上已与马家建立起密切的关系。而且，自从驼阵训练取得较大成功后，侯图南在马家驼队算是积累了不小的名声，以巴特尔为代表的上上下下的驼夫对他都很信服。这次为左大帅担当粮草运输的重任，马四爷身为护国员外郎自然是责无旁贷，而自领了这差事后，马四爷便决定将此重任交由王佐玉来负责，而侯图南辅之。

王佐玉朝侯图南卖了个关子，笑了笑道："你知道马四爷的用意吗？"

侯图南摇摇头坦言道："不知。"

"其实四爷是打算重用你的，只是你进入马家驼队较晚，又无正式名分，恐怕众人不服。"王佐玉一边搓了搓手哈气一边说，"只是马四爷过于谨慎了，这次不比寻常，左大帅给了他足够的权力，可以统领整个漠北的驼队，并非马家一家的。"

侯图南思索了一会儿说："还是谨慎点好，兹事体大，这漠北的养驼人，未必是一条心的，有那不愿听从四爷的也未可知。您除了做驼队的领房子是一把好手外，还有学问，识大体，性格不易与人犯冲，有你坐镇才能协调各方。至于我，我也就不谦虚了，论能耐，在马家谁也不怵，只是我的性子比较弱，不大同人争，能受得了气，做个副职就好。"

王佐玉听见侯图南这样分析，便拍拍他的肩："我说，你嘴上说不谦虚，到底还是谦虚了。俗话说，慈不掌兵，义不掌财，你如今既是做生意的头目，又是大军后勤的副手，算是既要掌财，又要掌兵，马四爷哪里能选一个好性子的？就算你平日里是个弥勒佛，见谁都呵呵，这时候也得拿出威风来，不要弄得文恬武嬉，谁都不当回事，那麻烦就大了。"

"说得有道理。"侯图南点头应答着。

两人骑着骆驼，不多时就来到了驼场，赵康望见远处有两峰骆驼前来，手搭凉棚看了看，确定是侯图南和王佐玉，便迎上前去。侯图南两人下了骆驼，一路走，一路问："骆驼都准备好了吗？"

"这都不消说的，肯定准备得妥妥当当的。"赵康露出一口白牙。

侯图南对王佐玉笑道："这娶了媳妇果然不一样啊，干劲都比以前大了。"

王佐玉吃惊地打量了一下赵康："怎么，你才结的婚？"

赵康有点嗔怪地看了看侯头："你听他乱说，就喜欢拿我开涮，我是去年娶的媳妇，愣是让他说到现在。"

"这是好事，怎么不能说呢？说一说，大家一块儿高兴高兴嘛。"侯图南解释道。

赵康从怀里取出一张泛黄的地图来："这张图，我真想撕了它，上面很多地方讲的都是几十年前的事了，比如这、这、这几个地方，这些路早就废了，另开了新路，这图上压根就没有。"

侯图南看了一眼说："虽然时间太紧，但还是希望能找马四爷想想办法，弄一幅准一点的地图，这个根本用不了。"

王佐玉说："依我看，漠北养驼人无数，驼队必然要走新疆，谁家都有可能留个图什么的，不如寻一张来凑合用，咱们这边再抓紧时间赶制新图。"

"但愿吧。"侯图南将骆驼拴好，"过几天就要出发，先在凉州集结，然后赶往肃州。"

赵康不经意地问："什么时候到新疆？"

王佐玉说："这些少问，管好自己的驼队就行了，我们这些人只要按上面的安排赶往肃州就是了，在那儿待命。"

赵康点点头："好，我这就去安排。"

这时，一只黄狗走出来，在侯图南的骆驼边转悠，还用爪子撕扯驼背上的褡裢。向梅过来一边赶狗，一边说："你这褡裢里装的啥啊？把狗都着急的。"

侯图南从驼背上取下一块羊肉来一丢，那大黄便叼着走了。向梅却直跺脚骂道："你呀你，真是个败坏头，羊肉是喂狗的东西？"

侯图南走近妻子缓缓开口解释："你怎么也不懂了？这些狗啊、骆驼啊，都要把它们当兄弟看，关键时刻能保命。我的骆驼一峰都不能亏待了，它们马上就要上战场了，人上了战场叫战士，那它们就叫战驼。"

向梅微微一笑："你还要拿大黄当兄弟，它管你叫哥，管我叫什么？"

侯图南愣了一下，哈哈大笑起来，王佐玉也跟着大笑："弟妹啊弟妹，你怎么也这么会开玩笑呢？"

向梅倒没有大笑，只是微微咧着嘴："哈，你说你这些骆驼都是战驼，既然是一家人，让人家站着多不合适，进来坐坐呗？"话音刚落，三人在屋外头一起开怀大笑，笑得后背热汗噌噌直冒。

到晚上快要歇下时，向梅闷闷地说："你都五十好几的人了，让年轻人去吧。"

"你说什么？"侯图南没听清，问道。

"没，没什么。"向梅知道侯图南此次往新疆运粮与以往不同，这回是参与国家的大事，是再光荣不过的事情，也知道自己这话说的是有些不顾全大局了，因而有些心虚。

虽说驼队负责的是军队粮草的筹运事务，用不着冒着枪林弹雨在战场上出生入死，可向梅心里终归是割舍不下，几次欲言又止后终于试探性地开口道："能不能不去？"

侯图南宽慰地笑了笑道："这次粮草运输工作我是王佐玉的副手。这是保家卫国的好事，再说了马四爷对我有知遇之恩，我得去。”

向梅闻言不说话了，空气一下子冷了下来。

“放心，哪次我不是全须全尾地回来了？有你在家天天念着我，我舍不得不回来。”侯图南笑着说。

“谁整天念着你了，爱去哪去哪！”向梅说着把侯图南搂在腰上的手掰开，“你先睡吧，我给你准备一下衣物。”

向梅把侯图南的衣服叠得整整齐齐，用手捋了又捋，衣物全部整理好后，她拿来一张纸，写上“山高水远，务必珍重，平安归来”一行字，夹到衣服里，然后把所有的东西都装进行李木箱里。

第二天早上，侯图南吃完向梅为他做的他爱吃的拉面，带上行李箱，去了驼场。

三十八

西征运粮任务一出，西北驼户一呼百应，漠北征驼一万四千峰，驼夫一千四百名，编成九十八支驼队在漠北县东大滩齐集，开赴凉州、安西、哈密等地。

晨光熹微，漠北的天边已浅浅泛起鱼肚白，四面八方的驼队向东大滩涌来，一时间，东大滩成了骆驼的世界，沙尘蔽日，驼铃震天，骆驼汇成一片驼海，一万四千峰骆驼蜿蜒成龙，浩浩荡荡，迅疾而从容地向着凉州出发。那三百峰白骆驼在驼队中格外抢眼，它们的毛色洁白如雪，身姿高大威武，步伐优雅轻快，仿佛是传说中的神兽。

到了凉州，驼队装了粮食，向河西走廊的肃州进发。大漠戈壁，放眼望去，驼队如一条边塞巨龙，在高低起伏的沙丘间蜿蜒盘旋。

兴许是连日赶路匆忙，到了夜里赶路的时辰，驼夫们大多还沉浸在美妙的梦乡。侯图南揉了揉眼睛，起身拍了拍羊皮袄上的沙尘，又正了正头顶的毡帽，将仍沉睡在睡梦中的驼夫们叫醒。

"大伙都醒醒，欸，醒醒，后面的，走了。"侯图南喊道。众人相继苏醒过来，只听见驼夫们穿衣服的声音，与轻微的驼铃声交织在一起，为清寂肃杀的荒漠平添了几分生气。

人群中隐约有人嘟囔："这才睡了多久啊……就是，只刚睡了个囫囵觉，人肉又不是铁打的。"

王佐玉也早早起了，听闻此言，便上前安抚劝慰道："这几日，诸位弟兄着实辛苦，我又何尝不想多睡半个时辰？三军未到，粮草先行；四爷既已允诺全力支持左大人剿匪，这事可万万不能耽搁啊！"

"你莫要真去劝他，咱弟兄们哪个不知晓此中利害？我看，他俩不过孩童脾性，冒冒苔气罢了。"边上一人打趣道。

"行了行了，检查一下水和干粮，赶紧出发吧。"侯图南催促道。

驼队不停向前，月光弹指过，侧畔驼影座下移，不知不觉天已大亮。入瀚后，太阳愈发毒辣，大家行走于沙道上，浑身燥热，大汗淋漓，喉咙干渴，风沙如刀割般狠狠打在脸上，许多驼夫嘴唇早已干裂，但因路途遥远，淡水储备极为珍贵，驼夫们也只是渴极了才拿出水囊，抿上一口，又小心翼翼挂回腰间。

侯图南已经不记得自己上次大口痛饮是什么时候了。他舔了一下干裂的嘴唇，伸手摸了摸干瘪的羊皮水囊，又把手收了回去，搭在缰绳上。

这一小小举动刚好被王兆瑞看在眼里："给，喝我的，路还长。"王兆瑞一边说，一边把自己的水囊递了过去。

侯图南瞥了一眼，喉结忍耐不住地蠕动了一下，推开他的水壶，大口喘着粗气道："没事，我不渴。这才哪到哪！你留着。"

二人同行多年，已然不像当年刚认识那般客气见外，彼此之间，说笑逗趣，插科打诨信手拈来。王兆瑞已习惯侯图南的逞强。不由分说，便拔掉囊塞，将水囊顶到侯图南嘴边。侯图南与王兆瑞对视一眼，憨笑了一下，便接过去喝了两小口。

"你还记得，七年前，咱们差点渴死在这荒漠吗。"侯图南一只手拿着水囊，遥望前方，淡淡地说道。

"记得啊，怎地又想起这事？"

"没事。只忽然想起，那只跟了驼队二十年的老驼。到处找不到水源，这荒漠，连仙人掌都被啃光了。"

"唉。过去了，莫提了罢。"

王兆瑞低头看了看手中的水囊，又抬起头，没有说话。

"我拉了一辈子骆驼，这一次感觉最值得。"侯图南继续说道。

"俺们虽不上前线，但是能把这些粮草辎重安全送达，也算是为国效力了。"王兆瑞应答了一句。

大家就这么一路说笑着行进，虽然心知这场征调可能让他们有去无回，身死异乡，可谁也未曾退缩过半步，漠北的驼夫们义不容辞将救国家于水火之中的社稷大任扛在肩上，运送着粮草前往后备战场。

"侯头！大事不好了！"六个牛慌忙跑到侯图南面前，双手扶着膝盖喘气，又咽了口唾沫，继续道："新来的王小五，躺在地上吐血呢！张大夫在哪？你快叫他一起去看看吧！人命关天啊！"

侯图南神色一变，脸上浮现出隐隐的担忧，拔腿跑去察看王小五的伤情，一边跑着，一边回头对王佐玉喊道："佐玉，你去后面喊张大夫！"

二人急忙赶到现场，只见王小五面色苍白，嘴角带血，衣领上也全是血，腹部隐约有驼蹄的印子。侯图南面色凝重，蹲下身握住王小五的手安慰他："兄弟莫要害怕，不会有事的，张大夫很快就来了。"

"让一让——借过。"张大夫快步踱到跟前，挽起袖子，将二指搭于王小五手腕。

"这位小兄弟情况怎么样？"侯图南着急地问道。

张大夫认真把了一会脉，随后说道："内伤。想必是连续赶路，加上水土不服，肠道出了问题。虽性命无碍，但需及时服药，止住伤情，再好生静养些时日。只是……"

"只是什么，你倒是说呀！"六个牛着急问道。

"驼队的药袋里医治此类腹腔内伤的药材不全，需到药房抓取才行啊。"

"这茫茫戈壁滩，哪来的药房呢？"侯图南问道。

"这……"张大夫面露难色。

侯图南沉吟片刻道："小五兄弟养伤要紧。现在路程还未行至肃州，依我看，要不安排两个心细的弟兄，将这位小兄弟原路送回去吧。一来，可以尽快服药；二来，路途遥远以免再生不测，加重了伤势。到时候怎么与你父母交代是好？"

"看来也只能如此了。风暴刚停，耽搁了不少时间，驼队也不能在此久作停留，要不，我这就去安排？"王佐玉道。

众人纷纷点头。

王佐玉转身就要去安排，忽然王小五把手抬起来抓住了王佐玉的衣襟，气息微弱地开口道："慢……"

眼看小五想强撑着坐起来，侯图南赶紧上前扶住："小兄弟，你现在还不能起来。你有什么想说的吗？"

"我不回去。"王小五用微弱的气声说道。

众人不解，面面相觑。

"小兄弟，现在不是逞强的时候。你还是听领队的安排吧！"六个牛也在一旁劝说。

"各位的好意，我心领了。我王小五年纪虽小，可绝非贪生怕死之辈。更不想因为我再浪费人力物力，拖累队伍……"小五喘了几口气，继续说道："又不是纸糊的……咳……大家伙快点赶路吧，事关国家西征大计，前线的将士都已将生死置之度外，我这点小伤算得了什么？不能辜负左大人重托。都别围着我看了，咳……谁来帮帮忙，扶我上骆驼。"

王小五挣扎着坐起身来。众人实在拗不过他，便让他趴在骆驼身上随队前行。侯图南让张大夫跟在小五后面，方便及时照看，驼队再次启程。

"苟利国家生死以，岂因祸福避趋之。小五兄弟真是好样的。"侯图南骑在骆驼背上，转身对王兆瑞说道。

"看不出来，你还会背诗？"王兆瑞笑问。

"这是三十多年前，林则徐林大人写的。你没听过么？"侯图南反问王兆瑞。

王兆瑞思索半晌后应答："林大人？莫不是'虎门销烟'那位？人倒是听过。"

"是啊，我也是之前听四爷他们谈起。想当年，林大人抗英有功，却遭到朝廷的投降派诬陷，被道光爷革了职，发配新疆。据说是在西安府，林大人与夫人离别赶赴伊犁前，满腔悲愤，写下了这句诗。"侯图南眺望着远方，仿佛林大人的宏伟英姿就在眼前，他把这位爱国忠臣的故事娓娓道来，说给王兆瑞听，王兆瑞面带微笑盯着侯图南，也不说话。

"你盯着我干吗？莫不是我脸上的伤口又裂开了？"侯图南担心地摸了摸刚才的伤口。

"没想到你一介匹夫，粗人一个，还能背诗，还头头是道的。"王兆瑞笑道。

"匹夫怎么了？天下兴亡，匹夫有责嘛！这国家，这民族，就是由这千千万万个百姓，千万万万个匹夫撑起来的。哈哈。你说，咱们驼队现在做的事情，是不是就有这个意思？"侯图南颇为自得地说道。

"所有人停下来！"侯图南喊道。从凌晨一直走到现在，人和骆驼已乏累不堪，况且天气愈发燥热，继续赶路只会让人出更多汗、消耗更多的水和体力，得不偿失。

"传话各队，原地休息！黄昏起来再出发，今晚应该月色很好，我们晚上继续赶路。"侯图南接着说道。

驼夫们于是让骆驼卧下来，人靠在骆驼宽大厚实的身上，有如背靠大山般心安。大家就这样，倚靠着骆驼，在骆驼的荫翳下闭目养神。在这茫茫荒漠中，骆驼是驼夫们最可靠、最亲密的伙伴。沙漠地面松软易滑，反弹力广而小，而骆驼躯短肢高，尻短斜，后肢刀状，能产生较大的推进力和持久力，特别是骆驼的蹄盘大，蹄内充满弹性组织，外角质层厚，着地面积大，因而不会陷于沙中，最适于在沙漠中行走。这也是为什么此次收复新疆，托运粮草的重任非驼队莫属——因为它们是沙漠中唯一的交通工具。

侯图南没有闭眼，盘腿席地而坐，聚精会神地看着面前一只正在采食狼毒草的骆驼，若有所思。

此"全兽"颈部较长，呈"乙"字形弯曲，长约一米，灵活性大，既能低头采食地面矮小植物、灌木枝叶，也能抬头采食高达两米的乔木枝叶。其颈，上下左右活动自如，觅食能力极强。嘴尖凿利，上唇纵裂两瓣，下唇尖而游离，唇薄而灵活，加以下颌发达，咀嚼力极强，分泌的唾液浓而多，能采食其他动物不愿采食的带有刺、毛和盐碱重的菊科、藜科类植物，也可采食草本植物、灌木以及仙人掌和枝条等粗硬、带刺的植物。

"你看。"侯图南指着面前的一头骆驼，对王兆瑞说道。

"看什么？骆驼吃草？几十年还没看够吗？"王兆瑞笑道。

"它吃的是什么草？"侯图南又问。

"狼毒草啊——您老头一次来沙漠啊？今天这是怎么啦，返老还童？童心未泯？要不要再看个蚂蚁搬家？"王兆瑞扑哧一声笑出声来。

"可是，此草有毒。这你我儿时便知。其他牲畜是吃不得的。是否因为司空见惯，就理所应当呢。你不觉得骆驼很了不起吗？"侯图南回头看了看依靠在骆驼身上安心熟睡过去的兄弟们，继续道，"咱们这个行当，风餐露宿，与沙为伍。从古至今，驯驼技艺代代相传。弟兄们个个吃苦耐劳，是否也是理所应当呢。你不觉得，身后这些弟兄们，也很了不起么？"

"哈哈哈，还不是领队教导有方？要夸先夸你啊，你最了不起！"王兆瑞笑着恭维道。

"你莫要取笑于我，权当我在说胡话也就是了。"侯图南也不知道自己为何会说出这些话，一时间有些不好意思。

"我懂。"王兆瑞收起笑容，抿着嘴巴看向远方。

"其实，我一直觉得——咱们这个行当的人跟骆驼很像。矮的能吃、高的能吃、硬的能吃、带刺的能吃……还有像你刚才说的，有毒的也能吃。在这戈壁滩上，不容你挑挑拣拣；万般滋味，外人看不出来，只能自己慢慢消化。能驮，能扛，不怕苦，不怕累。你我跟这囊驼，在西北，在大漠，都是一样的不可替代，不是吗？"王兆瑞说完转头看向侯图南。

侯图南笑了，躺下来把头靠在骆驼肚子上。

骆驼的肚子仿佛是这沙漠中天然的枕头、靠垫。

王兆瑞也靠了上来，二人不再说话，不一会儿就进入了梦乡。

日落，月升。整个戈壁滩，像是着了一层淡淡的霜白。清夜无尘，月色如银。

寂静的大漠中，驼铃叮当作响，深邃而悠远。

月光下，长长的驼队伴着夜风继续向西前进着……

三十九

"八百里戈壁一口气"，驼队到了肃州，在此地暂且停歇。

"我们已经到了肃州，那么接下来要往哪儿去？"侯图南问王佐玉。

王佐玉看了看地图："上面有令，驮运的粮食先在哈密、镇西存储。哈密、巴里坤、古城这些地方是战略要地，按照大帅的意思，先把物资运到那里即可。"

赵康说："俗话说，兵马未动，粮草先行，大军什么时候出发，我们好提前准备。"

王佐玉答："大军的出发时间不必多问，我们只要按照负责粮草的首领的安排，明天动身就是了。各驼队留下几个驼夫，充当大军的向导，你们驼队留下的是马小五和王兆瑞。另外，地图的事时间没那么紧了，陕甘总督府又找出了一些新的地图，姑且能用，给绘图人争取了时间。"

侯家驼队在光绪二年（1876 年）三月二十，也就是左宗棠军移师肃州后的第三天出发，前往哈密。六个牛早已从王知树的茶厂出来，回到驼队，如此惊天动地的历程，他怎么甘心错过呢？这一次，马家驼队里的马向驼队也跟侯图南一起前往哈密，驼队还增加了几个驼镖师傅一路跟随。

吃罢早饭，他们起身吆喝骆驼，驼夫们忙碌着给骆驼披上驼屉，上垛。他们做得非常熟练，几个年轻力壮的后生更是有使不完的劲，百十斤重的垛子，一个人用胳膊一夹，肚子一垫，嘴里"咳"的一声吼，便稳稳当当放到驼背上。随后，骆驼神采飞扬地摇着驼铃，晃着驼峰"嗷——呜，嗷——呜"地嘶叫着站起，朝前迈步走开去。戈壁滩上驼夫的吆喝声混合着骆驼的嘶鸣，再加上骆驼那蒲扇般大的蹄子一抬一落发出的杂沓声，交相辉映，将深秋的荒凉肃杀之气秋风卷落叶般一扫而空，空旷的戈壁顿时沸腾、热闹起来。

由于这一次是为公家办事，驼队途经凉州、甘州、肃州，出嘉峪关，过玉门、安西，一路上堂而皇之地走的都是大路，行进得异常顺利。加之行进的路线是驼队往来通商常走的道路，大家早已轻车熟路。天气晴朗，路也好走，对于驼夫们来说，不啻于天堂之乐。这一路走得也很快，就连骆驼都欢愉不少，步子迈得优雅轻快，水润润的眸子里飞扬着神韵。

虽然这条路驼队已经走过多次，但苍茫大漠，荒无人烟，一旦气候有变，可能货损人亡，更别说这次运送的是事关战事成败的粮草辎重，须慎之又慎。一路上侯图南时刻注意观察着云层的形状，预测未来的气候状况，确保没有大风才好继续行进。

当驼队行至疙瘩井时已至黄昏，天气看起来晴空万里，但仔细一看，白云泛起灰黑色的暗影，云头云脚卷曲厚重。侯图南预感会有大风，想让队伍休整一番再前进，以免路上出现变故，但此时距离三道井不过五里地，马向却打算一口气走到三道井再歇息。二人出现分歧。

"兵贵神速，这样的道理不是明摆着的吗？一点风暴就把我们挡住了？"马向搓了搓手，"我们的驼队不是受过抗风暴的阵形训练吗？正好派上用场咯。"

"那种训练也不是真的为了在风暴中往前走，而是为了争取时间找到避风的屏障。"侯图南辩解道，"说到底还是权宜之计。"

马向皱了皱眉，断然拒绝："不行，如果你想留下，那么侯家驼队就在这里歇着吧，我带着自己的队伍上前走，让你们这些人看看，什么叫汉子！——马家驼队，出发了！"

侯图南一把拉住他："马把式，等等，不要命了？沙地里的老黑风是能把人和骆驼都卷走的！误了军机大事，你我可担当不起。"

马向怒目圆睁，用力地跺着脚，冷哼一声："哼，我不知道原来加速前进也叫耽误军机大事，而畏葸不前倒成了退敌良策了。你们要是胆小怕事，那就尽管留下吧，反正这里的风暴来得快，去得也快，你们马上不就赶上了吗？"

二人正争执着，却看见一个人骑着骆驼呼哨一声，带着一把子骆驼飞奔而去，直直地往三道井方向加速。两支驼队都懵住了。

孙师傅和旺子在后面大声骂："夯货，不要命了！"大家这才知道那人是六个牛。

"好，好，原来侯家驼队还有真男子，可笑你们这些老驼夫，还不如一个年轻人。——马家驼队，我们赶上！"马向却在旁边鼓掌大笑，随即一声令下，号召马家驼队赶上。

马家驼队的驼夫们整装待发，随着领房子的一声高呼，朝着三道井的方向一路奔袭前进。侯图南望着六个牛疾驰而去的背影，心想着等追上了定要把这小兔崽子好好揍一顿，但也忧心着他的安危。他担忧地看了眼天边的积云，虽心里边愤愤不平，恨不得冲到最前头去，以雪被称作懦夫的耻辱，但还是强迫自己冷静下来，下令道："所有人，继续前进！留神西北风，时刻准备抵御风暴！"

于是，马家驼队紧随着六个牛带走的一把子骆驼，侯家驼队紧随着马家驼队，三拨人一齐往三道井的方向全速前进。可刚看见三道井的影子，就有人惊呼："风来了！"

侯图南转头一看，西北方向不远处，一股如同柱子般抵在天地之间的暴风卷起沙尘以排山倒海之势席卷而来。霎时间，天昏地暗，狂风咆哮着，怒吼着，将沙粒高高卷起，又狠狠扔下。驼夫们如同海啸中一叶孤舟，任狂风推来搡去，有的被风狠狠摔在地上，挣扎着站起来跟跄了几步后又被狠狠拍倒。庞大壮观的驼队，此刻在自然面前，竟然显得如此渺小而又脆弱。

侯图南大声呐喊道："所有人，立即撤进三道井房子里！立即撤进三道井房子里!"但他很快就意识到已经来不及了,因骆驼是侧风向,他几乎是咆哮似的喊道,"六个牛,转向! 转向!"

六个牛是驾驼的高手,但面对老黑风,他还是紧张了,听见转向二字,手下意识地一拽,却不想转向倒真是转向了,但转的却是往风暴方向而去的向。这下可完了,眼见着他和那一把子骆驼就要被风沙吞没,一道鞭子狠狠地抽了他一下。

他还没回头,就听见马向在后面喊:"小子,别坏了货物!"

马向一声招呼,那几个镖师立即上前,要抢在风暴卷来之前把六个牛和骆驼带离下风向。马向奋力一蹬,运起轻功来,就着在几峰骆驼身上借的力,冲到了六个牛前面。他张开双臂,猛地一拦,把那峰受惊的骆驼死死抵住,后面的骆驼因为惯性,向前一推,直接将他挤到了驼蹄之下。

六个牛大惊失色,赶紧拽缰绳,让骆驼抬起前蹄,不要踩到马向。那骆驼前蹄抬倒是抬起来了,放下的时候却还是照着原来的方向放了下去,正好砸在马向身上。马向牙关一咬,在地上直直地躺住,不动了,没了呼吸。

六个牛吓得不知所措,大吼了一声,只听见后面侯图南在喊:"快,转向!"他赶紧转向,随大队一起奔向三道井房子里。

六个牛进入房子后,大口大口地喘着粗气,一个驼夫上前来,对他拳打脚踢,紧接着就开始有人拉,但全都朝他怒吼。

"你搞什么东西!"

"你他妈的瞎跑什么!"

"一个好端端的人就因为你死了,满意了吧!"

"你是瘟神派来的伏兵吗?"

"家要败,出妖怪,我看你们驼队要完了!"

驼夫们七嘴八舌地数落起六个牛来,有的甚至是咒骂了,大家愤恨至极,捎带着连侯家驼队也一并被骂。马家驼队的驼夫挑了头后,侯家驼夫也不好一声不吭,马向的确是为了保护六个牛和那一把子驮货才死的。他们一面拉架,一面也数落六个牛。六个牛便低着头，眼里噙着泪，一言不发。

此时，只有三个人一直没动，一个是孙逢，一个是王小蓝，还有一个就是侯图南。侯图南眼见着大家吵得越来越凶，大吼一声："都别吵了！"

所有人顿时安静下来，所有的眼睛齐刷刷地盯着他。侯图南微微皱了眉头，继而脸上漠然，不见一丝神色，仿佛不知喜怒哀乐为何物的机器般。等所有的气息都沉静好一会儿后，他望着默默啜泣的六个牛："陈牵，上外头跪着去！"

六个牛一言不发地就站了起来，一瘸一瘸地出去了，扑通一声跪在了沙地上。风暴的余劲还未完全消去，冷风打在他脸上，夹杂着硬硬的沙粒，犹如刀割。西北沙漠里的二月还是冷的，眼泪在脸上都有结冰的迹象。

侯图南喃喃道："马把式是为了我们的人才……说起来也真是可惜，多好的驼把式啊……"

侯图南来到外面，看着默默无言的六个牛，上去就是一脚，踢得六个牛栽倒在地，但他仍是头也不抬一下。侯图南只踢了这一脚，再没有打，也没有骂，转身回到屋里，再也不看咒骂唏嘘的众人，独自坐在一处。

这三道井无人看护，早已荒废，今晚也就算是驼队的休整之地。众人悲愤归悲愤，但还是抓紧时间休整，这兵荒马乱的年月，乱世生存，命如飞蛾，灾祸饥荒，如影随形，像他们这样的穷苦人，但凡出门在外就有身死异乡的可能，更何况是不知早已在鬼门关面前走了多少遭的驼夫。死了个人固然让人难过，但肩上的重担仍催促着人们前行。大伙见六个牛一直在门外冻着，便也不作声，各忙各的去了。

孙逢悄悄找到侯图南："让他一个人这么在外面跪着，到底不顶事，白白再冻死个人，于公于私都是不值得的，不如叫他回来，多做些事。"

侯图南没看他，只是丢下一句："你看着办吧。"

孙逢便对着外面喊："小子，起来，进来干活！"

门外半晌没动静，孙逢摇了摇头，招呼旺子出去看看是怎么回事。旺子出去后，见六个牛无论如何就是跪着，八峰骆驼也拉不回来。旺子拽住六个牛衣领子用力一提，六个牛就是死犟着不起来，旺子急了，直接给了他一巴掌，愤愤道："你还嫌今天挨的打不够多吗？白白地跪在这里犯贱有什么用？既然当了驼夫，就把丢了的脸重新挣回来，你个没出息的东西！"

旺子这一通痛骂倒是骂醒了他，六个牛便颤颤巍巍地站起身来，他的双腿被打过，又在冷天里久久地跪过，早已麻了。他一句话也说不出来，身上冰凉，直板板的如同僵尸般一瘸一拐地走进屋里。虽然六个牛犯下了滔天大错，可孙师傅到底还是心疼他，赶紧递上一碗热水。六个牛咕咚咕咚喝下了肚，这时候根本不知道烫是怎么回事。

"你也是鬼搞，又没人跟你抢。"孙师傅抱怨道，"这么烫的水你好歹要晾一晾吧？人受了寒冻是不能马上受热的，你懂不懂？"

六个牛一言不发，径自喂骆驼去了，恰好遇到马家驼队的二胡子正在喂骆驼，二胡子看见他来了，顿时怒不可遏，如同见到仇人般，恶狠狠地剜了他一眼。六个牛也知道自己惹人嫌，闪到一边喂，但骆驼全然不知发生了何事，倒是吃得挺欢，吃饱后还亲热地蹭了蹭六个牛的手臂。六个牛再也忍不住了，抱着骆驼，哭了。

"侯头，这里你说了算，你说吧，后面的事该怎么办？"大家询问侯图南如何处理马向的后事。

侯图南沉默了一会儿后，开口道："马向就地掩埋，陈牟戴罪立功，全队一刻也不能停，别忘了正事！"

"什么？就地掩埋？连个碑都没有……"那人还没说完，侯图南便义正词严地说道："大敌当前，先国后家！"

这几个字像一记重锤，狠狠地敲在每个驼夫的心口上。人死无棺是最大不幸，驼夫们未尝不想将马向入殓，正式埋葬，把他带回漠北，可眼下大家肩负粮草运输的重任，只好草草料理了马向的后事，将其就地掩埋。可怜马向一辈子风风火火，到头来只能埋葬在万里黄沙之中，一场风后，就再也找不见魂归何处，也不知道其魂魄有没有回到家乡。

"这又何尝不是其他驼夫的命运呢？"孙逢嘴里喃喃地念叨着，侯图南和马家驼队的几个驼夫都怔怔地看着他。

孙逢说："我们这些人，虽说有个家，虽说永远知道有个家的方向，但那个家，我们又能待多久呢？我们不过是被砍了双腿的飞鸟，一生都在飞，唯一一次落地就是临终，此后便再也飞不起来了。"

骆驼发出低沉的嘶鸣，驼夫们沉默着看向深沉的大地，被一股突如其来的悲恸笼罩着。这的确就是他们大多数人早已写好的命运，生在漠北，作为一名驼夫，每个人都注定了要远离家乡，奔波至死，他们什么都不能怕，什么也不敢怕，就算是死了，也是意料之中的结果，活下来反而是万幸。

驼夫们全都低着头，好像在审视自己的人生，他们这辈子跑了很多地方，巴里坤、奇台、包头、北京……这一连串的地名串在一起，就像长长的念珠，他们的故乡就像念珠的佛头，自从出发那一刻在指间摩挲而过后，就成了一个永不可达的念想，犹如沙漠中的海市蜃楼，永远只在前方。

反而是马向终于安定下来了。以往不知道此刻在什么地方，也许下一刻就变了位置，现在，马上就不再有任何人知道他在哪里，但每个人都会知道，他就在那里，再也不会变动。哪怕星移斗转，沧海桑田，这里沉睡着的人再也不会自己走出来，跑到别的位置。驼夫生于黄沙，最终也归于黄沙，这也算是落叶归根，修行圆满了。

驼夫们一起找了离三道井很远的一个僻静的地方开始挖起来，必须挖深，六个牛从一个人手中夺过铁锹，用力地挖着，把一路上还剩下的那点力气全都用上了。大家没有再敌视他，尽管这并不意味着和解，但谁也不敢再让无谓的纷争打搅了这凝重的时刻。

六个牛喘着粗气，一锨一锨地向外扬起沙子，除了同他一起干活的人，其他人都在旁边肃立久视。有人想哭，但所有人都在竭力克制着，因为他们不敢让自己沉浸进去，他们停留不了多久，大敌当前，休整完毕后，还要继续赶路。

四十

经过长途跋涉，漠北驼队终于抵达新疆的东大门——哈密。趾高气扬的冬天以摧枯拉朽之势让衰败荒芜的深秋让位退场，将广阔无垠的草原变成千里冰封、万里雪飘的模样。驼队出发时还是叠翠流金、鸿飞霜降，抵达时已然天寒地冻、大雪纷飞。凛冽的寒风是一首哀愁的歌，在茫茫雪原上低沉哀矜地回响。

西征军从甘州、宁夏、包头等地采购粮草后，再由驼队按照节节转运的策略，采取官办、民办双管齐下的办法运送。经过短暂休整之后，漠北驼队分为两股，一股返回，往返于肃州和哈密间运送军粮。另一股从哈密翻越天山向巴里坤进发，再由巴里坤将军粮运往新疆古城子。

驼队在哈密休整了六天，向天山以北的巴里坤进发。

"嘈嘈——嘈嘈——"驼夫喊着口令让骆驼原地卧下，再往驼背上搭垛子，每峰骆驼或驮十袋面粉，或驮五百斤粮食。垛子在驼背上垒得高高的，像是一座小山包。骆驼默默承受着背上远超负荷的重量，先立起后腿，前腿颤颤巍巍直打颤，尝试了几次后终于晃晃悠悠地站起身来。

"哪有这样搭垛子的？驮这么多，驼不走就压死了。"王兆瑞看着摇摇晃晃向前走的骆驼，心疼得不行。

王佐玉闷闷地抽着烟，许久，吐出一团雾来："这也是没办法的事，都是救命的东西，该驮的一样不能落下。"

"走吧，等运粮结束，来年开春，再寻个水草肥美的地方，给它们把膘养回来。"侯图南宽慰了一句。

在这场抗击侵略、为国纾难的战事中，负责后备粮草运输的驼夫就好像一匹匹骆驼背负上了沉重的垛子，铁肩担道义，从此他们不仅仅是驼夫，还是一峰峰驮着家国重任的骆驼。就这样，骆驼和化身为骆驼的驼夫摇摇晃晃但步履坚定地踏上了征程。

同他们一道出发的，还有一个叫桑贡布的维吾尔族小伙子。在征调令发出后不久，桑贡布当即找到西征军驻扎营地，于刘统领营下毛遂自荐，担任此次粮草运输工作的向导。

驼队快到天山山脚下，就遇到了沼泽。这一路上多为寸草不生的荒凉不毛之地，食物资源极其匮乏，骆驼饿得眼冒金星，快走不动了。在路过醉马滩的时候，闻到了空气中清甜的草的清香，驼群就如同飞蛾扑火般扑向那一抹生机盎然的草地，殊不知那鲜活色泽和馥郁清香底下潜藏着阴毒邪恶的蛇蝎之心。

"快看住自己的骆驼！这草是醉马草，不能吃！"洛桑布一边紧拉着骆驼的缰绳，一边大声喊道。大家赶紧将骆驼往回拽，只有一峰骆驼陷进泥潭，不能自拔，幸好陷得不深，大家卸下驼架上的垛子，抬的抬，拽的拽，把骆驼从泥潭里推出来，然后后队变前队，决定绕道而行。

东天山其实并不高，是慢上慢下的路，不过整个地势很高，四千多米的海拔，倘若是其他季节，这段路称得上是风景宜人的坦途，眼下茫茫大雪将顺风顺水的坦途变成了凶险异常的天堑。驼队到了山脚下，就是一米见深的积雪，牲口吃不到草，人也吃不上半顿饭，只得嚼点干粮，啃一口冰雪。骡马吃点豆料，看上去还有几分力气；牦牛土生土长，当然也能坚持；苦就苦了骆驼，它生下来哪里走过雪山？一不小心一个跟头，稍有大意人仰驼翻，三个跤子跌过来，顶风尖的骟驼也爬不起来了。

正说话间，一峰骆驼脚下一滑，连驼带货摔了一大跤，侯图南等赶紧跑过去看，骆驼似乎知道自己的路已然走到尽头，明亮的眸子哗啦哗啦地流着泪，黑明黑明的眼珠子死勾勾盯着人，嘴唇下垂着，鼻孔里吹着白气，嗷嗷地叫两声，像人在呻唤，然后头一偏，死了。死了也不闭眼睛，黑明黑明的眼珠子还死死盯着人。脚下之路似乎变成了通往黄泉的生死之路，王兆瑞小心翼翼地用手阖上了骆驼水润润的眼睛，蹲在坡上一遍一遍念叨："我的骆驼啊，我的骆驼啊！"

骆驼死了，垛子不能扔，还要分担在其他骆驼身上。

山高水远路漫漫，路在脚下，终点不知何时才能抵达，驼队的口粮已经所剩无几，加之长期处于严寒之中，缺食少水，饥寒交迫，更是难耐。但谁也未曾想过要去动那些运往前线的粮食，宁愿苦苦挨过去。

驼队重新上路，驼铃声声，残雪路长，没有白天黑夜，只有路——走不完的路。戈壁滩上，凛冽寒风呼啸而过，如同锋利的刀片凌迟着人的肉体，割得生疼。水源渐渐减少，到了喀喇沙音打干梁上，所有的水袋都空了，到最后只能收集雪水，供人和骆驼饮用。侯图南和王佐玉作为经验丰富的领房子，也从没遇到过这种复杂的情况。以往走在沙漠里，无论多么迷惘，至少那沙路是探过的，哪里有水，哪里有草，哪里的水草不能食用，心里总有一盘账。现在到了这地方，两眼一黑，前途一小半交给了直觉，一大半交给了运气。

"看见三塘干，就看见了家乡的影子。"这句话道出了驼夫们共同的心声，在这苍茫无际的戈壁上步履维艰行走了不知多少日后，驼队终于抵达三塘干沙漠。眼前的沙漠竟如同慈母一般亲切温柔让人心生依恋，或许他们自己从未想过会有如此期待能见到沙漠的一天。小小的沙漠就让他们高兴了一天，如同鸟儿回到了蓝天、鱼儿回到了水里一般，重新获得了掌控感和安全感。就当驼队准备一鼓作气继续前行时，桑贡布却要求大家在巴里坤休整停歇，这一停就是十天。十天的休整，也没能让大家缓过劲来，甚至开始影响士气了。

有驼夫甚至抱怨："这原本就是一鼓作气的事，怎么能一直耽搁着呢？闲着闲着，人都疲了。"

桑贡布对这一带的地形地势、风俗人情熟稔于心，是经验丰富的向导，也是驼队此行至关重要的引路人，为了带领驼队顺利抵达古城，侯图南必须信任眼下这个唯一懂行的人，并且时刻和他保持沟通，以随时安排队伍调度和行进速度。

"愿意留就留下，不愿意留的可以自己先走，被埋在哪儿了可没人来收尸！"侯图南深知眼下最忌军心涣散，因此在看到驼夫们对桑贡布的决定表示质疑时，当即毫不客气地驳斥。大家瞬间就安静了。

与此同时，一个可怕的消息传来：东天山下了大雪，冰雪已经封山了。这下无人再嚷着喊着要启程出发。空气中弥漫的悲怆不断膨胀扩散，在人们心中蒙上了一层浓黑厚重的阴霾。

离开巴里坤到古城子这段路幸好没有下雪，骆驼能吃上些干草，膘溜得不算快。河水结了冰，牲口饮不上水，只能吃雪。驼夫们渴了也吃雪，做饭是拿冰化的水。燃料缺得厉害，全靠一路拾牛粪，拾到湿的，就用风皮袋吹，吹到半干不湿的时候，便拿来烧水煨饭。每天早上天不亮起身，喝点茶，吃几口干馍就打起帐篷，上驮起程。走到中午时分，找个僻风的地方宿营休息，这时候第一要紧的事情是赶紧让骆驼吃草，分一些人出来搭帐篷煮饭，就这样一天天重复着同样的营生，虽然过着与以往无异的清苦的穷驼夫生活，可与往日跑长脚也有一些不同，最让人上心的是晚上有人给传达前线战事的战报，西征军大捷的消息总能让人心潮澎湃，将悲怆惶恐的气氛一扫而光，让大家对接下来的路程重拾希望。脚下的路依旧艰难，可胸腔中的豪情和乐观愈发增长，如同年老失修的机器重新被注入了动力，艰涩但持之以恒地不断运转。不知不觉，下一个站口又到了。

从巴里坤到古城，一路上的驼队扎成了一道边墙。巴里坤山前山后、城里城外全是骆驼。

漠北驼队往古城方向走，在一个山坡上跟返回的酒泉驼队碰到一路，他们是空驮，按规矩他们得给驮东西的驼队让路，下到路边上走，可是当时路上骆驼太多，酒泉驼队怕路边雪滑撒了驼胯，就是不让，僵持了一阵，两家子都发火了，先是骂爹骂娘，后来是你推我搡，再后来就是杆子棍棒了。打得太凶，几个驼夫都受伤了，正巧稽查军官骑马路过，喝令他们住手，他们这才停下来，听说后来这事都传到左帅那里了，左帅说，酒泉驼队占不着理，要给漠北驼队赔礼道歉，以后不准再出这样的事，谁要敢犯，就要军法处置。

因为运输主要依靠人畜，极为艰难困苦，左宗棠善于调动他们的积极性，在人前常说："现在，运夫是老大，百姓是老二，我左宗棠是老三。"

这一"口封"传开后，驼夫们受到极大鼓舞，觉得自己的工作和地位至关重要，颇感自豪。

"左大帅把我们捧为'老大'，我们可不能不识抬举呀!"

运送粮草给养的运夫走到一块萝卜地，一个运夫忍不住饥渴，到地里拔了一个冬萝卜，用衣服里子擦了一下，不顾还带着沙土便大口吃起来。刚巧，被种萝卜的老农看到了，便跑过来论理。

"你怎么可以随便拔我的萝卜吃?"

"老子千里迢迢运送粮草，唇焦舌干，拔个萝卜解解渴，你吆喝什么?"

"你这个人好不讲理，我在这片干旱的沙漠边缘种块萝卜，费了多大的力气! 我种下的萝卜是给你吃的吗?"

"不给我们吃，给谁吃?"运夫因受左宗棠"口封"为"老大"，便强词夺理，一个劲地与老农争吵，并不认错。

"左大帅带的兵和雇的运夫，都是不欺压百姓，不乱拿百姓东西的，你怎么敢违反军规，我找左大帅评理去!"老农也毫不示弱。

就这样，急了眼的老农便拉着运夫来到左宗棠的大帐来状告。左宗棠听完后，笑着说："你是老二，他是老大，老二理应尊敬老大。现在老大因饥渴吃了老二一个萝卜，这算不了什么大事，不值得争吵。在我看来，老二种萝卜有功，老大吃萝卜合理。"接着左宗棠又问老农："老二你种萝卜不全是供自己吃吧？"

"我种出来后自己留下一小部分，主要是拿去出卖。"

"这不是好解决了吗？老二种萝卜，老大吃萝卜，我这个老三付萝卜钱，合情合理。"说完，便吩咐随从，从自己的住房里拿出一串铜钱给农夫，还问了一句："够不够？"

"够了够了，没有这么值钱，还多拿了呢！"

"多了就不必退还了，算是奖赏给你荒漠种菜、还敢于较真。"

"我们不能违反纪律，每次让大帅亲自掏钱，多不好意思呀！"运夫说。

巴里坤存粮 600 余万斤，从安西、哈密运到古城的军粮有 400 余万斤，沿途存储待运的还有千万斤，这正是西征军出关、收复新疆的底气！

四十一

自从经历了马向事件后，六个牛就像变了个人似的，只知道闷头干活，再也不多说一句话。他原先对自己自视甚高，觉得自己如若有朝一日上了战场，定然能像那骠骑将军霍去病一样，封侯居胥，勒石燕然，可是现在他觉得自己就像是见不得光的老鼠，低头忍受着周围人尖刺一般的责备和仇恨，胸腔中的豪情壮志早已被铺天盖地的羞愧和悔恨淹没。

王佐玉和侯图南见到六个牛已经自责成那样，也就没再过多指责，更何况这件事里马向自己也有过失。马四爷同样得知了这件事，他立即让人给马向的家人送去了一笔抚恤金，准许侯图南暂时接管马向的驼队。到了古城之后，驼队在接应台站里休息。

这天，六个牛正在忙碌，突然肩膀被人从身后用力拍了一下。

"哎哟，谁呀。"他回头看时，那人已经躲到了身子另一侧；他转向另一边，那人正要躲，却被六个牛看清楚了。六个牛知道是谁了，再也不看了，只是低着头坐着，一副见怪不怪的样子。没想到身后那人见他不理自己，竟然又拍了一下。

"哎哟，阿依，你够了！"六个牛无奈地叹息道。

"哈哈哈，你既然猜到是本姑娘，干吗不理我？"阿依抱臂双手交叉于胸前，扬起下巴"傲娇"地说道。

"我……我……我也没必要非理你不可啊。"六个牛不想和她多说。

阿依看着六个牛闷闷不乐的样子，有意打趣了一番："非礼我？你……你说什么呢！"

六个牛赶紧解释说："诶，我可不是那个意思啊，你可别瞎说！我是说我没必要理你，我又不是公门中人。你来这里不是说为了支援左大帅收复新疆的吗？我也不是左大帅啊。"

"你！我不这么说，他们会放我进来吗？我为什么来的，你难道真的一点都不清楚吗？"阿依恼羞成怒地拔高了声线，在六个牛面前愤愤地直跺脚。

六个牛不自觉地躲避起阿依炽热的目光，不自觉回想起那天的场景。那天六个牛正准备牵着骆驼去放牧，路过大营外时看见里三圈外三圈围满了人，隐隐约约听到什么"奸细"。他本就不是个爱凑热闹的性子，眼下又因为自己的鲁莽害死了马向，更不好往人群里凑。正当他避开人群牵着骆驼往外走时，突然听到了一个熟悉的声音。

"都说了我不是奸细！"如同山间清泉般清脆的声音，那还能有谁？六个牛扒开人群一看，那女子分明就是阿依。他赶紧把骆驼拴在木桩上，到营帐里头找上侯图南。侯图南和刘统领一同赶来。

291

"侯叔，六个牛，你们来了！"阿依两眼放光，热情地打招呼，"你快帮我和他们说，我不是奸细！我是来帮助你们的。"经过一番交涉后，大家终于明白了她叫吐尔逊阿依，知道了她的来意。

刘统领亲自将阿依迎进了营帐中，对她不避凶险，千里迢迢赶来支援大军收复新疆表示敬佩。阿依倒没忘了正事儿，从怀里取出一份地图递给刘统领。这是一份最新、最详细的新疆地图，甚至连入侵新疆的头目阿古柏的布防都标得一清二楚，这让刘统领凝视着这份军情密报，不由得又警觉起来。

"你一个弱女子，怎么搞到这份地图的，这不会是假的吧？"刘统领怀疑地问道。

"这是我姐姐从俄国人手里偷来的，怎么可能有假？只是将军要迅速出击了，一旦俄国人发现地图不见了，可能会立马修改布防，那么这张图就是废纸一张了。"阿依从容地解释道。

刘统领再次查看了那张图，布防确实很有章法，就算是伪造的，也不像是一般人能伪造出来的。如果一个高手伪造了一份图想要博得大军的信任，派一个军士或者上层人士不是更能取信于人吗？为什么要派一个平民姑娘来呢？或许这姑娘所言确实为真。

刘统领又问阿依："巴音一带的地形地貌你都熟吗？"

"我不知道什么地形地貌，但是哪里有山，哪里有水，哪里有村庄，村子里住着什么人，我都一清二楚。我从小就在那里长大，一辈子没去过别的地方，就在这张图上那点地方到处跑了。以前是跟着父亲送货，现在是跟着姐姐送，都是一样。"

刘统领抛出几个问题进行试探，阿依坦然从容地一一作答，未见她话中有所隐瞒，他渐渐地就打消了疑虑。可是，阿依毕竟是女流，不便待在军营里，刘统领只能让她回去。阿依见不能留在军营，后营也没有她安身之所，便在军营附近租了一处房子住下，每日都来到营中请求做些杂事。军校本来不答应，拗不过她每天都来，再加上她献图有功，只好睁一只眼闭一只眼了。

六个牛说："你自己都说了，是为了助战而来，难道不是吗？"

"你！你就是一个大笨蛋！"阿依气愤得直跳脚，她不清楚六个牛是真不知道，还是假装不知道，一时有些伤心。

阿依不说话了，双方陷入了沉默，沉默久了，便成了一种尴尬，尴尬久了，便成了一种角逐，二人各怀心思，暗自较劲儿。六个牛感到莫名其妙，心想道：你怎么不说话了？你想说什么就说呗。阿依则气不打一处来：你把本姑娘惹恼了，居然就这么坐着，也不来哄哄？可恶！

他们就这么一直默然地做着事，就算尴尬到了极致也不肯开口，似乎谁先开口谁就输了。话说回来，要是真的不愿开口，双方倒可以各自不欢而散了，但都不，二人就这么傻乎乎地对峙着，倒也挺可爱。阿依反复看了看六个牛，对方就是不吭声，还时不时地用那眼角余光瞟她，看上去贼眉鼠眼的，真让人生气。

"哼!"阿依气呼呼地走了,但六个牛漫不经心地想着或许她气过了自然而然就好了,全然没把这事儿放心上,自顾自地忙活自己的事情去了。

过了一日,阿依又来了。驼队里全是男人,而且是许久没见过女子的男人,见了阿依这样的,自然都无法淡定,然而王头领纪律严明,大家只能言语上过过瘾了。六个牛每每成为被人揶揄的对象,浑身不自在,对阿依硬是往他跟前凑缠着人的行为便有些烦了。

驼队里的人们挨不过,只能找到侯图南,让他同刘统领商量把这姑娘弄走,免得扰乱军心造成摩擦。刘统领也有些无奈,人家说是来支持收复之战的,而左大帅也三令五申,不得破坏民族团结。阿依得知了刘统领的难处,坦坦荡荡地笑了笑,这有何难?我女扮男装,作男子面貌,不就没事了吗?

刘统领讶然一惊,女人跟驼队,这在历史上并非没有过,明末就曾出过大将秦良玉。刘统领觉得自从这个阿依来了之后,总是能出现一些前所未有的事。先是平民女子居然身藏军机地图,然后又是她正好通晓巴音地区的情况,再然后就是一介女流不顾众人热目,一定要留在驼队里,现在又要穿上男装,愈发觉得阿依身上有种江湖女中豪杰的侠气。

要是在以往,刘统领定会派人到南疆查清她的底细,但眼前大战紧迫,而南疆又是敌占区,很不便利。刘统领思索再三,便叫道:"来人,取一副士卒的号服来!"

马上就有人拿来一套号服,刘统领便叫阿依到后帐换上。那后帐摆着些匕首、短刀,阿依拿起一把来,三下五除二就割断了头发,让自己越发像个男人了。不一会儿,她走出后帐迎见刘统领,果然一副士卒模样,只要不说话,别人不细看,还真以为他是个身形瘦小的将士。

"唉,也只好如此了,眼下缺乏知晓当地地理民情的人才,这样的人能留则留吧。"刘统领默默叹息,对身旁的军校说,

"不要声张她的身份，以免士兵们又横生枝节。"

六个牛除了干活，最近似乎还染上了吸烟的毛病。反正他已经成人，也没人管他。侯家驼队因为侯图南的缘故，而侯图南则因为老马的缘故，历来对年轻驼夫吸烟管得比较严。当年的老马因为吸烟上了瘾，一辈子都离不开，对这东西又爱又恨，侯图南便打死也不再碰它。其后侯图南在驼队里立下规矩，已经吸上烟的，便不再戒，那些年纪小的，吸过一两口的，则必须戒了。

六个牛吸上烟了，周围的人也懒得说，侯图南和王佐玉忙成陀螺，这点小事也犯不上管。他时常借别人的烟杆吸，借别人的烟末儿点，为了这点烟，搭出去自己不少挑费。忽然有一天，一个人递过一根烟杆来："给。"

六个牛抬头一看，这人虽作男装，却十分眼熟，不就是阿依吗？他愣了一下，阿依冷着脸神情漠然，似乎很不乐意把这东西给他似的。阿依见他不接，就这么伸手递着，似乎要把上次吵架的僵持延续下去，六个牛见阿依神情愈发不耐烦，便赶紧接过，接过后阿依又丢过来一包旱烟。六个牛刚要抬头说什么，她已经走掉了。

自那以后，阿依便再没见来过了，大家早就觉得她吃不了军营的苦，终归是要打退堂鼓的。六个牛吸了一阵烟后，似乎恢复了一点精神头儿，其实这件事早就过去了，就连当初对他拳打脚踢的那伙人，现在也各忙各的去了。但有些东西就像扎在心里的刺，一开始总因为太疼了而不想去触碰，但一天天过去，刺还在那，已然和血肉长在一起，不知什么时候又出来扎人一下，最后心里早已鲜血淋漓。这件事在他心里终归是过不去的。

话说这一天侯图南找到六个牛，给了他一项任务："巴里坤这地方，你也算来过，而且不下于七八趟，所以那些路径，你也熟悉。现在上头给我们一个任务，就是要探知阿古柏前来视察的时间，准备对他采取军事行动。此命令绝密，一旦泄露，你的小命不保，但如果做成这件事，给驼队争了光，功劳就是你的！"

六个牛被马向的死和周围人的责备压得喘不过气来，正想找个机会一雪前耻呢，当即欣然领命，扮作普通驼夫，混在一支回族人的驼队里就出去了。他哪里还需要装扮？他本来就是驼夫嘛。等他进入大河镇后，便离开了驼队，开始独自行动。

他原本的计划是，先找到正在大河镇走亲戚的朔勒番的儿子乌鲁托，通过他的门路找到有关阿古柏的线索。没想到一进镇子，他就被迫东躲西藏起来。他看见一伙洪福汗国士兵正在逐一检查所谓的子民证，而他并没有。

"奇怪，回族驼队的掌柜的为什么事先没说？"他心想道。

六个牛藏在一棵粗大的古树后面，警觉地望着原本应该快速通过，现在却被贼兵阻隔的大路。如果那些贼人发现谁没有子民证，就会立刻把谁抓起来。这个时候，被抓的人最好老老实实地就缚，否则迎接他的就是枪子儿了。六个牛深深吸了口气，然后屏住呼吸，大气也不敢出，直直地望着那些贼兵从面前掠过。

忽然，贼兵们带着的狗叫了，一个贼兵赶紧呵斥："滚，畜生，无端地鬼叫什么？"

另一个贼兵提醒他："别不是这后面藏着人吧？"

六个牛心都提到嗓子眼了，现在，他只要一动，马上就会被发现，但是不动，敌兵上前来，仍然会被抓住。糟糕糟糕，无能的六个牛啊，他心想，你怎么就躲在了这么个进退两难的地方了呢？

"出来！"一个贼兵叫道。那猎狗似乎早已察觉，朝着六个牛藏身的大树狂吠。

"出来，否则开枪了！"另一个贼兵叫道，狗吠得更加嚣张。

六个牛原想着他打死也不会出来的，可现下贼兵步步紧逼，只稍再前进几步，枪口就要戳他脑门上了。情况紧急，容不得他再反复思索，他深吸了口气，从大树背后出来，露出一副笑容来，点头哈腰地用维吾尔语说："各位军爷，发财啊，发财啊！"

六个牛心里直打鼓，心想着这时候要是张冯子在该多好，就自己这点维吾尔语，能不能蒙混过关还要打个大大的问号。那几名贼兵上前来了，狗奋力要挣脱束缚，想去撕咬六个牛。贼兵拉住了狗，大喊："叫你出来，为什么迟迟不出来？"

六个牛缩着脑袋："我……我这不是……害怕嘛……也不知道……不知道……要查……子民证啊……"

为首的贼兵大手一挥："抓起来！"

几个手下便上前将他连同几个被查出没有子民证的人拴在一条绳子上，串成一串。

计划还未实施就成了阶下囚，六个牛虽觉得心里憋屈，但也心知现在不是硬碰硬的时候，只好沉下心来，按兵不动，静观其变。

这一队贼兵押着六个牛一干人等进了一家饭馆。六个牛低着头用余光四处观察着周围的环境，想趁此机会伺机逃脱，不料想在饭馆里竟看到了在招呼客人的阿依。阿依似乎也认出他来了，眼里闪过一丝惊诧，但下一秒就立即换了一副愤怒的面孔，当即冲上前去就要打他："哟，小子，你原来在这里，叫我好找！"

那押运的士兵见状，便问："怎么，小阿依，这人是你旧情人？"

阿依满脸愠色："哪是我的旧情人，还不是我那遭瘟的姐姐惹出的风流债。这货怎的被抓了，他还欠着我家五十三个瓷碗呢，这些年总也找不到。"

"小阿依，你是疯了吗？几个瓷碗也要算账？"贼兵们咯咯笑了起来。

阿依也不争辩，朝着厨房便大叫："叔叔，快来，欠咱家瓷碗的那贼找到了！"

这时，饭店的老板便出来了，就看见阿依冲着他悄悄使了个眼色，那人会意指着六个牛骂道："你小子还有良心没有，连瓷碗都偷？怎么，被抓了？没话说了！让你偷我们家东西，让你偷！"

他说着，抬起脚就踢，被那贼兵头子叫住了："行了行了，几十个瓷碗你们也计较成这样，我看你们也就这些出息。还有这货，就卖个人情交给你们吧，我还当是什么奸细，现在看来，也是个不值钱的玩意儿。"

老板会意，赶紧上前去解下六个牛的束缚，还一面道谢。那几个贼兵便走了，临走还不忘在阿依身上揩一把油。阿依见那些人走远了，便来问六个牛："怎么到这里来了？"

六个牛问："你怎么在这里？"

"这是我姐姐家开的饭馆，我怎么就不能来呢？"

"行吧，行吧，我是被我们头叫出来执行任务的，我不能跟你多说，谢谢救命之恩，我得走了。"

"你这就走啊？"老板说。

阿依拦住了他："你打住，什么任务我也懒得关心，我们合伙把索胡曼抓住，能不能帮助你完成任务？"

"索胡曼？那不是巴里坤驻军司令的副官吗？你怎么能抓得住他？"

"你可别小看人哦，德科台，我们今天就露一手，如何？"

那饭馆老板便说："听您吩咐，小姐。"

六个牛越来越摸不清阿依的身份了。小姐？那么说这饭店的老板都是她的仆人了？可是，她的姐姐明明住在很荒远的地方，过着贫苦的生活，怎么会在这大镇子里有这么一处房产呢？难道一切都是假象，还是说她们姐俩又发达了？

六个牛正想得出神，阿依突然凑到他跟前把他吓了一大跳。她一副胸有成竹的模样，凑在六个牛耳边低声耳语："你一会儿就听我的，在楼上埋伏好，咱们来个瓮中捉鳖！"

六个牛狐疑地看了阿依一眼："就这么简单？"

"瞧好了吧！"说完阿依就对德科台使了个眼色，德科台点着头就出去了。

不一会儿，果真进来一个人，正是索胡曼。刚一进门，索胡曼就满脸堆笑地寒暄道："怎么，小阿依来大河镇了？你怎么不早说？"

阿依立即迎上前去："大司令，大司令，是我呀，是我呀！您那套衣服我们都不敢怠慢，这就弄好了，这就给您送来了。"

索胡曼捏了一下阿依的脸，笑得合不拢嘴："哦，你还惦记着衣服的事呢？我不过是随口一说，你们还认真了。好，好，不管多贵，衣服我买下了。"

"哟，瞧您这话说的，怎么能让您出钱呢。要不，咱们这就上楼去，试试衣服？"阿依坏笑着对他说。

索胡曼立马会意，让随行的卫兵们在楼下等着，满脸堆笑地对阿依说："是，是，衣服肯定要试试的，不试怎么知道合不合身呢？"

两人到了楼上，门一关，躲在暗处的六个牛当即朝着索胡曼的后脑勺打了一闷棍，砰的一下，那贼首立即往下倒，阿依赶紧将那人扶住慢慢放倒，以免引起楼下士兵的察觉。

六个牛用绳子将那昏迷的贼首五花大绑，镇定地说："为避免节外生枝，索胡曼今晚就要送到刘军大营严加拷问，待问出想要的消息后，再悄悄把他送回来。"

阿依点点头，斜睨了一眼被捆得跟粽子似的索胡曼，冷哼一声，高深莫测地说道："我手里有他不少把柄，要是到时候他临阵倒戈，我就让他两头不是人！"说完便吩咐德科台把楼下那些士兵打发走。

"你们回去吧，索胡曼大人今天在这里住下了，你们明早来接就是。"

士兵们望着楼上紧闭的大门露出个意味深长的笑，也没怀疑，调侃了几句便离开了。

随后，三人合力将索胡曼塞到麻袋中，放到早已备好的马车上，快马加鞭往城外赶去。

索胡曼还做着温香软玉美人在怀的美梦，谁知一睁眼竟到了西征军的大营中，吓得他掐了一把自己的大腿，才后知后觉地反应过来，原来自己中了计。一夜后，在严加审讯和威逼利诱双管齐下之后，这软骨虫一般的贼首一五一十地将阿古柏的行动路线和军事计划全部供述，为西征军提前布防争取了宝贵的时间。

谁也未承想到一个弱女子竟能让敌方军队的贼首束手就擒，真可谓是巾帼不让须眉。自此之后，谁也不敢小看这个维吾尔族的小姑娘。为了避免索胡曼的报复，刘统领特意在西征军大营中另设营帐让阿依住下。

　　没过多久，漠北驼队继续启程赶往古城。临行前，阿依本想着和六个牛再见一面，把早已准备好的东西送出去，没想到，六个牛跟着向导提前出发了，二人就此错过。阿依愣怔地看着怀里抱着的包袱，失落地叹了口气，少女的心事无处倾诉，散落在风中。可是，可爱的家乡仍被践踏于侵略者的铁蹄之下，家乡的百姓仍处于水深火热之中，她怎可耽于儿女情长？阿依收回远眺的目光，眼神中的遗憾变成了深沉的笃定，她调转马头，快马加鞭往西征军大营赶去……

　　冬天，漠北下起了纷纷扬扬的大雪。雪片像飘飞的羽毛，洋洋洒洒，漫天遍野。大西北地势平坦，望去漫天遍野都是白茫茫的一片。马家大院的厅堂、卧室摆上了火盆，燃炭火取暖。

　　几年一遇的大雪下了好几天才停止。马家大院里，雪厚厚的一层，五六个伙计在院子里扫雪，一群小麻雀见人不注意的时候箭一样从屋顶上飞下来找吃的。几个孩子在扫出的净地上玩雪，嘴里念着顺口溜：

　　　　雪儿下，雪儿大，
　　　　七天八夜才下罢。
　　　　树低头，房压塌，
　　　　老汉冻得不说话，
　　　　儿媳妇冻得叫哒哒。
　　　　哎哟，叫哒哒。

　　　　雀儿飞，鹞儿追，
　　　　一路追到屋里边。

柳根火，火里烟，

呛得雀儿泪涟涟。

抓住鹆儿犒犒嘴，

哎哟，犒犒嘴。

"好大的雪啊。"马知闲来到后院，后院的蜡梅花却在霜雪寒天中傲然怒放，争奇斗艳，为这个严冬增添了几分生机。枝头上，红色的梅花艳若桃李，灿若云霞，又像燃烧的火焰、舞动的红旗，极为绚丽。

新疆的雪比漠北的还要大。天地浑然，西风瑟瑟，奇冷无比。"燕山雪花大如席"，西征的将士们算是领略了李白笔下的这种意境。老天似乎故意考验西征将士的意志，大片大片的雪花硬是落在将士们的铠甲上，沓在白骆驼的绒毛上。白骆驼似乎胖了起来，驼峰上的积雪又塑起了一座座小驼峰，骆驼脖子上和肚子上的毛都挂满了小冰块。西征大军在漫天雪花中艰难跋涉，奔赴战场。

威武的清军以锐不可当之势收复重镇乌鲁木齐，再收复新疆北路。第二年发起了天山战役，西征军顺利攻克达坂城、吐鲁番，此后南疆门户洞开。左宗棠抓住有利时机，发起南疆战役，一举收复东四城，新疆全境光复。

银装素裹、寒风凛冽的天山南北终于在人们无尽的期待中盼来了春风的抚摸，迎来了草长莺飞的季节。1878年，冰雪消融，春暖花开之际，左大帅班师至肃州，漠北驼夫们也纷纷踏上返乡的路途。

在肃州衙门，田开文恭恭敬敬地把左宗棠送他的石头镜献了上来。左宗棠微微一笑，信步走到书案前，铺开宣纸，写了"天地正气"四个大字，一并将案上的一块砚台也赐予田掌柜，以奖赏他的实诚。

左宗棠还向慈禧上了一份奏折，专门奏明永盛号马家提供骆驼支援西征的事情，还为漠北驼队写下一副对联，盖上他的大印。联曰：

> 羊裘一袭，担社稷大业；
> 明驼千里，做国家干城。

不久，诏书下达，朝廷封"永盛号"马家为"护国员外郎"，并授予漠北马家西北五省的茶叶专营权。马家合盛茶号兴旺发达，成为西北五省富商之一，漠北人也由此声名鹊起。

四十二

赵本海已经十几年没再见到漠北的风光了。午夜梦回之际，他曾无数次踏上这片故土。

大大小小的炊烟直冲浑白的长空，老家沙地上的树和灌木都被傍晚的斜阳打上一层紫色的薄边。站在高高的山坡上眺望，远远近近的土坯房子星罗棋布，每一座都是一处避寒的港湾。石牛河缓缓向北流过，他很小的时候就沿河北下，想看看这河水到底流到什么地方去。

沿河而下，河的下游是一群正在饮水的骆驼。骆驼，是漠北最神奇的东西，这东西不怕沙漠里的恶劣环境，却不适应南国温润的气候，是上天赐给漠北这荒蛮之地的法宝，让生活在这里的人们在无尽的肃杀荒芜中抓住了一线生机。骆驼，它们的脖子往往很长，弯曲着，向上，向下。向上，可以对着渺远的苍天咆哮；向下，可以对着深沉的大地低鸣。成群结队的骆驼活动着，就像变幻莫测的军阵，它们发出齐声怒吼时，似乎天和地也不能主宰它们的命运。

漠北的人和骆驼一样，天不怕，地也不怕，怕，就没有活路；不敢闯，就注定等死。漠北的驼夫们穿着布底的鞋子就敢跟着骆驼跨过无垠的戈壁，操着一口夹杂着乡音的外语就敢与陌生的人交易。在赵本海还被称作海伢子的年岁时，就被父亲教育着不准掉眼泪，凡是要哭的时候必须憋回去，否则就是一顿打，挨打的时候，哭得越凶，打得越狠。漠北的汉子除了刚出生那会子可以哭一哭以外，其他时候都不能哭，一哭，精气神就散了。

少年时期，汉人驼队已经有许多，赵本海想闯出点新花样来，于是就到了回民的驼队里打杂。那时的茶柜制度里，西柜都是回民商人，总商是回族大佬马源禾。赵本海作为一个打杂的小驼夫，自然没机会去见这样的大人物，但他却以此为志，希望有朝一日自己也能成为像马源禾一样富甲一方令人景仰的商号掌柜。

结果，他还没成长为一个驼夫头子，西柜就遭到了同行的竞争，茶号相继倒闭，只剩下"德谦益"一家。这德谦益的掌柜对他有知遇之恩，他怎能弃之而去？然而支撑了一阵后，还是被并入了东柜，再后来，当官的三天两头找他们的茬儿，逼得掌柜的不得不去送礼打点，但到头来还是没能把生意维持下去。

那时候，大黄村老张头家的小女儿谷云跟他好上了。每次出去，他总要给谷云带点小玩意儿。谷云有一口好嗓子，一唱起歌来，别说人了，就是十里八乡的鸟雀，也得被吸引来。刚开始的时候，老张头还默认他俩的恋爱，只因为海伢子正跑着驼队，一年下来还能挣几个，对他来说就是顶好的事了。

然而到了这份儿上，赵本海出去混了一圈，啥也没混着，还拖着一屁股债，失魂落魄地回到了谷云身边，那老张头的态度就一百八十度大转弯了。谷云把他往家领，老张头就拿起杠头，连带女儿在内往外赶。

谷云急了："爹，你咋能这么势利呢？天有不测风云，人有旦夕祸福，总不能因为海子哥遇到事了，以往的千般好都不作数了？"

老张头冷哼一声，不屑地反驳道："天下哪有白娶的媳妇？以往那点儿小恩小惠，不过是为了讨你的欢心。他赵家要是有本事娶媳妇，自然拿钱来娶；要是没那个本事，就别纠缠了！"

谷云自此就不肯回家，哪怕跟着她的海子哥去睡驼棚。如此闹了一个月，那老张头千寻万找的，还是找过来了，身边带着宗族里的几个长辈，愣是把女儿拖了回去。那些个男人还不服，上前要打海伢子。海伢子见势头不对，三两下窜上了房顶，众人爬上房顶来追时，他又跑到别处去了。

他愤愤地喊："我不跟你们打，要是真的打起来，你们十个也不是我的对手。我不能跟谷云的家里人打，不然，你们把气撒在她身上，我可吃不消。"

他逃走后，没过多久，便再次回到张家，想再看看谷云，然而谷云已经死了。他至今也不知道谷云是怎么死的，是自己自杀了，还是被家人折磨死了，抑或是什么其他的原因，总之好端端一个人，就这么没了。

赵本海最终离开了这个让他伤透心的地方，前往戈壁另一边的新疆，在那里做起了小生意。生意做不下去，他就趁着当时混乱的社会，纠集了一百来人做些抢夺过往驼队货物的事情。

如今，那个曾被自己恨过无数次的故乡，破天荒地变得如此可爱，如此让人怀念，如此让人眷恋。他又想起和谷云度过的唯一的中秋节。驼夫们起场都赶在中秋节，可是这年中秋前夜，老张头多年的老寒腿又犯了，疼得难受。赵本海放心不下，便向领房子请假，要求留下来。领房子难免数落他一顿，但最终还是答应了。

他和谷云先是找了附近的郎中看，没有效果，又跑了十几里路找到一个更有名的郎中，把人家的门敲得震天响，愣是把还在睡梦中的郎中拖了出来，跪在门前千求万求，终于让人家答应了，又跟着他走了十几里路来到家里给老张头看病。等安顿好了老张头后，他和谷云两人便出了房门。

谷云直奔厨房："你可真是个木疙瘩，非要留下来，留下了可没钱挣。"

"钱啥时候不能挣？哪有娶媳妇重要？"他没皮没脸地嬉笑着答道。

"你快住嘴，给你三分颜色，你就要开染坊了。谁是你媳妇？没羞没臊！"直白又臊人的话让谷云的脸蛋通红，好似那天边绚烂的晚霞。

这时，已是秋收季节，庄户人家也都能端出东西来。这天晚上，由主人焚香拜月，将桌上的供品一一取少许献给月亮，拜毕，再由全家人一齐享用。大家一边品味着时鲜瓜果、咀嚼着香喷的月饼，一边欣赏着天上圆而亮的明月，"开轩面场圃，把酒话桑麻"，实是庄户人家辛劳大半年后十分可贵的放松与享受。

本地人将大的月饼叫月饼，把小的月饼叫花馍子。其实本地月饼的原料同其他地方一样，与众不同的是工艺。发面经五接、五兑、五饧的工序要勤；饼层之间红、黄、青（黑）、绿等颜色的搭配要精；周围精雕细琢、层层错落的花瓣要谐；饼盖上画着的群星拱月、无垠的宇宙、深邃的蓝天，全都融入这个直径不足半米的月饼里了。这样的月饼，叫人看了口角流涎；真要吃它，还有几分舍不得呢。

每年八月初十刚过，家家户户就忙着蒸月饼。将发面擀成圆饼，饼上摸一层清油，撒一层色料，这是第一层；到了上层边缘翻成猫耳朵状的花瓣，层层堆选，配料各异，或胡麻或香豆，或黄或绿，或乌或红，如此做五层或七层；最上面铺上一层有花牙的盖面，绘以花鸟虫鱼及日月星辰和阴阳太极图，做好在锅里蒸两三个时辰，熟了，就成漠北人所说的月饼了，出锅后，再点上若干红砣砣，便可向月神进献。

月饼有大小之别，十五晚上献月时，合理配置，确是一种艺术。漠北人认为，过中秋应当丰盛，俗话说"五月端午穿出来，八月十五端出来"。

赵本海嘿嘿笑着，跟谷云一起弄月饼。这里的月饼比别处的月饼大，而且用面点一点点拼成一面团花的样子，远远看去，像宝塔，像蒲团，又像高高的驼峰。

"还像什么，你知道吗?"赵本海一脸坏笑地问。

谷云打了他一下："看你的脸色，准没好话！"

赵本海就凑到她耳边悄悄说了一句，气得她脸色通红，狠狠地捶了他几下："你再这样不正经，可仔细你的皮！"

他一把搂住谷云，凑在她耳边轻声耳语道："就算扒皮抽筋，我也认了，这辈子就守着你，拿棍子打我我都不走，你就是我的心了。"

谷云摇了摇头，一把挣脱："你小声点，仔细我爹听见！你一个大男人，整天守着个女人有什么出息？好男儿志在四方，你应该多闯荡闯荡，整天窝在这里算怎么回事呢？"

"天下要闯，媳妇也要娶，两不耽误嘛。"

"那可不行，你要是娶了媳妇，还天天往外跑，这谁放心得下呀？"

二人正说着，屋里传来了老张头的咳嗽声，两人住了口，进屋查看。老张头只是嗓子痒了咳嗽，并无大碍。赵本海向窗外看去，别人家的房顶都飘起了炊烟，似乎家家都在做他们那块象征着花好月圆的团花月饼，但实际上，驼夫们都起场出去了，今年中秋节真正团圆的，只有他和谷云。

好不容易等到初夜，圆月上来了，在大漠头顶上的天空中是那样小的一轮，而就是这小小的一轮，却能被全天下的人看见。无论是古人今人，还是远人近人，都在看一轮明月，都有着一缕情丝。月饼上来了，"花好月圆"四个字有点奇怪，因为月圆确实是有了，但是"花好"是什么？哪里有花呢？

"你是眼瞎了还是心瞎了，果真没有花吗？再仔细看看！"谷云脸色有些愠怒。

赵本海愣了一阵，恍然大悟，哈哈一笑，捧起谷云的小脸："我怎么把这个给忘了，你不就是一朵顶好的花吗？"

那晚他们到底说了多少话，现在已经记不清了，也许没说多久就回了屋，因为屋子里还有一个病人。可是，他仿佛觉得那一夜很长很长，比自己经历过的任何一个夜晚都长，以至于一生都不会忘记，以至于至今想起都恍如昨日。

真正的昨日是什么呢？是误入歧途的一场噩梦，赵本海眼前又浮现出了骆驼的身影，骆驼，闻一闻风的味道就能知道方向，就能知道前途，就能知道安危，可是人呢？

他一辈子的目标就是骆驼，像骆驼一样热爱黄沙之地和黄沙之地上的娇花翠柳，像骆驼一样对抗风沙里的豺狼和盗匪，像骆驼一样忍耐酷暑严寒，像骆驼一样不服命运的管束，要用双脚丈量沙漠的边境，为夹缝中的人生闯出一片开阔地来。然而，他临了还是迷路了，他没有了骆驼的警觉，骆驼的理性，骆驼的睿智，逐渐沉浸在大漠深处，被风沙迷住了双眼，他甚至都不知道自己要干什么。

眼前仍然是沙土凝成的世界，黄澄澄一片，掺杂着呼啸的寒风，但这里没有成片的沙柳和胡杨，这里看不见绿色和炊烟，甚至没有一条玉带一样的河流，允许牲口们喝一点水。这里冷冰冰的，对谁都是势利的眼，不管是死人还是活人。他们这些人都渴望回到石牛河畔。

"我是谁？我在哪？我在做什么？"赵本海不解，他明明就是漠北人，他那时还没想过领着队伍回到漠北去，谁会在十多年后还想着跨过千难万阻回到那已经将自己列为外人的地方呢？

可是，为什么是外人？我们无冤无仇，他的耳畔听到一阵嘲笑，那是心底的声音在讽刺他的愚蠢，竟然把灵魂游离在故乡之外，交易给了无耻的强盗！紧接着，他听见青土湖在喊"回来吧，回来吧"，听见独青山在喊"回来吧，回来吧"，听见蒙泉在喊"回来吧，回来吧"，他的耳边仿佛全是故乡的呼唤，一瞬间，他仿佛又是一峰真正的骆驼了。

真正的骆驼，闻着风的味道就能知道脚下的土地处在何方，它们永远清醒，永远理性，永远不懈。

"马明，马人得。"他淡淡地喊了一声。

二马立刻望向他："大哥。"

"我们，要不回家吧？"他直直地盯着两兄弟的眼睛。

"回家？"马明愣了一下。

马人得则淡淡地说了一声："回家。"

二马都在担心："哪里还有我们的家啊？"

"弟兄们，回家了！"赵本海没等二马回应，就在人群中大喊了一声。这一声大喊，等于破釜沉舟了，因为人心有变，再想回转就难了。二马也相视点头，算是接受了这个决定，虽然他们以前做过阻扰驼队运粮的事，心中仍然担心左大帅会秋后算账。

可是，归心似箭，如山如潮，就算回去是个死，也能躺在故土之上，总比横尸荒野要好得多。投降，向自己这一方投降，这叫迷途知返，这叫弃暗投明。骆驼，即使是犯了错的骆驼，也不应该回避自己的过错。不小心在沙漠中走错了方向，难道还要一错到底吗？就应该马上找到正确的路，走向绿洲，走向新生。

夕阳将要落下了，今夜尤其冷，远离漠北的天空从不见幽幽的温情。赵本海心中尚有一丝希望，仿佛已经听见砧板上切面的声音，炊烟重新升起，团圆的月饼花团锦簇，等待着中秋的起场，等待着千年驼道上再次响起久违的酣歌……

四十三

西征战事结束后，漠北驼队又恢复了往日里行路经商四处奔波的生活。田开文跑完南方又跑北方，终于从阿拉善回来了，无论是胡老爷，还是呼其图、阿拉坦他们都安排了个妥帖。马四爷心中轻松了不少，待其坐定后便问："最近，漠北其他的大商号有什么动静没有？"

田开文那脸始终瘫笑着，看着像是在思索，脸上却全无痕迹："漠北的倒没有，只是裕隆谦的邓祁安趁着咱家忙于为西征军运粮，往南方大量收购茶叶，摆明着要跟咱们叫板了。"

马四爷笑了笑："他们'天泰牌泾砖'质量本身就过硬，在回族、藏族等几大族的地方卖得都很火。做生意嘛，谁不想做大做强，趁着咱们忙于他事加紧扩充也是意料之中的。除了他邓祁安，蒋家和周家怎么说？"

田开文继续回话："蒋家还是老样子，自从谭中林落势之后就一蹶不振，周家主要还在陕西一带挣钱。四爷发迹地的泾阳，人们把'合盛茶'跟连安茯茶相提并论，但在别处很少听到这样的说法。现在看来，最有竞争力的就是邓祁安的裕隆谦了，他们在西征这一阵子花钱雇了些人应对朝廷的征调，自己则一门心思壮大实力。"

"他们怎么做的？还是预买吗？"马四爷呷了一口茶，缓缓开口道。

"没错，光是跟咱们合作多年的胡家，他们早在去年年前就给他们付了钱，就等着清明来收呢。那时候，咱们只有一小部分队伍南下，大队都在西征营中，势头上肯定是比不过他们的。四爷您也知道，头春采茶必须在谷雨前几天内集中将嫩叶摘完，又要避开阴雨，最重要的就是要把握好时机，过期就会叶老，即属二春，价值减低，所以他们是寸阴必争啊。"

马四爷站起来，走了几步，吟道："夷民恃此御饥寒，贾客谁教半干没。冬前给本春收茶，利重逋多同攘夺。"

他摇了摇头，继续道："预买，一次性大量收购，这价钱能高到哪里去？那收茶的还要再吃一成，真正落到茶农口中的又有多少？咱们要是让那些茶农知道，他们手里的茶原本可以卖更高的价钱，你想他们会怎么做？这可不是高一倍、两倍，而是十倍、二十倍！"

田开文愣了一下："四爷是要避开中间人，直接找茶农收购吗？"

马四爷点点头答道："嗯，这一点我早就想过了。侯把式的媳妇当初就是采茶女，与安化一带采茶、种茶者多有交往，原先我们让侯图南去收茶，也是借着这层关系把成本降了下来。现在，不如还一部分利给那些茶农，不可竭泽而渔，这样才有得赚嘛。"

田开文又问："那，到底要让多少呢？咱们因为协助左公西征已经花了不少钱了，外人不知，咱们自己心里清楚，就算是让，也是要有底的，不能漏了。"

马四爷思索了一会儿："这样吧，咱们避其锋芒，裕隆谦狂收的时候，咱们按兵不动，或者少量购入，等他们走了，咱们再去。"

"可是，这茶叶是娇贵的东西，不抓紧时间收购，不就没有新鲜的货源了吗？"

"无妨，我们可以事先告诉茶农我们的收价，高出十倍二十倍，他们能不动心吗？到时候跟别人交易的时候，自然还会惦记着我们家。这样的茶商多了，咱们又可以择优购入，顺势杀价，只要总体上比裕隆谦高就行了。茶商还没来和茶商快走的时候，我们都抬价，这样茶农对我们的印象就好得多，自然更愿意跟我们做生意了。"

"不错，这么一来，裕隆谦可真是被打了个措手不及啊。"

"这件事，我已经让侯图南知会向梅去办了。"

"还是四爷神速，办事就是利索。"

马知闲经营茶业颇有自己的一番门道，出茶前先向总商请领茶引，办理茶票，交纳税款，备案后即行经营。后来又采纳了侯图南的建议，在茶叶产地就地建设焙房，以此降低茶叶在运输途中的损耗。自从侯图南担任合盛茶号掌柜后，就一直致力于降低茶叶的成本。侯图南被向梅一提醒，便建议马四爷同安化的胡老爷商量，就地建设焙房，把原本潮湿的新茶焙干，三斤变一斤，所谓"山中焙就来市中，人肩浃汗牛蹄蹶"，大大提高了运输效率。

二人正说着话，侯图南和张冯子、刘天赐进来了，粮草运输诸事已经交割完毕，王佐玉已经汇报过了，他们是为别的事来的。马四爷一见他们进来，便喜笑颜开："真是想睡觉就有人递枕头，我们这里正说着茶叶的事，你们就来了。"

仆从立即给侯图南上了碗茶，马四爷忙使了个眼色，让给张、刘也各上一碗。侯图南未及饮用，就开始向马四爷汇报："当初说要绘制地图的时候，就已经想到这一层了。幸好四爷吩咐得快，这图一制成，我们就赶紧取回来了，必不让四爷着急。"

说话间，张冯子、刘天赐便取出一个很粗的驼皮筒子，揭开盖子，里面便是新绘的地图，但不是军事图。马四爷和田把式上前一看，顿时大喜过望。马四爷惊呼："这还真不容易啊，毕竟要跑好些地方，还要找懂行的画师。"

田把式更加吃惊："原以为你们只是忙着西征，没想到还偷偷经营着这份差事呢。"

张冯子笑了笑："就是要出其不意，让对手知道了，那就没意思了。这张图上各个地方都标得很清楚，就连各区时兴什么茶，大致需量多少，全都清清楚楚。"

田把式拍了拍侯图南的肩："侯老弟前途无量啊，一面武备，一面文事，真是孔夫子挂腰刀——文武双全呐。"

马四爷不住地交口称赞："他呀，就像一峰不知道累的骆驼，就是再添上几件事，也能办好。你看这图，每处用薄绢做的小函，立面插纸条标记，万一日后有变，还能更换新的纸条，真是周全啊，这也是你想出来的?"

"不，不，这是向梅的主意。"侯图南也不贪功，坦然相告。

"代我谢谢她。"马四爷让人挑了几件好礼，让侯图南带回去给向梅。

花开两朵，各表一枝。自从马知闲驼队服从政府征调，忙于运转后，邓祁安便以为得了良机，购进不少新茶，运抵泾阳赶制成茶砖。邓祁安与马知闲有一点是相同的，那就是对于茶叶的质量严格把关，不能掺杂残次品。

邓祁安其人，精明耿直，做生意善于发现商机，任人唯贤，不拘一格。当他发现手下的邱泰基、阎森魁是两个可造之才时，就疑心这样的人才怎么会在自己手下碌碌无为，经过仔细了解才得知，自己任命的郝可久、王启元两位经理人过于保守，认为邱、阎二人胆子太大，做事冒险，因而让邱、阎二人成了被埋没的沧海遗珠。可做生意哪有不冒险的?关键要能知道得失，不要妄做赌徒就是了。查清真相后，他直接解聘了两个经理人，改让张兴帮上任。张总经理看两位伙友的大节，不求全责备，委以重任，两人最终不负众望，为日升昌赢得丰厚利润。

这天，一直为裕隆谦制作砖茶的隆兴制茶厂正马不停蹄地工作着，邓祁安亲自到场查看进度。张兴帮一边随从前行，一面报告今年购入的茶量、预计的砖茶产量，以及买主的订单情况。

邓祁安非常满意："虽然我们快了一步，但还是不要操之过急，耽误了质量，一旦叫人家发现裕隆谦的味道不如以前了，那就一切都白忙活了。要知道，立起一块牌子比登天还难，坏了一块牌子却是一出溜的事。——对了，最近马知闲有什么动静吗?"

张兴帮答："我过去有个发小，他们村子里有不少驼夫是马家驼队的，据他们说，马知闲其实也没闲着，一面帮左大帅运粮食，一面自己还在做着生意。"

邓祁安有些疑惑："不对吧？想那马知闲也是商界宿将，怎么会犯这么低级的错误呢？你要么就老老实实报效朝廷，还能挣回一道功名；要么就老老实实经商做买卖，还能挣到一笔。像现在这样，两头都顾，就算是马家家大业大，也不至于两头都能接上啊。"

"我们也在纳闷，不知道他葫芦里卖的什么药。"

"此次左大帅西征，耗资巨万，光南方商人胡雪岩帮他贷的款子，就达到了一千八百万两白银，这么大的差事，他马知闲哪来的闲心做生意的？"

隆兴制茶厂的厂长赵隆兴此时插了一句："别不是咱们自己草木皆兵了，这一次恐怕就是他马知闲失算，既想要西瓜，又想要芝麻，玩了这么一出两截忙。"

邓祁安思索良久，还是弄不清马知闲打的是什么算盘："还是不要掉以轻心的好。对了，咱们这次大量购茶，他们那边是什么反应？"

"马知闲今年比以往任何时候买的都少，不过有一点值得注意，他好像聚了一帮人在抬价，新茶的价钱现在都高出十几二十倍了。"

"多少？"邓祁安有点不敢相信自己的耳朵。

"确实是高出了十几二十倍，茶农们都在算计着囤茶一并卖给马家。"

邓祁安哈哈大笑："没想到啊，没想到啊，堂堂马知闲还来这一套，也就骗骗那些茶农了。十几二十倍？他不想挣钱了？还是这钱由朝廷替他出？为朝廷办事已经耗资巨大，再加上我们把新茶大量买走，他这是在给自己争取时间呢！"

"只是这一招有点蹩脚了，不像是马知闲想出来的。"张兴帮思忖道。

邓祁安也犯嘀咕："郭树柄倒像是能想出这种瘪招的蠢才，不过不是已经被他撤了吗？他们的反应怎么还是这么可笑？"

张兴帮补充道："对了，有一点还是要注意，他们跟着左大帅西征，一路上借着随军的名义多发展些客户也是有可能的，这一点我们恐怕要引起警觉。再者，这一路因为打仗，能进入不少平头百姓不能进的地方，他们也有的是机会从中斡旋，给自己队伍的壮大带来机会。"

邓祁安点点头："只是不知道这老马到底做了哪些事，光看见他支援西征了，关于他生意上的经营操作，我们全是睁眼瞎，一点信息都没有，这可不行啊。他不可能白花花银子虚撒，就为了挣一个'护国员外郎'的美名，马家祖上也是这样的习性，靠着亲近皇帝、亲近朝廷树立在当地的威望，然后趁机发家。"

"现在看来，马家就这件事做得还有点高明。他这前前后后，怕是又搭进去十万两银子，攀上了左大帅这样的高枝，在朝廷面前也有了话语权，关键是新疆的那些地界儿，他算是占了不少先机，咱们连探听消息都不容易。"张兴帮说。

"管他呢，人家有人家的阳关道，咱们有咱们的独木桥，大家各走各的，各执一个饭碗在锅里盛饭，看看到最后谁能吃饱就是了。他在北边出了风头，咱们就在南方占足先机，总有一战的。"

邓祁安这样说着，脑中不免又浮现出南方的茶山，天空中总是有灰色的云在盘绕，不时就下起了牛毛细雨，似雾似雨又似风。看不见雨点，也不见水滴，但一时三刻，衣服就会湿漉漉的，贴在身上很不舒服。北方人很不适应这种天气。这时出门的人，手里总要备一件蓑衣或持一把油纸伞，但不管怎样，他们必须要习惯这冷飕飕的天，因为他们的出路在这里，他们的财富在这里，他们的希望在这里。

外面的仗告一段落了，而对陕商的头把交椅的争夺战才刚刚拉开序幕。马知闲和邓祁安，他们每个人都有自己的经营之道，都觉得对方被自己拿捏得死死的。他们已经登上了擂台，就注定要有一个人先下去，而既然是角逐，那先下去的自然很难体面，这也是没办法的事，谁让现实的规律就是如此呢？

四十四

杏花微雨，杨柳青青，又是一年清明时。春风拂面，吹得人骨头酥软，惬意十分。驼铃悠悠，在清寂的群山之中空灵回响，惊扰了早早出工的采茶女。少女们循声望去，只见一高大魁梧的男子身着一身蓑衣，头顶着冒出尖角的斗笠，牵着骆驼行走于百转千回的茶山的山间小径上。侯图南把骆驼拴在路边的树干上，走到茶田中和采茶女探听各大商号收茶的消息，打听今年茶叶长势收成最好的茶农，以便随时调整收茶的策略。

一场没有硝烟的茶号之战已然拉开帷幕。果然如马四爷所料，马家驼队高价收茶的消息放出后，虽有不少人将其视作无稽之谈，更有自称行家的人说这不过是合盛茶号的噱头，玩弄人心的鬼把戏，但足足高出了十倍的价钱还是让不少茶农忍不住心动，一些胆大的茶农把全部茶叶囤下，没给当地收茶的茶庄，而是待马家驼队南下收茶时尽数售出，没想到真的尝到了甜头。自此之后，马家合盛茶号让利于民的消息在茶农中不胫而走，交相传颂，一时间，当地茶农争抢着将茶叶售给马家。

在这场如火如荼的茶号之战中，裕隆谦茶号被打了个措手不及，马家合盛茶号不仅赚了个与民生息、让利于民的美名，还以比对手更低的成本收到了更优质的茶叶，合盛茶号在此次较量中毫无意外地拔得头筹。加之马家驼队在为西征军运粮过程中，早已将各地的茶叶市场调查得一清二楚，于是便趁热打铁，按需收茶，按需供货，势如破竹，一举开辟了北地新的茶叶市场。此外，马家"护国员外郎"的荣勋也让马家进一步打开了合盛茶砖在新疆等地的销路，赚了个盆满钵满。而邓祁安由于贪快求多，对时局缺乏敏感，最后败在马知闲手下。

自此之后，马家合盛茶号声名鹊起，如日中天，马知闲乘势而上，进一步拓宽商业版图，把手伸向了西北的棉花市场。眼下，诸位掌柜正在马四爷院中商议棉花买卖相关事宜。

"甘肃只有高台县等极少地方种植棉花。漠北虽不种植棉花，却是棉花加工生产的重要基地，在漠北，家家有织机，户户有纺车。"侯图南将调查所得的西北各地棉花种植和加工的情况一一陈述。

马知闲喝了口茶，缓缓开口道："左宗棠大人劝谕陕甘农民广种草棉，购买棉种十万斤发给各地种植，继而大量刊印《种棉十要》，分发陕甘两省各州县，我看漠北不少农户也开始种植棉花了。但由于播种面积不大，加之产量较低，所产棉花不能满足漠北数万张织布机的需要，我看我们也可以做做棉花的买卖。"

田开文补充道："秦风棉行是西安棉花业的龙头老大，关中棉行每年收购棉花的价格都唯它马首是瞻。秦风是坐庄收购，就是让棉农把原棉直接送进秦风棉行的货栈。其他棉花行则是进入产地设点收购，待就地加工成皮棉后，再行运回商号深加工销售。此外，近来连安堡少主周荷陆陆续续在西北各地收购棉花，似乎也想在其中分一杯羹。"

连家是连安堡的大姓，连家从清代起做布匹、茶叶生意发财，特别是连家兼任通奉大夫连燕之子连杰迎娶了三原姜店有名富商周名之女周荷为妻。周名为三原著名布商，其父周村为清代工部主事和大盐商。这桩亲事使连家力量进一步雄厚，连杰早夭，周氏守寡多年，长期主持连家之政。周氏为富户之女，很有经商才能，在她主政期间，连家在泾阳的主要字号"兴隆重"发展到鼎盛时期。

马知闲问："周荷的棉花有多少？"

田开文回答说："她的棉花数量不过三千担。她的这点儿动静影响不到树大根深的秦风棉行，人家也懒得跟她计较长短，但对我们来说，那就是直接的威胁，因为我们的收购量和周荷相仿，实力也不差上下。如果周荷收得多了，必然要更多地占领西北市场，而我们的地盘势必遭受她的挤占而缩小，要巩固地盘，唯一能做的就是跟周氏小娘们展开棉花大战。"

马知闲点点头，开口道："她贩茶，我也贩茶，她贩棉，我也贩棉。而且她一之，我十之，她十之，我百之。我和她之间免不了一场大战，定要决出个胜负来。"

侯图南补充道："优等棉每担九两五钱，混合棉每担八两七钱。甘宁青几个省区，我们将一半的棉花运到漠北来，在这里，我们的近千担棉花会在一个冬天全部变成漠北老布，然后收齐所有布匹运到兰州、西宁、包头等地二次销售，定能获得很高的利润。"

"好，这事儿就这么定了。"商议过后，马四爷拍板决定进军西北棉花市场。

马家商号如日中天之势，甚至挤占了连安茯茶在陕商地盘的市场，加之近些日子茶叶市场饱和之后，盛极转衰，价格连续下跌，更是让连安堡茶号雪上加霜。商场如战场，瞬息万变，等马知闲在陕商地盘站稳了脚跟，腾出手来做棉花生意，哪还会有连安堡的立足之地？连安堡少主周荷思来想去，最终决定去请邓祁安出山。

周荷本就是一个小寡妇。这些年来为了连安堡的生意，她没少在外应酬会客，成年累月在人前抛头露面，难免惹人非议，闹出说不完道不尽的闲言碎语甚至绯闻来。周荷对此也没放在心上，若是因此而踟蹰不前，她周荷又能在生意场上做出什么令人心服口服的大事来？

邓祁安家在岐山城外数里远的一片塬坳中，一座高房大院成为他闲居的福地洞天。自与陕西大茶商马知闲对着干，争夺茶行老大失败后，他便一直杜门谢客。看到周荷亲自前来拜访，一时之间有些错愕，缓缓开口道："东家是不是进错了门？我邓祁安和令公曾有过几次交往，但从未与少夫人谋过面，少夫人突然到寒舍造访，不知为了啥？"

周荷欠身道："邓老前辈乃关中名人、商界精英，作为晚辈前来向您老求教，乃很正常的事，您老千万别把我们撵出大门呀！"

邓祁安哈哈大笑道："少夫人话重了，俗话说，有理不打上门客，我邓祁安咋能做出那种无礼的蠢事嘛。"

他说完赶忙将周荷迎入屋中，请人上座，奉上热茶，以礼相待。

二人短暂地寒暄过后，周荷这才言归正题说："邓老前辈必然知道，眼下茶叶市场变化巨大，价格连续下跌，市场饱和，茶叶滞销，连安堡茶叶总号下属各分店，如今已到了燃眉程度。我前来岐山就是想请前辈出山，在连安堡急需帮助的时候，伸出手来，扶周荷一把。"

邓祁安闻言后忽地坐直了腰，侧身面向周荷严肃地说："我邓祁安虽有过五关斩六将的往事，但最终败在马知闲手下，昔日生意场上败将，还能有啥大的作为？少夫人，你来找老夫出山相助，是不是高估了老夫的能力？"

周荷说："前辈此言差矣，胜败乃兵家常事，马失前蹄不等于千里马成了残驹。我之所以前来请前辈再次出山，因为我相信，前辈的智慧必定能找到助连安堡茶叶经营走出困境的良方妙药，从而引领西部茶叶市场重整旗鼓，为咱陕西茶商争回失地。"

邓祁安微笑着自谦道："少夫人把邓某看高了，看高了。"

周荷看他笑容，心里估摸着这事儿有戏了，便一转脸向王坚使了个眼色。王坚会意，起身离座，将放在身边的礼品递到周荷手里，她双手捧着奉上说："我们来时匆忙，没给前辈带什么贵重礼品，这是晚辈一点心意，还请前辈笑纳。"

邓祁安双手接过礼品一瞧，正色道："少夫人礼重了，这尊镶玉嵌珠宝座的金佛，据我所知，乃先公在世时十分看重的珍品，少夫人如今送给了老夫，老夫实乃不敢夺人之美！"

周荷笑道："前辈言重了。"

邓祁安被周荷的见识和气量打动了，三天之后只身进了连安堡。周荷对他说："邓叔，裕隆谦及分号的生死存亡、兴败荣辱，我全拜托您老了。"

邓祁安问："如果我管砸了，你怪我吗？"

周荷果断地说："疑人不用，用人不疑，如果我怪了你，就等于否定了自己。"

邓祁安又问："如果我不能把重开的裕隆谦引出迷途，你责罚我吗？"

周荷答："上天永远不会责罚一个尽心尽力的人。"

邓祁安再问："假若我把连安堡的茶经念歪了，赔光了，你将如何面对？"

周荷认真地说："财富的长消就像人的生死一样自然。它是生不带来死不带走的东西，我阿大死后，我和母亲也经历过财富流失的困惑，但我们挺过来了，因为已然清楚，财富只是人生道路上的一种助力，而不是生命的全部。"

319

周荷这番话让邓祁安肃然起敬，多少利欲熏心的商人一辈子都看不清的道理，她倒是分分明明。邓祈安正色道："有少夫人这些话，我这心里有底了。"

邓祁安进入连安堡后，并不急于头痛医头、脚痛医脚，而是先将各地茶号市场情况探个分明。当他走进设在泾阳县城的连安堡茶庄总号时，做出的第一个决定就是再三提醒伙计们，滞销并不可怕，生意场上最可怕的是做墙头草。他告诉各分号：茶价暴跌，卖茶越多，赔得越多，静坐静吃，天塌不下来，静待市场变化。各分号的掌柜、伙计们急得团团转，一再要求随行就市，但均被他严词拒绝。

周荷看在眼里，急在心上，但又不便于出面对他发号施令，因为她不能违背当初授权给他时许过的诺言，她不想成为一个朝令夕改、说话不算数的东家。如果那样，她在下属心目中，将会变成怎样一个人呢？言而无信对她来说，简直就是毒药，她死也不愿往肚子里咽呀!

为了把滞销的茶叶保住,邓祁安冒不测风险,硬是顶住压力,坚持囤库待机,因为他深知"贵极反贱,贱极则复贵"的价格反弹规律,只要顶住眼前的一时萧条,就会否极泰来。正如他所预料,时过九月,物以稀为贵,茶价突然上升,再次出现一日三变的行情,裕隆谦和其旗下分号积库茶叶,赶上新茶上市前的大好商机,一销而空,不经意间为周荷赚回了四百万两银子。

各地分号凡遵照他指示,囤茶于库待机而销的,都赚了钱,而且赚得钵满盆溢。那一年,周荷奖励赚钱茶叶分号的掌柜店员时,破格重赏了邓祁安一院建筑面积为六百多平方米的住宅,奖银八万五千两、玉如意两柄、佛手一对。

后来,经过两春三秋的实验,邓祁安终于在周荷的全力支持下,费尽心血创制出了"天泰牌"泾砖商标。天泰牌茶砖在藏北一炮打响,时过半年,丝绸之路和由陕入川的古栈道上,贩卖茶砖的茶商往来穿梭,邓祁安和周荷的名字随着天泰牌泾砖传遍了陕、甘、宁、青、新、川等地。

一时间,周荷声名鹊起,人人都说"周荷做买卖,买啥买成,卖啥卖贵"。这倒也是实话,随着银子一个劲往里收,周荷的兴趣也越来越广泛。在她的尝试下,泾阳增加了两个新的行业:皮革加工与典当行。到了清末,泾阳成为陕西又一皮货加工转口贸易中心,陕西的皮毛加工技术传播到了兰州,成为陕西商帮在兰州垄断经营的又一行业;而典当行有了周荷的影子,渭北人又有了一条生财之道,关中地区开设的典当铺有八百余处,可谓盛况空前。

周荷虽然对各行各业都有兴趣,但一生主打方向却始终如一。她把主要资金投在盐、布、茶贸易上,到了不惑之年时,周荷精气神因疾病纠缠,大不如前,但仍关心着陕西布业的兴衰繁荣。为把陕西布匹生产搞上去,她决定做一次大胆尝试:引进外国布匹生产的先进技术设备。为此,她拨出一百八十万两官银,和德国商人签订了供货合约。

在周荷主理期间，连家在泾阳的主要字号"兴隆重"发展到鼎盛时期。后来裕隆谦名气日盛，后期压倒了马知闲，牢牢占据了陕西茶商的头把交椅。

四十五

陈羊这一天非常开心，因为经过几个月不懈的锻炼，他终于恢复了足力，可以自由行走了。他迫不及待地走出家门，向更远的地方走去。关丽提醒他，让他不要乱耗脚力，免得又复发。可他早已被如获重生般的欣喜冲昏了头脑，哪里听得进去？多年的禁锢，几乎让他心如死灰，要不是兄弟们的支持、鼓励和妻子的不离不弃，要不是儿子用神偷李的事迹来激励自己，他恐怕早就认命了。

在脚力逐渐恢复的那几天，他身上的疼痛逐渐消散，对峙多年的病魔开始溃败。他不敢相信这是真的，一遍又一遍地跺着脚，检验着自己的感觉。没有疼痛，没有无力感，没有阻力，是那种踏踏实实的脚底撞击在地面上的感觉。这种感觉，就像思念了多年的久别故交，在多年以后跨越千里关山走向了重逢。

这时候，侯图南等人还在为运输军粮忙碌，陈羊的儿子六个牛还没有回来，不能第一时间看见父亲的新生。没错，在他看来，这真的是一场新生。病痛不仅摧残了他的肉体，更是在他脆弱孤苦之际乘虚而入，吞噬了他的灵魂。孤独、脆弱、愤怒、无力，成了滋养病魔最好的温床。阴郁的情绪让肉体的疼痛如同晕染开的浓黑墨迹，潜移默化地侵入他的内心，一点一点吞噬了他心中仅存的最后一点希望，让他如同一个言听计从的提线木偶般心甘情愿地埋葬了曾经意气风发的自己。万幸的是，在他选择自我放逐屈服于命运之际，亲人朋友死死地拉住了他，让他冲破病痛的魔障，重新站起来，重新跑起来。

陈羊站在红柳村的沙地上，空气里带着一点风的呼声，更远的地方传来鸟的啼鸣，那是沙云雀的声音，是灰岩燕的声音，是渡鸦的声音。他站在原地，闭着眼睛静静地听着，张开双臂拥抱着自由。情不自禁地，他跑了起来，没错，他没有睁开眼睛，就这么做梦似的向前跑。难道他不担心会撞到什么东西，或者被石头绊倒吗？这里是他的家乡，他对这片土地上的一草一木早已熟稔于心，他清楚家乡的博大，家乡也会包容他的任性。

陈羊，这个原先在老马的驼队里就以沉稳著称的水头，如今虽然已不再年轻，但他的心仍然是年轻的。他像一个孩子，男人在任何年纪都会是个孩子，像一个孩子那样感知周围的世界。他独自一人在沙地里奔跑着，结果真的撞在了什么东西上，额头硬硬地一磕，生疼，但他却呵呵笑着，仍不睁开眼睛。

他用手摩挲着自己撞到的东西，应该是一棵树，他想凭着自己的触觉来猜猜这是一棵什么树。他一遍又一遍地摩挲着树干上的纹路，随后自信笃定地脱口而出："这一定是一棵柽柳。"

说完，他立即睁开眼睛来验证自己的猜想，结果眼前分明是一棵胡杨。他不好意思地笑了笑，嘴里连连找补说："调皮，调皮。"那胡杨张牙舞爪的，还真像个扮鬼脸调皮的小孩，又像是善于逗人发笑的小丑。

他不再猜树了，也不再闭着眼跑步了，而是靠着这棵胡杨，环视周围的树木，一棵一棵地认。他好像不服气似的，一定要把每一棵树的名字都叫出来，以验证他真的没有忘记这里的每一位老朋友。他伸出手指，数数字似的一棵一棵地点，嘴里念叨着："胡杨，胡杨，一排胡杨，这些是梭梭，梭梭，还是梭梭，那边……那边是沙拐枣……"

终于，他向自己这些调皮的朋友证明了自己对亲情和友情的珍重，挽回了自己的信誉，让这里的一草一木都相信，他这么久没来看大家，实在不是他自己的意愿。他开始笑着抱怨自己的老婆："都是那个坏蛋，不让我下床，整天给我吃吃吃，我都胖了。现在要是有人走过来，肯定都认不得我了。"

正说话间，迎面果然就有人来了。一个年轻女子抱着孩子越走越近，经过他跟前时，他十分期待对方会跟他打招呼，证明他没有变，这里的人们还是能认出他的。然而那女子径自走了，叫他独自失落地喃喃道："这肯定是外地新嫁过来的，不认识我。"

他继续往前走，希望有人能认出他来。这本是一件很容易的事，只要他走进任何一个曾经的驼队弟兄的家中，大家一定会认出他，还会跟他一起庆贺他终于能走路了。可他觉得这是在作弊，也不知道哪来的理由。他一定要一个人在偏偏很少有人走过的小路边晃悠，希望遇见谁能主动招呼他，实际上，这里遇见一个人都要隔上很久。

他走着走着，又萌发了前往苏武山的想法，那里还有苏武庙，他想去拜谒一番，还有蒙泉，饮一口那里的水，延年又益寿。他便转道奔苏武山而去，想起当年驼羊会时，自己骑着白骆驼拔得头筹，那是何等的风光啊。

他来到了野鸽子墩，这里有一些人，大家都认识他，主动同他打起了招呼。他脑子里正在回忆当年自己赛驼夺魁的景象，眼前有人向他招手微笑，他仿佛又回到了当年的场景，很自豪地回应着这些人的致意。大家都知道他之所以这么高兴，是因为终于释放了双脚，竟然能登上野鸽子墩了。

"哟，老陈啊，不得了，不得了，在床上躺了这些时候，真是不鸣则已，一鸣惊人啊！"

另一个人居然和前者争论起了这段典故："不不不，咱们老陈这应该叫不飞则已，一飞冲天才对。"

"诶，我用的可是楚庄王的典故。"

"我用的也是楚庄王的典故啊。"

"你这是听唱戏的说的吧？你那不对。"

"你还是听说书的说的呢，更不对了。"

陈羊笑着看他们争论，就好像自己坐在了酬神戏的现场，看古今故事，品百味人生，而且不用花钱，只对他一人开放。他越想越有趣，丢下一句"一会儿家里见，请你们吃饭啊"，扬长而去。

那两人也不争了，呆呆地望着他远去，许久才应了声："诶！"

陈羊在野鸽子墩上向远方眺望，太阳在他的眼前直直地与他对视着。他较劲一般，也直直地对视着太阳光，丝毫不惧光线的炽烈，直到眼睛刺痛了流出眼泪来，才肯移开视线，将目光转向眼前的风景，他坐在野鸽子墩上，惬意舒爽地将漠北的风光尽收眼底，依恋地凝望着这片土地上的一草一木、一山一石，怎么也移不开眼，怎么也看不厌。

忽听见远处有人在叫，隐隐地好像是在喊他的名字。他警觉起来，竖着耳朵细听，好像是关丽的声音，对，就是关丽的声音。他赶紧下了山，往家的方向跑去。他越跑越快，仿佛有意和当年的自己来一番较量，以此证明自己已经全然恢复，精力充沛，干劲满满，不输当年。

他一边跑，一边听，逐渐确定了真的是关丽在叫他回去。这个关丽也真是的，叫了这么多声，光听见名字了，也不知道发生了什么事。他跑了大约小半个时辰，关丽的声音时有时歇，但他已经不需要了，因为离家越来越近了。

他来到了关丽的背后，看见关丽仍对着苏武山的方向，一遍遍喊着，心里突然萌生了一个恶作剧的想法。他悄悄来到关丽身后，只是站着，一言不发，等关丽再次发声时，他在身后猛然一应。

"哎哟！"关丽惊呼，回头一看，见到丈夫，面露嗔色，"你成心的是吧，躲在人背后吓人？多大了还跟个孩子一样，幼稚！"

陈羊嘿嘿笑着："大老远的就听见你喊，做什么呀？"

"回家看看。"关丽难得卖了个关子。

陈羊一脸狐疑地往家的方向走去，老远就看见赵康他们正在整理驼架。他立马想到是不是儿子回来了，于是三步并作两步往人群中去，果然看见了六个牛。六个牛看见父亲飞奔过来了，惊愕了好一会儿，半天没说出话来。

"爹，你能走了!"六个牛目瞪口呆地看着父亲健步如飞的模样，冲过来激动地抱住他。

陈羊两手往他肩上一搭："对，爹能走了，不仅能走，还能跑呢!"

"好，好，真是太好了。我就说嘛，那神偷李恁大的年纪都能成功，咱爹怎么就不行呢? 爹，什么时候恢复的?"六个牛眼里闪着兴奋的光，接连问道。

"有一阵子了，有一阵子了，一开始我也不相信，现在越来越真实了，不由我不信啊，哈哈哈，哈哈哈哈!"陈羊颇为自得地笑着说道。

大伙儿见陈羊终于恢复了行走，也都非常高兴，都来为他庆贺。陈羊在人群中寻找着，独独没看见侯图南，他的笑容顿时消失了，僵在脸上，一些不好的预感浮上心头。得知侯图南担任此次西征运粮负责人后，他这心里便一直惴惴不安，害怕他路上有个三长两短，因而没少让关丽到马王庙为这位好徒弟祈福。这些年好消息实在太少，让他早就对一切都做好了最坏的打算。

六个牛敏锐地察觉到父亲忧虑的神色，赶紧解释道："侯头还在左大帅军营里呢，跟着马家的王头、张头一起处理一些收尾的事。"一个驼夫上前解释："西征军的战斗才刚刚开始，但我们的任务结束了。"

陈羊点点头，悬着的心这才落地。

向梅从自家赶来了，对于陈羊恢复行走的事，她早就知道了，但见到大家这么兴奋，她自己也又跟着高兴了一遍。她看了看陈羊，又看了看六个牛，再看看赵康，就是没看见自家男人，知道准是又让别人留下了。他这个男人，一会儿属于马四爷，一会儿属于左大帅，一会儿属于刘统领，就是不属于自己，她早就习惯了。

"中午一块儿吃顿饭吧，妹儿，来帮着弄几个菜呗。"关丽招呼道。

向梅笑笑："好嘛，我见你们齐刷刷往这边跑，原以为能蹭顿饭呢，没承想蹭饭不成反成了做饭的了。"

关丽不客气地打趣道："你做了饭，自然少不得你吃的，你要是觉得不平，一会儿让你连干三大碗，如何？"

向梅哈哈笑着："行了，我听从吩咐就是，没来由拿我打镲。"

陈羊家的小院中，宴席摆了四五桌，好不热闹，来吃饭的都是往日驼队里的好兄弟，大家今天欢聚一堂，就像是吃喜酒一般。大伙儿一想到吃喜酒，就注意到了以丹和六个牛。有那好事的便问陈羊："你如今遇到喜事，不如再添一件喜事，叫它喜上加喜，不是更好吗？"

陈羊问："怎么个喜上加喜呢？"

那人便看看六个牛，又看看以丹，使劲朝他使眼色。陈羊会意，笑了笑："孩子们都不小了，自己心里有的是主意，这种事，讲究的是船到桥头自然直，做父母的只能旁敲侧击引导着，要是自作主张，虽然也能成，但强扭的瓜终究不甜。"

六个牛听见他们这样议论，隐隐也猜出什么事了，他偷眼观瞧以丹。以丹明明知道六个牛在看她却假装不知，自顾自地吃着面食。六个牛有些着急了，想伸手拍拍她，当着众人的面又不好意思，终究作罢。

第二天，大家一早就发现陈羊不见了，急忙向关丽询问，要不要出去找找。关丽笑笑："不用，他肯定是上马王庙去了。你们可以数数骆驼，要是少了，准是叫他给牵走了。他一个人，带不了多少吃食，饿了渴了，自然就回来了。"

众人恍然大悟："现在正是黎明啊，俗话说，一日之计在于晨，好不容易能出去走走了，终究不能坏了本事。咱们驼夫的本事是什么？可不就是走嘛。"

陈羊，这个曾经多年缠绵病榻的驼夫，在与病魔日复一日的较量中，终于迈过了命运设下的关卡，从绝望中生出希望，从黑暗走向光明，如破茧成蝶、枯木逢春般，迎来了独属于自己的新生。

四十六

　　光绪二年（1876年）腊月初八，正是腊八节，过了腊八就是年，一年一岁一团圆，红柳村喜迎新春阖家团圆之际，又见新婚。腊月初八是个黄道吉日，也是六个牛和以丹的婚期。

　　六个牛和以丹自小青梅竹马，在情窦初开的年纪彼此暗生情愫，绵绵的情愫化作夏日的青果，在树上挂了一年又一年，从碧绿到金黄，从青涩到金黄，饱尝风雨，历尽沧桑，终于瓜熟蒂落，坠落于二人心间。

　　婚期将近，以丹心里却愈发焦虑不安。虽说六个牛平日里对她亲近照顾，关爱有加，村里谁个不说他俩是天造地设的一对？她每每听了这话便臊得慌，可还是暗自在心里高兴着，她对于六牛哥的感情自然是没话说，可六个牛从未直白地表示自己真对她有意思，叫她忍不住揣度二人之间的情分到底是手足之情，还是情人之间的爱恋？若是六个牛只是把自己当作妹妹照顾，只是因为父母看着高兴就结了婚，二人注定不会幸福的。

　　以丹心想着，不行，我要找他问个清楚，若是他对我无意，这桩婚事我绝不肯应。于是她独自找到六个牛，堵着他，不叫他走掉。

　　六个牛左走不让，右走也不让，只得问："你好端端的堵着我做什么？我又哪点得罪你了？"

　　以丹便说："怎么，我在你心里就是个无理取闹的小孩子吗？"

　　六个牛话赶话地说道："这可是你自己说的，我没这样说。"

　　"那你心里是怎样想的呢？"虽然有些害羞，以丹还是将早已想了好久的话问出口。

"什么怎样想的？"六个牛挠挠头，一脸懵懂的样子。

"在你心里，我是个怎样的人呢？"以丹正色道。

六个牛沉默了一瞬，结结巴巴地说道："你？我说不清楚，总之不是坏人就是了。"

以丹顿了顿："那你，真的喜欢我吗？"

"喜欢。"六个牛害羞地笑了笑，没有一丝一毫的犹豫，承认了自己的心意。

听到这样肯定的回答，以丹其实已经很满意了，但她还是想进一步了解了解，让自己更加确信这个答案："那，你喜欢我哪点？"

"你，你人挺好的。我常年在外头忙碌，晕头转向的，一年在家也待不了多久，我爹又很长时间不能劳作，这些日子多亏了你帮衬着，我觉得你真好。"六个牛傻笑着答道。

以丹摇摇头："天底下好心的人不止我一个，这虽然能算一点，但还是不叫我放心。你也是知道的，我顶担心你在外面遇到别的女孩儿，心思都野了，所以，我必须有一样你喜欢的而别的姑娘没有的，这样才能把你牢牢拴在身边。"

六个牛笑了笑："这好说，你跟我是从小一块儿长起来的，有着这么多年在一起的记忆，这是别人没有的。我对你很熟悉，你对我也很熟悉，我知道你的习性，你也熟悉我的脾气，咱们两个在一起，是为了过日子的，不是成仙，每日里想些有的没的，到最后还是要回到脾气相投四个字上来。天底下只有你王以丹一个人与我有这样的经历，谁也代替不了。"

以丹十分满意了，便更愿意和他多说几句话。她咧嘴露出笑容来，摸了摸六牛哥的头："看你平时木木讷讷的，怎么这时候一套一套的这么能说？那我要是问你，除了这个，还有什么是我能吸引你的，你怎么说？"

六个牛犹豫了一会儿："你真想知道？"

"你要是能说出来，我倒想听听。"

"耳朵伸过来。"

以丹一脸狐疑地把耳朵凑了过去，六个牛对着姑娘的耳朵悄悄说了一句，惹得姑娘脸色绯红，抬起脚来就踹："六牛哥你怎么是这样的？平时看着挺正经的，怎么心里还想着这个？你这坏蛋！"

六个牛很委屈："这话是你让我说的，怎么反倒怪起我来了？"

以丹不敢再多问了，生怕再问出什么惊天动地的话来，她丢下一句"不理你了"，便留着六个牛独自在那里傻傻地摸着头，继而傻笑。

正如陈羊所说，既然两个孩子自己愿意，那么婚事便自然就定下来了。

砖头王自从那年落下残疾，就没再跑驼队了。没有驼队会要他，他便在一个财主家帮着看看门、看看地什么的，赚两个糊口钱。马小凤一直帮着村口那家裁缝店做工，挣钱贴补家用。六个牛不在家时，以丹忙完自己家里的家务后，常常到陈羊家帮忙。陈羊不能行走时，便编些篾匠活，让关丽拿去卖。由于陈羊家有侯家驼队资助，六个牛也时常往家里递钱，因此日子还算殷实。

砖头王和马小凤这天都到了，和陈羊、关丽一起，商量着儿女结婚的事。两家都是很久的邻居加过命的朋友，在聘礼上也没过多的讲究，陈家送了二十只羊、八峰骆驼，这也是六个牛凭自己的力量挣到的。砖头王夫妇并没有要，最后决定留给小两口，作为他们婚后的共同财产。

话说这边马上就要办事了，六个牛也在紧锣密鼓地布置着新房，却迎来了一位不速之客。这天以丹一下冲进屋里，眼看着脸色就不好。六个牛正要问她出什么事了，后面进来一个人，他便立即知道了。跟着以丹进来的，是新疆姑娘吐尔逊阿依。三人各怀心思，面面相觑，一时无话。

"阿依，你怎么来了？"六个牛为了不继续冷场下去，只得打开话匣子。

吐尔逊阿依环视着布置得喜庆红火的新房，意味深长地反问道："怎么，我不能来吗？哦，你要结婚了，是，你要结婚了，所以，我来得不是时候了。"

"以丹，这……"六个牛眼见着以丹站在一旁默不作声，脸色愈发沉下去，一时有些尴尬，想说些什么又不知道要说什么。

吐尔逊阿依，舞女吾日耶提的妹妹，这些年虽未出过新疆，但新疆处在各地商贾往来的十字路口上，她什么人没见过，什么事没见过？比起在村子里长大的淳朴的女孩王以丹，她能说会道，自带一股异域气息。在她的嘴里，和六个牛在一起的经历全都成了史诗。她一点一点地说给以丹听，像一位吟游诗人一样，将二人之间的共同经历娓娓道来。

阿依的到来让以丹感到突兀与震惊，震惊过后又生出了几分隐隐的不安。那时她正在外面洗衣服，忽一抬头，看见远处有一人一驼两个移动的影子。她并没有在意，在这里出现这样的景象没什么稀奇的。过了一会儿，她再次偶一抬头，便看见那两团影子大了起来，也更加真切了，骆驼是南疆的红毛驼，人是明显的新疆女子。

她愣住了，手里的刷子也放下来，直起身来，看着那一人一驼逐渐靠近自己，渐渐看清了那骆驼上的少女的模样，她白皙的肤色在清早的阳光下显得非常耀眼，就像披上了一层骄傲的盔甲，在一群勇者中收获了所有的目光。她怔怔地望着这个穿着花袄的新疆姑娘，望着她长发下那一张白玉般的面庞，望着那充满期待的眸子下高挺的鼻梁，望着她那自信张扬热情如火的气质。她远远地在笑，好像取经的僧人到达了佛国那种洋溢着幸福的神态。

"你好，请问我到了红柳村了吗？"那新疆女子笑着问道。

"啊？这……这里正是红柳村……"以丹有些局促地将手上的水珠在衣服上擦干，不自觉地用手扯着衣襟，似乎被这女子身上散发的光芒照得有些自惭形秽。

以丹在风中任由自己的头发乱舞，她眯缝着眼，迎着太阳，然后张口问："你是谁？来这里是要找人吗？"

"我叫吐尔逊阿依，我日夜兼程赶到这里，就是为了见陈奎。"阿依开门见山说清了自己的来意。

"陈奎？"以丹觉得自己担心的事情发生了，她希望是自己弄错了。

"啊，就是六个牛，大家都这么叫他。"阿依补充道。

以丹真的愣住了，心里咯噔一下，心弦一下紧绷起来，她开口问道："你找他做什么？"

"我们是好朋友嘛，我来看看他。你认识他吗？知道他在哪里吗？"阿依不明情况地继续问。

"我？我是他老婆。"以丹和阿依对视着，坚定地说。

"你是他老婆？"阿依脸上的惊讶只闪过一刹那，便很快消散了，换成欣喜，"你是他老婆？"

"怎么了？"以丹见她一脸开心的样子，心中虽然很不是滋味，但举拳难打笑脸人，她也不能动怒。

阿依愣了一下："没什么，我只是不知道他结婚了。"

"还没呢。"

"啊？"

"腊月初八，快到了。"

"哦，哦，天气有些冷了呢。"

"你们是怎么认识的？"

阿依把骆驼拴到门前的槐树上，便坐到旁边的木墩子上："来，来，我给你讲讲吧，这事儿真是太传奇了，说出来你恐怕都不信。"

以丹吃惊了，这人怎么这样呢？就好像她才是这里的主人一样。她倒想知道知道，是什么样的传奇故事，能传奇到难以置信。阿依便开始从姐姐吾日耶提讲起，讲到了大漠，讲到了戈壁里的狼、盗匪，又讲到在刘统领军中的经历，尤其是抓住索胡曼的事。以丹听得入迷，六个牛从来就没跟她讲过自己在沙漠里的经历，却把这些一字不漏地告诉了另一个女人，诚然，自己可能真不如别人这么聪明，能从这些故事中品出味道来。

以丹冷冷地笑了一声："果真是传奇到难以置信啊，他都从没跟我说过。"

"可能并没有时间吧，其实，算起来，我们也只见过几面而已，你们恐怕从小就认识了吧？"阿依完全没意识到空气中的火药味。

"是的。"以丹回答，语气中夹杂着几分她自己都没意识到的骄傲自得。

"真羡慕你啊。"阿依眉眼间闪过一丝失落和遗憾，心里却五味杂陈。

阿依看着以丹如临大敌的紧张模样，心想道，看来她是真的很喜欢他。沉默了一瞬后，阿依像是下定了什么决心般，对以丹说："我这次来，只留片刻就要走，我是居无定所的，就像戈壁里的风滚草，风一来，我就要走，走向哪里，不知道。你带我去见见六个牛吧，我还要赶路哦。"

"你急着要见他，是为了什么事吗？"以丹试探性地开口问道。

"没什么事了，他都要结婚了，还能有什么事呢？"阿依回答。

这是什么话？以丹心里直犯嘀咕，但听见这样的话，对她来说也不是一件坏事。她便招了招手，带着阿依来找六个牛，只是心里仍是不悦，因为六个牛从不和自己说那些路上的事也就罢了，这么个朋友他也从没提过。

六个牛望着一脸愠色的以丹，一时被堵在这儿了。偏偏这个时候阿依一见他就很欣喜："嘿，六个牛，六个牛，我们又见面了！你来，你来，我有话对你说。"

六个牛一下子便左右为难起来，这可如何是好？然而正当他左右为难时，阿依却直接将他拉了出去。来到屋外，他又被拉着直接往拴骆驼的那棵树而去。吐尔逊阿依从驼背上取下一个包袱来递给他："这是给你的。"

"啊？这……"六个牛有些不知所措。

他低头看手里的包袱，正要说什么，忽听见阿依说："我走了。"

"啊……"他一抬头，那骆驼已经绝尘而去了。吐尔逊阿依有意让骆驼快点离开这个地方，她不肯回头，不想再让六个牛看见自己落泪的模样。

以丹上前来了，她看见阿依真的马上就离开了，心中反而有些惶恐，有些懊悔自己对阿依太刻薄了。她看了看六个牛手中的包袱，六个牛看了看她："这……"

"留着呗，一个包袱而已。"她说完就走了。

六个牛知道，以丹已经不生气了，她已经确信阿依也知道自己只是个普通朋友了，但他不能不表态。这时候，向梅却来到了他们面前，看了看他，又看了看以丹，再看看远处那个逐渐变小的身影，许久没有说话。

终于，向梅开口了："刚才，我全看见了。"

她如是说，又把目光转向六个牛："小子，你怎么想的？"

"啊？"六个牛不知如何回答。

"我问你怎么想的？"向梅不依不饶又重复了一遍问道。

"我……我……"他看了一眼以丹，以丹赶紧别过脸去，"我结婚啊。"

"嗯。"向梅应了一声，就走了。

六个牛转头看看以丹，把包袱递给她："给。"

以丹瞥了一眼，走开了："我才不看呢，你自己拆开看吧，千万别让我看见。"

以丹真的离开了，六个牛便把包袱解开，里面是一件崭新的棉袄。他忽然想起阿依的家乡是产棉的，这是她自己做的棉袄吗？他将棉袄的一角捏在手里，一抖，从里面掉出一样东西，这东西让他心头一震。

地上躺着一截拴住的头发，那是一条长长的辫子。六个牛愣怔了半晌后，赶紧小心翼翼地捡起来。对于女子而言，青丝同情思，代表思念，女子赠男子青丝，即为传情意，明不移之志。阿依以秀发相赠，意欲为何，已不言自明。只可惜，落花有意随流水，流水无情恋落花，二人之间，终究是有缘无分。

六个牛找来铁锹，就在阿依拴骆驼的那棵树下挖了一个坑，一个很深的坑，把那截头发用盒子密封好，埋了进去。也许，有了新的养料，这棵树也会更加葱郁吧？就让它给这了无生气的大漠增添一股新生的气息吧。六个牛一点一点地把土填进去，踩实，让土地恢复如初。

新婚如期举行，以丹当然知道除了那件袄子，还有别的礼物，但她不会再去多想什么，她也不该多想什么。以丹望着那棵高大的树，树安静地立着，有风吹就微微动一下，好像有着无尽的倾诉。

四十七

六个牛别了媳妇后，就要随孙师傅上路了，虽然心中千般万般不舍，可又不得不和亲人短暂别离。这次是说定了的，孙师傅为主，六个牛为副，让他也锻炼锻炼当头儿的本事，将来好管自己的驼队。临走时，那老黄犬偏偏吠个不停，还老是咬六个牛的衣裳，眼巴巴地望着侯图南和向梅，似乎是硬要跟着。以往起场，这狗是跟着的，跟其他牧犬一起防狼，后来因为它老了便不让跟了。

"走，大黄，回屋待着去！"六个牛撵着大黄往屋里赶。

以丹看着大黄咬着六个牛裤脚不放的固执模样，笑着说："要不就带上它吧，一路上也好代我照应着你。"

"到底是人照应狗，还是狗照应人啊？"六个牛笑道。

以丹说："相互照应着呗，你可别小看了它们，狗也好，骆驼也罢，一个个的都通人性，关键时刻能救你的命。"

六个牛拗不过媳妇："那就带着吧，带着总行了。"

以丹笑着假装给大黄说："一路上都给我注意着点，要是遇见魅啊、狐啊的，都给我往死了咬，不要叫人迷了心窍，连家在哪儿都忘了。"

六个牛羞赧地笑道："这都几时的事了，你还记在心上呢？小孩子似的，赶上明年端午，也给你系个兜肚？"

以丹一拳怼在他胸口："胆子不小，敢拿我开涮。"

六个牛看着一岁多的小玉儿，穿上红肚兜，脖子和手腕上戴着五彩花绳，显得非常可爱。

漠北民间认为五月为"破月",端午时,传说有妖魔作乱,瘟神肆虐,家家在门上插上杨柳,妖魔以为门窗上都长草了,就不会过来。七岁以下的孩子穿的肚兜主要是红色面料,绣上蝴蝶。上部缝缀上布料制作的毛蛆、树牛、屎爬牛(屎壳郎)、蜈蚣、蝎子等"五毒",下部用绿布缝的大蛤蟆,红珠镶眼,向上张开的大嘴正好是袋口。这肚兜的三大部分合起来,正是以吉祥为底,强调以五毒攻诸毒,也就是"以毒攻毒"的本意。

打趣了一句似乎还不过瘾,六个牛仍要接着开玩笑:"来来来,再给你弄个花绳拴上;再不济,再搞一顶杨柳帽,叫你年轻十五岁,啊?"

这花绳和杨柳帽也是漠北人端午的传统。每逢端午,漠北人还用五色丝线编成细花绳,拴在孩子脖子、双手、双脚腕五个地方,俗叫"戴花绳子",又叫"五彩续命"。各家的孩子,将杨柳条放在院里,让露水浸泡一夜,再将它编成帽子,叫"杨柳帽",戴在头上。端午这天孩子们身穿新衣,手缠花绳子,头戴杨柳帽,由家人领着出门游玩,引起众人观赏,也引起游人的评头论足。民间有句俗话说:"孩子人前走,随带妈妈两只手。"

以丹嘴上笑着,手却对着他一阵死捶,直到孙师傅在骆驼上叫着:"走喽!"二人才依依不舍地挥手告别。

六个牛随着驼队渐行渐远,心里却还惦念着家中还没蒸熟的粽子,净顾着赶着起场了,连口老婆亲手做的粽子都没吃到,他叹了口气,不免觉得有些遗憾。

端午是驼夫们喜欢的节日,叫人直到中秋还在想。中秋根本过不上,要起场。漠北人端午吃扇子馍、粽子、韭菜合子等。扇子馍是端阳节的时令面点,用发面蒸制,每层撒上碾细的熟胡椒粉,上置各种拼花及颜料,呈扇形,有五层。这种食俗据说是由端午节制扇、卖扇、赠扇的风俗演变而来的。

漠北的粽子都是油饼卷粽子,先炸油饼子,用开水把面烫得半熟,擀成盘子大的薄饼,放到油锅炸熟。然后做粽糕,把糯米红枣掺到一起，或蒸或装布袋煮熟。稍凉后，拿筷子搅拌均匀，有加白糖或蜂蜜的，用油饼子裹卷食用。

以丹一路挥着手，六牛哥便在她眼里渐渐小了，最后成了一个点，眼睛也看不着了。六个牛以往起场都很利落，尤其是之前在军营做事，从不拖泥带水，果然男人娶了妻，连拔刀的速度都慢了。同行的驼夫免不了要再笑笑他，唯独孙师傅一脸凝重，根本没有笑容。王小蓝却毫不紧张，他知道这次只是演习，让六个牛亲自体验一下一个领房子该考虑什么，其实平时也都看见了的，只是自己不在任上，没那体会，总要亲自走一趟的，才能真正地有所成长。

孙逢轻声对两个徒弟说："一路上都提防着点儿，最近天色并不好，恐怕要刮风。"

旺子却说："怕什么，兵来将挡，水来土掩，要是实在风大，我们退回家去就是了。"他这样说着，坏笑着望望六个牛。

六个牛知道就算前面是刀山火海也要走下去，退回漠北，就算是临阵脱逃，丢脸都丢到老家去了。黄犬也汪汪地叫着，似乎在对旺子不负责任的言论提出抗议。六个牛便白了师哥一眼，嘴里也不用说什么了。

孙师傅的提醒是对的，大家早早地找到可以歇脚的地方，支起了帐篷，因为天色越来越像要刮老黑风的样子。人和骆驼都窝在一起，等挨过这场大风再出发。风果然来了，呼呼的，沙尘漫天，好像有千军万马袭来。帐篷被死死地压在黄沙上，依然像是气球要飞上天，所有人感觉到了一股升力。

在风中，大伙儿说话声音很难听清，既然已经安然无恙，索性就都不说话了。孙师傅和六个牛把那帐篷开了点缝，朝外头望着。风带着些沙子灌进来，他们不得不眯缝着眼。大黄反而很安静，不像一路上那么爱叫。它伏在那里，把耳朵贴在地上听，似乎对这万马奔腾似的声音很感兴趣。

过了大约半个时辰，外面的声音渐渐小了，六个牛便把帐篷开大些，看看外面，果然是干干净净，就像大家从没来过似的。风完全散去后，大伙儿开始清点人和货物。"这有什么好清点的呢？不都在吗？""诶，这是例行程序，不得不办。"

"呀，有十几峰骆驼不见了！"一个声音打破了大家自以为安然无恙的庆幸。

"什么！"六个牛一听旁边的帐篷里有人喊，赶紧去看。

孙师傅也进来了，旺子也来了，三个人怎么也不敢相信骆驼会在这种万全之策下神秘失踪。他们又重新清点了一遍，果然数目不对，少了十四峰。按理说，经过这么多年的历练，六个牛也是"打踪"的高手，找到骆驼不在话下，可是一场风后驼掌印刮得无影无踪，让人无从寻起。

大伙儿正等着当头儿的拿个主意，孙逢特意一言不发，看着六个牛，六个牛想了想说："大家就在这等一等吧，骆驼恐怕很快就自己回来了。"

"啊？"人群中窃窃私语，那几个负责这两把子骆驼的驼夫脸上更加不安了，"连找都不找吗？万一不回来，回去可怎么交代啊！"

虽说那十几峰骆驼身上的货是卸下来的，不影响运输，可是少了两把子骆驼，对于侯家来说也是一件大事了。对于六个牛这个新上任的领房子来说，第一次独立起场就丢了骆驼，怕是这辈子都要背上这个耻辱了。大家都眼巴巴地望着他，他却打定了主意，不找，只是在这里等着。大家又看着孙师傅，孙师傅也不管，直接回帐篷里去了。

驼夫们只好各自忙各自的，既不前进，也不后退，在原地傻等着。望望天，风一时半会怕是不会再刮了，只是日头快要落下去了。天一黑，狼、贼人、寒冻，不可预料的事就更多了。驼夫们见为首的并无吩咐，也百无聊赖地玩起来。

六个牛本想和孙师傅还有旺子商量一下接下来要做什么，但他俩好像有意要把这次考核进行到底，特意避开他，不给任何提示。他本就是要强的性子，这时便独自坐着。夜晚真的冷，外头根本待不得，他心想着骆驼不知道怎么样了。

第二天，六个牛早早就起来了，其实根本没睡。孙逢收拢起地上的梭梭碎屑，点堆火烤野兔。野兔叉在梭梭树枝上，孙把式撒上孜然，交给六个牛。

六个牛大口嚼着，也不管早晨吃肉腻不腻，反正有得吃就不错了。孙师傅沉吟半晌，开了口："真的不去找找骆驼？"

六个牛迟疑了一会："再等等，找也是没根据的，骆驼自己能认识路，玩够了自然要回来的。"

"误了日期怎么办？"孙逢问。

"骆驼心里有数，最近忙着赶路，其实人和骆驼都一刻未歇，它们这是偷着给自己放假呢。"六个牛又咬了一大口兔肉，孙师傅笑了笑，没再说什么。

在固定沙丘和流动沙丘的过渡地带，长着沙葱之类的植物，沙鸡、野兔、沙狐就生活在这地方。孙逢把兽夹子设在这里，第二天去转转，总能抓到野味。六个牛从铁夹子上取下野兔，顺手在野兔耳朵后边一劈，兔子就咽气了，动作快如闪电。他牵着骆驼，把野兔丢在驼背上，骆驼晃晃悠悠，师徒两个一会儿骑着骆驼，一会儿下来走走。太阳上来了，在头顶飘来飘去，跟大气球一样。太阳不怎么热，吹过沙漠的风温乎乎的。

正说着，忽然听见王三保在外面喊："头儿，狼把坎儿井的骆驼冲散了。"

"有狼！"孙逢和六个牛奔向帐篷，王三保已经跑到帐篷跟前了。

六个牛大喊："不要慌，我去看看。"

他骑着爱驼飞奔到坎儿井，看见骆驼都抬着脖子，一个个警觉的样子。六个牛骑着骆驼上到了最高的沙梁上，远远的他看到一只灰白色的狼追着一峰骆驼狂奔，骆驼和狼相距有两三百米远。

"这峰骆驼完了。"王三保说，"一峰骆驼够狼吃几天的啦。"

"呵呵，我看是狼完了，这个狼必死无疑。"六个牛坚定地说，"在沙漠里奔跑狼可不是骆驼的对手。"

孙逢也点点头："骆驼遇上狼，有两个办法，一是卧下把屁股埋在沙子里面，一是逃跑。"

六个牛有些不解："骆驼为什么埋屁股？"

孙逢淡淡地说："饿急了的狼跳起来会扯出骆驼的大肠，但这种情况很少见。骆驼卧下来把屁股埋在沙里，嘴里倒嚼白沫，狼就不敢靠近，狼到跟前它就噗出白沫，喷到狼身上，狼皮是要开眼子的。"

王三保恍然大悟："哦，今天的骆驼是没来得及埋上屁股，让狼给追上了。"

六个牛看了一眼孙师傅："狼一追也正好中了骆驼的计，这狼是死定了。最初的奔跑速度骆驼当然不如狼，但跑着跑着，狼就慢下来了。骆驼主动放慢速度，给狼一点鼓励，一点希望。狼哪里肯放弃就要到嘴的美味？就继续用力追赶，骆驼也继续逃跑，一副惨兮兮、精疲力尽的样子，实际上真正精疲力尽的是狼。"

王三保仍旧死盯着那狼："骆驼是把狼累死的吗？"

六个牛解释说："是啊，骆驼一直把狼引向沙漠的深处，引到无水无食无生命的沙窝腹地，狼用完最后一点力气，四肢发软，口吐白沫，就会死掉。但骆驼的力气还足着呢。骆驼不是把狼打垮的，而是用耐力和头脑把狼拖垮的。"

"狼把骆驼吃了也不一定，狼这东西看到可吃的是一定要吃到嘴的。"王三保说。

"骆驼恰恰是利用狼贪心的本性把自己救了。不信我们在这里等，那峰骆驼还会回来的。"六个牛笃定地说。

"好，我们看看骆驼和狼谁厉害。"孙逢说。

王三保看着年轻的驼夫，他虽然岁数不大，但做驼夫可久了："六个牛，太阳快要落了，我们回去吧，那峰骆驼怕是叫狼吃了。"

"再等等，会回来的。"六个牛不急不缓，依然坚信骆驼的本事大过狼的狡诈。

孙把式话音未落，王三保抬起头，那只被狼追赶的骆驼小跑着回来了，像一位凯旋的将军，昂首阔步，在夕阳的照射下，神采飞扬。

六个牛转身向西边望去，血红的太阳映照着一眼望不到边的芦苇荡，一束束盛开的芦花，汇成一片银色的世界，绵延起伏，簇拥着涌向天际。漫天飞舞的花絮，更像纷纷扬扬的雪花，飘到哪里，哪里就蒙上一层薄薄的轻纱。美丽的夕阳投下万道金光，染得苇海红彤彤的，像是无数层层上蹿的火苗在燃烧。

这时，一直没有露面的大黄却跑了出来，对着人狂吠。王三保怒道："你这老狗，狼来的时候你不出来，现在假惺惺地献什么殷勤？"

大黄根本不管他，直奔六个牛而来，跑到骆驼蹄子边，一边回头看他，一边朝一个方向跑，跑了几步，见六个牛没动，就停下来，朝他叫。六个牛和孙逢对视一眼，知道这狗是要把他们引到一个地方去，便骑着骆驼跟上去。

"不会是去找刚才那狼的尸体吧？"六个牛心存疑惑。

"不可能，咱们要不着那匹狼皮，狗跟了你这么多年，心里应该有数。"孙逢说。

"师傅怎么跟以丹一样，把那畜生说得跟人一样聪明？"六个牛打趣道。

"你还真不能小瞧了这些畜生，就说这大黄，刚才那反应不跟人一样？"孙逢回应道。

他们跑了几里地，忽而远远看见一片绿洲，一个湖泊躺在地上，不知从哪里流来的河水在往里注。驼夫看见绿洲自然会欣喜不已，更何况他们还在这里看见了失踪的那十几峰骆驼。六个牛隔着老远就伸出手来数，正好一峰不少。

"它们怎么会找到这里？这里已经偏离路线很远了，以往谁会知道这里还有一片绿洲呢？我们走了几年了也没发现。"六个牛惊呼。

孙师傅下了骆驼："所以说，不能小看它们。"

大黄把人引到后，就找了个地方伏着，六个牛开心地抚摸着它，因为它让大伙悬着的心终于落了地。大黄一动不动，惬意地享受着这奖励。它闭着眼睛，好像自己在浴室里搓背，又好像老人在冬天里一边晒太阳，一边听戏。不一会儿，又来了几个驼夫，原来是大伙怕他们遇到危险，跟上了几个人。大伙看见这里居然有这么一块风水宝地，纷纷戏起水来，相拥着说要把那只空了的桶带到这里灌满。

"咱们才刚刚出发，也就一只桶空了，值得这么来回跑吗？"六个牛笑道。

"值得，当然值得！"驼夫们脸上洋溢着满足的笑容。

大家灌足了水，也疯够了，便要回去："大黄，回去了！"

大黄将尾巴摇成螺旋桨，在沙地里蹦着跳着尾随着六个牛回到了原先驻扎的营地。驼夫们清点好骆驼，装备好货垛子之后，便启程出发了。

不料想，驼队还没走出多远，转眼就又刮起了黄黑风，一时间天昏地暗，队伍无法行走，便就地歇息。等到日落黄昏大风渐渐平息，他们便搭起垛子赶到有水的站头吃饭住宿，这时候已经是人困驼乏。

这场黄黑风不动声色却又突如其来，叫人毫无防备，措手不及。大家净顾着看顾骆驼，保护货物，谁也没察觉到大黄的消失。等到驼队缓过劲儿来准备重新启程时，六个牛四处呼唤着大黄狗尾随自己，却不见大黄的踪影。他又让大伙在周围找了一圈，还是没找到。大家纷纷猜测，大黄是不是遇上野狼，搏斗时因狗已老，可能力弱被伤？抑或是被席卷而至的黄黑风刮跑了？六个牛想不明白，他的大黄狗怎会不明不白地丢失？但也不好为了一只狗耽误了驼队的行程。大家惋惜过后，又继续启程。

一路上，六个牛闷闷不乐地想着大黄的事情，不知如何向侯图南和向梅交代。到了吃饭的时候也草草对付了几口便独自一人坐到帐篷外去了。

孙逢心知自己的徒弟是个多情善感的性子，给他盛了碗饭送到他面前，好言劝慰道："人各有命，生死在天，大黄狗也老了，早晚要死的，你是队伍的领房子，这么不吃不喝的像什么样？等到了包头后我给你钱，再买只好狗。先吃饭。"

六个牛接过饭碗，闷闷地说："再多的钱也买不回大黄了！"

说起钱，六个牛发现自己的钱褡子不见了，不知丢在何处？那是驼队一路上的烟火钱，好在数量不多损失不大，幸亏驼队上还有一些零星货款，能撑到包头，因此也没放在心上。

数月后，驼队又从包头返回新疆时，恰巧又走到原来刮黄黑风半道歇脚的地方，有驼夫发现一个小沙滩上有一只黄狗头，六个牛急忙上前去扒开沙堆，原来就是大黄。孙逢说，把它就地埋了吧。在埋大黄时，六个牛意外地发现它的身子下面竟然藏着自己的钱褡子，原来大黄是为了保护钱褡子被黄黑风刮到了这地方，活活给饿死了。六个牛想到这里，泪如雨下。

驼队在埋葬大黄的地方盖了个小房子，叫做"狗王庙"，免得它在这茫茫大漠中再被风沙吹跑了。今后每每路过此处，侯家驼队总要停歇一日。

一只老狗为自己找到了归宿，在自己发现的世外天堂进入了永恒的睡眠。人们没再动它，就让它在这里接受日月的照耀吧，它最终将回到原点，融化在大地母亲的怀抱。

四十八

　　重阳节第二天，赶上天公作美，给了一个大好的晴天，天空澄澈如洗，瓦蓝瓦蓝的，看不见一朵云。黄澄澄的太阳冒出来，像新鲜的蛋黄，透着淡淡的香气，这是肃杀的西北少有的浪漫。这浪漫不是男女爱情，而是勇士的欢歌，但谁是勇士，目前还不知道，要等驼羊会上才见分晓。

　　一大清早，男女老少的喧腾热闹打破了清晨的宁静，苏武山上人头攒动，摩肩接踵，到处都是欢声笑语，好不热闹。

　　苏公祠燃起了浓浓的香，轻烟自密密麻麻地插在石函中的香柱上腾起，把整个祠堂渲染成一个烟雾缭绕的幻境。苏武在这里受到所有人的崇敬和瞻仰，北海牧羊的故事跨越千年，在人世间口耳相传，变成刻在骨子里的记忆。不过，英雄不能只活在记忆里，也不能只留存在书页间，人们需要看得见、摸得着的英雄，他们须像苏武那样，不畏艰难，矢志不渝，这便是在苏武山上举办赛驼会的初衷。今天，十里八乡的参赛者骑着自己的爱驼欢聚于此，只为一举拔得头筹。当然，要想在这沙乡驼国的赛驼会上拿下冠军，虽不像让公羊生下羔子那么天方夜谭，但也还是颇有一番难度。参赛者需要越过重重障碍，在众多实力强劲的对手的挑战下脱颖而出，方能成为受人尊崇、万众瞩目的英雄。

　　来蒙泉取水的人不胜枚举，这是一件吉祥如意的大事。相传，苏武爷当年就经常饮用此水，大家讨个彩头，用这里的水给人畜都饮一番，以期神明护佑，消灾免疾。

　　马四爷穿着新制的棕色绸面袍子，套一身缀着金色团花的墨绿马褂，戴一顶水獭帽子，骑着一峰上等的大骟驼，朝苏武山最高的野鸽子墩走去，后头跟着侯图南、王兆瑞、孙逢、陈牵，紧随其后的是马家驼队新招的学徒，都是些十几二十岁的俊后生，他们身着统一的羊皮袄子，眼眸清澈明亮，带着锋芒毕露的热烈和赤诚，他们意气风发，踌躇满志，时刻准备着尝试，却无所谓失败。一行人浩浩荡荡奔赴苏武山，气势磅礴，引得不少人纷纷驻足观看。

六个牛的徒弟王维骐牵着一峰黄毛的双峰驼，跟在六个牛身后。那骆驼样子有些滑稽，长长的睫毛下水汪汪的大眼睛一眨一眨的，像个媔婳女郎，那嘴却咧着，露着些牙，像是被逗笑了，合不拢。

马四爷手搭凉棚朝下望了望，景色是极好的，蒙泉边上的驼和羊来来往往，好不惬意，卖东西的人早早候着。这时，太阳已露出全貌了，人身上也愈发暖和起来。山崖间，清泉奔泻，在岩石上激起亮白的水花，被阳光一照，波光熠熠，像滑落的钻石。蒙泉是苏武山的项链，是珍贵的金银也比不上的财宝，有了它，人们就不怕旱魔。

画凌烟，上甘泉，自古功名数少年。今年的驼羊会，马家驼队由陈牵领着队里边的年轻后生参赛。

"陈牵，一会就看你们的了。"马四爷鼓励般拍了拍六个牛的肩膀。

"放心吧，四爷！"六个牛一副胸有成竹、胜券在握的模样。

"对啊，四爷！""冠军非我们莫属，您就等着瞧好了！"大家七嘴八舌地应和着，自信而张扬。

马四爷扭头看了王维骐一眼，与他正好对视："小子，你也想试试吗？"

王维骐微微摇头，瞥了六个牛一眼，开口道："不了，四爷，我怕抢了师傅的风头。"

六个牛眉毛一跳，笑着踹了他一脚："你小子，功夫不到家，牛皮倒是吹得挺大！我还怕你抢我风头？行，一会儿你抢一个试试！"

少年就是这样的，莽撞而生动，向来不识天高地厚，放眼处皆骄傲狂妄，自命不凡，但又让人觉得异常可爱，生气勃勃。

马四爷被这热闹欢腾的氛围感染，也欢笑地看着二人，没责备这年轻人的没大没小，倒是颇为欣赏他的少年意气。

"等这次驼羊会结束，给你一把子骆驼，自己试试吧。"马四爷开口道。

王维骐有些意外："四爷，这……"

"少年应有鸿鹄志，当骑明驼踏平川，趁着年轻就该多闯一闯，路会多起来的，你不是想着有一天能有自己的驼队吗？"马四爷摘下了帽子，对着队伍里的这些年轻人语重心长道，"西北这片土地，世代都要有人跑驼帮，以老带小，以旧传新，总要绵延下去的，一代更比一代强嘛。"

王维骐被这从天而降的喜悦冲昏了头脑，愣怔了半晌，直到他师傅在身后拍了拍他，才回过神来和马四爷道谢。

忽然，另一边的人群中传来一声高喊："赛跑驼了！请参赛者到候场区准备！"

侯图南转向六个牛："你快准备准备，今年的冠军就看你的了。"六个牛应了一声，从王维骐手里接过缰绳离开了。师徒两人对视了一眼，也没说什么，只有骆驼的嘶声。

随着赛驼比赛即将拉开帷幕，人群涌动，一蜂窝拥挤着往赛场的方向涌去。起跑线上，几百只骆驼昂首挺胸，神采飞扬。赛场周围人声鼎沸，嘈杂喧嚣，有些趁着比赛还没开始，细细观看着赛场的骆驼，自顾自搞起了"骆驼选美"比赛，从中选出最美最俊的骆驼。可美丑俊媸，仁者见仁、智者见智，哪有什么既定的标准，你觉得丑的，我却认为俊美无俦；你认为美的，我却觉得丑陋不堪。一时之间，大家莫衷一是，争论不休，倒也热闹非凡。更有好事者，趁着比赛将近，吆五喝六地招呼围观者下个赌注，美酒也好，吃食也罢，可大可小，只为了图个兴致。

随着三声锣响，嘈杂喧嚣的赛场即刻安静下来，一时之间落针可闻，大家屏声息气，静候比赛开始。

"预备——开始！"又一声锣响，骆驼蜂拥而出，朝着终点线疾驰而去，卷起漫天飞扬的尘土，驼夫们驱赶着自己的爱驼，一个个跃驼扬鞭，奋勇争先。强健的骆驼、矫健的骑手、壮观的场面，让围观的人们热血沸腾。霎时间，赛场上人声鼎沸，如同从天降下烟花爆竹，在人群中溅出漫天的喧嚣来。

一开始，上百只骆驼挤作一团。这时候骆驼体格的优势就显现出来了，那些瘦弱的骆驼被体格强壮的挤到一边，更有甚者被挤出了赛道，跟跟跄跄了一会儿才堪堪站稳，引得众人哄堂大笑。不过，那瘦驼上的驼夫也不馁，牵着缰绳将瘦驼重新引回到赛道上，迎头追赶早已绝尘而去的其他参赛者。赛驼，不仅是和其他实力强劲的对手一决高下，更是和自己较量，不因一时落后而半途而废，虽败犹荣，更何况现在胜负还未见分晓，岂能轻易言弃？

跑出一段距离后，原先挤作一团的骆驼渐渐分开，形成一条长线，一时间，百驼齐奔，竞相争先，阵势惊人。六个牛骑着那峰黄褐色的双峰驼，疾驰在驼群的最前列，目光坚定，眺望着不远处的终点线，后面一峰白骆驼紧随其后，死死地跟着。近了，近了，快追上了！正当大家以为白骆驼即将赶上时，六个牛夹紧驼腹，扬鞭甩去，黄褐骆驼仰天长啸一声后，蹄疾步稳，全速前进。不稍一会儿，又拉出一段好远的距离。两驼之间忽远忽近，人们心里忽上忽下，心脏仿佛也随着这赛场上的骆驼的行进速度忽快忽慢地怦怦直跳。正当大家以为冠军花落谁家已见分晓时，一匹"黑马"蓄势待发，耐心等待着机会一举争先。终于，在赛道的转弯处，那峰瘦驼风驰电掣般，后来居上，接连把前方的一峰峰骆驼甩在身后，甚至追上了驼群最前方的黄褐骆驼。人群中顿时爆发出一阵阵惊呼呐喊，一时之间喧嚣震天，欢呼不断。

六个牛死死地盯着前方的瘦驼，争分夺秒地加速疾驰，紧追不舍。往年赛驼会上，他已连续三年蝉联冠军，颇有些独孤求败、傲视群雄的自得，现如今真出现了势均力敌的对手，顿时激起他熊熊燃烧的斗志，骨子里的野性和豪情顺着血液流淌至他全身，奔跑成了他最后的使命。跑起来，跑起来吧！恍然之间，人群的喧嚣消失了，赛场上的骆驼消失了，广袤的天地间，只剩下了自己和身下的骆驼，渐渐地，他感觉自己的身体也消失于无形之中，灵魂也融入了骆驼的骨血，如梦似幻般，疾驰的骆驼长出了翅膀，变成飞驼穿梭于天地之间，轻灵地向前疾驰而去。

随着一声哨响，黄褐色骆驼和瘦驼一齐越过终点线。众人惊叫着，欢呼雀跃着，比场上拿了冠军的人还要激动、兴奋。六个牛如同梦游般恍恍惚惚地下了驼，直到队里的驼夫们冲到他面前，兴奋激动地将他举起来，他才慢慢回过神来，笑着让大家把他放下。

"师傅，你太厉害了！我就知道冠军非你莫属！"王维骐激动地抱着他。

"真是一场酣畅淋漓的比赛啊！"侯图南感慨道，"谁能想到，那峰瘦驼竟然是匹黑马，也真是好驼不可貌相啊！"

说到瘦驼，六个牛径直走到那个骑着瘦驼的驼夫面前，向他庆贺比赛的胜利。

"我叫陈牵，你是哪家驼队的？怎么之前都没见过？"六个牛问道。

"桑牧野，没有驼队，这是我自己的骆驼。"那个驼夫一边轻抚着正在蒙泉边饮水的骆驼，一边回答道。

"那你真厉害！你的骆驼跑得真快，是怎么做到的？"对于他人的过人之处，陈牵向来是不吝于赞赏的。桑牧野见着眼前这个比自己年纪大了一圈的人，两眼放光地向自己虚心求教的样子，没有丝毫犹豫地将自己的诀窍告知。

二人交谈了一会儿后，颇有种相见恨晚、惺惺相惜的感觉，六个牛当即向人抛出橄榄枝："我是马家驼队的领房子陈牵，马家驼队随时欢迎你，你要是感兴趣的话，我们有空也可以切磋切磋。"

桑牧野点点头，开口道："好，我考虑考虑。"

临别时，二人约定好后天一起到马家驼场参观，参观过后，六个牛不知用了什么法子，竟然把人留下来了。对于马家驼队又添一名实力干将，知人善任的马四爷再也喜闻乐见不过，也没追究他先斩后奏的过错。

驼羊会之后不久，又迎来了一年的起场季，马家驼队再次踏上新的征程。六个牛牵着骆驼行走于队伍的最前方，身后一张张稚嫩青涩的面孔朝气蓬勃、意气风发，眼里闪着无限的憧憬和希望，一如他当年那般。逝者如斯夫，不舍昼夜，在时光的长河里，一代人终将老去，但永远有人正年轻。那些人那些事，或许会烟消云散，而骆驼依然是骆驼。"明驼思千里，驽马怯负荷"，唯有骆驼自始至终无怨无悔地驮着人世间的重负走向戈壁，走向沙漠，走向似火骄阳，走向遥远的天边。

马家骆驼五千，漠北骆驼十万，驼队蜿蜒似长龙，从大地延伸到天边，构成了一道耀眼、壮美的天梯……